KB003779

한국 가사문학의 전승과 향유

한국 가사문학의 전승과 향유

최은숙 지음

보고사
BOGOSA

머리말

　지역에 전승하는 가사 작품을 다시 찾거나 새롭게 해석하면서 가사에 대한 연구를 지속하였다. 그동안의 성과를 모아 꿈과 소통, 여행과 놀이, 그리고 지역과 공간이라는 세 가지 키워드로 엮어 보았다. 이들은 각각 독자성을 지니고 가사 문학의 하위 양식으로 존재하면서, 서로 연관되어 가사문학의 정체성을 확인하는 데 기여한다.

　1부 꿈과 소통은 '몽유가사'에 대한 논문을 모은 것이다. 몽유가사는 꿈을 모티프로 하여 입몽—몽중—각몽의 구조를 지닌 작품이다. 꿈은 현실과 다른 공간이지만, 가사 작품에서 화자는 꿈을 통해 현실을 이야기하고 현실적 욕망을 실현하고 해소한다. 그래서 꿈은 역설적으로 현실과의 소통을 도모하는 가장 매력적인 문학 장치이다. 이들에 대한 탐구는 가사 작품에 나타난 문학적 상상력을 읽을 수 있는 과정이자, 가사 작품을 통해 현실과 소통하고자 했던 화자들의 바람을 확인할 수 있는 과정이다. 이를 통해 몽유가사 유형에 대한 전반적 양상을 정리하고 대표적인 작품을 중심으로 그 양상과 특성에 대한 논의를 본격적으로 다루었다.

　2부 여행과 놀이는 주로 영남지역에 전승하는 기행가사와 화전가류 가사에 대한 연구를 모은 것이다. 이들 연구는 여성들의 여행과 놀이가 그들에게 어떤 의미를 지니는가를 지역과 관련하여 재조명하였고, 가사의 창작과 향유 그 자체가 새로운 놀이의 장이 될 수 있음을 밝혔다.

3부 지역과 공간은 지역과 가문을 중심으로 유통되는 가사 작품과 공간을 주로 다룬 작품에 대한 연구를 모은 것이다. 〈김딕비훈민가〉 관련 논문은 지역과 가문을 중심으로 한 가사 전승과 향유의 양상을 실제 작품을 통해 추적하였고, 〈한양가〉 관련 논문은 한양이라는 공간에 대한 의미화 양상을 탐색함으로써 새로운 작품 읽기를 시도하였다.

그런데 위의 세 가지 주제는 사실 서로 긴밀히 연관되어 있다. 1부 꿈과 소통은 꿈속을 유람하면서 현실의 문제를 극복하고 현실과 소통하고 있다는 점에서 2부 여행과 놀이가 지향하는 바와 연결되어 있다. 꿈과 놀이는 삶과 일상의 대척점에 있는 듯하나 실은 그 제약을 벗어나는 적극적인 소통의 방식이다. 특히 여성들에게 여행과 놀이는 그들 스스로의 삶을 더욱 풍요롭게 하는 경험이었고, 이 경험을 노래하는 가사 작품은 세상과의 적극적인 소통 방식이었다.

2부 여행과 놀이는 연구의 대상 작품이 영남이라는 지역과 공간의 의미를 탐색하고 있다는 점에서 3부 지역과 공간으로 묶인 다른 논의들과 그 함의를 공유한다. 영남지역은 특히 여성들의 가사 창작과 향유가 활발한 지역이다. 그중에서도 여행과 놀이를 모티프로 한 가사 작품은 공간을 통해 여성 스스로 자신의 정체성을 확인하고 존재감을 드러낸 경우가 많다. 그런 면에서 3부 지역과 공간이라는 주제와 긴밀히 연결될 수 있을 것이다. 지역과 공간은 인간의 정체성을 형성하는 중요한 기반이며, 문학 창작과 향유의 중요한 동기이기도 하다.

이 책에 실린 글들은 새롭게 발굴한 지역의 텍스트 혹은 기존의 연구에서 본격적으로 논의되지 못한 자료를 정리하고 소개하고자 쓴 것들이 많다. 몽유가사의 여러 작품들, 여성들의 여행과 놀이를 다룬 작품들, 지역 문중과 가문을 중심으로 전승된 작품들이 그것이다. 특히 지역에 전승하는 새로운 자료의 발굴과 이를 토대로 한 가사 전승과 향유에 대한 연구는 여전히 나의 중요한 과제이다. 필자의 연구를 위해 소중한 자료를 선뜻 내어주신 분들께 보답하는 마음으로 앞으로 더욱 정진할 것을 다짐한다.

마지막으로 이 책의 출간을 허락해 주신 김흥국 사장님과 편집에 수고해주신 황효은 선생님께 감사를 드리며, 늘 든든한 지지와 응원을 보내는 동학들과 동료, 그리고 가족에게도 감사의 뜻을 전한다.

2021년 9월
저자 최은숙 씀

차례

2부
여행과 놀이

3부
지역과 공간

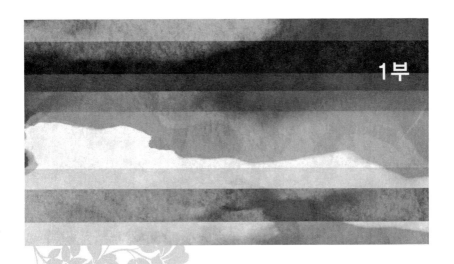

1부

꿈과 소통

몽유가사의 '꿈' 모티프 변주 양상과 〈길몽가〉의 의미

1. 서론

　이 글은 몽유가사[1]의 '꿈' 모티프 변주 양상을 고찰하고, 그와 관련하여 〈길몽가〉의 특징과 의미를 밝히는 것이 목적이다. 그동안 '꿈'모티프와 관련된 고전시가에 대한 연구는 주로 시조를 중심으로 논의되었다.[2] 가사 분야에서는 이규호가 몽유가사에 대한 개념을 정립한 이후[3] 주로 개별 작품을 중심으로 논의가 진행되었다. 김팔남, 안혜진, 박미영, 최은숙의 논의가 대표적이다. 김팔남과 최은숙은 18세기 왕족인 소악루 이유의 〈옥경몽유가〉를 설명하면서 '꿈'이 욕망과 이상향의 제시[4], 자기 이해의 과정[5]으로 의미화 되었음을 밝혔고, 안혜진은

---

1) 몽유가사란 형식면에서 몽유의 틀을 기본구조로 하고, 내용면에서 서사성과 교술성을 극대화한 일련의 가사를 지칭한다. 몽유가사의 개념에 대해서는 이규호, 「몽유가사의 형성과정고」, 『국어국문학』 89, 국어국문학회, 1983, 157~181쪽 참조.

2) 김동준, 「이조 몽환시조의 연구－몽환소재의 가차의식을 중심으로」, 『국어국문학』 72·73, 국어국문학회편, 정음사, 1976.10, 93~114쪽; 이규호, 「몽유시조의 형성과정」, 『인문과학연구』 3, 대구대인문과학연구소, 1985, 89~106쪽; 남동걸, 「시조에 나타난 꿈의 기능 고찰」, 『인천어문학』 13, 인천대학교, 1997; 손앵화, 「시조에 나타난 꿈 모티브의 의미 지향」, 『한국언어문학』 66, 한국언어문학회, 2008, 127~146쪽 등의 연구가 대표적이다.

3) 이규호, 「몽유가사의 형성과정시고」, 『국어국문학』 89, 국어국문학회, 1983, 157~181쪽.

18세기 향촌 사족인 한석지의 〈길몽가〉를 논하면서 이념 추종의 확고함을 밝히기 위해 꿈이 사용되었음을 밝혔다.[6] 박미영은 1930년대 재미작가 홍언이 지은 몽유가사의 존재 양상을 고찰하고 꿈이 '고향'을 형상화하고 있음을 밝혔다.[7]

이들 연구는 개별 가사 작품에서 꿈속의 세계가 무엇을 형상화하고 있는가 혹은 시적 장치로서 어떤 역할을 하는가를 밝히는 성과를 내었다. 그러나 개별 작품론 차원에서 시도된 것이기 때문에, 몽유가사의 전반적 양상을 담아내지 못하여 양식의 정체성 구명에는 한계가 있다. 뿐만 아니라 작품 속에서의 '꿈' 모티프가 단순한 시적 장치에 그치지 않고, 작품 형성 및 작가의 세계관 등에 관여하고 있음에도 불구하고 이에 대한 접근에까지 심화되지 못했다.

이에 본고에서는 몽유가사의 특징을 밝히기 위해 몽유가사의 가장 핵심적 모티프인 '꿈'을 주목하고, '꿈의 변주'에 초점을 두어 몽유가사의 전반적인 존재양상을 고찰할 것이다. 또한 이러한 전반적인 조망을 토대로 〈길몽가〉의 특징과 의미를 구명해 보도록 한다. 이를 통해 몽유가사의 특징과 더불어 〈길몽가〉에 대한 심화된 논의를 생산할 수 있으리라 기대한다.

---

4) 김팔남, 「〈옥경몽유가〉의 이상세계 표출방식」, 『어문연구』 49, 어문연구학회, 2005, 67~94쪽.

5) 최은숙, 「소악루 이유 시가의 소통지향성과 담화특성」, 『동양고전연구』 42, 동양고전학회, 2011.3, 60~85쪽.

6) 안혜진, 「〈길몽가〉를 통해 본 18세기 향촌 사족 가사의 한 단면」, 『한국고전연구』 8, 한국고전연구학회, 2002, 211~238쪽.

7) 박미영, 「재미작가 홍언의 몽유가사·시조에 나타난 작가의식」, 『시조학논총』 21, 한국시조학회, 2004, 77~110쪽.

2. 몽유가사의 '꿈' 모티프 변주 양상

1) 작품 개관

몽유가사에 대한 기본적 이해를 돕기 위해 이에 해당하는 작품의 전반적 존재 양상에 대해 먼저 살피도록 하자. 이규호는 몽유가사의 형성과정을 단계별로 나누어 설명하면서 꿈 모티프가 사용된 작품을 몽유가사로 규정한 바 있다. 그러나 본고에서는 단순한 꿈 모티프의 시적 차용을 넘어 '현실-입몽-꿈속-각몽-현실'의 구조[8]를 지닌 작품을 몽유가사로 범주화[9]하고, 작품의 전반적 존재 양상을 정리해 보도록 한다.[10]

제목	작자	창작시기	출전	내용
옥경몽유가	이유	영조대	고시헌서철	옥경에 올라 옥황상제와 5인의 문사로부터 소악루에서의 자신의 삶을 인정받음.
길몽가	한석지	1759	溫故錄	꿈속에서 맹자의 부름을 받고, 구세제민의 이상을 추구함.
옥루연가	미상	미상	주해가사 문학전집	중국과 역대제왕 및 유명 인사를 열거하고 행적을 찬양함.
개암정가	조성신	1801	주해가사 문학전집	개암정 주변 산천 승경 찬양, 신세한탄.

---

8) 이규호는 '현실세계 → (발몽의 계기) → 입몽과정 → 몽중세계(액자) → (각몽의 자극제) → 각몽과정 → 현실세계'로 제시하였다.

9) 가사 작품 중에 '꿈'을 모티프로 한 작품은 위의 작품 이외에 불교가사에 속하는 '몽환가' 계열의 작품과 대한매일신보에 실린 〈몽중허사〉, 〈몽중인사〉 등의 작품이 있다. 이들 역시 꿈이 주요 모티프로 활용되고 있다는 점에서 몽유가사와 통하는 점이 있다. 그러나 이들은 앞에서 설명한 '현실-입몽-꿈속-각몽-현실'의 구조에서 벗어나 있어 범주에서 제외하였다.

10) 이에 대해서는 김팔남이 정리한 내용을 수용하되, 작품을 추가하여 보강하였다(김팔남, 앞의 논문, 2005, 74쪽).

몽유가1	미상	미상	주해가사 문학전집	초당에 누워 세상 풍경을 생각하다 설핏 잠이 듦, 꿈속에서 만난 인물들과 그들의 행적을 그림.
몽유가2	미상	미상	주해 악부	몽유가1의 내용+ 유유자적(悠悠自適)한 삶을 즐기겠다는 포부를 밝히는 것으로 마무리.
몽유가3	미상	미상	주해 악부	꿈에서 중국 고금(古今)의 영웅(英雄)과 문장 열사, 절대 가인 등을 만나 술을 마시며 놀다가 어부의 노래 소리에 잠을 깸. 이에 대장부의 평생 뜻을 꿈에서도 이루지 못함을 한탄함.
몽유 악양루가	미상	미상	역대가사 문학전집	꿈속에서 중국 사천성 동정호에 있는 악양루에 올라 현실에서는 경험할 수 없었던 일들을 겪음.
역대취몽가	장학고	1909.7 ~ 1910.8	필사본 歷代醉夢歌	망국의 울분을 참을 길이 없으니 대취해서 몽중에 천하를 유람, 그 한이나 풀어보자고 한탄함.
몽가	미상	미상	주해 악부	중국의 삼황(三皇)에서 시작되는 중국의 역사를 언급한 뒤, 조선의 건국과 역사를 짧게 말하고, 지난 밤 꾸었던 꿈에 대해 말함.
몽유가	김홍기	1926	석필 인쇄본	항일의거와 우국충정 다짐.
몽중가	김주희	1929	목판본 용담유사	꿈에서 신선을 만나 세상을 구할 도를 받았음을 역설.
몽중문답가	최시형 추측	1932	목판본 용담유사	〈몽중가〉와 내용이 같음.
몽중노소문 답가	최제우	1862	목판본 용담유사	천하를 두루 다니다가 다시 금강산 상상봉에 올라 쉬다가 꿈속에서 한 도사를 만나 깨우침을 얻음.
몽유역수	미상	1909.9.7.	대한매일신보	전고(典故)를 인용하여 당시 한국의 위기감 조성.
잡가집 〈몽유가〉류	미상	1910년대 이후	류행잡가 등	〈몽유가2〉와 유사

이상의 작품 개관을 통해 볼 때, 몽유가사의 작자층은 미상인 경우가 많으나, 이유(李渘)나 한석지 등 양반사대부 계층을 중심으로 한

지식인층이 주류를 이룬다고 볼 수 있다. 작품에 언급된 역대 인물과 사적(史蹟), 역사, 전고 등을 볼 때, 중국과 조선의 역사와 명승고적, 인문 서적 등에 대한 충분한 지식을 겸비하여야 창작이 가능하기 때문이다. 작품의 창작 시기는 주로 18세기 이후부터 시작하여 1900년대 이후까지로 볼 수 있다.

　작품은 대부분 입몽과 각몽이 비교적 뚜렷한 환몽구조를 지니고 있으며, 시 속의 화자는 주로 '나'로 서술되는 경우가 많고, 꿈을 통해 유람과 사적, 역사적 인물과의 만남을 다루고 있다. 각몽 이후 꿈에 대한 화자의 반응을 통해 작가의 의식과 세계관 등을 추정할 수 있는 것이 특징이다.

2) 꿈 모티프의 변주 양상

　몽유가사의 작품 구조는 앞에서 언급한 바와 같이 현실−입몽−꿈속−각몽−현실의 순환구조를 이루는 것이 공통이다. 한편 각 작품은 이러한 기본 구조를 바탕으로 화자의 위치, 꿈속에 서술된 내용, 각몽 이후 화자의 태도 등을 달리하면서 다양한 양상으로 변주된다. 그 구체적인 양상을 도표화하면 다음과 같다.

구분 작품명	화자의 위치			꿈속 내용			각몽 이후의 태도			
	주인공	관찰자	불분명	유람	역사	만남	신이함	허무	현실연계	불분명
옥경몽유가	○					○			○	
길몽가	○					○			○	
옥루연가		○			○					○
개암정가	○			○		○				○
몽유가1	○			○		○				○
몽유가2	○			○		○	○			

몽유가3	○		○		○		○	
몽유악양루가	○		○			○		
역대취몽가		○	○	○				○
몽중가		○		○				○
몽유가	○		○	○			○	
몽중가	○				○	○		
몽중문답가	○				○	○		
몽중노소문답가	○				○	○		
몽유역수	○				○		○	
몽유가	○		○		○	○		

앞에서 언급한 바와 같이 몽유가사는 대체로 화자가 주인공이 되어 꿈속 세계를 체험하고, 꿈을 깨고 나서 꿈에 대한 일정한 소감이나 행동을 드러낸다는 공통점을 지닌다. 그런데 위의 도표를 살펴보면, 꿈속의 내용과 꿈을 깨고 난 뒤의 꿈에 대한 화자의 태도는 다소간 차이를 나타내고 있다.

먼저 꿈속의 내용은 크게 두 가지로 나뉜다. 하나는 중국이나 조선의 명승지를 유람하면서 그와 관련된 인물이나 사적을 언급한 것이고, 다른 하나는 중국이나 조선의 유명한 인물과의 만남을 다룬 내용이다. 여기서 만남은 전자와 후자에 중첩되어 나타나는 경우가 있다. 그러나 다음 예문에서 알 수 있듯이 만남의 양상은 각기 다르다.

(가) 틱스공 주장유롤 평싱에 원흐오더 오동국 쳔이지예 산쳔이 볼데 업셔/흉즁에 호연긔롤 너어이 두올손고 악양누 좃탓거던 꿈에나 보주 흐고/초당에 챵을닷고 오면을 잠간드니 장즁에 칠원졔비 날좃츠 나니 눈돗/쳥녀쟝 손에집고 중원을 츠자갈졔 틱항산 놉히올나 스힝롤 구어 보니 눈압희 구쥬로다/흥망스 쳔고젹얼 오날다 구경흐니 장할샤 황하

슈눈 천상으로 분류ᄒ고/외외흔 져쟝셩은 만이예 연뮈로다 딘나라 빅
셩들아 시황졔 어디가뇨/쳔만셰 바리더니 이셰예 망탄말가 인졍은 아
니ᄒ고 부셰는 무삼일고/동남동녀 언졔오리 여산이 소슬ᄒ다 삼신산
어나곳이 불사약 키올손고/한무졔 승노반언 긔더옥 가쇠로다 쳐셕강
강슈변에 이젹션 찻ᄌᄒ니/신혼은 간더업고 풍월만 남아잇다 금능ᄯᅡ
졔왕조에 봉황대 올나가니

(나) 〈전략〉 玉皇이 보신後에 稱讚ᄒ고 니ᄅ시되/李青蓮 杜草堂과
韓昌黎 王弇州ᄂᆞ/古今文章이 너밧긔 업다터니/어더셔 엇던션븨 天
下文章 쏘낫는고/불너들여 물ᄋ시되 네엇던 사롬이며/世德은 엇디ᄒ
며 身世는 엇더ᄒ리/姓名年歲롤 仔細히 무ᄅ시니/졀ᄒ고 고쳐안자
歎息ᄒ고 對答ᄒ되/禮義東方에 康獻大王 子孫으로/連三代 登龍ᄒ
야 一世에 爀爀더니/子孫이 不肖ᄒ야 가셩이 영락ᄒ니 〈후략〉[11]

(가)에서 만남은 화자와의 직접적인 대면이나 대화가 부재하고, 역
사와 관련된 '인물 기억하기'의 수준에 있다. 화자와 인물간의 특별한
만남이라고 보기는 어렵다. 이에 비해 (나)의 만남은 역사적 인물들이
화자와 직접 대화를 나누거나 화자의 존재감을 확인하기 위해 특별히
설정된 것으로 만남이 꿈속의 중요한 모티프가 된다.

이렇게 볼 때, 꿈속의 내용은 유람과 역사, 만남 두 가지로 구분된
다고 할 수 있다. 전자에 해당하는 작품은 〈옥루연가〉·〈몽유악양루
가〉·〈역대취몽가〉·〈몽중가〉·〈몽유가〉 등이고, 후자에 해당하는 작
품은 〈옥경몽유가〉·〈길몽가〉·〈몽중가〉·〈몽중문답가〉·〈몽중노소
문답가〉 등이다.

한편 꿈을 깨고 난 뒤 화자의 태도는 꿈 모티프의 변주에 핵심적

11) 李㴑, 〈玉京夢遊歌〉, 박규홍, 「石霞 所藏 古時憲書綴에 筆寫된 詩歌作品」, 『서지학보』
8, 한국서지학회, 1992.

사항이 된다. 화자의 태도에 따라 꿈의 성격과 의미가 달라지기 때문
이다. 위의 표를 토대로 하면, 몽유가사에 나타나는 각몽 이후의 태도
는 다음과 같이 구분된다.

첫째는 꿈을 깬 후 꿈의 허망함을 느끼고 한탄하는 태도, 둘째는
꿈의 신이함을 느끼고 거기에 빠져있거나 영험함을 강조하는 태도,
셋째는 꿈을 현실과 연결하여 의미를 부여하는 태도, 넷째는 각몽이
불분명하여 일정한 태도가 나타나 있지 않는 경우이다.

첫 번째 양상은, 꿈을 '인생의 무상함'과 연결하여 이해한 〈몽환가〉
류 계열의 다음 가사에서 두루 보이는 태도이다.

> 夢幻 夢幻하니 世上萬事가 夢幻이라 功名富貴 人間榮辱이 모도다
> 夢幻일다/天地은 迷籠이요 古今은 迷局이라 三界가 火宅이니 天上樂
> 도 夢幻이요/人間樂도 夢幻이라 歷代帝王 王候들과 古今英雄 豪傑들
> 도 生老病死 失免하니/夢幻일시 적실하다 古今迷局 夢幻中에 英雄烈
> 士 누구누구 楚覇王의 拔山力은/江東을 不渡하고 烏江에서 自刎하고
> 子眉의 壯한忠義도 觸縷劍에 自刎하고/韓信갓흔 英雄絶士도 畢竟誤
> 死 하엿스니 이갓흔 英雄으로 夢幻中에 喪眞하고/諸葛亮의 神機妙策
> 과 周瑜의 英氣才識과 龐統의 百日公事와 이갓흔 英才로도/喪眞虛名
> 뿐이로다 〈후략〉[12]

위의 〈몽환가〉에서 '꿈'은 곧 '幻'이다. 그래서 꿈이란 사람을 미혹
하게 하는 것이다. 부귀공명의 인생 자체가 꿈이고 환으로 비유된다.
따라서 여기에서 인생만사를 꿈에다 비유하는 것은 무상한 현실에 집
착하여 괴로워하는 범부를 환기시켜 깨달음의 세계로 이끌기 위한 것
이라고 할 수 있다.

---

12) 〈몽환가〉, 『역대가사문학전집』 10권, 임기중 편, 아세아문화사, 1998.

〈전략〉靑石嶺 구름 쇽에 寃恨을 쓰럿셰라 滕王閣을 올나가니 王勃
의 滕王閣序/淒凉할손 三尺微命 네 글즈라 三神山을 도라드러 白雲
으로 日傘 삼고/淸風으로 붓치 삼아 左右山川 求景흐고 壺中天地 바
라보니 夕陽天이 거의로다/낙시더를 둘너 메고 釣臺로 나려가니 西山
落照 빗겻난디 銀鱗玉尺 낙가너여/버들 끗히 쯰여 들고 芒鞋緩步로
漁夫辭를 외오면셔 杏花村을 차자 가셔/고기 쥬고 술을 사셔 醉흐야
도라오니 淸閒淡泊 이 너 몸이 世上 功名 比할쇼냐/九升葛布 닙엇스
니 錦衣를 불어흐며 山菜 麥飯으로 適口充腸 흐얏스니/膏粱珍味 無
用이라 허허 世上事 丁寧 잇럿쿠나/아니 놀고 무엇 흐리.[13]

위의 몽유가사에서도 꿈속의 모든 일이 무상(無常)하며, 따라서 '무
용(無用)'이다. 그래서 현실로 돌아온 화자는 '아니 놀고 무엇하리' 라
는 태도를 보이고 있다. 인생사가 무상하다는 세계관이 투영되어 있
다. 여기에 무상이 향락으로 이어지는 양상이 보태어진다.

그러나 몽유가사의 전체적 양상을 살필 때, '꿈'을 '무상(無常)'과 연
결한 작품은 오히려 그 비중이 적다. 가사집의 〈몽유가〉2,3과 잡가집
의 〈몽유가〉류가 대표적인데, 잡가집의 〈몽유가〉류가 〈몽유가〉2와 유
사한 작품임을 감안하면 그 비중은 더욱 적어진다. 오히려 '꿈'을 현실
의 연장선상에서 보려는 작품의 비중이 더 높은데, 이것은 몽유가사의
중요한 특징이라 할 수 있다. 몽유가사에서 '꿈'모티프가 왜 어떻게
활용되는가에 대한 변별점이 되기 때문이다.

이처럼 꿈을 현실과 연관지어 이해하는 방식은 도가적 세계관과 밀
접한 관련이 있다. 도가에서는 몽·각, 생·사, 현실·환상 등의 개념군
에 대해서 일반적으로 주어진 이원적 상반의식을 불식시키고, 가치론

---

13) 〈몽유가〉 2, 『주해 악부』, 이용기 편, 정재호 외 주해, 고려대 민족문화연구소, 1992.

상 일여(一如)한 존재양식으로 인식하게 하는 일원론적 도관(道觀)을 말하기 위한 수단으로 '꿈'이 자주 차용되었다.[14) 때로 신비체험으로서의 꿈은 절대적 의미를 지닌 절대체험으로서 인생의 대변화를 초래할 만큼의 절대적 의미를 지니기도 한다. 그래서 도가적 꿈 형상은 현실만큼의 긍정 혹은 절대 가치를 지니는 대상이다.

몽유가사에서 '꿈'은 현실에서 갈 수 없고 만날 수 없는 장소와 인물을 체험하는 '신이체험'이 되어 현실의 욕구를 해소하거나, 현실의 문제를 반추하고 해결하는 과정으로 그려지는 경우가 많다. 그래서 꿈을 깬 이후 화자의 태도는 꿈을 허망한 것으로 부정하기보다는 오히려 꿈과 현실의 경계를 부정하고, 현실과 연결하여 '꿈'을 이해한다.

> 天鷄一聲에 씨드르니 꿈이로다 靑風이 건듯불고 曉月이 밝가난디/洞仙謠롤 묽게읇고 步虛詞를 놉히투니 어디셔 우는鶴이 어디러로 지나거니/앗가 白雲우희 나니닷던 그鶴인가 내가 神仙인가 神仙이 내롯던가/玉京이 예롯던가 예가아니 玉京인가 天上인줄 인간인줄 아모딘줄 내몰내라/두어라 이리져리ᄒᆞ야 절로노쟈 ᄒᆞ노라[15)

〈옥경몽유가〉에서 꿈은 현실과 연결되어 있다. 꿈을 깬 화자는 현실에 직면하면서도 꿈속 세계와 현실 세계를 혼동하는 척하고 있다. 현실에 직면한 화자는 꿈속과 천상의 세계에서 벗어나지 않기를 원한다. 그러므로 각몽 이후에도 현실의 세계는 선계와 다를 바가 없다고 말한다.[16) 이로써 꿈속의 정서는 각몽 이후에도 여전히 지속되는 효과

---

14) 이월영, 「도가적 꿈형상의 유형적 특성 고찰―장자·열자의 꿈이야기를 대상으로」, 『국어국문학』 27, 국어국문학회, 1989, 113~143쪽.

15) 李渓, 〈玉京夢遊歌〉, 박규홍, 「石霞 所藏 古時憲書綴에 筆寫된 詩歌作品」, 『서지학보』 8, 한국서지학회, 1992.

를 가진다.[17]

〈전략〉 내몸을 닥고닥가 마튼것 일치말라 顔淵의 四勿이오 曾子의
三省이며/恩無邪 無不敬이 節節이 至善이라 造次의 잇지마라 終始예
힘써호면/네天性 다홀저긔 自然及人 호느니라 니러나 再拜호고 大帶
예 쓴然後에/遽遽히 씨다르니 이꿈이 大吉하다 에엿쁜 아희들아 聰明
히 드러사라/丁靈히 이말말삼 이즐가 젓쓰왜라.[18]

꿈속의 일은 현실로 이어지고 꿈속의 가르침을 제 3자에게 그대로
전달하려는 의도를 보인다. 여기서 화자는 꿈에 현실과 동일한 지위를
부여하고, 꿈을 잘못된 현실을 바로 잡는 적극적인 개입의 수단으로
활용하고 있다.

이렇게 볼 때, 몽유가사에 나타난 각몽 이후의 상이한 태도는 서로
다른 세계관적 배경에 기인함을 확인할 수 있다. 그러나 몽유가사의
많은 작품은 특히 화자가 꿈을 깨면서 그 꿈이 현실과 연결되어 영향
을 미치는, 그래서 꿈 모티프가 현실 부정의 대상이 아니라 긍정의
대상이 되는 양상을 보인다.

이러한 양상은 몽유가사 창작자들이 현실과 가상세계를 분열적으로
오가는 것이 아니라, 이 양자의 실천적 조형을 시도한다는 사실을 알
수 있다. 즉 꿈은 가상의 세계이면서 예술세계라 할 수 있는데, 이에
대한 창작자의 관심은 바로 현실에 대한 관심의 산물이라는 것이다.

따라서 몽유가사의 '꿈'모티프는 현실 부정과 괴리의 차원이 아닌

---

16) 김팔남, 앞의 논문, 2005, 89~90쪽.
17) 최은숙, 앞의 논문, 2011, 73쪽.
18) 〈길몽가〉, 정익섭, 「芸庵의 吉夢歌 考察」, 『어문학』 9, 한국어문학회, 1963, 25~40쪽.

삶의 실천적 조형을 매개하는 수단으로 의미화 되었다고 할 수 있다.
이는 몽유가사를 창작한 동기가 현실적 실천적 차원에 있었다는 점을
보여준다.

3. 〈길몽가〉의 특징과 의미

〈길몽가〉는 운암 한석지(芸菴 韓錫地, 1709~1803)가 창작한 가사로
서, 꿈속에서 맹자를 만나 꿈을 깬 후 맹자의 가르침을 전한다는 내용
을 지닌 작품이다.[19] 몽유가사의 완전한 기본 구조를 지니고 있으면서
창작연대와 작가가 분명한 몽유가사의 대표적 작품이다. 이에 이 글에
서는 〈길몽가〉를 '꿈' 모티프의 변주라는 측면에서 그 특징과 의미를
살피도록 하자. 이를 위해 〈길몽가〉의 작품구조를 꿈속의 내용, 각몽
이후의 태도 등으로 나누어 분석해 보기로 한다.

1) 작품의 이중구조와 꿈의 지향

〈길몽가〉의 작품구조는 현실-입몽-꿈속-각몽-현실의 구조를

---

19) 〈길몽가〉는 정익섭에 의해 자료가 소개된 후 안혜진에 의해 작품의 성격과 의의가 집중
    적으로 조명된 바 있다. 안혜진은 〈길몽가〉를 '꿈을 통한 이념 추종의 확고한 제시',
    '타인을 통한 신념의 재확인', '서사성 강화를 통한 이념의 경직성 완화'의 특징을 가진
    18세기 향촌사족 가사의 새로운 단면을 보여주는 작품으로 평가하였다. 18세기 향촌사족
    가사에 대한 연구가 교훈가사와 강호가사 등의 특정 주제에만 치우친 점을 비판하고 몽유
    가사의 존재를 실제 작품을 통해 설명함으로써 향촌사족 가사 향유의 새로운 면을 밝혔다
    는 의미가 있다. 〈길몽가〉를 대표적인 몽유가사로 확정하고 '꿈'이 이념 추종의 수단으로
    활용되었다는 점을 설명한 부분은 본고의 논의에 중요한 시사점을 주고 있다. 그러나
    작품의 주요 모티프가 되고 있는 '꿈'의 변주 양상에 대한 집중적인 분석을 통해 몽유가사
    로서의 정체성과 특징을 보다 세밀히 논의하는 과정이 더 필요해 보인다.

지녔다는 점에서 기본적인 몽유가사의 틀에 충실하다.

> 에엿분 아히들아 니압히 나아오렴 간밤의 꿈을ᄭᅮ니 萬古의 吉夢이
> 라/니를더 바히업서 너히를 들리고져 너天性 고히홀손 功名을 願치아
> 녀/ᄂᄆ옴 고히홀손 富貴를 붉지아녀 大丈夫 第一事件 中正仁義 ᄲᅮᆫ
> 이로다/此外 萬事ᄂᆫ 酬應홀 ᄯᆞᄅᆷ이오 처엄의 흔ᄉᄅᆷ이 立庭ᄒᆞ야 알외
> 오대/撓動치 아니커니 두림이 이실소냐 常時여 이ᄲᅳ질식 夢寐여도 흔
> 가지라/어제밤 밤들거ᄂᆞᆯ 풀베고 ᄌᆞᆷ을드니 韓信張翼 請ᄒᆞ데다 ᄭᅮ지저
> 믈리치니/이윽고 다란情이 連續ᄒᆞ야 드러오니 嚴光陣搏 보랴거ᄂᆞᆯ 일
> 잇노라 稱頌ᄒᆞ고
> 〈중략〉
> 도라가 네子至과 그나문 蒙學들을 文行을 敎訓하야 忠信으로 勸ᄒᆞ
> 여라/내몸을 닥고닥가 마튼것 일치말라 顔淵의 四勿이오 曾子의 三省
> 이며/恩無邪 無不敬이 節節이 至善이라 造次의 잇지마라 終始예 힘
> 써ᄒᆞ면/네天性 다홀저긔 自然及人 ᄒᆞᄂᆞ라 니러나 再拜ᄒᆞ고 大帶예
> 쓴然後에/遽遽히 ᄭᅵ다르니 이꿈이 大吉하다 에엿ᄲᅮᆫ 아히들아 聽明히
> 드러사라/丁靈히 이말말삼 이즐가 젓쏴래라.

'어제밤 밤들거ᄂᆞᆯ 풀(팔)베고 ᄌᆞᆷ을드니'로 입몽하여 '遽遽히 ᄭᅵ다르
니 이꿈이 大吉하다'로 각몽하는 몽유가사의 기본구조를 그대로 가지
고 있다. 그런데 작품을 자세히 살피면 〈길몽가〉에서는 이러한 몽유
가사의 기본틀이 또 다른 전언의 틀 속에 들어 있음을 확인할 수 있다.
'에엿분 아히들아 니압히 나아오렴 간밤의 꿈을ᄭᅮ니 萬古의 吉夢이라'
와 '에엿ᄲᅮᆫ 아히들아 聽明히 드러사라 丁靈히 이말말삼 이즐가 젓쏴래
라.'라고 하여 텍스트 속에 몽유의 내용을 제 3자에게 전달해 주는 언
술을 담고 있다. 그 구조를 그림으로 표현하면 다음과 같다.

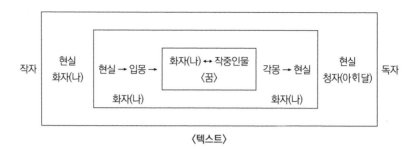

〈텍스트〉

대부분의 몽유가사에서 현실 속의 화자는 자신이 꾼 꿈에 대해 독백
조로 말한다. 그런데 〈길몽가〉는 위의 도표와 같이 이중적 구조를 띠
고 있으면서, 현실로 돌아와 다시 제 3자인 청자에게 자신의 몽중 경
험을 이야기해 준다는 설정이 더 보태어져 있다. 기존의 〈길몽가〉를
교훈가사로 볼 것인가 아닌가에 대한 논의[20]는 바로 이러한 이중적
작품 구조를 어떻게 해석할 것인가에 대한 입장 차이에 기인한다. 작
품의 이중 구조에서 바깥 부분을 중시하면 〈길몽가〉는 교훈가사의 성
격이 강하고, 작품의 내부구조에 중점을 두면 〈길몽가〉는 교훈가사로
서의 성격이 약하다. 특히 안혜진은 이 작품에서 청자인 아이들은 이
야기의 시작을 마련해 주는 역할에 그치고, 꿈이 자기 자신의 신념을
확고히 하는 수단으로서 설정되었다[21]고 보아 작품의 외부구조를 단
순히 처리하고 있다.

그러나 다른 몽유가사와 구분되는 〈길몽가〉의 이중구조는 단순히
어느 한쪽만을 더 강조하여 임의대로 해석해 버릴 성격이 아니다. 이

---

20) 류연석과 양지혜는 이 가사를 교훈가사로 보았고, 안혜진은 전형적인 교훈가사에서 벗어
나 있다고 보았다. 류연석, 『한국가사문학사』, 국학자료원, 1994; 양지혜, 「계녀가류 규방
가사의 형상에 대한 연구」, 이화여대 석사논문, 1998, 83쪽; 안혜진, 앞의 논문, 2002,
223쪽.

21) 안혜진, 앞의 논문, 2002, 218쪽.

는 '꿈' 모티프의 새로운 변주 양상으로서 작품의 중요한 특징일 뿐
아니라 작품 속에서 꿈이 어떤 역할을 하는가를 보여주는 새로운 단서
이기 때문이다.

안혜진의 논의처럼 꿈속의 사건은 화자의 이념적 확고함을 강조하
는 데 기여하고 있다. 화자가 꿈의 전반부에서 맹자의 뜻을 벗어난
인물을 모두 물리치고 있는 데서 이를 확인할 수 있다. 그러나 '작품
뒤 맹자의 편지를 받고 맹자를 직접 대면하는 장면은 작품의 초점이
타인이 아닌 자기 자신에게 놓여 있다'[22]는 안혜진의 해석은 재고할
필요가 있다.

> 先生의 親筆이라 感激이 그디업니 그글에 흐여스되 그대를 내아노
> 라/그대姓名 드러잇고 그대글월 보와시되 그대여 노픈지혜 接人의 나
> 타느니/接人은 行實이라 智行이 이러흐니 이아니 豪傑이냐 썰니와 서
> 라보새/惶恐코 欣悅흐야 밧비밧비 나아가니 蒲酒흔 當室中의 儼然히
> 丞才의 拜謁홀새/俯伏흐야 謝禮흐고 우러러 瞻望흐니 九州의 더핀浩
> 氣 道義로 配合흐야/儀容은 專和氣오 座上은 春風이라 朗朗흔 德音
> 으로 諄諄히 命흐사대/오나라 韓平仲아 무어슬 너를줄고 흔마리 누른
> 실이 오라는 千萬일새/손소드러 주시거늘 至恭히 밧자와서 가슴의 품
> 은후에 고쳐안즌 슘스오되/世俗이 漸漸니러 聖賢道 衰微흐니 生靈이
> 因厄흐야 所見이 慘酷홀새/니일을 네알거니 네일을 내모로랴 救홀術
> 잇습는지 小子는 몰나이다/泫然이 눈물짓고 嗚咽흐며 니라사대 네쓰
> 지 네쓰지오 네道理 닉道理라/도라가 녜子至과 그나문 蒙學들을 文行
> 을 敎訓하야 忠信으로 勸흐여라/내몸을 닥고닥가 마튼것 일치말라 顔
> 淵의 四勿이오 曾子의 三省이며/思無邪 無不敬이 節節이 至善이라
> 造次의 잇지마라 終始예 힘써흐면/네天性 다홀저긔 自然及人 흐느니

---

22) 안혜진, 앞의 논문, 2002, 222쪽.

라 니러나 再拜ㅎ고 大帶예 쓴然後에/遽遽히 씨다르니 이꿈이 大吉
하다 에엿쌘 아히들아 聰明히 드러사라/丁靈히 이말말삼 이즐가 젓쏜
왜라.

맹자의 편지 속에 '그대를 내아노라~'는 구절은 자신이 추종하던
맹자로부터 자신이 이미 인정을 받고 있었음을 확인하는 언술인데,
이러한 인정은 직접 맹자를 만나는 상황으로 이어진다. 맹자는 자신과
의 만남을 제3의 타인에게도 널리 알릴 것을 권한다. 이는 화자 자신
의 신념에 대한 맹자의 인정, 즉 타인의 인정으로 그 범위가 확장될
가능성을 시사하는 부분이다.

이렇게 볼 때 꿈속 체험은 자기에 대한 인정-맹자의 인정-타인의
인정으로 범위가 확대됨을 알 수 있다. 이러한 양상은 꿈속의 텍스트
조차도 화자의 시선이 자기의 내부에 머무르지 않고 이미 타인을 향해
있음을 보여주는 부분이다.

한편 각몽이 일어나고 '遽遽히 씨다르니 이꿈이 大吉하다'라는 꿈에
대한 화자의 평가가 이어진다. 그리고 이후 화자는 '에엿쌘 아히들아
聰明히 드러사라 丁靈히 이말말삼 이즐가 젓쏜왜라.'라는 언술로 마무
리하는데, 이때 화자가 아이들에게 전하고 싶은 것은 바로 '내몸을 닥
고닥가 마튼것 일치말라 顏淵의 四勿이오 曾子의 三省이며 思無邪 無
不敬이 節節이 至善이라 造次의 잇지마라 終始예 힘써ㅎ면 네天性 다
홀저긔 自然及人 ㅎㄴ니라'라는 맹자의 가르침 그 자체이기도 하지만,
자신과 맹자와의 만남, 이로부터 맹자에 의해 자신이 인정을 받았다는
사실 그 자체이기도 하다.

따라서 작품의 외부 구조에 해당하는 '아히들'로 상정된 청자의 존
재는 이야기를 시작하기 위한 보조적 장치이거나 부드러운 공감을 유

도하는 장치를 넘어서 있다고 보아야 할 것이다.

화자의 의도는 작품의 이중구조를 통해 '꿈'이 현실에서 불가능한 신념을 펼치거나 자신의 신념을 확고히 하려는 내부적 지향을 넘어서고 있다. 즉 꿈속에 설정된 타인과의 만남을 통해 자기의 존재를 인정받는 데서 그치지 않고, 현실 속에 돌아와서도 그러한 인정을 유효하게 하고 현실 속에서도 꿈의 상황을 그대로 이어가려는 욕구를 표출하기 위한 도구로 활용되었다고 볼 수 있다.

2) 꿈속에서의 '만남'과 도통(道統)의식

앞장에서는 작품의 전체 구조를 통해 꿈의 지향을 살폈다면 여기서는 실제 꿈속의 내용을 통해 꿈의 의미를 살펴보기로 한다. 이는 곧 화자가 꿈을 통해 무엇을 말하려고 했는가에 대한 문제로서, 〈길몽가〉가 지향하는 의미이다.

〈길몽가〉에서 화자는 꿈속과 꿈밖에서 지속적인 만남을 시도하고 있다. 앞에서 잠시 언급한 바와 같이 꿈속의 만남은 〈길몽가〉뿐 아니라 여타 몽유가사에서도 일반적으로 나타나는 내용이다. 그런데 다른 작품에서는 만남의 대상이 불특정 다수이거나 관습적으로 인용되는 인물임에 비해, 〈길몽가〉에서는 평소 자신이 추종하던 인물이라는 점이 특이하다. 그리고 만남의 대상은 매우 화려한 수사로 묘사된다.

惶恐코 欣悅ᄒ야 밧비밧비 나아가니 蒲酒혼 當室中의 儼然히 丞才의 拜謁홀새/俯伏ᄒ야 謝禮ᄒ고 우러러 瞻望ᄒ니 九州의 더핀浩氣 道義로 配合ᄒ야/儀容은 專和氣오 座上은 春風이라 朗朗혼 德音으로 諄諄히 命ᄒ사대

이러한 수사를 통해 만남의 감격은 더욱 커지고 대상의 권위는 더욱 높아진다.[23] 그렇다면 꿈속에서의 권위 있는 인물과의 감격적 만남은 왜 설정된 것이고 그것은 무엇을 의미하는가? 이와 관련하여서 『논어』의 다음 구절이 자주 인용된다.

> 공자께서 말씀하셨다. "심하도다, 나의 노쇠함이며! 오래 되었구나, 내가 꿈속에서 주공을 다시 만난뵈온지가!"[24]

공자가 젊었을 때 도를 행하려고 했었기 때문에 꿈속에서 간혹 주공을 뵈었는데, 늙어서 도를 행할 수 없게 되니 꿈에서도 주공을 뵙지 못한다는 한탄이다. 공자가 도를 행하려고 했을 때 꿈에서 주공을 보았다는 것은 유가적 도에 대한 공자의 강한 열망을 반영한다.[25] 따라서 〈길몽가〉의 꿈속에서 맹자를 만났다는 것 역시 맹자에 대한 강한 열망을 표현한다. 실제로 〈길몽가〉를 지은 한석지는 당시의 성리학을 비판하고 선진유학정신을 주창한 인물로 평가받고 있는 인물이었다.[26] 따라서 둘 사이의 연관성을 생각할 때 〈길몽가〉는 자신의 신념을 재확인하는 텍스트라 할 수 있다.

---

23) 여타의 몽유가사에서도 이러한 양상은 자주 찾아볼 수 있다.
"平生 처음 壯觀이오 世上 없는 器具로다 三淸星月 五城안에 十二樓가 玲瓏하고 白玉樓 너른집에 上帝께서 殿坐하사 山龍繡裳 儼臨하니 蕩蕩巍巍 難明이라 彤庭玉階 九級上에 列仙儀仗 羅列하니 靑龍白虎 朱雀玄武 前後左右 環衛하고 二十八宿 五方神將 方位에 벌여 있다 勾芒神 祝融神은 靑紅衣裳 燦爛하고 飛爌神 玄冥神은 白黑冠冕 鮮明하다 文曲星 武曲星은 文武將相 輔弼이요"〈옥루연가〉 중

24) 『論語』 7:5. 子曰 甚矣 吾衰也 久矣 吾不復夢見周公

25) 안혜진, 앞의 논문, 2002, 220쪽.

26) 윤종빈, 「운암 한석지 실학의 선진유학적 특성에 관한 연구」, 충남대 박사학위논문, 2000; 안혜진, 앞의 논문, 2002, 222쪽, 재인용.

그런데 '공자가 꿈속에서 주공을 뵈었다'는 텍스트가 지닌 의미는 좀 더 세밀히 따질 필요가 있다. 그것은 공자 자신의 '천도(天道)'에 대한 열망을 표현한 것이기도 하지만, 주공 이후로 끊어졌던 도를 자신이 이어 받았음을 천명하는 표현이기도 하다.[27] 이를 유교에서는 '도통론(道統說)'이라고 한다.[28] 하늘의 명령이 인간의 본성에 내재되어 있다고 주장하는 유교는 하늘의 도(道)가 인간에게 전해져 내려오고 있다고 하는 이른바 '도통론(道統說)'을 주장한다. '萬世 心學의 淵源' 혹은 '學問의 大法이자 心法의 要諦'로서『尙書』「大禹謨」의 '十六字心法'이 바로 그것인데, 하늘의 도가 至聖王인 堯에게, 堯는 禹에게 道를 전함으로 道統이 유래되었다는 것이다.

> 帝께서 말씀하시길, "禹야, … 하늘의 曆數가 너의 몸에 있으니, … 人心은 위태롭고 道心은 은미하니, 오직 精一하여 진실로 그 '中'을 잡아라(人心惟危 道心惟微 惟精惟一 允執厥中). … 온 천하가 곤궁하면 천록이 영원히 끊어질 것이다.[29]

이 구절은『논어』에도 변형되어 나타나 있고,[30] 『맹자』 또한 그 영향을 받고 도통의 계승자로 자임했다. 일반적으로 道統은 堯 → 舜 → 禹 → 湯 → 文 → 武 → 周公 → 孔子 → 曾子 → 子思 → 孟子 → 二程 →

---

27) 이러한 사실은 다음 구절에서 더욱 확연히 드러난다.
　　『論語』3:14. 子曰 周監於二代 郁郁乎文哉 吾從周. 9:5. 子畏於匡 曰文王 旣沒 文不在玆乎 天之未喪斯文也 匡人 其如予何. 7:22. 子曰 天生德於予 桓魋其如何.
28) 임헌규, 「유교의 이념」, 『동양고전연구』40, 동양고전학회, 2010.9, 14~20쪽.
29)『書經』「大禹謨」. 帝曰 來禹 … 天之曆數 在爾躬 … 人心惟危 道心惟微 惟精惟一 允執厥中 … 四海困窮 天祿永終.
30)『論語』20:1. 堯曰 咨爾舜 天之曆數 在爾躬 允執厥中 四海困窮 天祿永終 舜亦以命禹 (湯)曰… 周有大賚 ….

朱子로 이어졌다고 본다. 주자의 언명을 살펴보자.

> 대개 상고시대에 聖人과 神人이 하늘을 계승하여 표준을 세우면서
> 도통의 전수가 비롯되었다. 도통이 경전에 나타난 것으로 말한다면 '진
> 실로 그 中을 잡으라(允執厥中)'는 요임금이 순임금에게 전수한 것이
> 고, '人心은 오직 위태롭고, 道心은 오직 은미하니, 오직 정밀(精)하고,
> 한결(一)하여 진실로 그 中을 잡으라(人心惟危 道心惟微 惟精惟一 允
> 執厥中)'는 순임금이 우임금에게 전수한 것이다. … 그 이후로 성인과
> 성인이 서로 계승하여, 成湯과 文, 武는 인군으로 고요, 이윤, 부열,
> 주공, 소공은 신하로서 모두가 이미 이를 통해서 도통의 전수가 이어왔
> 으며, 우리 夫子같은 분은 비록 그 지위는 얻지 못하였지만 옛 성인을
> 계승하고 오는 후학을 열어주신 공로는 오히려 堯舜보다 더함이 있다.
> 그러나 그 당시 이를 보고 알았던 사람으로서 오직 안연과 증자가 그
> 도통의 전통을 계승하였지만, 증자가 다시 이를 전수하여 공자의 손자
> 인 자사가 이를 계승할 즈음에 이르러서는 성인과 시대가 멀어짐에 따
> 라 이단이 일어났다.[31]

'도통(道統)'이란 비범한 개인의 영감에 의해 일정기간의 단절과 공
백이 극복되어, 도(道)가 다시 회복되었음을 의미한다. 이때 도의 회복
은 특정한 개인에 의해 재발견될 수 있다는 신념을 포함한다.[32] 그런
데 이러한 도통 만들기는 단순히 이미 존재하고 있는 계보에 자신을

---

31) 『中庸章句』「序」. 蓋自上古聖神繼天立極 而道統之傳 有自來矣 其見於經則允執厥中者 堯
之所以授舜也 人心惟危 道心惟微 惟精惟一 允執厥中者 舜之所以授禹也 … 自是以來 聖聖
相承 若成湯文武之爲君 皐陶伊傅周召之爲臣 旣皆以此而接夫道統之傳 若吾夫子 則雖不得
其位 而所以繼往聖開來學 其功 反有賢於堯舜者 然當是時 見而知之者 惟顏氏曾氏之傳 得
其宗 及其曾氏之再傳 而復得夫子之孫子思 則去聖遠而異端起矣.
32) 조현우, 「몽유록의 출현과 '고통'의 문학적 형상화」, 『한국고전연구』14, 한국고전연구
학회, 2006, 301~304쪽 참조.

끼워 넣는 일이 아니다. 도통을 주장할 당시에 존재하지 않았던 계보를 스스로 만들어내고, 그 끝에 자신을 위치시킨다. 일종의 자기 정체성 찾기와 유학사에서의 자기 위치 만들기이다. 유학사에서 공자 이후 유학의 여러 유파 중에서 맹자 사상이 갖는 가치를 재발견했던 주희의 도통 주장은 맹자의 재발견을 넘어서서 자기 자신의 정통성을 주장하는 의미가 들어 있다는 점[33]을 기억할 필요가 있다. 이러한 함의는 〈길몽가〉에서 한석지가 맹자를 만나고 맹자로부터 도를 이어 받고, 그 사실을 아이들에게 알리는 일련의 과정을 다시 생각해 보게 하는 계기가 된다.[34]

한석지는 18세기 향촌사족으로서 개인적으로 불우한 삶을 살면서 평생 출사하지 못하였다. 그러한 상황에서도 그는 자기 나름대로의 독특한 사상적 체계를 확립한 인물로 평가되고 있다. 이러한 정황을 볼 때 〈길몽가〉의 꿈속 만남은 '시적 화자의 유가적 이념에 대한 강한 추수'[35]의 표현을 넘어, 공자와 맹자가 그러하였듯이 자기 자신을 선진유학의 도통을 이을 수 있는 인물로 상정하고 이를 천명하려는 일종의 자기 정체성 찾기와 이에 대한 공표로 해석할 수 있다.

> 先生의 命을마타 簡書를 傳ᄒᆞ니다/先生의 親筆이라 感激이 그디업니/蒲酒ᄒᆞᆫ 當室中의 儼然히 <u>丞才의 拜謁</u>홀새/俯伏ᄒᆞ야 謝禮ᄒᆞ고 <u>우러러 瞻望</u>ᄒᆞ니/오나라 韓平仲아 무어슬 너를줄고/손소드러 주시거ᄂᆞᆯ <u>至恭히 밧자와서</u> 가슴의 품은후에 고처안ᄌᆞ 숨스오되/<u>世俗이 漸漸니러 聖賢道 衰微ᄒᆞ니</u> 生靈이 因厄ᄒᆞ야 所見이 慘酷홀새/너일을 네알

---

33) 조현우, 앞의 논문, 2006, 303쪽.

34) 몽유록에서는 이 도통의 의미가 '모임'의 양상과 결합되어 나타난다. 조현우의 논의를 참조할 수 있다.

35) 안혜진, 앞의 논문, 2002, 220쪽.

거니 네일을 내모로랴 救홀術 잇슙는지 小子는 몰나이다/泫然이 눈물
짓고 嗚咽ᄒ며 니라사대 네쓰지 네쓰지오 네道理 닉道理라

〈길몽가〉에서 맹자로부터 도통을 이어받는 과정을 상상하게 하는
구절들이다. 맹자가 직접 쓴 편지를 받는 장면, 맹자를 직접 만나 증표
를 받는 장면, 세상의 도가 쇠미하여 세상을 구할 도리를 알려주는
장면들과, '네쓰지 네쓰지오 네道理 닉道理라'라는 맹자의 말은 바로
이러한 도통의 전수과정을 그대로 묘사하고 있다.

이로써 화자는 중앙에서 소외되었던 자신의 처지를 극복하고 자기
자신을 유학의 정통성을 이어 받은 중요한 존재로 부각시킨다. 각몽
이후에도 후손들에게 맹자의 도를 전하고자 하는 의도를 드러냄으로
써 도통 전수자로서의 정체성을 다시 강조하고 있다.

이렇게 볼 때 〈길몽가〉의 꿈속에서의 만남은 바로 도통 전수라는
유교적 전통을 활용한 자기 정체성의 확인 및 공표의 과정으로 해석될
수 있다. 이는 유교적 이념에 대한 자기 내부의 다짐을 넘어 자신의
존재감에 대한 자기 이해와 타인으로부터의 인정을 추구하는 일련의
과정을 표현하기 위해 꼭 필요한 기획이었다고 볼 수 있다.

3) 도가적 각몽 의식과 유가적 치환

몽유가사의 많은 작품에서 꿈의 세계가 현실로 그대로 연계되고 꿈
이 현실과 동일하게 중시되는 양상을 각몽 의식을 통해 살핀 바 있다.
여기서는 〈길몽가〉의 각몽 의식을 고찰해 보고 꿈이 현실과 어떻게
관계되는가의 양상을 고찰해 보도록 하자.

遽遽히 찌다르니 이꿈이 大吉하다 에엿쑨 아히들아 聰明히 드러사

라/丁靈히 이말말삼 이즐가 젓쏜왜라.

꿈에서 현실로 돌아오는 장면이다. 꿈에서의 말씀을 잊을까 두렵다고 하면서 아이들에게 분명히 들을 것을 권고하고 있다. 현실과 마찬가지로 꿈의 세계를 긍정하고 있으며, 꿈을 오히려 현실과 연결하고 싶은 화자의 바람을 읽을 수 있다.

앞에서도 언급한 바 있지만, 꿈이 현실과 구분되지 않고 현실에 연계되는 이러한 인식은 도가적 세계관과 일치하고 있다. 도가에서 꿈은 절대적 의미를 지니는 신비체험으로서 인생의 대변화를 초래할 만큼의 절대적 의미를 지니는 것이 특징이다. 그래서 꿈속에서의 체험은 비현실적인 것으로 부정되거나 현실 자체를 부정하는 수단으로 여겨지지 않는다. 오히려 꿈 자체는 각몽 이후의 현실과 구분되지 않고 현실과 그대로 연계되는 양상을 띤다.

그런데 도가적 세계관에 입각한 꿈은 보통 환상성과 낭만성을 동반하는 경우가 많다. 몽유가사의 많은 작품들도 이러한 양상을 띠고 있다.

> 요지일월(堯之日月) 갑진년(甲辰年)에 강구미복(康衢微服) 놀았이니/태평연월(太平烟月) 격양곡(擊壤曲)은 함포고복(含哺鼓腹) 노인가(老人歌)라/생어장어(生於長於) 희호세(熙皞世)에 착음경식(鑿飮耕食) 하였이니/하유제력(何有帝力) 내몰라라 어망강호(魚忘江湖)이아니가[36]

> 白玉樓 너을집에 上帝게셔 殿座ᄒ셔 山龍繡裳 儼臨ᄒ니 蕩蕩峛峛 難名이라/形庭玉階 九級上에 列仙儀仗 羅列ᄒ니 靑龍白虎 朱雀玄武

---

36) 장학고, 〈역대취몽가〉(김일근, 『현대문학』, 현대문학사, 1982, 325~330쪽).

前後左右 環圍ᄒ고/勾芒神 祝融神은 靑紅衣服 燦爛ᄒ고 飛廉神과 玄冥神은 白玉冠冕 鮮明ᄒ다/文曲星 武曲星은 文武將相 輔弼이요 南斗星 北斗星은 南北門戶 樞機로다/月宮姮娥 玉妃仙과 西王母 麻姑仙은 雲母屛風 水晶簾에 霓裳羽衣 넙눌엇다/廣成子 赤松子와 安期生 呂洞賓은 驂鸞駕鶴 모다드러 香案前에 周旋ᄒ다/万古帝王 불너드러 天上人間 慶宴ᄒ니 風雲이 際會ᄒ고 日月이 光華로다[37]

신비한 공간에서 여유로운 여흥이 함께 하는 도가적 분위기를 재현하고 있다. 이러한 양상은 16세기 후반 17세기 초반 대량 창작된 유선시의 세계와 많이 닮아 있다. 유선시란 혼란한 시대상 속에서 인간의 상상력을 기제로 한가롭고 자유로운 서정적 허무와 초월의식을 반영한 작품군이다. 여기서도 꿈의 세계인 선계를 현실계의 연장으로 이해하고 이상향과 현실계를 연계된 공간으로 이해한다는 점[38]에서 몽유가사의 세계관적 기반을 함께 한다. 그래서 꿈속에서의 노닒은 현실초월적이다. 이에 유선시에서 꿈은 현세에 있는 유자(儒者)로서 환상적 도가의 세계를 쉽게 인식하고 수용할 수 있는 특별한 기제로 활용되고 있으며, 유선행위의 당위성과 유자로서의 입장을 변명하는 방어기제로 사용되고 있다.

그런데 〈길몽가〉는 조금 다르다. 〈길몽가〉에서 꿈은 유희나 여흥을 표현하기 위한, 유자(儒者)로서의 변명 수단이 아니라 본래의 유학으로 되돌아가서 유학의 진면목을 회복하고자 하는 유자 본연의 임무를 드러내는 데 기여하고 있다. 그래서 각몽 이후 화자는 자신의 존재감과 정체성을 정당화하고 더욱 강화하는데 꿈을 활용하고 있는 것이다.

---

37) 미상, 〈몽중가(夢中歌)〉(임기중 편, 『역대가사문학전집』, 아세아문화사, 1998).

38) 정훈, 「이수광의 유선시와 꿈의 관련 양상 연구」, 『한국언어문학』 51, 한국언어문학회, 2003, 435~457쪽.

이렇게 볼 때 〈길몽가〉의 꿈은 꿈과 현실을 연계하여 이해하는 도
가적 세계관을 기반으로 하지만 유가적으로 치환되어 있다. 꿈이 현실
을 초월하는 양상이라기보다는 현실에서의 유자적(儒者的) 전형성을
확인하고 그를 현실에서 강조하는 수단으로 활용하고 있음을 알 수
있다.

이상으로 〈길몽가〉의 특징과 의미를 몽유가사의 '꿈'모티프 변주
양상과 연관지어 작품 구조, 의미의 지향, 꿈의 기능 등으로 나누어
살펴보았다. 〈길몽가〉는 몽유와 전언(傳言)이라는 이중 구조를 통해
자기이해와 타인으로부터의 인정을 추구하였으며, 유학자로서의 도
통론에 근거하여 자신의 정체성을 '꿈'을 통해 확인하고 그 존재감을
천명하고 있음을 확인하였다. 그리고 이와 같은 꿈을 현실로 연계하여
유가적 삶의 실천적 조형을 매개하는 수단으로 사용하고 있음을 확인
할 수 있다.

4. 결론

이상으로 '꿈' 모티프 변주라는 측면에서 몽유가사의 전반적인 존재
양상을 살피고, 〈길몽가〉의 특징과 의미를 살펴보았다.

몽유가사는 '꿈'을 모티프로 한 가사 작품으로 '현실−입몽−몽중−
각몽−현실'의 구조를 지닌 일련의 작품으로 주로 17세기 이후부터
1900년대에 이르기까지 향유된 가사를 말한다. 이들은 특히 '꿈'의 변
주 양상을 중심으로 향유층의 다양한 지향과 세계관을 드러낸다는 점
에서 주목을 요한다. 즉 '꿈'이 단순한 시적 소재나 형식에 그치지 않
고 현실과 소통하고 조형하는 시적 수단으로 사용되고 있다는 점이

흥미롭다.

이러한 양상을 직접적으로 보여주는 작품 중의 하나가 바로 〈길몽가〉이다. 〈길몽가〉는 작가가 밝혀진 향촌 양반 사대부의 가사 작품으로서 몽유와 전언이라는 이중 구조를 통해 자기이해와 타인으로부터의 인정을 추구하였다. 그리고 유학자로서의 도통론에 근거하여 자신의 정체성을 '꿈'을 통해 확인하고 그 존재감을 천명함으로써 꿈을 유가적 삶의 실천적 조형을 매개하는 수단으로 사용하고 있는 작품이다.

이와 같이 본고는 몽유가사의 전반적 조망 아래 개별 작품론을 연계하여 설명함으로써 개별 작품의 보편성과 특이성을 설명해 내었다. 한편 〈길몽가〉의 특징을 몽유가사의 꿈 모티프 변주라는 일정한 기준을 통해 살핌으로써 그동안 밝히지 못했던 〈길몽가〉의 새로운 의미를 해석하였다.

이상으로 가사에서 꿈 모티프의 활용 양상과 문학적 기능을 밝히고, 〈길몽가〉에서의 꿈 차용의 의미와 세계관적 배경 및 지향을 파악하였다. 이를 시작으로 몽유가사의 장르적 특성과 전개에 대한 확장된 연구를 이어가도록 한다.

소악루 이유(李渘) 시가의
소통지향성과 담화 특성

1. 서론

'소악루(小岳樓)'(혹은 '소와(笑窩)') 이유(李渘, 1675~1753)는 정종의 네 번째 왕자인 선성군(宣城君) 이무생(李茂生)의 9세손으로 파릉(巴陵) 지역(현재 서울특별시 강서구 가양동)에 주로 살았던 왕족이다.[1) 〈사군별곡(四郡別曲)〉·〈옥경몽유가(玉京夢遊歌)〉·〈망미인가(望美人歌)〉·〈충효가(忠孝歌)〉·〈자규삼첩(子規三疊)〉 등의 시가 작품을 남겨 학계의 관심을 받았다. 그의 시가 작품에 대해서는 박규홍과 강전섭이 작품을 소개한 후, 김팔남에 의해 본격적인 연구가 시도되었다.

먼저 박규홍[2)은 「石霞 所藏 古時憲書綴에 筆寫된 詩歌作品」에서 고시헌서철에 필사된 시가 작품의 서지사항을 밝히면서 이유의 작품을

---

1) 이유(李渘)의 약전(略傳)에 대해서는 김팔남, 「새로 발견된 소악루 이유의 가사 몇 편에 대하여」, 『고시가연구』 18, 한국고시가문학회, 2006, 77~78쪽 참조. 이유는 서울시 강서구 가양동에 삶의 터전을 두고, 당대 거유 및 예술가들과 문화적 유대를 나누었다. 특히 그는 양천향교 부근에 있는 '소악루'라는 누정을 시창작의 거점으로 삼았는데, 이를 통해 양천향교가 당대 문인 및 거유들의 학문적 문화적 소통 공간으로 기능하고 있었음을 알 수 있다.

2) 박규홍, 「石霞 所藏 古時憲書綴에 筆寫된 詩歌作品」, 『서지학보』 8, 한국서지학회, 1992, 97~120쪽.

소개하였고, 이후 강전섭[3]과 김팔남[4]은 이들 작품을 이유의 작품으로 확정하여 작가론과 개별 작품론을 시도하였다. 이러한 과정에서 김팔남은 이유의 약전(略傳)과 작품의 창작 연대를 밝혔고, 〈옥경몽유가〉·〈망미인가〉의 작품 특성과 의미를 분석하였다. 특히 김팔남은 이유가 창작한 가사를 18세기 시가문학사의 구도를 살펴볼 수 있는 중요한 작품으로 평가하면서, 〈사군별곡〉을 기행가사의 전형적 구조를 보인 작품으로, 〈충효가〉를 18세기 훈민가의 지향을 살필 수 있는 작품으로, 〈옥경몽유가〉를 자신의 이상향을 형상화하기 위한 작품으로, 〈망미인가〉를 18세기 미인가계 가사의 대표적 작품으로 평가하였다.

이상과 같이 이유 시가에 대한 연구는 작품의 서지사항, 창작연대 및 작가 약전, 개별 작품론 등에 걸쳐 논의가 진행되었다. 그러나 이에 대한 본격적인 논의는 더욱 필요하다. 지금까지의 연구는 작품의 전반적 존재 양상을 확인하는 정도에 그쳐 있기 때문이다. 이유는 18세기 대표적인 시가양식을 그대로 구현한 다수의 작품을 남겼을 뿐 아니라, 그의 작품 〈자규삼첩〉이『海東歌謠』에 전승될 정도로 당대 시가 창작 및 향유에 깊이 관여하였던 인물이다. 따라서 그의 작품에 대한 보다 세밀하고 심층적 논의가 필요하다.

한편 이유 시가 작품[5]에 대한 연구를 본격화하고 새롭게 접근하기 위해서는 이유 시가를 고찰하는 시각의 변화가 필요하다. 지금까지의

---

3) 강전섭,「소악루 이유의 〈子規三疊〉과 〈四郡別曲〉에 대하여」,『고시가연구』12, 한국고시가문학회, 2003, 1~15쪽.

4) 김팔남,「복천 이태수작 〈망미인가〉의 주제형상화 고찰」,『어문연구』43, 어문연구학회, 2003, 279~305쪽; 김팔남,「〈옥경몽유가〉의 이상세계 표출방식」,『어문연구』49, 어문연구학회, 2005, 67~94쪽; 김팔남,「새로 발견된 소악루 이유의 가사 문학 몇 편에 대하여」,『고시가연구』18, 한국고시가문학회, 2006, 69~100쪽.

5) 이유 시가 작품 중『古時憲書綴에 筆寫된 詩歌作品』에 필사된 작품을 주 대상으로 한다.

연구는 그의 시가를 문예작품의 미학적 독자성의 측면에서 살피고 있다. 그러나 남아 있는 시가 작품이 유형성을 강하게 띠고 있기 때문에 그러한 분석의 틀로는 이유 시가만의 독자적 특성을 분석해 내는 데에는 어려움이 있었다. 따라서 그의 시가를 새롭게 조명하기 위해서는, 작품에 대한 문예 미학적 접근보다는 창작과 전승이라는 맥락을 고려한 텍스트 분석이 이루어져야 하고, 이를 통해 이유 시가 작품의 보편성과 특이성을 구명한 후 그 의미를 밝혀야 한다. 이러한 문제의식을 가지고 본고는 이유 시가의 창작 및 전승 기반을 살피고, 그의 작품을 담화양상이라는 측면에서 분석해 보고자 한다.[6] 시가 창작 및 전승이란 시가의 소통 과정이라 할 수 있으며, 이러한 시각에서 접근할 때 텍스트의 '담화양상'을 특별히 주목해야 하기 때문이다.

그렇다면 이유의 시가는 왜 소통의 시각에서 분석되어야 하는가, 구체적인 소통의 양상은 어떠한가, 그리고 그것의 의미는 무엇인가에 대해 논의를 진행할 필요가 있다. 본고는 이러한 논의를 통해 이유 시가 작품을 전체적으로 조망할 수 있는 방법론을 시도하고, 이를 통해 그의 시가 작품이 지닌 의미를 밝히는 데 기여하고자 한다.

2. 이유 시가의 소통 지향성

1) 시가창작의 기반

이유는 자신의 호를 '소악루'라 하였는데, 앞서 살폈듯이 이유의 삶

---

6) '담화 양상'은 시가 작품을 '소통'의 시각으로 보고, 그 소통의 양상과 의미를 분석하는 방법이다. 이러한 방식은 시가 작품을 분석하는 데 많이 시도되었지만, 특히 조세형은 가사 문학에 두루 적용할 수 있는 담화분석의 틀을 제시하였다(조세형, 「가사장르의 담론 특성 연구」, 서울대 박사논문, 1999. 참조).

과 시창작의 중요한 기반이었다. 이러한 사실은 그의 시가 작품을 통해 직접적으로 확인할 수 있다.

> (가) 胸中에 꿈촌말을 눌더러 니롤소니/岳陽樓 기친터의 <u>小岳樓</u> 새로지어/地勢도 놉거니와 風景도 됴흘시고/三山半落青天外라 二水中分白鷺洲를/녯글句라 들어더니 絶景인줄 뉘알소니 〈중략〉太公의 渭濱인가 曾點의 舞雩런가/東山에 돌이쓰고 夜色이 깁흔후의/白露가 옷시젓고 淸風이 니러나니/번낙대 둘러메고 <u>岳樓</u>로 도라오니[7]

소악루를 지은 과정과 근처의 절경을 자랑하고 있다. 기록에 의하면 파릉(양천)에는 악양루라 불리는 누정이 있었다고 한다. 양천의 풍경이 아름다워 중국인들이 작은 악양루라 불렀기 때문이다. 그러나 그 흔적만 남았던 것을 이후 이유가 중국의 악양루를 본떠 새로 지었다.[8]

이유의 시가 작품을 통해 보면 '소악루'는 단순한 지명과 누정 이름에 그치지 않는다. 이유의 삶의 터전이자 자신의 분신이기도 하다. 이유가 자신의 호를 '소악루'라 지은 것은 바로 이러한 상황을 직접 반영한 것이다. 시 작품을 통해서도 이러한 상황은 직접 확인할 수 있다.

> (가) 官海浮沈에 一生이 閑暇ᄒ야/ᄎ라리 너와ᄀᆞ치 <u>岳樓</u>에 便히누어/明月淸風에 一生이 閑暇ᄒ야/詩酒琴歌로 방만ᄒᆞᆷ만 ᄀᆞ툴소냐[9]

---

7) 이유, 〈玉京夢遊歌〉

8) 이에 대해서는 『양천군읍지』〈樓亭〉조, 〈鄕賢古蹟〉조, 『전주이씨선성군파예원속보』 등의 자료를 토대로 이유의 약전을 정리한 김팔남, 앞의 논문, 2006, 87~88쪽을 참조하여 정리하였다.

9) 이유, 〈玉京夢遊歌〉

(나) 巴江에 病든 主人 岳樓에 便이 누어/梅花를 벗을 삼고 거문고
를 戲弄하니/압江을 못건넌지 十年이 둘히로다/造化翁 식인대로 왓
다가 가랴터니/漁樵에 숨은널홈 뉘라셔 들어던지/白首齋郎이 벼슬도
귀커니와/늙고 病든 몸이 못가기로 定ᄒ더니/一家親戚들리 戲弄ᄒ
며 勤ᄒ마리/抱關擊柝을 녯사람도 ᄒ여시니/栗里에 陶處士도 彭澤
令 지내얏고/桐江에 四子陵도 世上에 나왓거든/小岳樓 一漁翁이 그
대도록 놉돗던가[10]

(다) 豊城寶劍이 斗牛星을 쏘왓는둧/秦皇의 채롤비러 져돌을 몰아
다가/小岳樓 압희노코 一生을 보고지고[11]

(가)에는 '소악루'가 이유에게 삶의 터전으로 인식되고 있었다는 것
을, (나)에는 삶의 터전이면서 이유 자신을 지칭하는 분신으로 사용되
고 있음을 확인할 수 있다. 그리고 (다)에는 다른 지역의 아름다운 풍
경마저도 '소악루' 앞으로 가져가고 싶다는 표현을 통해 '소악루'에 대
한 유별난 애착을 엿볼 수 있다. 이유에게 '소악루'는 일반적 공간으로
서의 의미를 넘어 자신이 추구하는 이상적 공간으로 여겨지고 있음을
알 수 있다.[12] 그리고 그것은 이유의 시가 작품에 중요한 시적 장소로
기능하고 있었다.[13] 어떠한 공간이 특정 공간으로 인식되고 새로운
의미를 부여받게 되는 것을 '장소성'이라 하는데, 이유에게 '소악루'는

---

10) 이유, 〈四郡別曲〉, 박규홍, 「앞의 논문」, 1992, 101쪽. 이하 이유의 텍스트는 박규홍의
   논문에서 제시한 원문을 대상으로 한다. 김팔남의 글에서도 그 사정이 언급된 바 있는데,
   텍스트 원문은 현재 찾을 수 없다. 이에 원문을 직접 대하고 텍스트를 처음으로 확정한
   박규홍의 논문에 제시된 텍스트를 인용자료로 사용하기로 한다.

11) 이유, 〈四郡別曲〉

12) 이러한 양상은 사대부들이 누정을 짓고 주변 자연의 주인으로서 스스로를 위치시켰던
   당대 관습과 궤를 같이한다.

13) 김팔남은 이유의 〈옥경몽유가〉의 이상세계가 바로 소악루를 중심으로 한 주변 지역을
   모델로 하고 있음을 밝힌 바 있다(김팔남, 앞의 논문, 2005, 90쪽).

이러한 '장소성'으로 기능한다고 볼 수 있다.[14]

한편 이유는 '소악루'를 중심으로 당시 시인묵객들과의 교유를 활발히 하였다. 남당(南塘) 한원진(韓元震, 1682~1751), 포암(圃巖) 윤봉조(尹鳳巖, 1680~1761), 사천(槎川) 이병연(李秉淵, 1671~1751) 등과의 교유가 대표적이다.[15] 관련 기록에 따르면 이유는 소악루를 근거지로 하여 술을 즐기며 시와 거문고를 잘하는 풍류를 아는 인물로 평가되고 있었다.[16]

그리고 이유는 1738년부터 세상을 떠나던 1753년까지의 여생을 소악루에서 보냈는데, 이때 겸재(謙齋) 정선(鄭敾, 1676~1759)이 양천 현감으로 부임하여 '소악루'를 소재로 한 다수의 그림을 그리게 된다. 그리고 정선은 이병연과 양천의 명승경을 배경으로 '詩畵換相看'의 약속을 한다.[17] 소악루를 중심으로 한 이유의 삶의 공간이 당시 예술가와 문인들에게 작품 창작의 중요한 소재로 활용되고 있었음을 알 수 있다.

이렇게 볼 때 이유는 '소악루'를 매개로 당대 최고의 문인 및 예술가들과 교유하였으며 이러한 교유는 그의 시 창작에 중요한 기반이 되었다고 하겠다. 그리고 그의 시 창작은 이들과의 교유에 중요한 수단이 되었다고 할 수 있다.

---

14) '장소성'에 대해서는 부산대학교 한국민족문화연구소 편, 『장소성의 형성과 재현』, 혜안, 2010 참조.

15) 模得中國岳陽制度 創建之 名曰小岳樓 與趙悔軒觀彬尹圃巖鳳朝李槎川秉淵 諸名士酒唱風流勝槩 (양천군읍지)

16) 小岳樓主人李上舍溎 曾聞其能詩善琴酒 是日持酒携琴來秋水齋…(이광덕의 관양집(冠陽集))

17) 김팔남, 앞의 논문, 2006, 88쪽.

2) 시헌서 소재 시가의 특성과 이유 시가와의 관련성

이유의 시가 작품을 확인할 수 있는 자료는 「古時憲書綴」이다. 이 자료는 1709년(숙종 35)에서 1889년(고종 26) 사이의 자료로서 모두 59권으로 되어 있으며, 그중 53책은 1709년(숙종 35)부터 1761년(영조 37)까지 53년간의 시헌서가 그대로 묶여져 있다. 53책을 묶은 사람은 영조대의 김시빈(金始鑌)[18]이라는 인물이다.

특히 이 시헌서에는 가사 14편과 시조 1편이 필사되어 있는데, 필사시기를 근거로 추정하면 이 작품들은 영조대에 이미 전파되어 있었거나 당시에 창작된 작품으로 볼 수 있다. 시헌서의 연대와 필사된 작품은 〈玉屑歌〉(1746, 영조 22), 〈女僧歌〉, 〈回心曲〉(1745, 영조 21), 〈勸勉行實歌〉, 〈春眠曲〉, 〈湖南歌〉(1744, 영조 20), 〈相思別曲〉(1743, 영조 19), 〈南草歌〉(1738, 영조 14), 〈忠孝歌〉(1736, 영조 12), 〈老人歌〉, 〈玉京夢遊歌〉(1735, 영조 11), 〈四郡別曲〉(1734, 영조 10), 〈望美人歌〉, 〈忠孝歌〉(1733, 영조 9), 〈忠孝歌〉(1731, 영조 6), 〈春眠曲〉(1730, 영조 6), 〈時調〉(1716, 숙종 42)이다.[19] 이 가운데 〈玉京夢遊歌〉, 〈忠孝歌〉, 〈四郡別曲〉, 〈望美人歌〉가 이유의 작품이다.[20]

---

18) 그의 출몰연대에 대해서는 구체적으로 밝혀지지 않았다. 기존 연구에서 김시빈은 영조대에 조정에서 벼슬했던 인물로, 경남 거창 사람임을 짐작하고 있다(박규홍, 앞의 논문, 1992, 100쪽).

19) 박규홍, 앞의 논문, 1992, 101쪽.

20) 작자 확정에 대해서는 김팔남과 강전섭의 앞의 논문을 참조할 수 있다. 이들 작품의 작가가 이유라 할 수 있는 근거는 〈玉京夢遊歌〉, 〈忠孝歌〉, 〈望美人歌〉 작품에 병기되어 있는 '福川 李太守自作'에서 이태수가 바로 이유(李渘)이며, 〈四郡別曲〉을 비롯한 작품들에 '小岳樓'가 작품의 창작자임을 암시하는 구절이 있음을 들 수 있다.

　　한편 〈충효가〉와 〈옥경몽유가〉 등이 필사연대를 달리하며 중복되어 있는데, 작품을 살펴 본 결과 동일한 작품의 중복이다. 작품의 표기를 한자/한글로 달리하였거나, 부분필사/전체필사의 형태를 보이면서 중복되어 있다.

여기서 주목해야 할 것은 필사의 과정에서 이유의 시가 작품이 함께 필사될 수 있었던 맥락이다. 시헌서철에 필사된 다른 시가들은 당대 가창공간에서 유행하던 작품이다. 〈春眠曲〉과 〈相思別曲〉은 18세기 실제 노래로 불리던 가장 인기 있는 가창가사였다. 그리고 내용은 모두 인간의 보편적 정서인 '사랑'을 주제로 하고 있다. 이외의 가사 작품 또한 18세기에 가창공간에서 인지도가 높았던 작품으로서 그 향유의 폭이 비교적 넓은 작품이었다.

이렇게 볼 때 이들 시가의 필사 동기는 시가 작품을 당시의 성리학적 이념에 따라 도의 실현이나 인격을 도야하기 위한 자기 성찰적 수단으로 향유하던 관습보다는 가창공간에서 유행성을 띠고 있었던 작품들을 즐기고 소통하기 위한 의도로 필사하였다고 할 수 있다.

그렇다면 이러한 필사의 맥락과 이유의 시가와는 어떤 관련이 있을까? 〈玉京夢遊歌〉, 〈忠孝歌〉, 〈四郡別曲〉, 〈望美人歌〉는 다른 시가와 달리 작가가 명시되어 있다. 그러나 왜 이 작품이 함께 필사되었을까를 생각해 볼 필요가 있다. 이유 시가의 어떤 면이 필사자로 하여금 다른 시가들과 함께 필사하도록 하였는가? 이들 시가 작품이 다른 시가들과 마찬가지로 소통의 차원에서 성공한 작품으로 여겨졌을 가능성이 크다.

기존 연구에 의하면, 이유는 이 네 편의 가사 작품 이외에도 몇 편의 시조작품과 또 다른 가사 작품을 창작하였다. 그럼에도 불구하고 「古時憲書綴」에 필사된 작품은 네 편이다. 그렇다면 여기에 필사된 작품은 다른 작품에 비해 필사자의 흥미를 자극하는 것이었고, 필사된 다른 시가와 맥락을 같이하는 작품이었을 것이다. 최소한 다른 시가 작품들과 필사의 맥락을 함께 하면서, 이유의 다른 작품들에 비해 당대 가창공간에서 유행성을 확보할 수 있는, 혹은 그러리라 기대되는 작품으로 인지되었다는 것이다. 이는 이유의 시가 작품이 필사자라는 1차 독자에 의해 선별되었음을 말해 주며, 이는 이유의 시가 작품이 당대적 소통에 성공하였음을 반증한다고 하겠다.

이러한 소통의 양상은 필사된 이유의 시가 작품이 지닌 유형성을 통해서도 확인이 가능하다. 필사된 이유의 작품들은 기존에 널리 알려진 가사 작품들과 형태적 틀을 같이 하고 있다. 「시헌서철」에 채록된 이유의 시가 작품인 〈충효가〉는 훈민가류 가사, 〈사군별곡〉은 기행가사, 〈망미인곡〉은 미인계가사, 〈옥경몽유가〉는 몽유가계 가사의 전형을 보여주고 있다. 이들 가사 유형은 모두 당대에 각각 유형성을 띠고 있었던 가사 양식이었다. 최소한 「시헌서」에 필사된 이유의 작품은 이러한 익숙한 유형을 따른 작품을 싣고 있다.

실제로 이유의 시가 작품들은 이들 가사 유형을 토대로 각 계열의 가사가 지닌 익숙한 패턴을 구현하는 데에 치중해 있다. 이러한 특성은 독자로 하여금 보다 익숙하게 작품을 향유할 수 있도록 도와주며 작가의 새로운 생각을 쉽게 전달할 수 있는 효과를 지닌다. 이는 시가의 향유와 소통을 원활하게 하는 요소로 작용한다.

결국 이유는 시가를 소통의 틀로 이해하고 시가를 통해 당대와 소통하고자 하였다고 볼 수 있다. 이때 시가 작품은 단순한 주체의 생각이나 감정을 표현하는 수단이 아니라 인간의 사회성 즉 상호주관성을 나타내는 징표가 된다.[21]

---

21) 황수영, 「소통의 이론과 그 철학적 기반-리쾨르의 해석학을 중심으로」, 『개념과 소통』 3, 한림대학교 한림과학원, 2009, 94쪽.

3. 담화 양상과 의미

그렇다면 이유 시가에 나타난 소통의 구체적 양상은 어떻게 설명될 수 있는가? 이에 대해서는 실제 작품 분석을 통해 논의를 진행하기로 한다. 시가 작품을 소통의 틀로 이해할 때 흔히 상정되는 담화구조는 '작가-(잠재적 작가)-화자-청자-(잠재적 독자)-독자'의 양상이다.[22] 이 도식은 현실에 실재하는 한 개인이 작품을 생산하고 또 다른 개인이 이를 수용하는 과정을 설명하고 있다. 이는 작가 및 그를 텍스트 내에서 대변하는 화자와, 독자 및 그를 텍스트 내에서 대리하는 청자, 그리고 양자가 만나서 담론을 구성하는 장이라 할 수 있는 '텍스트'로 환원할 수 있다.[23] 이러한 담화구조에서 화자와 청자 그리고 시적 대상은 중요한 고려의 대상이 된다.[24] 따라서 화자를 중심으로 화자와 작중인물, 화자와 시적대상, 화자와 청자의 관계를 중심으로 이유 시가의 담화 특성을 분석해 보고, 그 의미를 도출해 보기로 한다.

1) 작중인물의 등장을 통한 자기 이해

이유의 시가에서 두드러지게 나타나는 특징 중 하나는 다수의 작중화자가 등장한다는 점이다. 이러한 양상은 특히 〈옥경몽유가〉와 〈사군별곡〉에서 나타난다. 다수의 작중인물이란, 전체적으로 담화를 이끌어가는 화자는 단일하지만 다수의 작중인물이 등장하여 각자 자신

---

22) 조세형, 「가사장르의 담론 특성 연구」, 서울대 박사논문, 1999, 27쪽.
23) 조세형, 위의 논문, 1999, 27~28쪽.
24) 이에 대해서는 조세형의 위 논문에서 자세히 다루었고, 조세형은 이에서 더 나아가 가사장르의 담론 특성을 다양하게 유형화하였다. 여기서는 그의 논의를 참조하되, 이유 시가의 소통지향성을 구현하기 위해 어떠한 특성이 활용되었는가에 논의의 초점을 두기로 한다.

의 이야기를 하는 양상이다. 이러한 양상은 대화체로 담화가 구현된다는 특징이 있다.

〈옥경몽유가〉에서 화자는 '나'로 나타나며, 전체 담화구조는 청자에게 '나'와 관련된 이야기를 들려주는 형태이다. 그런데 그 이야기 속에 다양한 작중 인물들이 등장하고 각각 자신의 이야기를 하는 형식을 취하고 있다. 이를 도식화하면 다음과 같다.

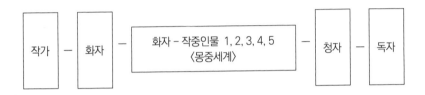

여기서 많은 작중인물의 등장(옥황상제, 이태백, 두보, 한유, 한패공)과 그들의 대화로 인하여 화자는 다성성을 띠는 것처럼 보인다. 실제로 작품의 후반으로 갈수록 나의 존재보다는 작중 인물의 역할이 강화되는 양상을 보인다. 그렇다면 텍스트에 등장하는 다수의 작중인물은 텍스트에서 어떤 역할을 하는지 살펴보도록 하자.

> 玉皇이 보신後에 稱讚ᄒ고 니ᄅ시되/李靑蓮 杜草堂과 韓昌黎 王弇州ᄂᆫ/古今文章이 너밧긔 업다터니/어디셔 엇던션븨 天下文章 ᄯᅩ낫ᄂᆫ고/불너들여 물으시되 네엇던 사ᄅᆷ이며/世德은 엇디ᄒ며 身世는 엇더ᄒ리/姓名年歲ᄅᆯ 仔細히 무ᄅ시니/절ᄒ고 고쳐안자 歎息ᄒ고 對答ᄒ되/禮義東方에 康獻大王 子孫으로/連三代 登龍ᄒ야 一世에 爀爀더니/子孫이 不肖ᄒ야 가성이 영락ᄒ니
>
> 〈중략〉
>
> 平生에 숨은懷抱 오늘이야 잠간펴니/玉皇이 드ᄋ시고 差惜ᄒ야 니ᄅ시되/靑丘分野에 일占奎星 빗최더니/東國文○가 ᄅ리연 잇다고나

/人間에 사룸업서 璞玉을 몰라보니/卞和의 진짓눈○ 현마아니 마실
소냐[25]

옥황상제 앞에서 자신의 신분과 재주를 펼치고 극찬을 듣는 장면이
다. 옥황상제는 천상의 최고 위치에 있는 인물로서 그로부터의 칭찬은
자기 존재에 대한 최고의 인정을 의미한다. 이것이 꿈속에서 이루어진
일이라는 것은 현실에서의 결핍과 그에 대한 보상의 성격이 강하다는
것을 말해준다. 그러나 이것을 욕망의 표출[26]로만 이해하기에는 부족
한 감이 있다. 옥황상제로부터의 극찬과 인정이 최종의 목적이 아니기
때문이다. 실제 담화의 비중은 텍스트의 뒷부분에 놓여있다.

太白이 잔을부어 勸ᄒ며 니룬말이/나도본더 仙人으로 黃庭經 그
룻닑고/人間謫降ᄒ야 行路難 지은후에/落魄生涯가 兩月을 일삼더
니/네 身世 드러보니 날과진짓 짝이로다/荒城虛度 ○山月이 내글귀
죠○○○/龍雲飛去愁下山이 네역시 文章이라/宜春花괴○ 나눈울
녀○아○[27]

〈옥경몽유가〉의 뒷부분에는 당대를 호령했던 유명한 이들이 차례
로 등장하여 자신의 이야기를 들려주는 담화가 반복된다. 그러나 결론
은 이들 모두가 '소악루'에서 자연과 함께 사는 '나'의 삶을 부러워한
다. 결국 텍스트에서의 다양한 작중화자의 등장은 '나'와 다른 의견을
드러내어 논쟁을 벌인다거나 다양한 삶의 양상을 표출하는 데 목적이
있는 것이 아니다. '나'의 삶을 부각시키고 인정하는 데 있다. 따라서

---

25) 李溎, 〈玉京夢遊歌〉
26) 김팔남, 앞의 논문, 2005, 67~94쪽.
27) 李溎, 〈玉京夢遊歌〉

텍스트에 나타난 작중인물의 등장은 '나'에 대한 인정이며 이러한 인
정은 '나'에 대한 자기 인정이기도 하다.

이와 같은 자신의 삶에 대한 자기 긍정은 옥황상제도 극찬할 만한
고귀한 출생과 뛰어난 재능을 가졌음을 전제하기에 더욱 부각될 수
있으며, 그 어떤 세속적 성공을 거둔 인물일지라도 그의 삶을 부러워
하고 지향하기에 더욱 자랑스러운 것이 된다.

한편 그것은 천상에서 이루어진 꿈속의 일이라 하더라도 결코 퇴색
되지 않는 의미를 지닌다.

> '天鷄一聲에 씨드르니 꿈이로다/靑風이 건듯불고 曉月이 밝가난더
> /洞仙謠를 몰게읇고 步虛詞를 놉히트니/어디셔 우는鶴이 어디러로
> 지나거니/앗가 白雲우희 나니탓던 그鶴인가/내가 神仙인가 神仙이
> 내롯던가/玉京이 예롯던가 예가아니 玉京인가/天上인줄 인간인줄 아
> 모던줄 내몰내라/두어라 이리져리ᄒᆞ야 절로노쟈 ᄒᆞ노라[28]

일반적으로 '꿈'의 모티프는 인생무상이나 허무로 귀결되는 경우가
일반적이다. 그러나 〈옥경몽유가〉에서 꿈은 현실부정의 모티프로 작
용하지 않는다. 꿈을 깬 화자는 현실에 직면하면서도 꿈속 세계와 현
실 세계를 혼동하는 척하고 있다. 현실에 직면한 화자는 꿈속과 천상
의 세계에서 벗어나지 않기를 원한다. 그러므로 각몽하고 나서도 현실
의 세계는 선계와 다를 바가 없다고 말한다.[29] 이로써 그동안의 자기
긍정의 정서는 각몽 이후에도 여전히 지속되는 효과를 가진다.

이밖에도 이유의 시가텍스트에는 자기 행위의 정당성과 긍정의 양

---

28) 李渘, 〈玉京夢遊歌〉
29) 김팔남, 앞의 논문, 2005, 89~90쪽.

상이 다수의 작중인물에 의해 부각되는 양상이 나타난다.

> 巴江에 病든主人 岳樓에 便히누어/梅花을 벗을삼고 거문고룰 戲弄
> ᄒ니/압江을 못건넌지 十年이 둘히로다/造化翁 식힌대로 왓다가 가
> 래터니/漁樵에 숨은닐홈 뉘라셔 들어던지/白首齋郎이 벼슬도 귀커니
> 와/늙고病든 몸이 못가기로 定ᄒ더니/一家親舊드리 戲弄하며 勤ᄒ
> 마리/抱關擊柝을 녯사람도 ᄒ여시니/栗里에 陶處士도 彭澤令 지내
> 얏고/桐江에 四子陵도 世上에 나왓거든/小岳樓 一漁翁이 그대도록
> 놉돗던가/ᄒ믈며 寧越싸히 山水로 有名ᄒ니/金剛山 ᄂ린고더 四郡
> 이 겻히로다/江潮에 生長ᄒ야 네 性癖을 내 알거니/國內 名勝地룰
> 다보랴 願이로더/平生에 自便키로 게을너 못보더니/機會가 됴하시니
> 어이아니 가랴는다[30]

이유 자신이 장릉 참봉으로 부임하게 된 경위를 밝히는 부분이다.
여기서 오랫동안 벼슬을 하지 않았던 자신이 벼슬길에 나가게 된 연유
를 일가친척과 친구를 등장시켜 설명하고 있다. 다른 사람과 견주어
손색이 없을 뿐 아니라 자연을 사랑하는 천성 때문에라도 벼슬을 하기
위해 길을 떠나야 한다고 그 당위를 밝히고 있다.

이러한 당위는 일가친척이라는 작중 인물의 새로운 목소리로 이야
기 된다. 이러한 사정은 시가 텍스트 이외에도 실제 역사자료에 기록
된 사실과 일치한다.[31] 따라서 실제 일가친척의 권유로 벼슬길에 나아
가게 되었다 하더라도 텍스트에 그러한 과정을 굳이 밝힌 까닭은 자신
의 행로에 대해 정당성을 부여받고, 자신의 존재감을 더욱 부각시키는

---

30) 李溎, 〈四郡別曲〉
31) 英廟壬子 以其伯氏溓之命 出莊陵參奉(『陽川郡邑誌』〈鄕賢古蹟〉조, 김팔남, 앞의 논문,
　　2006, 79쪽 재인용)

효과를 내기 위해서이다. 이는 모두 다수의 작중인물을 내세움으로써
얻은 결과이다.

2) 시적 대상과의 거리와 소통 의지

다음으로 이유 시가에 나타난 담화 특성을 화자와 시적 대상과의
거리를 통해 확인해 보자. 이를 위해 이유의 〈망미인가〉와 〈충효가〉
를 주목해 본다. 〈망미인가〉는 시적 대상인 '임'이라는 구체적 대상과
의 거리를 화자가 어떻게 다루고 있는지를 확인할 수 있는 작품이고,
〈충효가〉는 '충'과 '효'라는 추상적 이념과의 거리를 화자가 어떻게 대
하고 있는지를 보여주는 작품이다.

〈망미인가〉는 전형적인 연정가사[32]로서, 텍스트에 나타난 화자는
'나'이고 시적 대상은 '님'이다. '나'와 시적 대상인 '님'과의 현실적 거
리는 상당히 멀다. '靑山萬疊의 겹겹이 싸엿고', '綠水千曲이 구뷔구뷔
ᄀ려'있다. 거기다가 젊었을 적에 못 본 님을 늙어서도 볼 수 없다.
그러나 시적 대상과의 심리적 거리는 그리 멀지 않다.

> 平生에 薄命하야 님은비록 못만나도/님向ᄒ 무음이야 하늘이 본디
> 내야/ᄇ람춫고 날치우면 우리님 엇더신고/됴ᄒ소리 고온빗체 힝혀아
> 니 샹ᄒ실가/글론일 왼말슘을 힝혀아니 흐시는가/ᄀ을봄 밤낫으로 언
> 제아니 生覺홀고/숙졀업슨 生覺이요 번마음 쑨이로다/紅顏이 다늙도
> 록 고이는 져각시니/橫波目 두눈섭이 언마나 기돗던지/天生麗質은
> 날도곤 나을진들/님向한 무음이냐 제여내요 달롤소냐[33]

---

32) 사랑의 대상을 '임금'으로 해석할 경우 연정가사의 많은 작품이 '연군가사'로 유형화될
  수 있다.

33) 〈望美人歌〉, 박규홍, 앞의 논문, 1992, 116쪽.

님을 생각하는 마음은 하늘에서 나온 것으로 절대적 당위성을 지니며, 좋은 일 궂은일에도 화자의 마음은 언제나 임을 향해 있다. 비록 그것이 부질없는 생각에 그칠 따름이고, 때로는 그 마음을 방해하는 존재가 나타날 수 있지만, 그러한 상황에서도 임에 대한 마음은 변함이 없다.[34] 이러한 연모의 마음은 더욱 강렬한 소통의 의지로 이어진다. 그러나 소통의 의지가 바로 현실적 소통으로 이어지지는 않는다.

> 출하리 이내몸이 벼개우희 나뷔되야/玉關金門에 적근 듯 ᄂ라드려/平生에 그리던님 쑴에나 보고지고/昭陽에 날그림재 씌여오ᄂ 저가마괴/上林苑 놉흔남긔 너ᄂ안자 보건마ᄂ/薄命한 妾의몸은 너만도 못ᄒ드라/東園에 桃李花ᄂ 봄빗홀 아당ᄒ야/져가지에 안즌나뷔 이가지로 ᄂ라오고/竹葉에 쑤린 소금 羊車도 벌로오되/天生 拙흔ᄆᄋᆷ 나ᄂ 그리 못홀노라
> 〈중략〉
> 늙거야 만나기ᄅᆯ 오리려 ᄇ라더니/못죽은 杞果妻가 城이 몬저 믄허

---

34) 대부분의 연정가사가 '연군'과 '원군'의 양면성이 함께 나타남에 비해 이유의 〈망미인가〉에는 임에 대한 연모가 더욱 강하게 나타나 있다. 이에 대해 김팔남은 〈망미인가〉에 정철의 양미인곡에서 보여주던 '연군과 원군'의 이중적 정서가 나타나 있다고 설명하고 있으나, 이에 대해서는 재고의 여지가 있다. 그는 '홍안이 다늘도록 고이ᄂ 져각시ᄂ 황파목 두눈섭이 언마나 기돗던지/천생려질은 날도곤 나을진들/ᄂ향한 ᄆᄋᆷ이냐 제여재요 달롤소냐'를 "반응과 보답 없는 임의 태도는 서정적 화자로 하여금 허무를 토해내게 한다. 감정을 억누르지 못하는 화자는 갑자기 원망의 화살을 자신을 고통 속으로 몰아붙인 제 3의 여인에게로 돌린다. 표면적으로는 임을 사랑하고 있는 제 3의 여인을 향한 저주이지만, 내면으로는 군주에 대한 원망에 찬 발언인 것이다."라고 논하였다. 그래서 '외모의 아름다움 여부에 선택 기준을 둔 임을 원망하는 논조이다.'라고 평하였다. 그러나 이는 확대된 해석이다. 텍스트에서 '각시네'의 등장은 임을 향한 마음을 변하게 만들 수 있는, 어쩌면 임을 원망하게 만드는 대상일 수도 있으나, 그러한 대상의 존재에도 불구하고 임에 대한 연모의 마음은 변함이 없음을 더욱 강조하는 소재라 보는 것이 타당하다.

지니/蒼梧山 구름속에 帝駕는 멀엇ᄂᆞᆫ디/쇽절업슨 피눈믈이 斑竹에
저저시니/그모론 사ᄅᆞᆷ들은 慰勞ᄒᆞ고 니ᄅᆞᆫ말리/一生 ᄮᆞ낫던님 져대도
록 셜을소냐/구름낀 변뮈롤 네언마 쐬여본다/울며 對答ᄒᆞ되 내말ᄉᆞᆷ
도 드러보소/쇼년에 맛난님을 늙도록 되셔시면 未亡之人이 이대도록
셜울소냐/一生에 그리던일 긔더욱 셜워ᄒᆞᄂᆡ/슬프다 이世上에 쇽절업
시 되어시니/後生에 곳쳐만나 이셜움을 풀어볼가/두어라 白雲鄉에
올라 가셔 뫼셔볼가 ᄒᆞ노라[35]

'님'과 '나'의 소통이 어려울 때 둘을 이어주는 매개체의 설정은 여
느 연정가사에서도 흔히 나타나는 방법이다. 여기서도 '나뷔'를 비롯
하여 '蓮꼿', '松柏樹' 등의 소재가 그러한 역할을 한다. 이들은 간접적
이나마 임과의 소통을 가능하게 하는 소재로 기능한다. 그러나 텍스트
에서도 확인할 수 있듯이 소통은 좌절된다. 결국 이러한 좌절의 반복
은 이웃들의 위로와 만류로 이어진다. 이에 화자도 '슬프다 이세상에
쇽절업시 되어시니 후생에 곳쳐만나 이셜움을 풀어볼가'라고 하며 좌
절된 소통을 운명으로 받아들이려 고민한다. 그러나 마지막 결구 '두
어라 백운향에 올라 가셔 뫼셔볼가 ᄒᆞ노라'에서 갑작스런 반전이 일어
나고 시상은 마무리 된다. 이러한 반전의 결말은 임과의 소통 가능성
이 매개체 없이 바로 표출되어 오히려 극적이다. 그리고 화자의 소통
의지가 결코 실패하지 않았음을 의미한다. 이상의 과정을 도표로 나타
내면 다음과 같다.

---

35) 李渘, 〈望美人歌〉

```
                    ←  현실적 거리  →

               소통  의지(옷)
                    좌절
                    의지(나뷔)
                    좌절
                    의지(蓮쫏)
   화자               좌절                        시적대상(임)
                    의지(松柏樹)
                    좌절
                    의지
               (백운향에 올라 가셔 뫼셔볼가 후노라)

                    →  심리적 거리  ←
```

이렇게 볼 때 〈망미인가〉에서 화자는 지속적인 소통 의지와 좌절 그리고 새로운 의지의 반복으로 시적 대상과의 거리를 좁히려는 노력을 드러낸 작품이라 할 것이다. 시적 대상과의 현실적 거리가 멀어질수록 소통의 욕구와 의지는 더 강렬해지는 과정을 확인할 수 있으며, 마지막 반전을 통해 소통의 의지는 결코 좌절될 수 없음을 표현하고 있다.

이로써 '임'이라는 구체적 대상에 대한 화자의 태도가 잘 드러나는 〈망미인가〉를 대상으로 화자와 시적 대상과의 거리에 대한 담화 특성을 분석해 보았다. 그렇다면 '충'과 '효'라는 추상적 대상에 대한 화자의 태도는 어떠할까? 〈충효가〉를 대상으로 그 특성을 분석해 보기로 하자.

〈충효가〉는 이유가 동복 현감 재임 시절에 이곳 백성들을 교화하고 훈육할 목적으로 창작한 시가 작품으로, 당대 국가 윤리의 근간이 되었던 '충'과 '효'의 덕목을 백성의 정서적 감응에 호소하는 필치로 서술

한 총 47구의 가사 작품이다. 이 작품은 조선조 향촌사회의 질서를
유지하고 바로잡기 위해 창작된 훈민가류에 속한다.[36] 여기서 시적
대상은 바로 당대 사회의 주요 이념이었던 '충(忠)'과 '효(孝)'이다. 하
나의 행정구역을 맡은 관료가 그 지역의 풍속을 교정하고 성리학적
질서를 확립하기 위해 유교윤리를 시가 작품으로 구현한 〈훈민가〉류
는 16세기 이후에 주로 창작되었다.[37] 대표적인 작품으로 주세붕의
〈오륜가〉를 들 수 있다.

> 아바님 랄나ᄒ시고 어마님 랄 기ᄅ시니
> 부모옷 아니시만 내 몸이 업실랏다
> 이 덕을 가ᄑ려ᄒ니 하늘가이 업스샷다[38]

여기서 '효'에 대한 화자의 태도는 절대적이다. '효'는 내 존재와 삶
의 근원으로서 표상되는 부모를 위한 당연한 도리로 표현된다. 이러한
사정은 17세기 창작된 박인로의 〈오륜가〉에서도 그리 다르지 않게 나
타난다.

> 아비ᄂᆞᆫ 나ᄋᆞ시고 어미ᄂᆞᆫ 치옵시니
> 昊天罔極이라 갑흘 길이 어려우니
> 大舜의 終身誠孝도 못 다한가 ᄒ노라.[39]

이렇게 볼 때 기존의 〈훈민가〉류에서 화자는 '효'라는 시적대상에

---

36) 김팔남, 앞의 논문, 2006, 85쪽.
37) 김용철, 「훈민시조 연구」, 고려대 석사논문, 1990.
38) 주세붕, 〈오륜가〉
39) 박인로, 〈오륜가〉

대해 절대적 태도를 지녔음을 알 수 있다. 여기서 부모와 자식은 수직적 인간관계에 기반하며 자식의 부모에 대한 섬김은 일방향적이다. 따라서 왜 '효'를 실천해야 하는가에 대한 설명은 부재한 상황이다. 그런데 이전에 이렇게 인식되고 있었던 '충효'라고 하는 시적 대상에 대해 이유는 어떻게 말하고 있는가?

> 어지어도 너부모요 모질어도 네부모니
> 즈식이 효도ᄒ면 모진부모 어질고져
> 즈식이 불슌ᄒ며 어진부모 모지ᄂ니
> 西山의 딘ᄂ희롤 내어이 ᄆ여실가[40]

　앞의 텍스트와 현저히 구분되는 것 중 하나는 부모와 자식 간의 관계 설정이다. 주목해 볼 것은 절대적 존재로 상정되어 엄숙하게 느껴졌던 부모의 권위가 다소 낮아졌다는 데 있다. 텍스트에서 부모의 모습은 어질 수도 있고 모질 수도 있는 지극히 인간적인 모습이다. 그래서 이때 부모와 자식은 인간관계의 한 형식으로 나타난다. 그래서 더욱 구체적이다. 이에 텍스트에 나타난 '효'는, 그것을 지키지 않으면 짐승의 나락으로 떨어지는 강고하고 추상적인 이념이라기보다는 부모와 자식 간의 원활한 인간관계 형성을 위한 하나의 덕목으로 기능한다.

　'효'에 대한 이러한 화자의 태도는 기본적으로 당대와의 소통 지향성을 지닌다고 볼 수 있다. 이유가 〈충효가〉를 지었던 18세기는 〈훈민가〉류 시가가 처음 창작되었던 15~16세기의 상황과 많은 사회적 변화가 있었을 것이다. 이유의 시가 또한 이러한 변화를 반영하고 있다고

---

40) 李渘, 〈忠孝歌〉

할 수 있다. 그러나 가족이라는 공동체의 고착된 위계에의 파괴를 발
견하고 가족의 관계성에 대한 새로운 시선과 태도를 보여주었다는 것
은 이유 〈충효가〉가 지니는 중요한 의미라 할 수 있다.

3) 현상적 청자에의 배려와 타자이해

언어활동은 근본적으로 청자로서의 타자를 요구하며 동시에 청자
였던 타자가 다시 화자로 등장하여 타자를 청자로 요구한다는 점에서
타자 지향적이며 상호적인 활동이다.[41] 따라서 텍스트에 나타난 화자
와 청자의 관계에 관한 탐구는 텍스트의 소통지향성을 확인하는 데
도움이 될 수 있다. 먼저 이유의 시가 작품에서 청자를 어떻게 설정하
고 있으며 그것은 어떤 역할을 하는지 살펴보자.

> 슬프다 빅셩드라 내말슴 드르스라/네몸이 뉘몸이니 부모의 몸아니
> 냐/열쭐비 셜워서 비알코 겨우나어/두손을 품의품고 두져즐 서로먹여
> /졋업스면 밥을십어 입다혀 머여내여/기저기예 쏭오좀을 밤낫즈로 거
> 두워셔/즈식은 먹기고져 부모는 못먹거도/부모는 못닙어도 즈식은 닙
> 피고져/이스랑 두루집어 부모롤 스랑ᄒ면/뉘아니 효즈되며 뉘아니 차
> 홀손니/쏠길너 서방맞고 아돌길너 쟝가들면/부모의 ᄆᆞ옴의는 두읏겨
> ᄒ건마는/부쳐의 갈닌정니 부모의게 감ᄒ야셔/서방의 말롤듯고 부모
> 롤 원망ᄒ며/계집의 말듯고 부모의 흉을보니/흉보고 원망홀제 부효지
> 아니되랴/어질어도 너부모요 모질어도 네부모라/즈식이 효도ᄒ면 모
> 진부모 어질고져/즈식이 불슌ᄒ며 어진부모 모지ᄂᆞ니/西山의 지ᄂᆞ희
> 롤 내어이 ᄆᆞ여실다[42]

---

41) 진은영, 「소통, 그 불가능성의 가능성」, 『탈경계인문학』 3-2, 2010.06, 61쪽.
42) 李渘, 〈忠孝歌〉

이유의 시가 작품 중에서 텍스트 내부에 청자가 확연히 설정되어 있는 대표적인 작품은 〈충효가〉이다. 이때의 현상적 청자[43]는 실제의 독자를 의식하여 설정된 대상으로서 청자이자 독자이며 설득의 대상이다. 역시 전대의 〈훈민가〉류 시가 작품들과 화자-청자의 관계를 비교하면 다음과 같은 설명이 가능하다.

전대의 〈훈민가〉류 시가 작품에서 청자의 역할은 배당받은 주체 위치에 대한 수용이자 전달받은 의미에 대한 순종[44]이었다. 따라서 화자와 청자의 소통은 기본적으로 일방향적이며 상호소통은 차단되었다. 그러나 〈충효가〉에서 화자는 청자의 입장에서 효도의 당위를 설득하고 있다. 설득은 기본적으로 청자를 배려한 소통을 전제로 한다. 그런데 청자는 화자의 의도가 진실하고 그 발화의 의미가 객관적 진리이며 사회적으로 정당하다는 것을 받아들이고 신뢰할 때에만 화자와 소통할 수 있다.

텍스트에서 '슬프다 빅셩드라 내말슴 드러스라/네몸이 뉘몸이뇨 부모의 몸아니냐'의 어투는 일방적 지시의 화법을 벗어나 있다. '슬프다~내말씀 드러스라'에서 충효의 윤리가 잘 지켜지지 않는 현실에 대한 화자의 감정을 전달하면서 청자의 공감을 유도한다. 그리고 '~아니냐'라는 설의적 어법을 사용으로써 간곡한 설득의 어조를 드러내었다. 이러한 설득의 어조는 텍스트 전반에 걸쳐 있다. 이로써 화자의 의도는 진실성을 확보한다.

한편 텍스트 전반에 제시되어 있는 효도의 이유는 간곡하면서 장황하다. '효'를 행해야 하는 이유가 부모와 자식의 관계 정립이라는 현실

---

43) '현상적/내재적 청자'라는 용어는 조세형, 앞의 논문, 1998, 29쪽 참조.
44) 진은영, 앞의 논문, 2010, 71쪽.

적 정당성을 설명하기 위해서이다. 이로써 담화는 진실성과 객관성 그리고 정당성을 확보할 수 있게 된다.

그리고 텍스트에는 '효'라는 시적 대상 못지않게 '청자' 또한 배려의 대상이 되고 있다. 이러한 배려는 시에 쓰인 시어를 통해 나타난다. 〈충효가〉에는 일상적인 용어와 감성에 호소하는 시어가 사용되고 있다.[45] 이는 이유의 시가가 타자의 언어로 말하고 있음을 의미하며 이를 통해 타자와 소통하려는 노력을 담고 있다고 할 수 있다.[46]

이상과 같은 청자에 대한 배려는 궁극적으로 타자에 대한 이해를 기반으로 한다. 이로써 텍스트는 독자를 작품과 소통하게 하는 동시에 작품을 매개로 인간들 상호간의 소통을 가능하게 한 것이다.[47]

4. 결론

이유의 시가 작품은 당대 널리 창작되었던 여타 시가의 유형성을 특징으로 하고 있다. 그래서 그의 시작품을 텍스트가 지닌 미적 독자성을 기준으로 이해하면 작품 이해에 일정한 한계를 가질 수 있다.

이에 본고에서는 왜 그의 시가 작품이 당대 필사되어 전승될 수 있었는가에 주목하였다. 그 결과 남겨진 시가 작품들이 당대 시가 연행

---

45) 김팔남, 앞의 논문, 2006, 95쪽.
46) 그런데 〈충효가〉의 후반부 '충(忠)'을 이야기하는 과정에서는 이러한 양상이 다소 다르게 나타난다. 수직관계의 설정과 일방적 전언의 방식이 우세하다. 그러나 왜 임금에게 충성을 다해야 하는가에 대한 설득의 과정은 비교적 간결하게 설명된다. '효'가 청자와 직접적인 관련을 지닌 생활 속의 윤리라면 '충(忠)'은 그렇지 않다는 판단에서 오는 현상이라 생각된다.
47) 황수연, 앞의 논문, 2009, 81쪽.

의 장에서 소통 지향성을 인정받았음을 확인하였고, 텍스트의 구체적 담화양상을 분석하여 소통의 구체적 양상을 논의하였다. 이를 위해 이유 시가의 담화 특성을 화자를 중심으로 화자와 작중인물, 화자와 시적대상, 화자와 청자의 관계를 중심으로 분석해 보고, 그 의미를 도출하였다.

이유의 시가에서 두드러지게 나타나는 특징 중 하나는 다수의 작중인물이 등장한다는 점이다. 다수의 작중인물이란, 전체적으로 담화를 이끌어가는 화자는 단일하지만 다수의 작중인물이 등장하여 각자 자신의 이야기를 하는 양상이다. 이러한 양상은 대화체로 담화가 구현된다는 특징이 있다. 다수의 작중인물을 통해 화자는 자신의 정체성을 확인하려는 노력을 보이고 있다. 여기서 타인과의 소통이 자기 이해의 전제로 작용하는 양상을 확인할 수 있다.

다음으로 이유 시가에 나타난 담화 특성을 화자와 시적 대상과의 거리를 통해 확인해 보았다. 이를 위해 이유의 시가 텍스트 중 〈망미인가〉와 〈충효가〉를 주목해 보았다. 〈망미인가〉에서 화자는 지속적인 소통 의지와 좌절 그리고 새로운 의지의 반복으로 시적 대상과의 거리를 무화시키려는 노력을 드러내고 있었다. 그리고 시적 대상과의 현실적 거리가 멀어질수록 소통의 욕구와 의지는 더 강렬해짐을 확인하였다. 〈충효가〉에서도 화자는 시가를 통해 가족 안의 관계성과 소통 의지를 드러내고 있음을 확인하였다. 즉, 〈충효가〉는 가족이라는 공동체의 고착된 위계에의 파괴를 발견하고 가족의 관계성에 대한 새로운 시선과 태도를 보여주고 있었다.

마지막으로 텍스트에 나타난 화자와 청자의 관계에 관한 탐구를 통해 텍스트의 소통지향성을 확인하였다. 이유 시가에서 '청자'는 실제 독자를 겨냥한 것으로 적극적 배려의 대상이 되고 있다. 이러한 배려는 일상적인 용어와 감성에 호소하는 시어를 통해 확인할 수 있었다. 이는 이유의 시가가 타자의 언어로 말하고 있음을 의미하며 이를 통해 타자와 소통하려는 노력을 보였음을 알 수 있다. 이러한 청자에 대한 배려는 궁극적으로 타자에 대한 이해를 기반으로 한다. 이로써 텍스트는 독자를 작품과 소통하게 하는 동시에 작품을 매개로 인간들 상호간의 소통을 가능하게 한다. 이를 통해 그의 시가 작품에서 '자기인정과 이해-대상과의 소통의지-타인의 이해'라는 일련의 소통 양상과 지향성을 확인할 수 있었다.

이로써 이유 시가에 대한 보다 세밀한 접근을 시도하였으며, 그의 시가 작품 전반의 의미를 새롭게 해석해 내는 틀을 제시하였다는 데 본고는 일정한 의의를 가질 수 있다.

〈몽유가〉의 작가 및 기록 방식과
몽유의 역할

1. 서론

〈몽유가〉는 단권 일책의 석인본으로, 총 1964구로 이루어진 장편가
사이다. 꿈과 유람을 모티프로 하며, 몽전(夢前)－몽중(夢中)－몽후(夢
後)의 구조를 갖추고 있다.

〈몽유가〉는 중국과 조선의 역사를 주로 다루고 있으며, 공간의 이
동을 중심으로 그와 관련한 인물과 사실(史實)에 대한 논평을 담고 있
다. 〈한양가〉나 역대가류의 가사 등 역사를 소재로 한 작품과도 비교
할 수 있고, 몽유라는 문학적 장치를 활용하고 있다는 점에서 몽유가
사의 전통과도 관련하여 논의할 수 있다.

〈몽유가〉에 대해서는 서지적 상황과 작가, 작품 내용에 대한 개괄
적인 소개가 있었고, 몽유가사의 양식적 특성을 논하는 과정에서 작품
명이 언급되기도 하였다. 김종윤, 이규호, 최은숙의 논의가 그것이다.
김종윤은 〈몽유가〉를 학계에 처음 소개하면서 작품의 서지 사항과 항
일 애국가사로서의 의의를 강조하였다. 특히 판본, 체제와 구성 등
서지적 상황을 꼼꼼히 밝히고, 작품에 반영된 작가의 역사관과 현실
인식을 조망하였다.[1] 다만 작품의 기록 방식, 작가에 대한 논의는 자

세히 이루어지지 않았으며, 몽유와 관련한 작품 특성에 대한 분석은 더 필요한 상황이다. 이후 이규호와 최은숙이 작품에 대해 간단히 언급하기도 했으나[2] 새로운 논의나 본격적 고찰은 아직 이루어지지 않았다.

이에 본고는 〈몽유가〉를 다시 주목하고자 한다. 〈몽유가〉는 〈길몽가〉, 〈옥경몽유가〉 등 18세기 몽유가사 창작의 전통을 잇고 있으면서, 일제강점기라는 시대 상황을 반영하고 있다는 점에서 본격적인 고찰이 필요한 작품이다. 이를 위해 먼저 작가와 작품의 기록 방식을 살피고 작품의 특성과 의미를 몽유의 역할에 초점을 두어 고찰하도록 한다. 특히 작자에 대해서는 기존 연구에서 의성 김씨 김홍기라는 정보만이 언급된 상황[3]이고, 작품 수록 방식 또한 그 특이성에 비해 집중적 논의가 부족한 상황이다. 이 두 가지는 작품 생성의 맥락과 의미를 파악하는 데에도 중요한 단서가 된다. 아울러 이 작품이 몽유를 모티프로 한 전대의 전통과 연결되어 있으므로 이를 중심으로 작품의 특성과 의미를 살필 필요가 있다.

이러한 연구는 〈몽유가〉에 관한 본격적인 작품론으로서 의미를 지니면서, 몽유가사의 양식적 의의와 후대적 변모를 살피는 데에 기여할 수 있으며, 특히 일제강점기 향촌지식인의 시대에 대한 응전의 양상을 확인할 수 있다는 점에서도 의미를 지닐 것이다.

---

1) 김종윤, 「夢遊歌 考」, 『국어국문학』 82, 국어문학회, 1980, 238~251쪽.
2) 이규호, 「몽유가사의 형성과정 시고」, 『국어국문학』 89, 국어국문학회, 1983, 157~181 쪽. 최은숙, 「몽유가사의 "꿈" 모티프 변주 양상과 〈길몽가〉의 의미」, 『한국시가연구』 31, 한국시가학회, 2011, 219~246쪽.
3) 김종윤, 위의 논문, 1980, 240~241쪽 참조.

2. 작가 김홍기에 대하여

〈몽유가〉[4]는 '夢遊歌'라고 적힌 표지와 자서(自叙), 본문으로 구성
되어 있다. 자서를 통해 가사 창작의 시기와 작가를 추정할 수 있다.

> 나는 병인 가을 구월 어느 날에 문득 낮잠에 들었다가 꿈속에서 가마
> 를 타고 이곳저곳을 두루 다닐 때에 산에서는 바람을 타고 물에서는
> 배를 탔다. 위로는 밝은 임금과 어진 신하가 서로 정사를 의논하는 것에
> 서부터 아래로는 백성들의 소리에 이르기까지, 멀리 초목이 나지 않는
> 구석진 땅에서부터 가까이는 기거하는 침석에까지 산천의 평탄함과 험
> 함, 인물의 높고 낮음, 풍속의 미악을 낱낱이 들어 꼼꼼하게 살피지
> 않을 수 없었다. 마을 닭이 소리를 감추자 깜짝 놀라 일어나 앉으니
> 해는 서쪽으로 지고 달은 동쪽에서 돋아 온다. 꿈속에서 본 것을 회상하
> 니, 황홀히 내 몸이 인간 세상에서 멀어진 듯하였다. 이에 다니고 본
> 바를 지어 '몽유가'라 하니, 이것이 소위 '만 가지를 빠뜨리고, 한 가지를
> 든다.'라는 것이다.[5]

〈몽유가〉 창작의 동기를 서술하고 있는 부분이다. 잠깐 낮잠에 들
었는데, 꿈속에서 산천, 인물, 풍속 등을 경험하고 잠을 깨니, 황연히
인간의 일들과 달라 이를 기록하였다는 내용이다. 자서 말미에 '丙寅
小春에 安東金弘基書于洛左幽居'라 부기되어 있어 작품 창작과 관련

---

4) 이 작품을 처음 학계에 소개한 김종윤은 〈몽유가〉 텍스트를 1979년 9월경 인사동 고서점
   에서 우연히 발견하였음을 밝혔다. 본고는 안동 김씨 문중 해헌고택에서 소장하다가 한국
   국학진흥원에 기증한 〈몽유가〉 텍스트를 연구의 대상으로 삼았다.
5) "余於丙寅之秋九月日에 忽晝寢이라가 夢乘一輿子하고 橫行周覽할새 或山而駕風하고 或
   水而登舟하야 上自都兪吁咈로 下至里巷巴音과 遠自窮髮不毛로 近而起居枕席히 山川之險
   易와 人物之高下와 俗尙之美惡을 無一枚悉而纖塾이라 村鷄收聲에 驚起坐하니 金鳥西飛
   하고 玉兎東來라 回想夢中所見하니 怳然若隔身人事라 仍述足目所經하야 爲夢遊歌하니
   所謂漏萬而擧一者也라."

한 여러 가지 정보를 확인할 수 있다. 여기서 병인년은 1926년이고[6], 작가는 김홍기라 추정할 수 있다. 김홍기라는 이름 앞에 안동이라는 지명이 붙어 있는데, 이는 김홍기의 관향일 가능성이 크다. 그렇다면 김홍기는 김종윤의 연구에서 밝힌 '의성 김씨'가 아닐 수도 있다. 이에 작가에 대한 논의가 더 필요하다는 것을 알 수 있다. 현재 작가와 관련한 정보는 병인년, 안동, 김홍기, '낙좌(洛左)'라는 몇 개의 단서가 주어져 있다. 이를 중심으로 〈몽유가〉의 작가에 대해 재론해 보기로 한다.

먼저 김홍기라는 이름 앞에 쓰인 안동을 주목할 수 있다. 김종윤은 김홍기를 의성 김씨 문중의 인물로 추정하였으나, 안동이 김홍기의 관향일 가능성을 배제할 수 없다. 이를 확인하기 위해 병인년인 1926년 즈음 이 지역을 중심으로 활동한 문사로서 안동 김씨 집안의 홍기라는 인물을 찾아야 한다. 이를 위해 해헌고택(海軒古宅)[7]의 종손인 김세현(金世顯, 봉화, 인터뷰 당시 72세) 선생의 도움[8]을 받아 안동 김씨 가문의 족보를 검색한 결과, 이 시기에 해당하는 인물로 1916년 5월 출생의 김홍기를 찾았다. 그런데 〈몽유가〉가 창작된 시기인 1926년이면, 족보에서 찾은 김홍기는 열 살이 된다. 열 살에 이러한 작품을 썼다고 보기에는 무리가 있으므로, 족보에 나오는 1916년생의 김홍기는 작가라 볼 수 없다. 그러므로 안동 김씨 가문의 족보를 근거로 해서

---

6) 이 작품의 창작연대를 추정할 수 있는 단서가 바로 '병인년'이라는 단어이다. 이 작품의 창작시기와 관련된 병인년은 1926년 혹은 1986년 둘 중 하나이다. 그런데 김종윤이 이 작품을 발굴한 시기가 1979년이고 논문을 발표한 시점이 1980년이므로 병인년은 1926년으로 볼 수 있다.

7) 경북 봉화군 명호면 도천리 소재.

8) 〈몽유가〉는 해헌고택의 종손인 김세현 선생님이 한국국학진흥원에 기증한 것이다. 이에 김세현 선생님을 찾아 관련 정보를 찾는 데 도움을 받고, 인터뷰를 진행하였다(2019. 10.25. 해헌고택).

는 〈몽유가〉의 작자인 김홍기를 찾을 수 없다. 이러한 상황 때문에 선행 연구에서는 김홍기를 의성 김씨 문중의 인물로 판단한 것으로 보인다.

다음으로 낙좌유거(洛左幽居)의 '낙좌'를 주목해 보자. 낙좌는 낙동 강을 중심으로 한 안동, 영주, 봉화 지역을 지칭하는 용어로서, 〈몽유가〉의 김홍기가 이 지역 문사임을 알려주는 장소적 지표라 할 수 있다. 낙좌와 관련한 기록을 한국국학진흥원의 자료를 통해 확인한 결과, 안동 김씨 문중인 해헌고택에서 기증한 『낙좌초고(洛左草稿)』 상중하 세 권을 찾을 수 있었다. 여기에 '洛左自序'라는 글이 실려 있었고, '낙좌자서' 말미에 '主人永嘉金弘基功敍也'라는 기록을 확인할 수 있었 다. 이 기록을 통해 김홍기가 『낙좌초고』에 담긴 글의 주인임을 알 수 있다. 그런데 문제는 『낙좌초고』가 안동 김씨 문중 김성년의 개인 문집으로 알려져 있다는 것이다. 그렇다면 김성년과 김홍기는 어떤 관계에 있는 사람인가? 김홍기와 김성년의 관계를 확인하기 위해 안 동 김씨 족보를 다시 확인한 결과 김성년(金聖年)이라는 이름을 찾을 수 있었고, 그의 자가 功敍임을 확인하였다. 그렇다면 김홍기는 김성 년이라는 이름으로 족보에 기재되었음을 알 수 있다.

『낙좌초고』가 김홍기의 문집임은 해헌고택의 종손인 김세현 선생 님의 증언을 통해서도 확인할 수 있다. 김세현 선생은 '해헌김공행장 (海軒金公行狀)'을 김홍기가 썼다고 증언하였는데, 이 '해헌김공행장'이 김성년의 『낙좌초고』에도 실려 있다.

이상의 과정을 통해 〈몽유가〉의 작자는 안동 김씨 문중의 김홍기이 고, 호가 낙좌이며, 족보에는 김성년이라는 이름으로 기재된 인물임 을 확인할 수 있다. 이러한 과정은 〈몽유가〉의 작가를 보다 분명히 밝혔다는 점에서도 필요한 과정이지만, 작가가 남긴 문집과 그에 대한 증언 등을 확보함으로써 이를 바탕으로 〈몽유가〉의 창작 맥락을 더 확인할 수 있다는 점에서도 필요한 과정이다.

앞서 언급한 바와 같이 김홍기는 『낙좌초고』라는 개인문집을 남겼다. 상중하(上中下) 총 3권으로 되어 있고, 여기에는 시 368편, 가사 5편, 서 63편, 제문 40편, 서기발문 35편, 상량문 6편, 잡저 14편, 자명 2편, 행장 6편, 묘갈명 등 기타 20여 편이 갈무리 되어 있다. 제문이나 행장 등을 통해 그의 필력이 주변에 널리 알려졌음을 확인할 수 있으며, 가장 많은 분량을 차지하고 있는 시를 통해 그가 전통적 한학을 향유했던 지역 문사로서의 정체성을 지녔음을 알 수 있다.

그의 시는 주로 여행과 일상, 그리고 주변인의 죽음에 대한 추모를 담고 있다. 청량산 등 자신이 거처하고 있는 지역뿐 아니라 계룡산과 동학사 등 유산의 체험과 감회를 담은 시가 많고, 지역이나 주변 인물에 대한 만시(輓詩) 또한 다수를 차지하고 있다. 그리고 가족 및 친구, 지역과 관련한 일상의 일을 모두 시로 표현하고 있음은 주목할 만하다. 친구들과의 여행과 시회 참여, 지역 학교의 졸업식 축하 등의 내용이 모두 한시로 표현되어 있다. 『낙좌초고』 문집에는 해방 직후의 작품도 많이 수록되어 있으며, 1970년대 창작된 작품도 수록되어 있다. 그가 1899년생임을 감안한다면 주로 50~70세 작품들로 보인다.

이상의 내용을 통해, 김홍기는 봉화 지역에 살던 안동 김씨 문중의 인물이며, 근현대를 살았던 인물이지만 지역에 살면서 한시문 중심의 문필활동을 주로 했던 전통적 지식인임을 알 수 있다. 특히 문집에 지역인들의 행장과 만시가 다수 남아있다는 것은 그가 문필활동으로 지역에서 꽤 유명한 인물이었음을 보여준다. 이러한 인물이 20대 후반에 쓴 가사 작품이 남아있다는 사실은 매우 흥미로운 점이다. 〈몽유가〉가 일제강점기 향촌의 한 젊은 지식인이 남긴 작품으로서 매우 독특한 기록 방식과 현실 인식을 담은 작품이기 때문이다.

3. 작품 기록의 방식과 의도

〈몽유가〉는 서문을 제외하고 모두 134쪽에 걸쳐 수록된 장편 가사
이다. 순한문에 토를 단 서문이 나오고 그 다음 본문이 나오는데 본문
은 삼단으로 나누어 수록하였다. 작자의 작품 내용과 관련한 주석이
맨 위의 단에 수록되어 있고, 작품이 두 줄씩 두 단에 걸쳐 수록되어
있다.[9] 본문은 국한문 혼용으로 되어 있는데, 한문 옆에 한글을 병기
하였다. 특이한 것은 작품 본문 위에 한문으로 된 주석을 달아놓았다
는 점이다.

주석의 내용은 주로 인물과 지명, 고사(故事)와 관련한 설명이며 모
두 한문으로 기록되어 있다. 역사적 지리적 범위가 매우 넓고 작품에
등장하는 인물 수만 500여 명이 넘는데도 불구하고 일일이 주석을 기
재하였다.[10] 작품 이해에 도움을 줄 뿐 아니라 주석 자체만으로도 인
물과 지명, 역사에 대한 폭넓은 지적 정보를 확인할 수 있어 매우 흥미
롭다.

예를 들면, '岳陽樓(악양루) 높은집에 杜子美(두자미) 차자드니 洞庭
如天波是秋(동정여천파시추)에 靑袍消息(청포소식) 간대업고 巴陵勝狀
(파릉승상) 보기좋아'라는 구절이 있다면, 이와 관련하여 '岳陽樓在洞庭
湖上 杜子美唐玄宗時人名 甫稱時聖常着靑袍 岳陽樓詩曰 吳楚東南坼范
布文岳陽樓記曰巴陵勝狀在洞庭一湖'와 같은 주석을 해당 부분 위에 기

---

9) 김종윤, 앞의 논문, 1980, 240쪽 참조.
10) 김종윤, 앞의 논문, 1980, 246쪽.

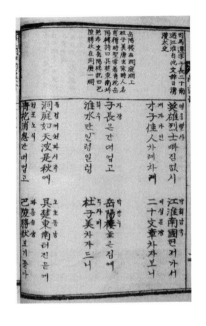

록한 것이다. 주석은 악양루와 두 자미에 대한 인물 설명과 작품 구절의 출처 등 관련 정보를 담고 있는데, 간략하면서도 집약적으로 정보를 제공하고 있다.

한편 역사적 사실에 대한 감상을 담은 구절의 경우, 주석은 작품 내용을 부가적으로 설명하는 역할을 하면서, 감상에 대한 역사적 근거가 된다. 예를 들어 '林寅觀等(임인관등) 八十人(팔십인)은 죽엇는가 사랏는가 强弱(강약)이 太甚(태심)하여 朝廷處分(조정처분) 그럿튼가'

에는 '壬寅觀大明遺民避亂入我國朝廷不能容易反逐之'와 같은 주를 붙여 작품의 문면을 통해서만 이해하기 어려운 역사적 사실을 부연 설명한다. 이는 1667년(현종 8) 명나라 유민이었던 임인관 등 90여 명이 제주도에 표류하여 들어와 자신들을 일본으로 보내달라고 요구하였으나, 조정에서는 청나라의 보복이 두려워 이들을 청나라로 돌려보낸 사건을 말한다. 작품 내용은 이들에 대한 작자의 소회만을 드러내고 있는데, 주석을 통해 관련 사실을 확인할 수 있고, 소회의 근거를 파악할 수 있다.

한편 주석에 부연된 역사적 사실은 그 자체만으로도 독립적인 지식 정보를 얻는 데에 도움을 준다. 가사 작품과 별도로 주석만으로도 방대한 양의 역사적 사건과 인물에 대한 정보를 확인할 수 있고, 유명한 문인과 시구를 만날 수 있다.

이처럼 〈몽유가〉는 작품에 주석을 부기함으로써 작품 이해를 돕고 있는데, 작품과 관련한 인물과 지명에 대한 관련 지식을 제공하기도 하고, 작가의 소회에 대한 근거를 드러내면서 관련된 지식 정보를 제공하기도 한다. 특히 주석 자체가 작품의 내용을 근거로 하여 인물, 지명, 역사에 관한 풍부한 지식과 정보를 제공한다는 점은 매우 흥미롭다. 이러한 주석 처리의 방식은 가사 작품 수록에서는 매우 드문 일이며, 일반적인 한문 서적에서도 흔하지는 않은 사례이다. 만약 주석 처리 자체가 1920년대 가사 작품 수록과 동시에 이루어졌다면 더욱 희귀한 자료라 볼 수 있다.[11]

가사 작품에 주석을 부기한 것은 별도의 이유가 있어 보인다. 일차적으로는 가사 창작자 스스로의 지적 욕구를 채우고 자신의 박학다식함을 드러내고자 하는 의도이다. 전통적 한학을 공부한 향촌 지식인으로서 중국과 조선을 포괄하는 역사적 사실과 인물, 그리고 지명과 고사를 별도로 기록하고 정리하는 주석 처리의 과정은 스스로의 지식을 점검하고 정리하는 계기가 되며, 가사 창작이라는 문학적 성취와 별개로 한학자로서 자신의 정체성을 확인하는 과정이 된다. 당시로서 한문학적 소양과 능력은 급격히 밀려오는 근대적 학문과 시대 변화 속에서 점차 그 위력이 약해졌을 것이다. 그럴수록 방대한 역사적 사실과 설명을 담은 주석을 꼼꼼히 밝히고 제시하는 것으로 전통적 지식인으로서 스스로의 정체성을 확인하려는 욕구는 더욱 커졌을 것이다.

---

11) 가사 작품을 기록하면서 동시에 주석 처리와 한글 병서가 함께 이루어졌다고 보는 것이 기존 연구의 결과이다. 본고는 이러한 견해를 존중한다. 그런데 작품이 1920년대 먼저 창작되고 이후에 석인본으로 인쇄하면서 주석 처리를 하고, 한글이 병서되었을 가능성도 완전히 배제할 수 없기에 그 가능성은 열어 둔다.

'낙좌(洛左)'라고 하는 자가 이곳에서 나고 자랐는데, 나면서부터 우둔하여 인사(人事)가 어떠한지를 알지 못했다. 나이 15세에 이르러 배부르고 따뜻한 생활 외에 특별히 사람 구실을 할 방도가 있다고 스스로 여겨서, 하루걸러 고산정(孤山亭)에 책상자를 짊어지고 찾아갔다. 고산정은 바로 성재(惺齋) 금난수(琴蘭秀)[12] 선생이 명명한 곳으로, 집에서 불과 10리도 떨어지지 않았다. 현명하고 충실한 스승과 벗에 힘입어 그럭저럭 글자를 분별하게 되면서, 장차 경전과 역사를 두루 섭렵하여 막혔던 가슴을 넓히려고 했지만 마침 액운이 겹친 운세를 만나 나라가 크게 바뀌었고, 세상 사람들은 모두 글을 중단했다.[13]

퇴계 이황의 학맥을 이은 금난수 선생이 경영했던 고산정에서 글을 익히고 학문을 배웠던 사실을 부각하면서 한학자로서의 자부심을 드러내었다. 그러나 일제강점하에서 학문적 뜻을 널리 펴지 못한다는 것을 강조하였다. 〈몽유가〉라는 작품 창작의 배경을 짐작할 수 있으며, 경전과 역사에 관한 방대한 지식을 주석을 통해서라도 드러내고자 했던 이유를 짐작할 수 있는 부분이다. 실제로 일제강점기 향촌에서 문집 간행의 욕구와 움직임이 오히려 활발하였다는 사실[14]과도 맥을 같이 하는 부분이다.

주석을 별도로 부기한 이차적인 이유는 이 작품의 향유가 자족적

---

12) 금난수(琴蘭秀) : 1530~1604. 자는 문원, 호는 성재(性齋) 또는 고산주인(孤山主人)이다. 이황의 제자로 정유재란(丁酉再亂) 때 고향인 경상북도 봉화(奉化)에서 의병을 일으켰다. 문집으로 『성재집(性齋集)』이 있다.

13) "所謂洛左者 生長於此 生而愚鈍 不知人事之如何 年至十五 自謂飽煖之外 別有爲人之方 間日負笈於孤山亭 亭卽惺齋琴先生題品之地 距家不十里 賴師友之明良 粗解銀根魚魯之辨 將欲涉覽經史 以撫胸茅 適値百六之運 家國滄桑 世皆文斷"(『洛左自敍』『洛左草稿』下, 7~8쪽), 본 인용문을 포함한 '낙좌자서'의 이해는 한국국학진흥원 김선영 선생(경북대 박사과정)과 남재주 박사(고전국역팀)의 도움을 받았음을 밝힌다.

14) 황위주, 「일제강점기 문집편찬과 대구·경북지역의 상황」, 『대동한문학』49, 대동한문학회, 2016, 5~40쪽 참조.

차원에 머물러 있지 않았음을 말해준다. 이 작품은 석인본으로 인쇄되었는데, 인쇄 부수나 배포 대상을 정확하게 알기는 어려우나, 다수 독자를 상정했음을 알 수 있다.[15] 따라서 작품의 주석은 작품 자체에 대한 독자의 이해를 돕고자 한 것이며, 가사 작품을 통해 더욱 확장된 지식을 전달하고자 한 것이다. 실제로 작품만을 통해서는 관련된 역사적 사실이나 인물에 대한 내용을 이해하기가 어려운 경우가 많고, 작품의 내용 속에는 일반적으로 잘 알려져 있지 않은 야사(野史)에 관한 내용까지 담겨 있다.[16] 이에 작가는 가사를 수록하면서 가사 작품 자체에 대한 독자의 이해도 돕고, 가사 내용과 관련한 더욱 확장된 지식과 교양을 전달할 목적으로 주석을 꼼꼼히 부기한 것으로 보인다.

독자를 의식한 이러한 배려와 의도는 가사 작품을 표기하는 문자에서도 확인할 수 있다. 〈몽유가〉의 본문은 주로 한문으로 표기되어 있는데, 한문 옆에 반드시 한글이 병서되어 있다. 이 작품이 1926년 향촌 남성 지식인에 의해 창작된 것이라는 점에서 한문투의 가사 창작은 어색하지 않다. 주석 처리 방식이나 가사의 내용을 보더라도 작품을 쓴 사람은 한문투에 더 익숙한 사람이다. 그럼에도 한글을 병서한 이유는 무엇일까.

한문에 익숙하지 않은 이들도 〈몽유가〉을 쉽게 읽을 수 있도록 특별히 고려한 것이라 볼 수 있고, 가사 음영을 보다 편하게 할 수 있도록 배려한 것이라고 볼 수도 있다. 전자는 작품 향유의 폭을 넓힌다는 점에서 의미가 있고,[17] 후자는 음영이라는 가사 향유의 전통을 그대로

---

15) 김종윤, 앞의 논문, 243쪽.
16) 김종윤, 앞의 논문, 245쪽.
17) 이와 관련하여 이 작품이 당시 학생들을 가르치기 위한 학습서로 활용되었을 가능성도 고려할 수 있다. 19세기 후반 동아시아의 격동기를 맞아 위기의식을 느낀 선비들이 조선

이을 수 있다는 점에서 의미가 있다. 〈몽유가〉는 서문과 작품의 시작 부분에서는 특별한 생각 없이 우연히 이 작품을 창작한 것처럼 관습적 동기만을 서술하고 있으나, 실제로는 다수 독자를 대상으로 폭넓게 향유될 수 있는 음영물로 기획된 작품임을 알 수 있다. 전통적으로 이어져 온 '몽유'의 기법은 늘 이러한 의도성을 지니고 있었다.[18] 이 작품은 '몽유'의 이런 관습을 충분히 활용하고 있는데[19], 작품의 기록 방식 또한 그 연장선상에 있었다고 할 수 있다.

이상의 내용을 통해 〈몽유가〉의 가사 수록 방식은 여타의 다른 작품과 구분되는 중요한 특징임을 알 수 있었다. 〈몽유가〉는 독특한 주석 부기와 국한문혼용 및 한글병서라는 기록방식을 취하고 있다. 이는 이 작품이 다양한 독자를 대상으로 향유될 것을 충분히 고려하고 있음을 말해준다. 한문 해독이 그리 어렵지 않은 이들에게는 한문 주석을 통해 관련 정보를 더욱 많이 전달할 수 있도록 하고, 한문 해독이 어려운 이들에게는 한글을 병서함으로써 내용 이해를 돕기 위함이라는 것이다. 이러한 방식은 음영이라는 전통적 가사 향유방식을 지속하는 데에도 일면 기여한 것으로 보인다.

과 중국의 역사를 아동들에게 교육하기 위해『동천자』류의 역사천자문을 저술하기도 하였는데(정우락, 「일제강점기 동천자류의 저술방향과 그 의미」,『한국사상과 문화』44, 한국사상문화학회, 2008, 150쪽), 〈몽유가〉의 기록방식과 특성도 이러한 동향과 관련하여 설명될 수 있을 것이다. 해헌고택의 김세현 선생님과의 인터뷰에서도 김홍기가 지역의 학생들을 가르치기도 했다는 사실을 확인하였는데, 이를 감안하면, 〈몽유가〉의 교육적 활용 가능성은 충분하다고 여겨진다.

18) 최은숙, 「몽유가사의 '꿈' 모티프 변주 양상과 〈길몽가〉의 의미」,『한국시가연구』31, 한국시가학회, 2011, 219~246쪽 참조.

19) 본 작품에 활용된 몽유 모티프의 기능에 대해서는 다음 장에서 자세히 알아보기로 한다.

4. '몽유'의 역할과 의미

1) 역사적 사실의 회고와 무상감 표출

몽유가사는 꿈과 놀이라는 이중의 모티프를 차용한다. 꿈은 환상적
이고 비현실적 모티프이지만, 현실에서 이룰 수 없는 소망을 표현하고
실현하여 보여준다는 점에서 현실과 밀접한 관련을 지닌다. 꿈은 그
자체가 놀이이기도 하지만, 꿈속의 '놀이'가 강조되면 현실을 전도하
거나 위반하는 문학적 장치가 될 수 있다.

18세기 몽유가사의 대표적인 작품인 〈옥경몽유가〉와 〈길몽가〉에서
이러한 양상을 직접 확인할 수 있다. 〈옥경몽유가〉의 경우 꿈은 현실
에서 만날 수 없는 인물들과 만나고 현실에서 이룰 수 없는 화자의
욕망을 실현하는 중요한 장치로 작동한다. 그러면서 중국의 역대 인물
들과 경합하는 전도의 놀이를 마음껏 펼친다.[20] 화자는 꿈속에서 옥황
상제가 벌인 향연에 참여하게 된다. 역대 중국의 제왕들이 참여한 예
사롭지 않은 자리였으며, 거기에서 화자는 태백, 자미, 한문공, 원미
등 유명한 문장가와 만나고 그들과 대화하고 토론한다. 꿈을 통해 화
자는 현실과 달리 자신을 적극적으로 드러내고 자신의 능력을 과시한
다. 〈길몽가〉에서도 꿈은 현실에서 만날 수 없는 인물인 맹자와 만나
기 위한 장치로 활용된다. 꿈속에서 맹자는 화자의 정체성을 확인하고
공표한다. 화자는 맹자로부터 도통(道統)을 부여받는 자신의 모습을
상상하며 현실의 위계를 전도한다.

두 작품 모두 현실에서 이룰 수 없는 화자의 욕망을 꿈을 통해 실현

---

20) 이와 관련한 연구로 김팔남, 「〈옥경몽유가〉의 이상세계 표출방식」, 『어문연구』 49(어문
　　연구학회, 2005), 67~94쪽; 최은숙, 「소악루 이유 시가의 소통지향성과 담화 특성」, 『동양
　　고전연구』 42(동양고전학회, 2011), 59~86쪽 등을 참고할 수 있다.

하고 있다. 즉, 꿈은 현실과 반대되는 상황을 실현하여 보여줌으로써 작품은 화자의 개인적 욕망을 드러내고 공표하는 수단이 되는 것이다. 다만 두 작품에서 드러나는 꿈의 지향점은 다소의 차이가 있다. 〈옥경몽유가〉가 환상성과 놀이성을 강화함으로써 자기 충족에 만족한다면, 〈길몽가〉는 꿈의 세계가 현실과 연계되면서 자신의 존재감을 드러내고 공표한다.[21)]

〈몽유가〉의 경우는 꿈과 놀이를 기반으로 하되 위의 작품들에 비해 유람의 요소가 특별히 강조된다. 앞선 작품들에서는 공간의 이동이 제한되었던 데 비해, 〈몽유가〉에서 화자는 중국과 조선에 실재하는 각 명승지를 자유롭게 넘나들고 있다.[22)] 무한한 것처럼 여겨지는 다양한 공간의 이동은 그 자체가 즐거움과 상상의 놀이이다. 그런 점에서 〈몽유가〉는 꿈 모티프가 지닌 유용성을 마음껏 활용하고 있다. 그러나 〈몽유가〉의 공간은 〈옥경몽유가〉나 〈길몽가〉처럼 천상의 공간이거나 죽은 사람과의 만남이 이루어지는 몽환적 공간은 아니다. 〈몽유가〉에 서술된 꿈의 공간은 현실에 존재하는 실재적 공간이다. 실재적 공간에서 실존했던 인물과 만나고 역사적 사실을 소환하는 방식이다. 꿈을 통해 오히려 현실을 만나는 것이다.

> 洛東江 가을바람 淸凉山 느진날에／新舊小說 내여놋코 두어장 읽그다가／忽年이 잠이 드니 낮꿈을 꾸엇것다／莊周胡蝶體格으로 六朝江山 다단일제／雄都巨鎭 몇곳이며 名山大川 어디어디／道德君子 몇 분이며 문장명필 누구누구／영웅열사 빠짐없이 재자가인 차례차례[23)]

---

21) 최은숙, 앞의 논문, 2011, 234쪽.

22) 선인들은 '와유(臥遊)'라 표현한 유람을 꿈을 통해 실현하고 있다.

23) 〈몽유가〉 1~2쪽(표시한 쪽수는 서문을 제외한 것임, 이하 동일).

작품의 시작은 화자가 살고 있는 낙동강과 청량산에서부터 출발하여, 육조강산, 웅도거진, 명산대천, 도덕군자, 문장명필, 영웅열사, 제자가인을 두루 만날 것을 예고한다. 이들은 모두 실재하는 공간이고, 역사 속에 존재했던 인물이며 실제 일어났던 사건들이다. 앞서 〈옥경몽유가〉나 〈길몽가〉에서 보여주었던 꿈의 차용 방식과는 차별적인 지점이다. 앞의 작품들이 몽환적 분위기를 강조하며 현실에서 이룰 수 없는 욕망을 꿈을 통해 충족하는 양상을 보였다면, 〈몽유가〉는 실재하는 공간과 인물 그리고 사건을 언급함으로써 오히려 현실을 직면하게 만든다.

몽유를 모티프로 하는 작품에서는 대체적으로 꿈을 통해 과거의 사람과 직접 만나는 모습을 보여준다. 〈옥경몽유가〉에서는 옥황상제와 만나고 〈길몽가〉에서는 맹자와 만나 대화를 나눈다. 그리고 화자는 원하는 바를 이룬다. 그러나 〈몽유가〉에서 화자가 언급하는 도덕군자, 문장명필, 영웅열사, 제자가인은 직접적인 만남의 대상은 아니다. 그들은 역사적 사실을 확인할 수 있도록 하는 대상이며, 인생무상을 깨닫게 해주는 회고의 대상으로 그려진다.

> 子張은 간대업고 淮水만 일렁일렁/岳陽樓 높은 집에 杜子美 차자드니/洞庭如天 波是秋에 靑袍消息 간대업고/吳楚東南 터진곧에 巴陵勝狀 보기조아/滕王閣 올라가니 王子安 간곳업고/珠簾暮捲 西山雨에 가는비만 소소하고/落霞與孤 鶩齊飛하니 가을나울뿐이로다[24]

자장, 두자미, 왕자안 등 중국 역대 문인과 관련된 일련의 장소를 다니면서 그들을 떠올리지만 그들과 직접 만나지는 못한다. 그들이

---

24) 〈몽유가〉, 2~3쪽.

시대를 풍미했던 장소는 그들과 만날 수 있는 공간이 아니라 세월의 무상함을 깨닫게 하는 공간이다.

> 童男童女 五百人은 故國懷抱 못이기여/차례로 눈물짓고 父母安否 뭇는구나/白鶴얼 명애하여 天台山 올라보니/玉堂珠閣 依舊하니 孫興公 간대업고/赤城에 느진나을 俗客을 싫여한다/아서라 쓸대잇나 從古帝王 다늙었다.[25]

진시황제의 불로초를 구하기 위해 사방으로 흩어진 동남동녀 오백 인의 눈물은 화려한 역사의 그늘을 대변하며 인간 욕망의 부질없음을 말해준다. 천태산 놀이로 유명한 손흥공 또한 옥당주각만을 남기고 지금은 만날 수 없는 인물이 되었다. 종고제왕은 모두 늙어 인간사의 모든 욕심과 영화는 쓸모없는 것임을 새삼 느끼도록 한다.

> 磐石같이 굳은社稷 天地無窮 바랏더니/永明皇帝 간곳업고 永曆年 號 그만이라/於千萬年 禮義國에 獨無忠臣 어인일고/南寧土州 드러 가니 麥秀歌를 일삼는다[26]

몽유의 과정은 화려했던 과거의 현실을 반추하는 과정이지만, 결국은 반석같이 굳은 사적과 화려한 역사는 사라지고, '맥수가'를 부를 수밖에 없는 무상한 것임을 깨닫는 과정이다. 작품의 많은 부분에서 '~에 가니 ~는 간 데 없고 ~만 남았다'는 식의 인생무상이나 회고의 정을 돌아보는 서술이 반복적으로 나타난다. 시대를 풍미했던 인물들

---

25) 〈몽유가〉, 16쪽.

26) 〈몽유가〉, 51쪽.

을 차례로 찾았으나, 그들의 행적은 찾을 길이 없고 인생무상을 느끼게 하는 자연 대상물만이 남아 있을 뿐이다. 여기에 '아서라 쓸데 있나 ~ 다 늙었다'라는 식의 반복된 종결은 씁쓸한 분위기를 자아내고 있다. 이러한 분위기는 다음과 같은 표현을 통해서 더욱 심화되기도 한다.

> 蕭瑟寒風 부는바람 洞簫소래 처량하다[27]
> 烏江水 저문날에 八年功業 속절업다[28]
> 麥城夜月 凄涼하고 五丈秋風 蕭瑟하다[29]

이처럼 〈몽유가〉에는 꿈을 통한 장소의 이동을 경험하고 이에 따른 역사적 인물을 기억하는 장면이 연속된다. 그러나 영광의 역사와 인물은 사라지고 세월의 무상감만이 씁쓸함을 더한다. 전대의 작품들이 현실에서 이룰 수 없었던 욕망을 꿈을 통해 드러내고, 자신의 존재감을 확인한 데 비해, 〈몽유가〉는 개인의 문제보다는 집단의 문제에 집중하고, 꿈을 통해 인간의 보편적 깨달음을 상기하는 데에 주력한다.

이는 화자의 정체성 및 국권상실이라는 시대적 상황과 무관하지 않다. 꿈은 현실에서 이룰 수 없는 바람이 있거나 현실에서는 직접적으로 드러낼 수 없는 비판의식을 가상의 시공간을 설정함으로써 적절하게 표출하고 정당성을 부여받는 장치이다. 〈몽유가〉가 창작되었던 시기는 국권강탈 및 근대화의 시기였다. 앞서 살핀 대로 〈몽유가〉의 작가인 김홍기는 당시 안동을 중심으로 한 영남 지역의 젊은 선비였고,

---

27) 〈몽유가〉, 25쪽.
28) 〈몽유가〉, 25쪽.
29) 〈몽유가〉, 33쪽.

경전과 역사를 두루 섭렵한 향촌의 야심찬 인재였다. 그러나 국운은
쇠퇴하였고, 자신이 갈고 닦았던 한학은 새로운 세상에 무용한 학문임
을 깨닫게 되었다.[30] 〈몽유가〉의 화자는 〈옥경몽유가〉나 〈길몽가〉의
화자들과는 전혀 다른 상황에 직면한 것이다. 〈옥경몽유가〉나 〈길몽
가〉의 화자들은 세상이 자신의 존재나 가치를 인정해 주지 않았기 때
문에, 꿈을 통해 그것을 해소하려고 했다. 그러나 〈몽유가〉의 화자는
자신의 정체성을 확인받을 곳 혹은 자신의 능력을 인정해 줄 수 있는
세상 자체가 사라진 상황이었다. 이에 그의 몽유는 개인의 문제에 머
물 수 없었으며, 삶의 무상감을 표출하는 방식으로 시대의 우울을 전
유하였던 것이다.

2) 집단 기억의 호출과 현실 인식

몽유의 과정에 역사가 언급되면, 꿈의 공간은 개인의 것에 머무르
지 않고 집단의 기억을 호출하고 상상할 수 있도록 한다. 기존의 〈옥
경몽유가〉나 〈길몽가〉에서처럼 화자가 특정 인물과 만나거나 대화하
는 모습은 보이지 않는다. 시적 화자는 공동체가 공유하는 역사의 공
간과 인물을 언급함으로써 독자로 하여금 역사적 사실을 기억하도록
한다. 여기서 꿈은 화자의 개인적 욕망을 충족하거나 표출하는 역할보
다는 독자를 끌어들이고 함께 기억하고 평가하고 고민하게 만드는 역
할을 한다.

〈몽유가〉에는 특히 중국과 조선의 주요 명승지와 유명인사가 촘촘
히 들어있다. 특정한 공간과 특별한 인물에 대한 집중이라기보다는
가능한 많은 정보를 노출하는 데에 주력한다. 다루고 있는 역사적 지

---

30) 〈洛左自序〉, 『낙좌초고』 참조.

리적 정보가 광범위하고 등장인물수도 500여 명이나 된다.[31] 역대 왕
이나 영웅들과 관련한 사적을 간단히 언급하는 방식이다. 많은 정보
를 한꺼번에 전달하는 데 치중해 있다.[32] 그런데 〈몽유가〉에서는 특
정한 역사적 사실과 관련된 화자의 평가가 직접 드러나거나 화자의
감정이 과도하게 분출된다. 때로는 해당 부분의 서술이 확장되어 길
어지기도 한다.

> 天下英雄 다보려고 南陽으로 가는길에/王莽의 萬古逆賊 한칼에 버
> 혀들고/光武前에 拜謁하니 그안이 쾌할소냐/滹沱河 굳은어름 中興
> 大運 도라왓다/[33]

> 萬古奸臣 秦檜王倫 容恕할길 있을소냐/李若水는 혜를끈코 趙通判
> 을 목을매니/丈夫의 붉은피가 五腸에 가득찬다/[34]

왕망과 왕돈, 진회, 왕윤[35] 등은 중국의 역사적 인물들로서 왕을
죽이거나 왕조를 바꾼 이들이다. 이들에 대한 후대의 평가가 전적으로
부정적인 것은 아니지만, 〈몽유가〉에서는 이들을 역적과 간신으로 평

---

31) 김종윤, 앞의 논문, 245쪽.

32) 이러한 양상은 영남지역을 중심으로 널리 향유되었던 백과사전식의 사서류와 관련이
있어 보인다.

33) 〈몽유가〉, 30쪽.

34) 〈몽유가〉, 48쪽.

35) 왕망(王莽)은 중국 전한 말기의 관료이자 신나라의 황제로서, 재임 기간 동안 소신 있는
정치를 하기도 했으나, 황허강이 범람하는 등 여러 가지 자연재해로 왕권을 지속하지
못하고 반란군에 의해 피살되었다. 당시 역사가들은 그를 왕위 찬탈자로 매도하였다.
왕돈(王敦)은 동진 초기의 권신으로, 원제 사마소의 왕위 찬탈을 노리고 반란을 일으켰으
나 실패하고 부관참시 당했다. 진회는 남송의 재상으로서 송나라를 멸망시킨 금과의 화친
을 추진했다는 이유로 매국노로 평가받는 인물이다. 왕윤은 후한말의 정치가로, 당시
폭정을 일삼던 동탁을 죽였으나, 동탁의 잔당인 이각에게 처형당했다.

가하며 강한 분노를 표출하였다. 이는 이약수[36] 같은 이들과의 대조를 통해 더욱 부각된다. 이러한 양상은 특히 조선의 역사를 언급하는 과정에서 더 강조된다.

> 小年善君 端宗大王 中道禪位 忿하도다/鄭麟趾 申叔舟는 人面戰心 그안인가/謨復上王 朴翠琴은 獄中慘死 하단말가/慶會樓에 못죽은일 後悔한들 쓸대잇나/體不勝衣 李白玉은 臨刑不變 장할시고/守一無 二 곧은마음/죽엄이 草芥갓다/沈靜寡默 河丹溪는 從容就死 장할시 고/一片丹心 烈烈하니 頭上白日 分明하다/痛哭草廬 柳淸庵은 入廟 自殺하시엿고/閉口不言 淸水堂은 書生을 怨望튼가/抱○痛哭成梅竹 은 血傳千秋 壯하도다/客店업는 黃泉길에 자고갈꼿 얻의런고/위에 쓴 死六臣은 痛哭血史 그안인가[37]

사육신에 대한 언급과 평가가 나타난 부분이다. 사육신 각각의 이름과 이들의 절의를 상기하고 있다. 사육신은 영정조 이후부터 절의를 대표하는 인물로 표상되어 오다가, 근대 이후 국가와 민족을 위해 목숨을 바친 영웅의 모습으로 등극한다.[38] 〈몽유가〉도 이러한 맥락에서 크게 벗어나 있지는 않다. 다만, 화자는 이들의 죽음을 '수일무이 곧은 마음', '일편단심'으로 평가하고 있다. 절의와 충신으로서의 의미를 강조하고 있는 것이다. 이들의 죽음은 통곡할 수밖에 없는 조선 역사의 한 부분으로 평가되고 있다.

이상의 내용을 통해 볼 때, 〈몽유가〉는 몽유라는 장치를 통해 현실

---

36) 이약수(李若水)는 송나라 휘종에서 흠종 때의 문신으로, 정강의 변이 일어났을 때 금군에 포로로 끌려간 흠종을 보호하다 피살된 인물이다.

37) 〈몽유가〉, 62~63쪽.

38) 신성환, 「근대 이후 사육신에 대한 단속(斷續)적 기억과 시가(詩歌)에서의 수용 양상」, 『민족문학사연구』 51, 민족문학사학회·민족문학사 연구소, 2013, 317~342쪽 참조.

에서 만날 수 없는 가능한 한 많은 인물과 사실(史實)을 언급하고 있다.
그런데 특히 의리 및 충절과 관련한 인물과 역사를 언급하는 부분에서
는 화자의 평가를 덧붙이고 감정을 토로하는 방식을 취하고 있다. 당
시가 일제강점기였음을 고려할 때 이러한 양상은 의리와 명분에 대한
집단 기억의 호출이라 볼 수 있으며, 이는 급변하는 시대에 향촌지식
인으로서 화자가 취했던 현실 대응의 모습이라는 할 수 있다.

〈옥경몽유가〉와 〈길몽가〉가 현실에서 이룰 수 없는 개인적 욕망을
꿈을 통해 충족하고자 했다면, 〈몽유가〉는 사실(史實)을 통해 집단의
기억을 호출하고 평가함으로써 공동체의 향방을 확인하고 있다. 몽유
가사의 변모와 관련해서 주목할 만한 지점이다. 그렇다면 〈몽유가〉에
서 제안하는 공동체의 향방은 무엇인가? 이와 관련하여 작품에 나타
난 역사적 사실을 대하는 화자의 태도와 인식을 살펴보기로 하자.

> 黃河에 띄를매고 崑崙山올라보니/穆王의 八駿馬는 依然이 잇건만
> 은/弱手靑鳥 끊어지고 瑤池仙女 볼수업다/秦樓明月玉簫聲에 騎鶴仙
> 차자가니/子晉은 간대업고 白鶴一雙뿐이로다/五霸의 나진功烈 遽然
> 이볼것업다[39]

앞서 살폈지만 중국의 역사를 이야기하는 부분에서 화자는 화려했
던 왕조와 인물을 회고하거나 이미 사라진 영화를 무상의 시선으로
반추하고 있다. 자연의 흐름과 역사의 흥망 속에 종고제왕과 영웅호걸
도 그저 잊히고 사라진다는 진실을 마주할 뿐이다. 물론 이는 작품
전편에 스며있는 분위기이기도 하다. 그런데 조선의 역사를 이야기하
는 부분에서 다소 차별적인 분위기가 연출되고 있다.

---

39) 〈몽유가〉, 21쪽.

空拳을 높이드러 逆賊李适 數罪하고/妙香山 높이올나 檀聖遺風 바
라보니/半萬年 묵은 檀木 春色을 띄여잇고/巍巍한 남은 德化鳳凰이
나라든다[40]

崑崙山 落脉으로 朝鮮이 생겼으니/八十里 너른못은 銀河水를 따댓
는 듯/黃沙千里 너른들은 眼介가 漠漠하다/先春嶺 늙은남게 봄빛이
도라온 듯[41]

역적 이괄[42]을 수죄하고, 묘향산에 올라 바라보는 단군 이후의 반만
년 역사는 봄기운을 띠고 있으며, 봉황이 날아드는 큰 역사이다. 이러
한 기운을 받아 조선이 생겼고, 조선은 넓은 못과 땅을 지닌 큰 나라로
서 봄빛이 감도는 나라이다. 회고와 무상의 역사가 아니라 마치 새로
운 출발에 서 있는 기대에 찬 역사로 서술되어 있다.

萬世橋 찬물결은 蕩漾함이 心事로다/龍興江 바로건너 德源府 다다
르니/三椽夢을 想起하니 九五飛龍 어느때야/釋王寺 드러가서 妙嚴
尊師 차자보니/護持門七重塔은 朝鮮藝術 자랑한다/三坊藥水 마신
후에 鐵原府 다다르니/平原廣野 너른들은 泰封古都 이안인가/京元
線 잡아타고 漢陽城中 드러서니/三角山이 主龍이요 從南山이 安對로
다/天府金湯 되였으니 萬戶長安 이안인가[43]

조선예술에 대한 자랑스러움, 수도 한양에 대한 찬양은 작품의 분

---

40) 〈몽유가〉, 57쪽.

41) 〈몽유가〉, 58쪽.

42) 이괄은 인조 즉위 이후 모반을 꾸몄다는 무고로 인해 반란을 일으켜 선조의 아들 흥인군
을 임금으로 세우기도 했으나, 관군에게 패하여 후퇴하던 중 죽임을 당했고 반란은 실패
로 돌아갔다.

43) 〈몽유가〉, 59~60쪽.

위기를 밝게 만들고 있어, 앞서 중국의 역사를 이야기할 때와는 다른 긍정적 전망을 상상하게 한다. 이러한 찬양의 분위기는 조선을 대표하는 인물에 대한 언급에서도 나타난다.

> 宿鳥先生 朴思菴은 水月精神 분명하다/扈駕龍灣 金斗岩은 文章宰相 그안인가/表裡瀅澈 權晦谷은 宦路에 뜻이업고/天才聰穎 鄭寒岡은 洞貫古今하엿도다/忠孝兼全 永膺先生 一家八旌 光彩나고/聰明獨學 吳德溪는 是非叢中 싫여한다[44]

이러한 방식은 중국의 역대 인물들을 언급한 방식과 분명 차이가 있다. 중국의 인물들은 회고적 대상으로서 이들을 통해 인생의 무상감을 드러내었다면, 조선을 비롯한 자국의 역대 인물들은 역사적 존재로서 비평과 찬양의 대상으로 이들을 그려내는 방식을 취하고 있다. 이는 〈몽유가〉의 작가인 김홍기의 자국 역사에 대한 특별한 관심의 결과라 할 수 있다. 중국 유람으로 시작하는 일반적인 몽유가[45] 창작의 관습을 토대로 하되, 특히 중국에 비견되는 자국에 대한 관심과 애착을 역사와 인물로 엮어내면서 기존의 작품과는 차별적인 텍스트를 만든 것이다.

한편 〈몽유가〉에 나타난 역사와 인물에 대한 언급은 화자의 방대한 역사적 지식을 드러내는 것이기도 하다. 그러나 작품의 언술은 그것을 지식으로 전달하는 데에 머물러 있지 않다. 이는 조선중기 이후 영남지역 학자들에 의한 역사서 편찬과 관련되어 있다. 이들은 백과사전식

---

44) 〈몽유가〉, 77쪽.
45) 〈옥경몽유가〉나 〈몽유가〉 제목을 가진 다른 텍스트는 대부분 중국의 유명한 왕과 대신, 문사 등을 만나는 과정을 그리고 있다.

의 역사와 인물에 대한 평가를 담은 사서를 주로 찬술하고 향유하면
서[46] 영남 지역 향촌지식인의 정체성을 확보해 나갔다. 〈몽유가〉는
이러한 역사서를 참조하되, 국권강탈의 현실 속에서 자국의 역사를
긍정적으로 재현하고 자부심을 느낄 수 있는 기억을 호출하는 방식을
취하고 있다. 이러한 양상은 일제강점기 당시의 인물과 역사에 대한
언급에서도 지속적으로 나타난다.

> 乙巳年 保護條約 賣國賊은 몇이런고/헤이그 萬國會에 剖腹하든 一
> 星烈士/五千年 빗난歷史 世界萬邦 다알렷네/五百年 傳受地를 뉘게
> 다 막견관대/灼灼한 仙李花는 春色이 체량하고/閔忠貞 一竿血竹 獨
> 守風霜 늠늠하다/己未年 獨立萬歲 귀에쟁쟁 들리난 듯/宣言文 읽는
> 소리 丈夫腔血 다끌는다/終南山 높이올나 北闕을 바라보니/六朝如
> 空鳥夢啼예 寂寞宮花 搖落하다/弘化門 닷인곧에 昌慶苑은 얻에이며
> /總督府가 높았으니 景福宮도 안보인다[47]

헤이그 특사의 활약과 민영환의 〈혈죽가〉를 높이 평가하고, 3·1 독
립 만세 운동의 생생한 외침을 기억하게 한다. 그러나 현실은 일본에
의해 격하된 창경궁의 모습과 총독부에 의해 가려진 경복궁을 마주할
뿐이다. 당시 현실에 대한 강한 비판이다.[48]

> 燕京을랑 보도말고 哈爾濱 당도하니/安忠臣 萬古怒氣 宇宙에 가득
> 하다/이것보라 한방소리 世界萬邦 울렸으니/旅順獄 뿌린피는/우리
> 民族 눈물이라/長春花柳 얼넌지나 深河에 드러서서/姜弘立 꿀어노

---

46) 〈해동잡록〉, 〈표제음주동국사략〉, 〈동사찬요〉 등이 그것이다.

47) 〈몽유가〉, 89~90쪽.

48) 김종윤, 앞의 논문, 246쪽.

코 金應河로 數罪하고/瀋陽城 드러서니 斥和大臣 뉘뉘런고/六年拘
囚 淸陰先生 尊周大義 凜凜하다[49]

하얼빈을 언급하면서 안중근을 회고한다. 그를 충신이라 호명하는
것으로 보아 아직은 봉건적 사고에 젖어 있다는 것을 알 수 있다. 그러
나 안중근의 의거를 민족의 운명과 연관 지어 해석한 부분은 근대전환
기 국가 및 민족에 대한 의식을 찾아볼 수 있다는 점에서 주목할 부분
이다.

〈몽유가〉가 여전히 임금과 왕조에 대한 충성을 강조하고, 중국의
금, 원, 청의 역사를 부정한다는 점은 영남 지역 향촌지식인의 시대적
한계이기도 하다. 그러나 작품에 등장하는 애국과 민족을 언급하는
부분은 중요하게 살펴야 할 부분이다. 일제강점기라는 시대 상황 속에
서 몽유라는 시적 장치를 활용함으로써 조선의 역사라는 집단 기억을
호출하면서 국가 및 민족이라는 공동체가 직면한 현실을 일깨우고 있
기 때문이다.

5. 결론

본고는 〈몽유가〉(1926)의 작가 및 작품 기록 방식을 살피고, '몽유'
라는 시적 장치의 역할과 의미를 구명한 글이다. 연구의 내용을 요약
하면 다음과 같다.

첫째, 〈몽유가〉의 작가 문제이다. 몽유가의 작가인 김홍기는 봉화
지역에 살던 안동 김씨 문중의 인물이며, 지역에 살면서 한시문 중심

---

49) 〈몽유가〉, 52~53쪽.

의 문필활동을 주로 했던 근대전환기 전통적 지식인이다. 그의 작품을 모은 『낙좌초고』에 지역인들의 행장과 만시가 다수 남아 있다는 것은 그가 문필활동으로 지역에서 꽤 유명한 인물이었음을 짐작하게 한다. 이러한 인물이 20대 후반에 쓴 〈몽유가〉가 전하고 있다는 사실은 매우 흥미로운 점이다. 〈몽유가〉가 일제강점기 향촌의 한 젊은 지식인이 남긴 작품으로서 매우 독특한 기록 방식과 현실 인식을 담은 작품이기 때문이다. 특히 이러한 작품이 현재 그리 많지 않다는 점에서도 그 의미는 크다고 볼 수 있다.

둘째, 작품 기록 방식이다. 〈몽유가〉는 한 면을 삼단으로 나누어 작품을 기록하고 있는데, 맨 위의 단에 작품 관련 주석이 기록되어 있다. 주석은 작품과 관련한 인물과 지명에 대한 관련 지식을 제공하기도 하고, 작가의 소회에 대한 근거를 드러내면서 관련된 지식 정보를 제공하기도 한다. 특히 주석 자체가 작품의 내용을 근거로 하여 인물, 지명, 역사에 관한 풍부한 지식과 정보를 제공한다는 점은 매우 흥미롭다. 이러한 주석 처리의 방식은 가사 작품 수록에서는 매우 드문 일이며, 일반적인 한문 서적들에서도 흔하지는 않은 사례이다.

〈몽유가〉의 본문은 국한문혼용으로 표기되어 있는데, 한문 옆에 한글이 병기되어 있다. 주석 처리 방식이나 가사의 내용을 보더라도 작품을 쓴 사람은 한문투에 더욱 익숙한 사람이다. 그럼에도 한글을 병기한 이유는 한문에 익숙하지 않은 이들도 〈몽유가〉를 쉽게 읽을 수 있도록 특별히 고려한 것으로 볼 수 있고, 가사 음영을 보다 편안하게 하기 위함이라 볼 수 있다. 전자는 향유의 폭을 넓힌다는 점에서 의미가 있고, 후자는 음영이라는 가사 향유의 전통을 그대로 이을 수 있다는 점에서 의미가 있다.

셋째, 〈몽유가〉는 전대 몽유가사의 전통을 잇고 있으면서도, 몽유라는 시적 장치는 전대와 차별적인 역할과 의미를 지니고 있다. 전대에 창작된 대표적인 몽유가사인 〈옥경몽유가〉나 〈길몽가〉의 경우 '몽유'는 꿈속에서 개인적 욕망을 성취하거나 자신의 존재감을 과시하는 데 기여하고 있었다. 그런데 〈몽유가〉에서는 역사적 사실과 인물을 만남으로써 무상감을 확인하거나, 집단 기억으로서 대의명분과 의리 추구의 역사를 호출함으로써, 공동체의 현실을 직면하도록 하고, 함께 지향해야 할 방향을 제안하고 있다. 아울러 일제강점기라는 시대적 상황에서 제한적이지만 충군에서 애국으로의 전환이 나타나고 있다는 점도 주목할 부분이라 본다.

이상으로 〈몽유가〉의 작가, 작품 기록방식, 몽유라는 시적 장치의 역할과 의미를 살펴보았다. 특히 작가 및 작품의 기록 방식을 통해 작품 생성과 향유의 맥락을 살필 수 있었으며, 몽유의 역할과 의미를 통해 몽유가사의 후대적 변모와 역할을 확인할 수 있었다. 〈몽유가〉의 작품 이해 및 몽유가사의 정체성 해명에 기여할 수 있을 것이다.

동학가사의 '꿈' 모티프 차용 양상과 의미

1. 서론

본고는 동학가사 가운데 '꿈'을 모티프로 한 작품을 대상으로 작품의 존재양상과 '꿈'의 역할 및 의미를 살피는 것이 목적이다. 동학가사는 동학의 포교를 목적으로 창작된 가사이다. 그런데 동학가사 작품 가운데 특히 '꿈'을 모티프로 사용한 작품이 여타의 가사 작품군에 비해 많이 발견된다. 대표적인 작품으로 〈夢中老少問答歌〉, 〈夢中問答歌〉, 〈夢中歌〉, 〈夢中運動歌〉, 〈春夢歌〉, 〈夢覺銘心歌〉, 〈夢警歌〉, 〈雲山夢中書〉, 〈夢覺虛中有實歌〉, 〈夢警時和歌〉 등이 있다. 종교의 교리를 풀어내고 이를 포교하려는 의도를 지닌 동학가사에서 이렇게 꿈이 주목된 이유는 무엇일까?

꿈은 고전시가에서 다양한 변주양상을 드러내며 향유층의 다양한 지향과 세계관을 드러내는 수단으로 활용되었으며, 단순한 시적 소재나 형식에 그치지 않고 현실과 소통하는 데에 적극적으로 관여하였다. 그래서 고전시가에서 꿈은 중요한 모티프로서 주목을 받았다. 17세기 이후부터 1900년대에 이르기까지 일련의 작품군을 형성한 몽유가사의 창작과 향유가 바로 그것이다.

동학가사에서 꿈이 적극 활용되고 있는 것도 이러한 양상과 무관하지 않다. 그렇다면 동학가사에서 꿈 모티프의 차용은 구체적으로 어떤 양상을 띠고 있으며 작품 내에서 어떤 역할을 하고 있는가? 그리고 일련의 몽유가사와는 어떤 관련을 지니고 있는가? 이러한 질문은 다음 두 가지 측면에서 중요한 의미를 지닌다.

첫째는 그간의 동학가사 연구에 새로운 방법론을 제시할 수 있다는 점이다. 그간의 동학가사 연구는 동학의 교리를 가사 작품이 어떻게 담아내고 있는가에 초점이 맞추어져 있었다. 그러나 이제는 동학가사 자체가 지닌 문학적 특성 및 수사적 특징에 대한 다양한 접근이 필요한 시점이 되었다. 이러한 상황에서 꿈이라는 문학적 수사에 주목하여 동학가사의 특징을 밝히는 작업은 동학가사 연구에 중요한 의미를 지닐 수 있다.

둘째는 몽유가사 연구와 관련하여 꿈 모티프의 변주양상에 대한 보다 확대된 논의를 산출할 수 있다는 것이다. 몽유가사 연구는 최근 들어 그 범주적 양상과 개별 작품에 대한 논의가 재점화되고 있다. 이러한 가운데 몽유가사 중 많은 비중을 차지하고 있는 동학가사 작품에 대한 본격적인 논의는 몽유가사의 전체적 조망에 진전을 가져올 것이다.

이를 위해 본고에서는 먼저 동학가사 중에 꿈과 관련된 작품의 존재 양상을 먼저 살핀 다음 동학가사의 꿈 모티프 차용양상을 살피고 그 역할과 의미에 대해 논의하기로 한다.

2. 작품의 존재 양상

동학가사란 동학의 포교를 위해 지은 가사를 통칭하는 말로, 최제우의 『용담유사』에 실린 10여 편의 가사와 김주희 『상주 동학가사』

에 실린 100편의 가사를 총칭한다. 이에 대한 그간의 연구는 동학가사에 내재한 동학의 교리를 밝히거나[1] 최제우의 가사와 김주희의 가사를 대비하여 전후기 동학사상의 변모를 구명[2]하는 데 집중되어 있었다. 그래서 동학가사가 지닌 그 자체의 문학적 해석과 접근은 상대적으로 미비했는데, 이에 대한 연구가 나동광에 의해 본격적으로 시도[3]되었다. 이 중 본고와 관련하여 〈夢中老少問答歌〉에 나타난 몽중세계의 의미를 '여행치료'로 해석하여 주목을 요한다. 동학가사에서 '꿈'모티프가 어떻게 차용되고 어떤 역할을 하는가에 대한 본고의 논의에 시사하는 바가 크기 때문이다.

이와 같이 동학가사의 문학적 특질과 본질 구명에 꿈은 중요한 기제로 작용되고 있는데, 꿈을 모티프로 한 작품을 선별해 보면 〈夢中老少問答歌〉, 〈夢中問答歌〉, 〈夢中歌〉, 〈夢中運動歌〉, 〈春夢歌〉, 〈夢覺銘心歌〉, 〈夢警歌〉, 〈雲山夢中書〉, 〈夢覺虛中有實歌〉, 〈夢警時和歌〉 등이 대표적이다.

---

1) 유경환, 「동학가사(東學歌辭)에 나타난 궁을(弓乙)에 대한 소고(小考)-궁을(弓乙)의 연원(淵源)과 상징적 의미체계(意味體系)의 재구(再構)」, 『국어국문학』 101, 국어국문학회, 1989, 81~109쪽; 유경환, 「동학가사에 나타난 낙원사상의 수용양상」, 『어문연구』 69, 한국어문교육연구회, 1991.4, 82~10쪽; 유경환, 「동학가사에 나타난 순환사관에 따른 계통과 범주」, 『어문연구』 93, 한국어문교육연구회, 1997.3, 115~13쪽; 구양근, 「동학가사문학을 통해 본 최제우의 역사적 한국사상의 계승문제」, 『동학연구』 3, 한국동학학회, 1998.9, 199~231쪽; 이상원, 「東學歌辭에 나타난 侍天主 사상 연구」, 『우리문학연구』 24, 우리어문학회, 2008.6, 285~316쪽.

2) 김기현, 「동학가사에 나타난 동학의 변모-용담유사와 상주 동학가사를 중심으로」, 『문학과언어』 16, 문학과언어학회, 1995.5, 205~223쪽; 김상일, 「전후기 동학가사의 연구」, 『동학연구』 14·15, 한국동학학회, 2003.9, 89~115쪽.

3) 나동광, 「「몽중노소문답가」에 나타난 시적 세계」, 『동학연구』 28, 한국동학학회, 2010.4, 1~18쪽; 나동광, 「「용담가」에 나타난 시적 세계」, 『동학연구』 27, 한국동학학회, 2009.9, 1~14쪽; 나동광, 「「안심가」에 나타난 시적세계」, 『동학연구』 26, 한국동학학회, 2009.3, 1~2쪽.

제목	내용	작품 구조	출전
夢中老少問答歌	탄생 및 성장, 금강산에서 천일도사를 만나 예언을 듣고 각몽	몽유	최제우 〈용담유사〉
夢中問答歌	꿈속에서 신선을 만나고 세상을 구할 도를 듣고 봉황의 울음에 잠을 깸	몽유	김주희 編 〈상주동학가사〉
夢中歌	동학의 무궁한 조화를 가르침	나열	김주희 編 〈상주동학가사〉
夢中運動歌	현재 위기와 이상세계 제시	나열	김주희 編 〈상주동학가사〉
春夢歌	꿈속에서 鶴髮仙宮으로부터 글을 받아 깸	몽유	김주희 編 〈상주동학가사〉
夢覺銘心歌	노래지은 동기, 〈몽중노소문답가〉 차용하여 동학의 가르침 경계	몽유+나열	김주희 編 〈상주동학가사〉
夢警歌	꿈에서 깨어 이상세계를 위해 준비할 것 제시	나열	김주희 編 〈상주동학가사〉
雲山夢中書	꿈속에서 선관을 따라가 스승을 만남	몽유+몽유	김주희 編 〈상주동학가사〉
夢中時和歌	선천의 세상을 준비하여 동학의 가르침에 힘쓸 것 제시	나열	김주희 編 〈상주동학가사〉
夢覺虛中有實歌	동학에 접하게 된 동기와 스승 및 자신의 행적	나열+몽유	김주희 編 〈상주동학가사〉

위의 표를 참고하면, 작품의 내용은 선천 도래의 미래를 제시하고 이를 위한 동학의 가르침을 설파한 것과 동학의 교주나 스승을 만나 동학의 가르침을 받거나 예언을 듣는 것으로 구분된다. 전자는 동학의 가르침을 연쇄나 나열의 방식으로 제시하는 방식을 취하고 있고, 후자는 주로 '입몽-몽중-각몽'의 구조를 취하고 있다.

여부아라 蒼生덜아 봄갈기가 느껴간다/春日의 困이든잠 집흔꿈을 어셔밧비/끼여셔라 碧空에 걸닌달은 三更에/올너잇고 東牕에 쓰는희는 萬物을/일끼인다 이갓흔 熙皥世界 엇진잠을/집히드러 꿈쐴줄을

몰으는고 春不耕田/하거듸면 秋無所拾 업슬테니 어서밧비/꿈을끼여
布穀聲을 끼다라서 失時말고/勤農하쇼 失時안코 勤農하면 家産饒足
/되느니라 家産饒足 되거듸면 忠君孝父/自然되고 遺名萬世 하느니
라 이런運數/숨히죤코 春夏秋冬 四時節에 째가는줄/모르고셔 分別
업난 그所見의 잠즈기만/심을씨니 可憐하다 너의身數 來頭之事/어
이하리 前後事蹟 본다히도 만코만은/그사롬 有功有德 말훈더도 不勞
自得/업셔시니 이런일노 본다히도 古今事가/다를손가 古今事가 一般
이니 어셔밧비/끼다라셔 時運時變 숨힌後에 台乃敎訓/比히보쇼
〈중략〉
  台乃敎訓 밋어셔라 나도쏘훈 이世上에/兩儀四象 稟氣히셔 身體髮
膚 밧은몸이/오는運數 모르고셔 헛말노 誘引할쏘/當當正理 그러하
니 어셔밧비 破惑하고/다시精神 끼다라셔 쉬지말고 勤農하쇼/째가次
次 도라오니 處卜하기 밧불시라/사롬사롬 勤苦훈다 말훈더도 勤苦之
德/거게잇네 언의누가 奪取할쏘/奪取하리/업슬게요 닥근功德 勤苦
더로 가려너여/秋毫一末 너긔죤코 所願成就 되오리니/부디부디 끼
다라셔 一心으로 道를닥거/來頭事를 지다려셔 君子時中 하여보셰[4]

  동학에서 강조하고 있는 운수(運數)가 오고 있음을 깨달아 실시(失
時)하지 않아야 함을 나열식으로 표현한 작품이다. 그런 다음 동학의
가르침을 따라 노력하면 소원을 이룰 수 있을 것이니 일심으로 도를
닦으며 미래를 기다리자는 내용을 열거하여 서술하였다.

  御化世上 사롬덜아 夢中酬酌 두어말을/次序업시 記錄하여 노러갓
치 傳히쥬니/웃지말고 드러볼까
〈중략〉
  죠흔景에 暫時안져 쉬우다가/偶然이 줌이드니 夢에 晝夜不忘 우리

---

4) 〈몽경가〉

스승/白雲間에 鶴을타고 나리오스 이야이야/잠을찌라 修身齊家 아
니하고 잠즈기는/무솜일고 不遇之時 恨歎말고 輪回時運/구경하라
너는쏘한 年淺히여 億兆蒼生/만은百姓 ——이 거나리고 太平曲 擊壤
歌를/不久에 불써시니 人心風俗/乖異홈을 疑訝歎息 하지말고 어셔
밧비 도라가셔 修身齊家 하라하고 如此如此/曉諭할졔 잠을놀니 찌다
르니 鶴髮仙官/우리스승 간데업고 曉諭하와 닐은말솜/귀에琤琤 明明
커날 다시안져 찌닷고셔

　〈중략〉

　指揮더로 할써시니 그리알고 가즈셔라/흔창그리 曉諭할졔 鳳凰의
和흔曲調/心腸이 灑落하고 鶴의쇼리 淸雅흔더/스승敎訓 씨다르니
오는일이 거울갓터/潛心하여 안져쓰니 靑天에 쓴기럭이/思鄉曲 부르
는쇼리 꿈을놀나 씨다르니/夢中事가 明明하야 胸腸이 灑落흔中/스
승敎訓 生覺하니 귀에도 琤琤하고/列位仙官 生覺하니 눈에도 森森하
다/놉고놉흔 그殿閣 夢中酬酌 하든곳이/不見其處 되엿더라 御化世
上 녀사롬덜/自古世上 만은사롬 夢中事가 만치마는/이런夢兆 더러
본가 台乃사롬 生覺건디/夢兆쏘흔 稀然키로 大綱大綱 記錄하니/그
리알고 보옵쇼셔[5]

　위 작품은 몽중에 스승을 만나 동학의 가르침을 받은 내용을 노래로
만들어 전해주겠다는 의지를 표현한 것이다. 작품 서두에 창작동기를
밝혔고, 작품의 내용이 몽중사(夢中事)임을 알 수 있다. 작품의 구조는
창작동기-입몽-몽중-각몽의 형태로 되어 있고, 이러한 몽중구조가
두 개 겹쳐 있다는 점이 특이하다. 이러한 이중 구조가 나타날 수 있었
던 것은 이들 작품이 모두 별개의 작품이라기보다는 '꿈' 모티프를 중
심으로 서로 연관되어 있다는 것을 짐작하게 한다.

---

5) 〈운산몽중서〉

이상과 같이 이들 작품에서 꿈 모티프는 작품의 내용 및 작품 구조와도 긴밀한 관련이 있지만, 특별히 사설을 형성하는 데에 중요한 역할을 하고 있음을 주목할 필요가 있다. 즉 '꿈' 모티프 관련 구절은 사설을 쉽게 창작하고 기억하게 하는 관용어구의 역할을 하고 있다는 것이다. 그 구체적 양상을 살피면 다음과 같다.

> 기골도 조커니와 풍신도 장하도다 신선일시 분명하다[6]
>
> 龍의소리 鳳凰聲을 화답하니 신선일시 분명하다[7]
>
> 夢에羽衣편 쳔일도亽가 호유히셔 하는말이[8]
>
> 우연히 졺이드니 夢에 晝夜不忘 우리亽승
>
> 白雲間에 鶴을타고 나리오亽[9]

꿈속에서의 만남이 이루어지는 장면이다. 잠이 들었는데 신선(도사)이 학이나 용을 타고 등장한다. 잠이 들면서 시작되는 꿈이 구름, 학, 신선이라는 단어들과 연쇄적으로 연결되고 관용적으로 사용되어 사설을 만들고 기억하기 쉽도록 한다. 이러한 양상은 각몽 부분에서도 동일하게 나타난다.

---

6) 〈몽중가〉
7) 〈몽각명심가〉
8) 〈몽중노소문답가〉
9) 〈운산몽중서〉

봉황의 우름소리 홀연이 잠을찌니
不見棄妻 되엿더라[10]

잠을놀니 슯혀보니 不見其處 되얏더라[11]

꿈을놀나 씨다르니 몽중사가
명명하야 눈에도 삼삼하다
놉고놉흔 그전각 몽중주작 하든곳이
不見其處 되엿더라[12]

　각몽의 순간을 묘사한 구절로서, '不見其處 되엿더라'라는 구절이
관용어구로 동일하게 활용되었다. 이를 통해 시상을 적절하게 마무리
하는 데에 기여하고 있다. 이처럼 동학가사에서 꿈 모티프는 사설을
형성하고 쉽게 기억하도록 하는 관용어구로서의 역할을 하며 작품 형
성에 관여한다. 그리고 이러한 관용어구는 비슷하면서도 다른 작품을
새롭게 만드는 데 기여하여 풍성한 작품군을 형성한다.
　꿈 모티프와 관련한 관용어구의 활용은 나열식의 구조를 지닌 작품
에서도 나타나는데 구체적인 예는 다음과 같다

　　御化世上 뎌사롬덜 잠을찌고 꿈을찌소/春日에 困하지만 무산잠을
째모르고/그리자노 龜嶽에 봄이오니 西山에/雲捲되고 北嶽에 싸인氷
雪 春風에/다녹으니 花開時節 그쌜는가 百花爭發/紛紛하니 花鬪時
節 그쌜는가 南北에/春氣花는 花中에 웃씀이오 東天에/쓰는힌는 午
丁日이 그안인가 午丁에/힌쩌오니 日到中天 그안인가 무산잠을/白日

───────────

10) 〈몽중가〉
11) 〈몽중노소문답가〉
12) 〈운산몽중서〉

이 到中天째 되도록 잠을자노/御化世上 녀사롬덜 어셔어셔 잠을끼고
/어셔어셔 꿈을끼소 이와갓흔 熙皞世界/꿈못끼고 잠못끼면 子乃사롬
웃지웃지/하쥰말고 어셔어셔 꿈을끼고 잠을끼셔 〈후략〉[13]

위 작품에서 '어화세상 녀사롬덜 잠을끼고 꿈을끼소'로 시작하여
'무산잠을 ~되도록 자노'로 끝나는 부분이 하나의 의미단위를 형성하
고 반복하면서 사설을 엮어나가는 방식을 취하고 있다. 이때 꿈 모티
프와 관련한 '어화세상 녀사롬덜 잠을끼고 꿈을끼소'와 '무산잠을 ~되
도록 자노' 역시 사설을 쉽게 엮어가고 기억을 용이하게 만드는 관용
어구로서의 역할을 하고 있음을 알 수 있다.

이상으로 동학가사 중에서 꿈을 모티프로 한 작품의 존재양상을 살
펴 보았다. 동학의 가르침을 설파하거나 예언하는 내용을 꿈 모티프를
활용한 작품구조를 통해 나타내었다. 또한 꿈 모티프와 관련한 관용어
구를 활용하여 사설을 형성하고 향유를 용이하게 하는 특징을 가지고
있음을 확인할 수 있다.

3. 꿈 모티프 차용 양상과 역할

그렇다면 실제 동학가사 작품 내에서 꿈은 어떻게 차용되고 인식되
며, 어떤 역할과 의미를 지니는가? 위의 작품 존재 양상을 통해서도
짐작할 수 있지만, 꿈 모티프 차용 양상도 크게 두 부류로 구분될 수
있다. 꿈을 능동성과 촉발성이 중단된 상태로 보고 여기서 벗어날 것
을 촉구하는 대상으로 차용한 경우와 꿈을 의식과 관계하는 것으로

---

13) 〈몽경시화가〉

보고 꿈을 통해 가능한 세계를 유사하게 경험하는 기회로 차용한 경우
이다. 두 경우를 나누어 살펴보자.

1) 무의식 상태로서의 꿈과 先天에로의 준비

다음 사설은 〈夢警歌〉의 일부이다. 꿈은 깨어나야 할 대상으로 잠
과 동일한 의미로 사용된다. '잠'의 환유적 의미로 활용된 경우이다.

> 여부아라 蒼生덜아 봄갈기가 느껴간다/春日의 困이든잠 집흔꿈을
> 어서밧비/씨여셔라 碧空에 걸닌달은 三更에/올너잇고 東牕에 쓰는히
> 는 萬物을/일씨인다 이갓흔 熙皞世界 엇진잠을/집히드러 꿈씰쥴을
> 몰으는고 春不耕田/하거듸면 秋無所拾 업슬테니 어서밧비/꿈을씨여
> 布穀聲을 씨다라셔 失時말고/勤農하쇼 失時안코 勤農하면 家産饒足
> /되느니라 家産饒足 되거듸면 忠君孝父/自然되고 遺名萬世 하느니
> 라 이런運數/ 슘히준코 春夏秋冬 四時節에 쌔가는쥴/모르고셔 分別
> 업난 그所見의 잠즈기만/심을씨니 可憐하다 너의身數 來頭之事/어
> 이하리 前後事蹟 본다히도 만코만은/그사롬 有功有德 말흐더도 不勞
> 自得/업셔시니 이런일노 본다히도 古今事가 다를손가 〈후략〉[14]

이때 꿈은 능동성과 촉발성이 중단된 상태로서 토대없는 놀이이며
가상적 놀이[15]다. 따라서 동학에서 추구하는 이상세계를 구현하기 위
해서 창생(蒼生)들은 꿈에서 먼저 깨어나야 함을 촉구였다. 그런데 〈몽
경가〉에 나타난 꿈에 대한 경계는 동학의 순환적 운수관과 연관되어
있다. 동학에서는 '운수'를 중시하는데, 특히 후기 동학가사에서 말하

는 운수란 선천회복의 운수로서 기다려야 할 대상이다. 여기서 창생들은 다가올 운수를 기다리고 준비해야 하는데 그러기 위한 첫 단계로 먼저 꿈에서 깨어나야 한다는 것이다.

> 그러ᄒᆡ도 내가알지 제가알ᄭᅵ 그런소리/듯지말고 이내교훈 시간ᄃᆡ로 施行하기/晝夜不忘 바라오니 子乃사름 生覺하와/道成德立 하게 하쇼 만코만은 뎌道生덜/甚急지심 잇지마는 아모리 急急ᄒᆡ도/ᄯᅢ를 맞춰 內外金剛 十勝地에 獻誠안코/되올손가 오는運數 그러키로 ᄯᅢ를 따라/曉諭하니 어둔꿈을 어셔ᄭᅢ여 時乎時乎/ᄭᅢ닷고셔 功虧一簣 부디마소[16]

〈몽경가〉에서 꿈은 '先天－後天－先天'이라는 동학의 순환적 운수관 가운데 '후천'의 과정에 포함되는 것으로 이해된다. 따라서 아직 선천이 도래하지 않음은 창생들이 꿈에서 깨어나지 않았기 때문이다. 따라서 〈몽경가〉에서의 꿈에 대한 경계는 돌아오는 선천(先天)을 준비하기 위한 전제로서 의미를 지닌다.

> 이야이야 뎌사름덜 庚申차저 仔細듯소
> 庚申업시 듯다가는 사름마도 夢中되네
> 夢中되고 꿈ᄭᅢᆯ손가 꿈을다시 못ᄭᅢᆯ진디
> ᄭᅢ는날이 어디잇나 이럴좃처 생각하니
> 꿈못ᄭᅢ는 그런사람 ᄯᅩ호亦是 可憐하다.[17]

'庚申'은 최제우가 무극대도를 받은 날인데, 무극대도 없이 있다가

---

16) 〈몽경가〉
17) 〈몽각명심가〉

는 몽중에 있게 되고 몽중에 있는 사람은 불쌍하게 될 것이라는 내용
이다. 여기서 몽중은 무극대도 즉 무한한 진리와 상대적인 용어로 차
용되고 있다. 즉 혼란스럽고 어두운 상태를 의미한다. 따라서 창생이
곧 다가올 선천의 세계를 맞이하기 위해서는 이러한 꿈의 상태에서
깨어나는 것이 제일 중요한 선결 요건이다.

　이렇게 볼 때, 동학가사의 위 작품들에 차용된 '꿈'은 일반적으로
꿈이 지닌 의미인 능동성과 촉발성이 중단된 상태인 무의식 상태를
의미한다. 그러나 돌아오는 선천을 준비해야 하는 창생들을 경계하기
위한 중요한 전제로서 의미를 지니고 있음을 알 수 있다.

2) 유사경험으로서의 꿈과 先天에의 계시

　다음은 꿈을 자유로운 상상을 통한 유사경험의 기회로 보는 경우[18]
이다. 꿈 모티프를 차용한 동학가사 가운데 몽유구조를 활용한 작품들
이 이에 해당한다. 이들은 꿈 모티프를 차용하되 '입몽-몽중-각몽'
의 구조를 지니고 작품을 전개한다. 그리고 몽중세계는 유사경험이
실제적인 경험처럼 수행되고 실제 현실과 소통하는 역할을 한다. 〈夢
中老少問答歌〉, 〈夢中問答歌〉, 〈夢中歌〉, 〈春夢歌〉, 〈雲山夢中書〉,
〈夢中時和歌〉, 〈夢覺虛中有實歌〉 등이 해당한다.

　그렇다면 이들 작품에서 꿈이 어떤 역할을 하는지 자세히 살피기
위해 입몽-몽중-각몽으로 나누어 꿈의 단계별 양상을 고찰해 보자.
동학가사에 쓰인 몽유구조의 특징을 살피기 위해 필요에 따라 다른
몽유가사와 비교하여 살피기로 한다.

---

18) 홍성아, 앞의 논문, 2004, 112쪽.

(1) 입몽 양상

입몽은 시적 화자가 몽중으로 들어가는 과정을 말한다. 동학가사에서 입몽의 과정은 다른 몽유가사에서보다 자세하고 긴 것이 특징이다. 각 작품의 입몽 과정만을 인용해서 살펴보자.

(가) 此外 萬事는 酬應홀 ᄯᆞᄅᆞᆷ이오/처엄의 흐ᄉᆞᄅᆞᆷ이 立庭ᄒᆞ야 알외오대/撓動치 아니커니 두림이 이실소냐/常時여 이ᄂᆞᆮ질식 夢寐여도 흔가지라/어제밤 밤들거ᄂᆞᆯ 풀베고 줌을드니/韓信張翼 請ᄒᆞ데다 ᄵᅳ지저 믈리치니/이윽고 다란情이 連續ᄒᆞ야 드러오니/嚴光陣搏 보랴거ᄂᆞᆯ 일잇노라 稱頌ᄒᆞ고[19]

(나) 이몸이 閑暇하여 萬事를 掃除하고/草堂에 누워 世上風景 생각하니/窓外에 달이밝고 淸風이 調커ᄉᆡ날/鶴膝枕 도도베고 계유흔잠 드러더니/간밤에 꿈을ᄭᅮ니 꿈일줄알이로다/어듸로셔 어듸가고 그리로셔 그리가니/通天下 두로단여 英雄豪傑 다 보앗다/太公三皇 뵈온 後에 人間萬物 알이로다/孔孟顔回 처져보니 文士筆法 누구신고/姜太公 맛나보고 음양이학교로다[20]

(다) 先生敎訓 거울히셔 時運時變 仔細술혀/開明二字 모를손가 나도ᄯᅩ흔 이世上에/開明運數 아러씨로 先王古禮 生覺하고/自古聖賢 傳授心法 詩書百家 숣혀니여/道德文章 發達次로 旅牕의 몸을비겨/輾轉反側 하다가셔 行裝을 차려니여/靑黎杖을 싀로잡고 靑靑林林 차저가며/前後左右 둘너보니 奇巖怪石 조흔峰은/羣山統率 分明하고 鬱鬱蒼蒼 뎌松柏은/君子時中 이아니며 猗猗綠竹 뎌竹林은/烈女의 節槩로다 山上流水 層巖中에/水邊長居 數天理를 根源ᄯᅡ라 드러가니

---

19) 〈길몽가〉
20) 〈몽유가〉

/千峰萬壑 疊疊ᄒᆞᆫ디 人迹은 寂寂하야/갈곳슬 生覺하니 心腸이 울울하야/磐石上에 端坐하고 左右를 구버보니/다녜보든 얼골이라 비록問答은업거니와/有情하기 測量업네 景物을 구경타가/忽然이 一身이 惱困하여 巖石에/비겨안져 暫間안ᄌᆞ 조우더니/非夢似夢 그가온디 淸雅ᄒᆞᆫ 木鐸聲이 風便에/들이거늘 ᄯᅩᄒᆞᆫ亦是 怪異하여 木鐸聲/나는 곳슬 슮혀보니 엇더ᄒᆞᆫ 鶴髮仙官/百五珠를 목에걸고 鷄羽편을 손에들고/靑鷄을 잡아타고 五雲間에 나려오며/南風詩를 읇허니며 白雲歌를 唱和하시더니/이윽고 東南石上에 困이든 잠을씨와/널너曰 深山窮谷 寥寥處에 잠자기는/무슴일고 이아이아 잠을씨셔 내말暫間/드러셔라 龜尾龍潭 그가온디 五色龍이/잠권中에 紅光珠 一箇로셔 廣濟蒼生 하온後에/輔國安民 할꺼시니 恨歎말고 지나셔라/七八歲예 傳ᄒᆞᆫ글을 잇지안코 차ᄌᆞ와셔/故情을 說話하니 너의心情 아리로다[21]

(가)와 (나)는 '어제밤 밤들거늘 풀(팔)베고 줌을드니'와 '鶴膝枕 도도베고 계유흔잠 드러더니간밤에 꿈을ᄭᅮ니'와 같이 입몽과정 자체에는 별 관심이 없다. 그런데 동학가사인 (다)는 입몽 과정 자체가 길고 자세하게 표현되어 있어 독자의 관심을 끈다. 뿐만 아니라 잠이 들고 난 직후의 본격적인 만남이 시작되기 전까지의 과정 역시 길고 자세하게 묘사되는 것이 일반적이다. 그렇다면 이러한 입몽 양상은 무엇을 의미하는가?

이와 관련하여 복잡하고 신비한 공간의 이동이 입몽과정에서 자세히 그려진다는 사실을 주목할 필요가 있다. (다)에서 입몽은 (가)와 (나)처럼 우연히 이루어지지 않는다. 행장을 갖추고 '靑靑林林 − 奇巖怪石 조흔峰 − 鬱鬱蒼蒼 松柏 − 猗猗綠竹 竹林 − 山上流水 層巖中을 거쳐 人迹이 寂寂한 곳으로 능동적으로 찾아간다. 신성한 느낌을 주는

---

21) 〈春夢歌〉

이와 같은 공간의 나열은 몽중 체험을 신비롭게 느끼도록 한다. 그리고 이를 통해 입몽과정은 현실과 꿈을 명확히 구분해 주고, 몽중 장면에 대한 기대감을 높이는 역할을 한다. 이러한 과정을 거쳐 이루어진 몽중 체험은 어떤 양상을 띠고 있는가? 이에 대해 살피면 다음과 같다.

(2) 몽중 양상

동학가사의 몽중은 신선(도사)이나 스승과의 만남으로 이루어져 있다. 몽유가사의 많은 작품들이 몽중 만남을 그리고 있다는 점에서 동학가사의 몽중 양상도 몽유가사의 그것[22]과 기본적으로 같다고 할 수 있다. 그러면서 동학가사의 몽중 만남은 보다 다양한 의미망을 지닌다. 동학가사에서 만남의 대상은 신선으로 추정되는 고귀한 존재이다. 그러나 동학가사 작품 내에서 이러한 존재의 역할은 다소의 차이가 있다. 그 구체적인 양상을 예시와 함께 살피도록 하자.

가. 이상세계의 제시와 약속

먼저 몽중에서 신선과 만나 동학 본연의 이치에 대해 대화하는 경우이다. 이 장면은 동학의 종교적 철학적 특성을 직접적으로 알 수 있는 부분인데, 동학의 전후기 사상의 변모가 확인되는 장면이라 흥미롭다.[23]

---

22) 몽유가사의 몽중 세계는 만남과 여행이 핵심이다. 그런데 만남의 경우 그 의미망이 단일하지 않다. 필자는 이유의 〈옥경몽유가〉에서는 만남이 '자기정체성의 확인', 한석지의 〈길몽가〉에서는 '도통에의 확인'을 위한 것으로 설정되었음을 밝힌 바 있다. 이들을 포함하여 몽유가사에서의 만남의 양상과 역할을 좀 더 세밀히 다룰 필요가 있다.

23) 이러한 전후기 동학사상의 변모양상에 대해서는 김기현(1995), 김상일(2003)을 참조할 수 있다.

기골도 좋거니와 풍신도 장하도다/신선일세 분명하여 괴이여겨 살
펴보니/물결이 응용하며 난데없는 표표소년/홀연히 들어와서 공순사
배 하온후에/궤슬단좌 다시앉어 수련성음 순케내어/본연이치 묻자오
니 묵묵무답 말이없어/무수실난 애걸하니 수중천지 운동하며/입을열
어 말슴하니 다른말슴 바이없어/음양이치 천지순환 잠간설화 덮어두
고/만물화생 조화지리 이와같이 대강하고/매매사사 교훈해서 다른할
말 바이없고/백천만물 되는이치 이와같이 되는게니/불망기본 부대말
고 경천순천 하엿어라/천고청비 그문자와 천생만민 그말이며/기심천
심 되는줄을 이제정녕 알겠드냐/호호망망 넓은천하 오곡백곡 마련할
때/음양이기 조화되야 우로중에 마련해서/만민에게 녹을정해 이십사
방 혈기쫓아/그기운 돕게하고 천지음양 건곤으로/남녀마련 짝을 정코
선천후천 그 이치로/부자인륜 완정하고 사시순환 이치붙여/인간화복
마련하고 금목수화 오행지리/중아오가 주장이라 천하만국 이이치로/
만민생활 마련하고 일월영허 이이치로/인간부귀 순환하고 사시성쇠
되는이치/생사수명 미련해서 일동일정 언어동작/용심선악 하는일이
조화로서 하는게니/이대로만 하게되면 순환지리 불굴하야/좋은시절
정할테니 어찌아니 좋을소냐/요순세계 다시와도 이와같은 못할테요/
삼황오제 다시온들 이에서 지날소냐/좋을시고 좋을시고 오만년의 회
복지운/희호세계 분명하다 불망기본 그이치를/영염불망 잊지말어 한
탄하고 잊게되면/너의소원 일우리라 〈후략〉[24]

〈몽중문답가〉의 경우 몽중에서 신선으로 추정되는 이와 만난 후
그에게 이치와 근본을 묻는다. 그러자 그 대답은 '불망기본 부대말고
경천순천' 하는 이치만 지키면 '요순시대와 삼황오제의 태평성대'를
만나게 될 것이라 약속한다. 그리하면 모든 소원을 이루게 됨을 말해
주고 있다. 창생들이 천리를 잘 따르고 하늘의 이치에 순응하면 원하

---

24) 〈몽중문답가〉

는 이상세계가 실현될 수 있음을 강조하고 있다. 몽중의 만남을 통해 이상세계의 모습을 제시하고 이를 약속받는 데에 기여하고 있다.

오는運數 말할진디 先天後天 그가온디/도로先天 回復되야 木德以王 此世上에/庚申辛酉 石榴木 長男長女 主人일세/鳥乙矢口 鳥乙矢口 明天이 循環하소/長男長女 主張셰니 陰陽平均 石榴木/庚申일코 살어나며 庚申일코 道成德立/바랄손가 仔細듯고 料度하소 사롬마도/陰陽平均 和혼마음 天性之稟 안일넌가/天性之稟 分明컨만 어리석은 世上사롬/天性을 專여일코 곳蠻업는 소와갓치/方向업시 쮜는擧動 可笑絶唱 안일넌가/네아무리 그리쮜나 不知何境 다뒬테니/道成德立 姑舍하고 一身難保 네아니냐/愛惜하다 愛惜하다 世上사롬 愛惜하다/이런運數 씨다라셔 마음곳蠻 團束하야/天根月窟 平均木에 아니미고 되는디로/行히가니 웃지아니 愛惜할가 너의사롬/하는擧動 每每事事 順天안코 日日時時/逆天하니 웃지웃지 하잔말가 日月運行/그가온디 一寒一暑 째가잇셔 乾道成男/하시랴고 明明하신 하눌님이 掃除濁氣/하여너여 人間世上 맑힐次로 弓弓乙乙/造化로써 東邑三山 조흔景에 三十三天/回復시켜 天道生門 열어노코 水星火星/運動시켜 十二諸國 兵亂너니 다시開闢/안일넌가 다시開闢 이世上에 各自爲心/뎌사롬덜 不孝不悌 심씨다가 바람우에/쯰쓸갓치 되는구나 御化世上 사롬덜아/理致理字 그러하니 이일뎌일 숨혀너여/台乃노리 生覺거든 아니잇고 施行할가.[25]

선천-후천-선천의 순환적 운수에서 다시 선천이 도래할 것을 예 언하고 있다. 선천도래의 이상세계가 곧 돌아올 것임을 약속하고 이 것을 기다리고 준비하지 못하고 후천에서 헤매는 창생들을 경계하고 있다.

---

25) 〈몽각명심가〉

이상과 같이 동학가사에서 몽중은 신선과의 만남을 통해 동학에서 말하는 선천의 이상세계의 모습을 보여주고 이런 세계가 도래할 것을 약속하고 있다. 그리고 이를 위해 창생들은 실망하거나 한탄하지 말고 때를 기다리고 준비할 것을 촉구하고 있다. 이러한 과정은 신이한 입몽과정에 힘입어 창생들의 기대감을 충분히 충족시키는 데 기여하고 있다. 특히 천지개벽이 이루어지지 않은 후기 동학에서 실망한 창생들에게 선천도래의 운수를 기다리도록 촉구하는 데 이러한 몽중에서의 만남은 선천도래의 기대감을 강화하는 데 기여할 수 있다.

나. 신비체험과 도통전수

몽중에서 스승을 만나고 그로부터 자신의 정체성을 확인하는 양상은 〈옥경몽유가〉나 〈길몽가〉 등에서도 나타났던 양상이다. 최제우의 〈몽중노소문답가〉의 몽중 양상도 이와 무관하지 않다.

> 몽에우의편 천일도수가 효유히셔 하는말이/만학천봉 텹텹하고 인적
> 이 젹젹호디/잠즈기는 무숨일고 슈신졔가 아니하고/편답강산 하단말
> 가 효박호 셰상사름/갈불거시 무어시며 가련한 셰상사름/리직궁궁 찻
> 논말을 우술거시 무어시며/불우시지 한탄말고 셰샹구경 하여셔라
> 〈중략〉
> 하눌님이 뜻슬드면 금슈갓흔 셰상사름/얼푸시 아라너네 나도쏘흔
> 신션이라/이졔보고 언졔볼고 너논쏘흔 션분잇셔/아니잇고 차즈올가
> 잠을놀너 숣혀보니/불견기쳐 되앗더라[26]

몽중대화를 이끌어가는 주체는 신선이지만, 청자인 '너'는 몽중 신

---

26) 〈몽중노소문답가〉

선과의 만남과 대화를 통해 '신선'과 같은 존재가 되었다. 그래서 청자
인 '너'는 신선을 만난 존재이고, 그의 형상을 닮은 존재라는 자각이
가능하다.[27] 여기서 몽중 만남은 존재의 변화를 가능하게 하는 신비체
험의 기회로서 역할을 한다. 〈몽중노소문답가〉는 교주 최제우에 의해
창작된 것으로 자신의 탄생과 계몽적 자각 과정을 담고 있는 가사이
다. 여기서 최제우는 몽중 만남을 통해 자신을 신의 뜻을 전하는 중재
자로, 다시 신선과 같은 자격으로 격상시키는 데에 꿈을 활용하고 있
음을 알 수 있다.

〈전략〉이윽고 東南石上에 困히든 잠을찌와/닐너曰 深山窮谷 寥寥
處에 잠자기는/무숨일고 이아이아 잠을찌셔 내말暫時/드러셔라 龜尾
龍潭 그가온디 五色龍이/잠권中에 紅光珠 一箇로셔 廣濟蒼生 하온後
에/보국안민 할써시니 恨歎말고 지나셔라/七八歲에 傳한글을 잇지안
코 차즈와셔/故情을 說話하니 너의心情 아리로다/쪼다시 닐은말숨
如此如此 指揮後에/글한句를 주시거눌 恭順히 밧아보니/그글에 하
엿시되 浩浩蕩蕩 浮雲數는/이째두고 닐음이니 速速히 도라가셔/百
家詩書 외와너여 魂飛魄散 되는人種/精誠더로 건져너면 遺名萬歲 自
然이라/이말숨 하온後에 쪼다시 글흔句를/주시거날 恭順히 받아본則
그글에/하엿시되 林林青青 三更月은 更逢酬酌/不數年이라 하시고
목탁을 치시더니 〈후략〉[28]

한편 후기 동학가사의 몽중에는 시적 화자가 스승으로부터 자신이
스승의 도통을 이어받는 장면을 그리는 부분이 자주 등장한다. 위의
사설에서 몽중에 나타난 스승으로부터 '浩浩蕩蕩 浮雲數는 이째두고

---

27) 나동광, 앞의 논문, 2010. 4, 4쪽.
28) 〈春夢歌〉

닐음이니 速速히 도라가셔 百家詩書 외와늬여 魂飛魄散 되는人種 誠
딕로 건져늬면 遺名萬歲 自然이라'는 글과 '林林靑靑 三更月은 更逢酬
酌 不數年'라는 글을 직접 받았다는 언술과 그 글을 통해 자신은 세상
을 구하고 백성을 구하는 자신의 역할을 명받았다는 것을 암시함으로
써 자신의 도통 전수의 역할을 피력하고 있다.

> 그 仙宮이 堂上에 드러가 무삼말슴/告達트니 이윽고 그 선궁이 도로
> 나와/客을보고 말슴하되 선생계옵셔 尊公을/請하라 分付가 계옵시니
> 어서速히/드러가스이다 직촉하거날 客 이 滿心歡喜하야 仙宮을짜라
> 堂上에 올나가셔 스승前에/拜禮俯伏 하온더 선생계옵셔 질거하시며/
> 스랑흐스 골아스더 作別數年 이계와셔/다시보기 반갑기 測量업거니
> 와 其間世上/滋味웃더흐냐 하시거날 다시닐어나 拜禮하옵고
> 〈중략〉
> 敬天順天 하즈셔라 너의運數 말할진더/次次次次 발거온다 지는劫
> 運 生覺말고/오는運數 살피여셔 二七火 七斗星에/活人星 빗는광彩
> 너의星數 的實하니/仔細보고 씨다라셔 부디失數 업게하라 〈후략〉[29]

〈운산몽중서〉에서는 이러한 양상이 더욱 구체적으로 드러나 있다.
여기서는 선궁에서 스승을 만나고 스승으로부터 '오는運數 살피여셔
二七火 七斗星에 活人星 빗는광彩 너의星數 的實하니 仔細보고 씨다라
셔 부디失數 업게하라'는 사명을 부여받는다. 동학의 도통을 스승으로
부터 직접 부여받는 과정을 몽중 만남을 통해 드러내고 있다.
이러한 양상은 후기 상주가사에서 김주희가 자신을 최제우의 도통
을 잇는 존재로 천명하였다는 사실과 연결되어 있으며 도통을 잇는

---

29) 〈雲山夢中書〉

자의 소임은 창생에게 선천회복의 운수를 기다리게 하고 준비하게 하
는 데에 있음을 강조한 사실과도 연결되어 있음을 알 수 있다. 이렇게
볼 때 몽중구조를 띤 동학가사에서 몽중 만남은 신비체험을 통해 교주
자신의 자각 과정을 드러내거나 도통 전수자로서의 위치를 점하는 역
할을 하고 있음을 확인할 수 있으며 전후기 동학의 성격을 각기 담아
내고 있다는 것을 알 수 있다.

　이상으로 몽중 만남의 양상을 이상세계의 제시와 약속, 신비체험과
도통 전수라는 두 가지 측면으로 나누어 고찰하였다. 이러한 양상은
현실과 구분되는 신비한 입몽 과정을 통해 종교적 신이함과 믿음을
보장받고 그 기대를 충족시키는 데 기여하였다. 그렇다면 이러한 양상
이 동학가사를 통해 자주 창작되고 향유된 것은 어떤 연유인가? 바로
동학의 종교적 신뢰를 유지하기 위한 방편이라 생각된다. 실제로 후기
동학가사로 올수록 이러한 꿈 모티프 활용 작품이 많이 생산된 것은
최제우가 말한 후천개벽이 현실화되지 않았음에 기인한다. 이런 상태
에서 창생의 믿음을 연장시키고 교세를 보전하기 위한 방편이 필요했
을 것이다.

> 　愛惜하다 愛惜하다 世上사롬 愛惜하다/이런運數 씨다라셔 마음곳
> 響 團束하야 天根月窟 平均木에 아니미고 되는디로/行히가니 웃지아
> 니 愛惜할가 너의사롬 하는擧動 每每事事 順天안코 日日時時/逆天하
> 니 웃지웃지 하잔말가 日月運行 그가온디 一寒一暑 쌔가잇셔 乾道成
> 男/하시랴고 明明하신 하늘님이 掃除濁氣 하여너여 人間世上 맑힐次
> 로 弓弓乙乙/造化로써 東邑三山 조흔景에 三十三天 回復시켜 天道生
> 門 열어노코 水星火星/運動시켜 十二諸國 兵亂너니 다시開闢 안일넌
> 가 다시開闢 이世上에 各自爲心/뎌사롬덜 不孝不悌 심써다가 바람우
> 에 쯰쓸갓치 되는구나[30]

이상과 같이 후기 동학으로 오면 선천회복의 운수와 다가올 선천에
의 기다림, 이를 믿지 못하는 창생들에 대한 경계가 특히 강조되는데,
믿음과 기다림을 연장하는 데 이상세계의 제시와 약속, 도통의 전수과
정을 신비화하여 표현하는 것은 동학 포교에 절실히 필요했던 과정이
라 보인다.

(3) 각몽양상

동학가사의 꿈 모티프 차용에서 각몽양상은 다소 간결히 처리된 경
향이 있다. 이는 입몽 및 몽중 양상과 다소 대조되는 양상이다. 앞에서
살핀 바와 같이 각몽양상은 '잠을놀늬 슯혀보니 不見其處 되얏더라'와
같은 관용어구의 활용으로 간결히 처리되는 경우가 많다.

이러한 양상은 현실로의 환원 과정을 생략하는 역할을 한다고 볼
수 있다. 몽유구조는 '현실-(입몽)-꿈-(각몽)-현실'로 도식화할 수
있는데, 여기서 각몽의 간결화는 몽중세계의 현실화를 방해하고 향유
자로 하여금 현실로의 환원을 보류하는 역할을 한다.

> 夢中事가 明明하야 胸腸이 灑落흔中 스승教訓 生覺하니 귀에도 錚
> 錚하고/列位仙宮 生覺하니 눈에도 森森하다 놉고놉흔 그殿閣 夢中酬
> 酌 하든곳이/불견기처 되얏더라 御化世上 뎌사롬덜 自古世上 만은사
> 롬 夢中事가 만치마는/이런 夢兆 더러본가 台乃사롬 生覺건디 夢兆쬬
> 흔 稀然키로 大綱大綱 記錄하니/그리알고 보옵쇼셔[31]

비교적 각몽 장면이 길게 서술된 작품인데, 꿈을 깨어 현실로 돌아

---

30) 〈몽각명심가〉
31) 〈雲山夢遊歌〉

왔음에도 실제로는 몽중 여운에 젖어 있어 완전한 각몽이 이루어지지 않았다. 그리고 몽중사를 현실로 그대로 연장하고 있어 꿈과 현실의 구분이 분명하지 않은 양상을 보인다.

이상과 같은 각몽 양상은 꿈을 유사경험의 양태로 인식하여 꿈과 현실의 소통을 적극적으로 이루려는 의지를 담고 있다. 그래서 동학가사에 나타난 꿈은 선천도래를 믿고 이를 기다리는 힘의 원천이 될 수 있다.

이상으로 몽유구조의 꿈 모티프 차용양상을 가진 작품들에 대해 살펴 보았다. 이들은 입몽－몽중－각몽의 몽유구조를 가지면서 몽중에서 신이한 존재 혹은 스승과의 만남을 시도하고 그를 통해 동학의 이상세계를 제시하거나 신이체험을 통해 도통을 전수받는 과정을 표현하고 있었다. 이를 통해 꿈 모티프는 동학의 종교적 철학적 세계관을 표현하고 창생들로 하여금 동학에 대한 믿음과 종교적 신뢰를 유지하는 데 기여하고 있음을 알 수 있다.

4. 결론

동학가사는 종교가사로서 동학의 교리를 설파하거나 포교를 위해 창작된 가사이다. 그런데 유난히 꿈을 모티프로 한 작품이 많이 존재한다. 이에 이 글에서는 동학가사 가운데 '꿈'을 모티프로 한 작품을 대상으로 작품의 존재양상과 '꿈'의 역할을 살폈다.

이들은 동학의 가르침을 설파하거나 이상세계를 예언하는 내용을 비유와 나열로 표현하거나 몽유구조를 통해 나타내었다. 그리고 꿈 모티프 관련 어구들은 작품의 사설형성 및 향유를 용이하게 하는 관용어구 역할을 하고 있다.

한편 동학가사에서 꿈은 무의식 상태를 비유하여 이를 경계함으로써 동학에서 말하는 이상세계인 선천에의 준비를 촉구하거나, 몽유구조를 통하여 유사경험으로서의 의미를 지니고 先天에 대한 계시의 역할을 하고 있다. 이를 통해 동학가사에서 꿈 모티프는 창생을 설득하고 종교적 믿음을 연장시키는 데 효과적으로 기여하는 역할을 하고 있다.

이러한 논의는 동학가사 자체가 지닌 문학적 특성에 대한 새로운 연구의 가능성을 제시하였다는 점과 몽유가사 중 많은 비중을 차지하고 있는 동학가사에 대한 본격적인 논의를 통해 몽유가사의 전체적 조망에 기여하였다는 의미를 지닌다. 해당 작품 각각에 대한 심화된 논의와 동학가사 전체 작품 양상과의 비교 등의 작업은 후고를 기약한다.

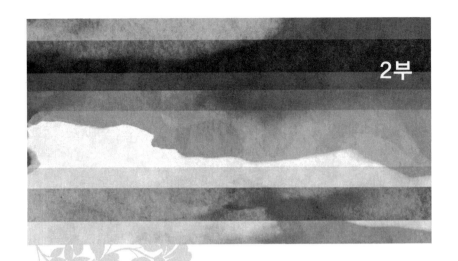

2부

여행과 놀이

영남지역 기행가사의
텍스트 존재 양상과 의미

1. 서론

　이 글은 영남지역의 기행가사 텍스트의 존재 양상을 파악하고, 공간[1]의 특성을 중심으로 그 의미를 살피는 것이 목적이다. 이를 통해 지역문학 연구를 위한 자료 확충에 기여하고자 한다.

　고전시가 분야에서 지역문학연구에 대한 필요성이 특히 강조되고 있다.[2] 김창원[3], 성기옥[4], 전재진[5], 박수진[6] 등의 논의가 대표적이

---

1) 여기서 '공간'은 작품 창작의 모티프이면서 여행의 장소로서의 공간을 말한다.

2) 지역문학탐구에 대한 문학 일반에 대한 논의는 이미 심화된 상황이지만, 고전시가분야에서 이슈화된 것은 2000년대 이후이다. 김창원 등에 의해 그 필요성이 제시되고 방법론이 시도되었고, 2012년도 한국시가학회가 '한국 고전 지역문학의 탐색과 그 전망'을 기획주제로 하여 이 문제를 본격적으로 다루기 시작하였다.

3) 김창원, 「지역문학 연구의 방법과 방향－조선후기 近畿지역 국문시가를 예로 하여」, 『우리어문연구』 29, 우리어문학회, 2007, 239~263쪽; 김창원, 「중앙－지방의 권력과 17세기 어부가의 갈등구조」, 『국제어문』 40, 국제어문학회, 2007, 99~126쪽; 김창원, 「조선시대 서울인의 심상지도와 〈연군〉시가의 지역성」, 『서울학연구』 31, 서울시립대 서울학연구소, 2008, 101~125쪽; 김창원, 「조선후기 근기 지역 강호시가의 지역성－김광욱의 〈栗里遺曲〉을 중심으로」, 『시조학논총』 28, 한국시조학회, 2008, 62~80쪽 등. 김창원의 논의는 고전시가 분야에서 지역성의 문제를 본격적으로 주목하고, 연구 방법론과 시각을 구체적 작품을 통해 지속적으로 확인하였다는 점에서 의의가 있다. 연구대상 지역은 주로 서울 및 근기지역을 중심으로 한다.

다. 이들은 기존에 널리 알려진 작품을 지역문학의 시각에서 재해석하여 작품의 새로운 의미를 도출하는 데 기여하였다. 그러나 대체로 고전시가의 지역성 연구의 한 방법론을 보여주는 데 치중하고 있다. 이러한 상황에서 지역문학 연구를 더욱 심화하고 그 대상의 폭을 넓힌다는 측면에서 대상 자료의 확보 및 구축에 대한 논의가 보충될 필요가 있다.

자료학으로서 지역문학론은 아직 발굴 혹은 주목되지 못한 작품들을 찾아 해석하고 평가하는 작업이다. 이는 지역문학연구를 위한 자료 구축이라는 의미뿐만 아니라 주류문학사에서 간과한 텍스트의 의의를 밝히고 그 문화적 정체성을 확보할 수 있다는 점에서 중요한 작업이다.[7] 이와 관련하여 본고는 기행가사를 주목하되, 영남지역의 텍스트를 살피고자 한다. 이를 대상으로 삼은 이유는 다음과 같다.

먼저 기행가사를 주목한 이유이다. 지역문학연구에서 공간 및 장소의 문제는 지역성을 드러내는 중요한 대상[8]인데, 고전시가 하위 유형

---

4) 성기옥, 「〈조주후풍가〉 창작의 역사적 상황과 작품 이해의 방향」, 『진단학보』 112, 진단학회, 2011, 127~180쪽. 성기옥은 〈조주후풍가〉 창작의 배경으로 안동 일원의 지리적 배경 속에 활동한 퇴계 학파의 인맥, 세력 추이, 이합집산 등을 추적하여 작품의 특성을 새롭게 구명했다. 논문의 의의에 대해 김석회, 「지역문학 연구의 성과와 방향성」, 『한국시가연구』 32, 한국시가학회, 2012, 8~9쪽 참조.

5) 전재진, 「19~20세기 초기 시조 문화의 교섭양상 연구: 『興比賦』와 『樂府』(羅孫本)을 중심으로」, 성균관대 박사논문, 2011.

6) 박수진, 「장흥지역 기행가사의 공간인식과 문화양상」, 『온지논총』 23, 온지학회, 2009, 201~231쪽, 박수진의 논의는 '장흥'이라는 특정지역을 주목하고 기행가사의 공간인식을 탐구하였다는 점에서 본고의 논의와 문제 의식이 일치한다. 따라서 본고의 논의가 완성된다면 지역과 지역을 연계한 지역 소통 및 지역적 변별성 고찰에 참고가 될 수 있으리라 생각한다. 그러나 위의 논문에서 다룬 대상작품이 세 편 정도에 그쳐있어 작품론의 경향이 강하다.

7) 구모룡, 「장소와 공간의 지역문학 – 지역문학의 문화론」, 『어문논총』 51, 한국문학언어학회, 2009.12, 342~344쪽.

중 이를 구체적으로 확인할 수 있는 유형이 바로 기행가사이다. 특히 기행가사는 지역문학의 요건이 되는 '지역민에 의한 지역에 대한 탐구'를 비교적 충실하게 확인할 수 있어 지역문학 연구를 위한 텍스트로 매우 적합하다.

다음으로 영남지역을 대상으로 한 이유는 다음과 같다. 첫째, 고전시가 연구에서 본격적으로 영남의 지역성을 주목하지 않았다. 영남의 시가문학 연구 대상으로 규방가사나 동학가사, 강호가사 등이 논의되었으나, 젠더적 관심, 종교 문화적 관심, 국문시가의 이념적 특성에 대한 관심이 주를 이루었을 뿐이다. 기행가사 창작의 전통은 주로 유배가사나 관유가사에 집중되어 있었기 때문에 그 지역적 관심 또한 영남지역을 벗어나 있었다. 이에 영남지역의 기행가사에 대한 주목은 지역문학의 텍스트 확보 및 구축에도 기여할 수 있을 것이다. 둘째, 영남지역의 기행가사에서 가장 많이 나타나는 여행지가 청량산과 가야산 등인데, 이들은 영남지역 양반 사대부 문학 중 유산기나 유산록 창작의 동인이 되는 공간이다. 따라서 이들에 대한 조망은 한문학과 국문시가를 아우르는 지역학 자료로서의 텍스트 확보뿐 아니라, 이들 공간이 지닌 지역 문화적 의의를 확보하는데 도움이 될 수 있을 것이다. 특히 여성 창작 작품의 비중이 많으므로 유산문학의 편폭을 확인하는 데에도 기여할 것이다.

이에 본고는 지역문학 자산으로서 영남지역 기행가사의 의의를 부각시키고 그것의 문화적 의미를 구명하는데 기여하고자 한다. 이를 위해 먼저 영남지역 기행가사의 텍스트 존재양상을 확인함으로써 연

---

8) 문재원, 「문학담론에서 로컬리티 구성과 전략」, 『한국민족문화』 32, 부산대 한국민족문화연구소, 2008.10, 71~97쪽; 구모룡, 위의 논문, 2009, 342~344쪽.

구를 위한 텍스트 구축 현황을 살피고, '공간의 양상'을 주목하여 텍스트의 특성과 의미를 파악하는 순서로 논의를 진행하기로 한다.

2. 영남지역 기행가사 텍스트의 범주와 존재양상

지역문학 연구를 위한 텍스트 현황을 살피기 전에 그 대상 자료의 범주를 먼저 정리할 필요가 있다. 이를 위해 몇 가지 요소를 고려해야 하는데, 지역적으로는 '영남'의 범위를, 양식적으로는 '기행가사'의 범위를 살펴야 하며, 마지막으로 지역문학의 조건과 범주를 정해야 한다.

첫째, 영남이라는 지리적 조건이다. 영남지역은 행정구역상으로 경상도와 그 범위를 함께 한다. 경상도는 지리적으로 태백산에서 소백산, 속리산, 덕유산 등을 거쳐 지리산에 이르는 산맥의 동남쪽에 자리한 지역으로 신라와 가야 왕국의 터전이었고 고려시대 팔도 체계가 성립된 뒤로 경상도로 일컬어져 왔다. 경상도에는 산과 강을 중심으로 다양한 명승고적이 자리잡고 있는데, 특히 무수한 서원과 누정이 곳곳에 있어 지역을 대표하는 풍류와 문학 창작의 공간이 되기도 하였다. 이에 최근 들어 낙동강을 중심으로 한 영남지역 문화공간에 대한 탐색이 활발히 시도되고 있다.[9]

둘째, 기행가사의 양식적 범주에 대한 논의는 최강현[10], 이태문[11]

---

9) 황위주, 「낙동강 연안의 유람과 창작공간」, 『한문학보』 18, 우리한문학회, 2008, 1281~1309쪽; 정우락, 「조선중기 강안지역의 문학활동과 그 성격-낙동강 중류지역을 중심으로 한 하나의 시론」, 『한국학논집』 40, 계명대한국학연구원, 2010.6, 203~258쪽.

10) 최강현, 『한국기행문학연구』, 일지사, 1982.

11) 이태문, 「조선조 기행가사의 갈래론적 접근-존재양상과 대응태도를 중심으로」, 『동양

등에 의해 시도된 바가 있다. 기존의 논의를 참조하면 기행가사는 '가사형식에 출발, 노정, 목적지, 귀로의 4단계를 포함한 시간적 공간적 과정에서 여행자가 보고, 듣고, 느끼고 생각한 자신의 여행경험을 담아 문학화한 것'으로 정의된다. 공직의 신분으로 부임이나 사신활동의 일환으로 여정을 그린 사행가사와 순수한 개인의 여정을 그린 관유가사가 대표적이고, 유배가사 역시 공적인 강제성이 동기이긴 하나 여행체험이 포함되어 있는 경우 기행가사의 하위유형으로 본다. 한편 산수기(山水記)나 유람기(遊覽記) 등도 기행문학의 범주[12]에 속하므로 이를 다룬 가사 역시 기행가사로 포함한다.[13]

셋째, 지역문학의 조건과 범주이다. 기존의 지역문학 연구 성과를 참고하면, 지역문학의 범주는 대체로 그 지역 출신의 작가, 그 지역의 언어, 그 지역의 문학적 소재를 이용하여 제작한 작품으로 정해진다. 여기서 문제가 되는 것이 타지역의 작가가 대상 지역의 소재를 이용하여 텍스트를 생산한 경우와 지역 출신의 작가가 다른 지역의 소재를 이용하여 텍스트를 생산한 경우이다. 주로 유배가사와 관유가사의 경우 이러한 예가 많은데, 이런 경우 논란의 여지가 있다. 예를 들어 백광홍의 〈관서별곡〉은 어느 지역의 지역성을 드러낸다고 보아야 하는지가 문제된다. 그러나 최근 들어 지역문학의 논의가 공간중심으로

『고전연구』 3, 동양고전학회, 1994, 345~381쪽.

12) 최철, 「기행문학의 한 고찰」, 『인문과학』 42, 연세대 인문과학연구소, 1972, 25쪽.

13) 권영철의 경우 규방가사의 하위분류에서 이를 '風流嘯詠類' 중 '探勝紀行의 風流歌辭'로 유형화하고, 〈청양산수가〉, 〈화류가〉, 〈유산가〉, 〈백운산구곡지로가〉, 〈적벽가〉, 〈선유가〉, 〈산양가〉, 〈낙유사〉, 〈부여노정기〉, 〈계묘년여행가〉, 〈경주유람가〉 등을 언급하였다. 영남지역 기행가사에서 '探勝紀行의 風流歌辭'가 많은 비중을 차지한다. 그러나 본고는 기행의 조건을 고려하여 이 가운데 풍경묘사 및 풍류에 제한된 작품은 대상텍스트에서 제외하기로 한다.

변화되고 있어서 본고에서는 지역 공간에 대한 탐색을 시도한 작품을
그 대상으로 선정하고자 한다.[14)]

이상 대상 자료의 범주를 토대로 하여 영남지역 기행가사의 텍스트
현황을 정리하면 다음과 같다. 대상 텍스트는 임기중[15)], 권영철[16)], 이
정옥[17)]이 편찬한 가사자료집 등을 대상으로 선별하였다.

번호	작품명	여행지	여정	주체 (작자)	작품성격	창작시기 및 기타
1	淸凉山유산록	청량산	도강-월명담 조망-고산-광석점-행선-강학소-유정문-오산당-외청량 12봉 구경-연디스-어풍디-김싱굴-총명수-풍혈디-절터	여성	유람	미상
2	청양산수가	청량산	탁영당-갈션디-왕모정,삼용전-월명담-강선암-고소디-학소디-금표정-충뉵봉(축융봉)-학가사, 부용봉, 죽녕,-외청량으로-연대암, 어풍디-안증창-풍렬디-주란봉, 경일봉, 금탑봉 구경-김생굴-옥녀봉,탁필봉, 연적봉, 연화봉, 장인봉-만월담, 문수담-강학소 빅녹동 정자-청낭정사	남성	유람 여정	미상
3	청양산유람가	청량산	원촌제-올무제-고산정-선유-청양사-퇴계활범강당-외청양으로-고봉-절-약수터-오선당-김생굴-귀가	여성	유람 감상	미상
4	쥬왕류람가	주왕산	청송읍-처운역-숙소-대전사-연화봉, 옥여봉, 자하성 구경-주왕암-주왕굴-청학동-내용추 폭포-귀로	여성	유람	(갑오년 1954 추정)
5	슈곡가라	주왕산	회곡경-동구-셕반-회정	여성	감상	미상

---

14) 여기서 작자미상의 경우도 문제가 된다. 특히 규방가사의 많은 작품이 작자미상이므로
이들이 어느 지역 출신인지 알 수 없다. 그러나 규방가사의 경우 그 창작자는 영남지역
문학 창작의 기반 및 그 문법을 따르고 이에 익숙한 이들에 의해 창작된 것이므로 지역문
학의 범주에 포함한다.

15) 임기중, 『한국가사문학주해연구』, 아세아문화사, 2005; 임기중, 『한국역대가사문학집
성』, 아세아문화사, 2007.

16) 권영철, 『규방가사각론』, 형설출판사, 1986.

17) 이정옥, 『영남내방가사』, 국학자료원, 2003.

번호	작품명	여행지	여정	주체 (작자)	작품성격	창작시기 및 기타
6	쥬왕산유람간곡	주왕산	유곡당-봉화-안동읍-진보읍-청송읍-대전사-병연암-주안교-기바위, 방군바위 구경-무장굴-석삼캐기-중앙암-관음봉, 석가봉, 비루봉, 지장봉, 촛대봉, 향로봉, 나함봉 구경-주왕-망월대-급소대, 학소대, 신상대-구석암-제일폭포-오룩고-선녀탕-구룡소-약수탕	여성	놀이 치중	정미년 1967년 추정
7	히인사유람ㄱ(1) 18)	가야산	홍유동 찬양 및 체험-홍도여관-가무연극 구경-숙소-히인사 묘사-관등구경-나한제불구경-백연암-국일암-홍유동	여성	유람, 문화 및 민속에 대한 관심	갑술(1934) 사월팔일작
8	히인사유람ㄱ(2)	가야산	함양읍-어은대(필재선생), 학사대(고운선생 생각)-사근역-연화산 남계수-효리전, 남계서원-기평촌(일두선생)-안의읍-황석산(곽선생)-합천-부자정(최공부자)-화양동-홍유동-히인사 가는 길의 풍경-농산정(고은선생)	효리마을 출신 정씨 부인 (1879~1949)	선인추모	1934년
9	가야히인곡	가야산	성주읍 높은재실-백척폭포-낙화암 학사대-홍유동 찬양-해인사-귀로	여성	홍유동-해인사 풍광묘사	미상
10	가야희인곡	가야산	성주읍 높은 재실-디기천-만지장터-동구문 제종질녀들 만남, 음식지공-홍유동(빅척폭포-낙화담, 학사디-홍유정)-히인사(장판각, 디왕전, 나한, 칠성당, 암자-여승), 백연암, 최작봉 구경-숙소	성주출신 여성	가야해인곡 변이 〈가야산해인가〉로 재필사 됨	미상
11	계묘년여행기	가야산	성주읍-해인사-학사대-극락전-원앙암-금선암-삼선암-백년암-구일암, 약수암-낙화암 광풍대-용문폭포-용산정-홍제암-직지사-문화주택 구경	여성	유흥, 관광	계묘년 1963년
12	우밈가 (우민가?)	가야산	가야산-직지사-귀로	여성	관광	1963년
13	경주유람가	경주	응천읍-안동역-영천-경주역-첨섬디-불국사-셕구람(석굴암)-만경디-불국사-경주박물관-포항-보경사-안동	여성	관광	미상
14	경주괄람긔	경주	안동-포항-경주-안압지, 임해정-높은 비각(시조 추모)-불국사-석굴암	여성	관광	1960년대

18) 〈히인사유람가〉 1과 2는 모두 효리마을 출신 정씨부인이 창작한 작품으로 보인다. 『한국 역대가사문학집성』에는 두 작품으로 분리되어 실려 있다.

번호	작품명	여행지	여정	주체 (작자)	작품성격	창작시기 및 기타
15	금오산치미정유람가	금오산	금오산치미정-후암디-야은선생 추모-도선굴-ㅅ문-귀가	여성	선인추모	무진년 (19세기말~ 20세기초)
16	황남별곡	황학산	막정봉-옥녀봉-금곡동-고루암-금오산-백천교-공자동-주공동	이관빈	道根源- 자아찾기	18세기 후반
17	유람기록가	영남	칠곡-팔달교-대구-동촌-통도사-경주-보경사-영덕-안동	여성	관광유람	계묘년
18	여행기	백암	백암산 백암온천-윷놀이풍경-귀향	미상	관광유람	미상
19	도산별곡	안동	용문정-암서헌-도산서원풍경-곡구암-광영대-서대-동대-천연대-회상 (도산서원치제 참석)	조성신 (1765~1835)	풍광 및 선인 추모	18-19세기
20	청암사	경북 금릉	금천역-청암사탐방	최송설당	인생무상 깨달음	20세기초
21	영남누가	밀양	영남루 기행-영남루 묘사	여성	풍광묘사	미상
22	영남가라	밀양	밀양성중-영남루각-신세한탄	여성	신세한탄	미상
23	금릉풍경	경북 금릉	금릉의 풍경 묘사	최송설당	고향찬미	20세기초
24	춘유곡	안동 풍산읍	五美洞-죽자봉-세덕동-도림동-대지산-문청공비-오마사적-선유암	김낙기 (1855~1910)	풍경 향촌에 대한 그리움	1895년
25	유산일록	안동 길안면	제1일: 내앞-血嶺-德陽서당-몽선각-칠리탄-舟津-분고개-雷巖-임하서당 제2일 : 도항촌-장육당-선유정-와룡초당-崇禎處士유허비-도연폭포-송정 제3일 : 隔塵嶺-석문-仙倉-松石-泗賓서당-칠리탄	김락	풍광과 선조 사적 열거	1911년
26	노정긔	부산	밀양-삼랑진-양산-물금-부산-영남루-삽포-낙동강-통도사	여성-육순 기념	개화기풍경	1926년 이후 창작
27	적벽가	안동	하회동 부용대-주지암-형제암	여성	선유놀이	미상
28	선유가	안동	도산	여성	선유놀이	미상
29	낙유사	선산	낙동강 하류	의성 김씨 부인	선유놀이	미상
30	긔천유람가	합천	선영-만재정-합천-귀향	여성	근친, 경치	미상
31	진해강산유람록	진해	대구-진해	여성	가족	1980년대
32	주왕산기행	주왕산	안동	여성	가족	1976년
33	툭산별곡	경북 예천	축산의 지형-청원정-노룡연-백성정-영귀정-수월루와 옥정연-사미인 결사	정식 (1661-1731)	관유가사	1726~28 사이에 창작 추정

이상 목록을 참고하면 영남지역 기행가사 작품의 다음과 같은 존재 양상을 도출해 낼 수 있다. 먼저 대부분의 작품이 작자미상의 작품이지만 작품 창작 어법과 유통, 사설 등을 통해 볼 때 이들 중 몇 작품을 제외하고는 대부분 영남지역 규방가사의 범주에 속하는 작품이다. 즉 여성 창작 기행가사인데, 영남지역에서 국문 기행가사를 쉽게 찾을 수 없는 상황에서 이들은 매우 중요한 지역적 의미를 지닐 수 있다. 여성기행가사에 대해서는 기존 연구에서도 주목한 경우가 있었다.[19] 이를 바탕으로 하면서 이들 가사가 지닌 공간에 대한 관심을 집중 조명하면 논의의 폭을 더욱 넓힐 수 있을 것이다.

> 말만들은 청양사 이 고통 끝에 들어서니
> 공기도 좋거니와 법당도 화려하다
> 취성객을 뒤을따라 법당안을 들어가니
> 수만은 부처들이 칼과창을 마주들고
> 내려칠듯 하것만은 정신을 다시차려
> 세세이 구경하니 말만들은 청양사가
> 상상과도 딴판일네 절이라곤 처음보니

---

19) 이정옥은 이들 작품을 '유람가형 내방가사'로 구분하고 이들을 남성작가 창작의 기행가사와 비교하여 설명하였다. 남성작의 경우 16~18세기에 주로 창작되었고 공적인 임무에 의해 개인적으로 이루어졌으며, 금강산 등 명승지를 여행하였다면, 여성작은 19세기말 이후, 유람 자체를 목적으로 가까운 산이나 위락지를 단체로 여행한다는 점을 밝혔다. 그리고 '유람가형 내방가사'는 여성의 놀이공간의 확대 및 사회화에 기여하였다고 평가하였다(이정옥, 「내방가사에 나타난 여성의 여행경험과 사회화」, 『경주문화논총』 3, 경주문화원부설향토문화연구소, 2000, 252~270쪽). 이후 김수경 등은〈이부인기행가사〉 등을 대상으로 여성적 글쓰기 방식의 특성에 대해 논의하였다(김수경, 「여행에 대한 여성적 글쓰기 방식의 탐색-여성 기행가사의 형상화 방식과 그 의미」, 『한국고전여성문학연구』 17, 한국고전여성문학회, 2008; 김수경·유정선, 「〈이부인기행가사〉에 나타난 19세기 여성의 여행체험과 그 의미」, 『한국고전여성문학연구』, 한국고전여성문학회, 2002, 97~115쪽 등). 이들에 의해 이들 기행가사에 대한 젠더적 특성은 어느 정도 밝혀진 상황이다.

이만큼 장치된 줄 생각조차 못하였네[20]

주로 유산(遊山)의 모티프를 지닌 여성 기행가사에서 절구경은 필수적으로 등장하고 그 비중 또한 적지 않다. 양반사대부의 관심과는 차별적인 부분이어서 주목된다. 여기서 '상상과도 딴판일네 절이라곤 처음보니 이만큼 장치된 줄 생각조차 못하였네'라는 구절은 젠더적 관점에서 여성 경험의 확장으로 이해할 수도 있고, 지역 민속에 대한 관심과 호기심으로 이해할 수도 있다. 그렇다면 이들 여성 기행가사는 양반사대부 문학의 주요 모티프였던 유산(遊山)의 경험을 함께 하면서도 여성들만의 차별화된 관심을 확인할 수 있는 자료로 읽을 수 있다.

> 대구의 팔공산은 자고로 유명하고
> 안동에 학가산은 웅장쿼로 충찬놉다
> 이안에 청양산은 삼십육봉 일홈잇고
> 의성외 금성산은 신기도 명려하다
> 순흥에 소백산과 여왕의 일출산은
> 아모리 소읍인들 산이름 없을손냐
> 청송에 주왕산은 조선팔경 하나으로
> 경북에 자랑이요 청송에 행복이라[21]

노래의 서두부분에 우리나라의 명산대천과 승지의 아름다움을 나열한 다음 창작 모티프가 되는 주왕산을 언급하였다. 서두가 비교적 장황한데 여기에서 주왕산에 대한 화자의 특별한 애착과 주왕산을 명산대천의 대열에 합류시키고자 한 욕구를 확인할 수 있다. 이로써 작

---

20) 〈청양산수가〉
21) 〈쥬왕류람가〉

품은 지역에 대한 새로운 발견을 유도한다.

이상과 같이 여성기행가사는 여성들이 주된 향유층이기 때문에, 양반사대부 문학에서 관심을 가지지 않았던 지역의 민속과 문화에 대한 새로운 시선을 보여준다는 점에서 지역문학 연구를 위한 텍스트로 주목해야 할 자료이다. 지역문화연구로서 '영남', '여성', '기행'을 연결하는 새로운 논의가 가능하다.

한편 본고에서 선별한 텍스트 가운데 이관빈의 〈황남별곡〉, 조성신의 〈도산별곡〉, 김낙기의 〈춘유곡〉, 정식의 〈튝산별곡〉 등은 양반 사대부의 기행가사이다. 이들 작가가 모두 지역인은 아니지만, 이들은 지역을 소재로 한 남성 작가의 작품이라는 점에서 주목해야 한다. 이 작품들은 그동안 여성작에 한하여 논의되었던 영남지역 기행가사의 성격과 영역을 확장하여 논의하는 데 기여할 수 있기 때문이다. 이중 김낙기의 〈춘유곡〉과 정식의 〈튝산별곡〉은 개별 작품론에서 다루어진 적이 있는데, 이를 바탕으로 남성 작가의 영남지역 기행가사가 지닌 지역문학으로서의 의미를 더욱 심층적으로 논의할 수 있다. 특히 이들은 작자, 창작연대, 창작동기 등에 관한 기록을 함께 확인할 수 있어 논의의 진전에 더욱 기여할 수 있다.

한편 이들 기행가사의 배경이 되는 여행지를 살펴보면, 청량산·가야산·주왕산 등의 산, 안동을 중심으로 한 낙동강과 영남지역의 주요 도시와 누정이 대부분이다. 현대로 올수록 관광의 목적이 강해져서 여행지가 전국 주요 관광지로 확대되지만, 지역 문화적 관점에서는 영남지역을 배경으로 한 여행 공간을 중점적으로 살피는 데 유용하다.

먼저 청량산·가야산·주왕산 등은 양반사대부 유산기의 주요 무대가 되는 곳이어서 이들과 견주어 봄으로써 지역문학 산출의 문화공간으로서의 특징을 확인할 수 있다. 그동안 이들 공간은 양반사대부의 유산기나 한시의 창작 배경으로 주목을 받아왔다. 실제 조선 후기로 접어들면서 다량의 산수유기(山水遊記)들이 쏟아져 나왔는데, 이러한 산수유기들은 양반사대부의 여행을 더욱 촉진하는 계기가 되었을 뿐 아니라 이들의 공간감성을 형성하는 데 중요한 역할을 하였다.[22] 그리고 이들 산은 영남지역 문학 창작의 중요한 동인으로 작용한다. 이러한 상황에서 영남 기행가사에서 창작의 주요 모티프가 되고 있는 청량산·가야산·주왕산 등은 어떤 의미가 부각되고 있는지, 이외의 금오산, 황학산 등으로의 확장은 또 어떤 의미를 지니는지를 살필 수 있으며, 이러한 고찰은 지역문학의 정체성 연구에 기여할 수 있다.

한편 작품 목록에서 〈적벽가〉, 〈선유가〉, 〈낙유사〉 등 선유(船遊)의 풍류를 다룬 작품이 있다. 이들은 유산(遊山)의 경험과는 또 다른 특성을 지녔다는 점에서 주목할 필요가 있다. 이들 작품의 모티프는 선유인데, 이러한 선유의 전통은 안동지역 선비들의 대표적인 여가문화와 관련되어 있다. 예로부터 안동은 낙동강이 마을을 휘감고 흘러 뱃놀이를 하기에 좋은 자연환경을 가지고 있었다. 이에 따라 다양한 뱃놀이가 전승되었는데, 크게 '체류형 뱃놀이'와 '유람형 뱃놀이'로 나눌 수 있었다. 안동 선비들의 뱃놀이 전통은 이현보와 이황 그리고 후대 지역 인사들에 의해 이어지면서 안동지방의 중요한 전통문화가 되었다.[23] 이러한 선유의 전통이 기행가사에도 나타나 있다. 따라서 선유의 민속 문화적 측면을 함께 고려하면 〈적벽가〉, 〈선유가〉, 〈낙유사〉 등의 텍스트는 지역전통의 계승과 관련한 긴요한 자료가 된다.

---

22) 최은주, 「조선후기 영남 선비들의 여행과 공간감성」, 『동양한문학연구』 31, 동양한문학회, 2010.8, 37쪽.

23) 한양명, 「안동지역 양반 뱃놀이(船遊)의 사례와 그 성격」, 『실천민속학연구』 12, 실천민속학회, 2008, 187~236쪽.

안동을 비롯한 경북의 몇몇 지역과 누정 또한 기행가사 창작의 주요 모티프가 된다. 경주, 합천, 부산 등이 대표적이며 지역을 대표하는 문화물인 영남루 같은 경우도 작품 창작의 주요 모티프이다. 경주, 부산 등은 현대에 와서 창작된 작품에 자주 등장하는 지역으로 그동안 기행가사에서 비교적 제한적이었던 지역의 범위를 확장하는 역할을 한다. 여성 기행가사의 공간은 대체로 자신의 거주지에 제한되어 있었으나 현대에 와서 버스나 기차를 타고 단체 관광으로 여행의 형태가 바뀌면서 이들 지역이 새로운 여행지로 부상하게 된다.[24]

한편 〈영남누가〉는 누정을 찾아가서 거기서 느낀 감회를 서술한 작품인데 영남지역의 누정문학[25]의 자장 안에서 함께 논의될 수 있다. 누정은 선조의 추모와 선양의 공간, 후학 양성의 공간, 은일자적의 공간 등의 역할을 하며 많은 상판제영시(上板題詠詩)를 창작하게 한 문화적 공간이었다. 이러한 공간을 기행가사에서는 어떻게 표현하고 있는가를 확인해 보는 것은 영남지역 누정과 관련한 새로운 문학적 관습을 확인해 보는 기회가 될 것이다.

누정문학과 관련하여 양반사대부의 한시들은 주로 누정을 배경으로 한 풍경을 감상하며 자연 완상 혹은 탈속에의 지향을 노래한다.[26] 이러한 모습은 기행가사에서도 그대로 나타난다.

　　　ᄉ방의 조혼경을 각식으로 도라보니

---

24) 20세기 이후 규방가사의 기행에 나타나는 변모에 대해서는 장정수의 논의를 참고할 수 있다(장정수, 「20세기 기행가사의 창작배경과 작품세계」, 『어문논집』 47, 민족어문학회, 2003, 415~447쪽).

25) 영남의 누정문학에 대해서는 오용원, 「영남지방 누정문학연구」, 『대동한문학』 22, 대동한문학회, 2005, 439~472쪽 참조.

26) 오용원, 위의 논문, 2005, 458쪽.

청풍이 건들부이 풍경소리 더욱조코
무봉옵 셔북소리 줌든용이 놀니치고
남쳔슈 둘인물셜 금잉어가 유영이라
슈숭의 졍즈션은 오락가락 경이로다
죽림의 셔근가지 일낭즈의 유혈이라
화지숭 두견시는 부랴귀을 실피우니
가련흐 져원혼은 쳔츄유훈 뉘아리요[27)](...)

누정에서 느끼는 여유로운 서정의 세계를 보여주어 누정문학의 기본적인 성격을 드러내고 있다. 누정문학의 관습적 어조와 표현방식을 그대로 따르고 있으며 누정에서 느끼는 감상을 서술하였다. 그러나 누정을 찾게 된 계기와 대상을 대하는 태도를 주목해 보면 텍스트에서 느껴지는 미감은 다소 이질적이다.

경상도 칠십일주 역역키 싱각흐니
명승지 조흔누각 즈고로 유명터라
평성의 초문흐고 월인견지 흐여쩌이
임진년 사월초의 빅일쳔화 무순일고
이변가즈 저변가자 못보와 흐탄이라

위의 텍스트를 보면, 누정은 지역 탐방의 일환으로 찾은 곳이다. 그리고 누정이 지어진 과정, 누정 자체에 대한 묘사가 중심이 되어, 누정은 지역 문화물로서 그려지고 있다. 풍류의 즐김보다는 대상에 대한 관찰과 관련 사적에 대한 관심이 주를 이루고 있다.

이처럼 〈영남누가〉와 같은 작품은 영남지역 풍류문화의 한 특징인

---

27) 〈영남누가〉

누정문학과 관련되어 지역문학의 한 양상을 살필 수 있는 자료가 된다. 양반사대부 한시 등에 나타나는 풍류와 흥취를 함께 가지면서도 지역문화물로서 누정을 바라보고 그 역사성과 특징을 확인할 수 있다. 이러한 차이에는 한시와 국문시가, 당대와 후대, 남성과 여성이라는 다양한 변별적 요인이 자리하고 있다.

한편 이들 작품의 창작시기는 18세기부터 1970년대까지 비교적 넓게 분포되어 있다. 〈특산별곡〉, 〈황남별곡〉, 〈도산별곡〉, 〈춘유곡〉 등이 18~19세기 작품이고, 〈금릉풍경〉, 〈노정긔〉, 〈유산일록〉, 〈청암사〉 등이 20세기 초의 작품이며, 나머지는 20세기 중반의 작품이다. 18~19세기 작품이 모두 양반사대부의 작품인 반면, 20세기 초중반은 여성작이 많은 비중을 차지하고 있다. 여성의 기행 및 작품 향유가 20세기 초중반 이후 활발히 이루어졌음을 확인할 수 있으며, 이들의 참여에 의해 영남지역 기행가사가 폭넓은 편폭과 다양성을 확보하고 있음을 알 수 있다.

이상의 논의를 통해 우리는 영남지역 기행가사의 텍스트 현황과 존재양상을 살피고 그것이 지역문화적 시각과 어떻게 연결될 수 있는지를 확인했다. 작품 창작의 주요 모티프가 된 산, 강, 도시, 누정은 이미 영남지역 문학의 산실로 기능하고 있었고 이러한 기능을 바탕으로 기행가사가 창작 향유되었다고 할 수 있다. 그러나 앞서 잠시 살폈듯이 기행가사에 나타난 이들 문화적 공간은 기존의 작품이 지녔던 공간에 대한 인식이나 작품의 미감과는 상이한 양상을 띠고 있었다. 이러한 차이는 지역이라는 공간이 어떻게 장소화되는가, 어떻게 역사성과 차이성을 드러내는 장소로 의미화 될 수 있는가[28]를 보여주는 것이다.

---

28) 문재원, 앞의 논문, 2008, 87쪽.

이에 대한 탐구는 곧 영남지역 기행가사의 특징과 편폭을 확인할 수 있다는 점에서 중요한 의미를 지닌다.

3. 공간의 양상과 의미

영남지역 기행가사에서 산, 강, 누정, 도시 등의 공간은 작품 창작의 모티프이면서 작품 산출의 문화 공간이기도 하다. 따라서 가사 창작의 과정과 향유 또한 기존 문화의 자장을 공유한다. 그러나 공간은 화자의 체험을 거치면서 새롭게 만들어지고 의미를 획득한다.[29] 따라서 본장에서는 영남지역의 다양한 문화 공간이 화자에 의해 어떻게 인식되고 표현되는가를 텍스트를 통해 파악하기로 한다.[30] 이러한 작업은 공간의 특성과 그에 대한 인식을 확인할 수 있다는 의의를 지닌다.

---

29) 르페브르는 공간을 만들어내는 인간의 활동에 관심을 가지면서, '사회적 공간'을 언급하였다. 그에 의하면 공간은 선험적으로 주어진 공간이 아니라 사회적 과정이 작동하는 장소이며 동시에 그 작동에 영향을 미치는 조건으로 이해해야 한다고 주장한다(정호기 (2002), 「기억의 정치와 공간의 재현」, 전남대 박사논문, 28쪽, 김승현·이준복·김병욱, 「공간, 미디어 권력」, 『커뮤니케이션이론』 3-2, 한국언론학회, 87쪽, 손은하·공윤경 (2010.3), 「상징조형물과 상징공간에 이미지화된 지역성」, 『인문콘텐츠』 17, 인문콘텐츠학회, 424쪽 재인용, Lefebvre, Henri(1999), 『The production of space』, Oxford UK ·Cambridge USA: Blackwell, 33~38쪽). 이처럼 공간이 수학이나 과학에서 말하는 추상적인 혹은 비어있는 것이 아니라 인간의 의해 인간 활동에 의해 끊임없이 구성되는 공간이라는 시각은 하이데거나 메를로 퐁티의 공간 개념을 통해서도 확인할 수 있다.
30) 그러나 이러한 작업은 텍스트 자체에서 지역성을 발견하거나 그 특성을 바로 지역성으로 연결하는 시도는 아니다. 이는 자칫 화자의 의도나 작품의 양상을 왜곡하는 시도가 될 수도 있기 때문이다. 본 작업은 그동안의 문화공간이 지녔던 함의가 어떻게 유지되고 또 어떻게 변모되는가를 살펴 지역문화 형성의 역동적 과정을 확인하는 것이 목적이다.

1) 동경의 공간과 자아정체성 확인

영남지역 기행가사의 주된 공간인 청량산과 가야산 등은 양반사대부들이 창작한 유람 및 유산기에서 중요한 모티프로 활용되었다. 그러나 유람의 동기와 인식에서 기행가사와는 다소 차이가 있다. 예를 들어 양반사대부들의 청량산 유람은 '이황'으로 대표되는 선인의 자취를 돌아봄으로써 자아를 성찰하거나 독서와 병행한 공부를 위한 것이었다.[31] 이로써 청량산을 대상으로 한 유산문학에도 이황에 대한 추모의 감정이 중심을 이루게 된다. 청량산은 求道의 공간으로 이미지화된다.[32] 그렇다면 영남지역 기행가사에서 '청량산'은 어떠한 공간으로 나타나고 있으며 그것의 의미는 무엇일까?

> 만구명구 선조유측 쳥냔손이 지쳑이ᄅ
> 문즁시긔 회ᄌ호고 남녀노소 흠모ᄒ니
> 니비록 여ᄌᄅ도 훈번구경 원닐너ᄅ[33]
>
> 청냥산 뉵뉵봉은 우리션도 장구쇠라
> 츄로지향 명승지예 쥬부ᄌ의 무이로다
> 일월산이 쥬산이오 낙동강이 횡되로다
> 티빅산이 공읍셰요 녕지산이 안더로다
> 구경가ᄌ 구경가ᄌ 션현쥬쵹 구경가ᄌ[34]

---

31) 정치영, 「유산기로 본 조선시대 사대부의 청량산 여행」, 『한국지역지리학회지』 11, 한국지역지리학회, 2005, 59쪽.
32) 우응순, 「청량산 유산문학에 나타난 공간인식과 그 변모 양상—주세붕과 이황의 작품을 중심으로」, 『어문연구』 34, 한국어문교육학회, 2006, 425~446쪽.
33) 〈청양산유산록〉
34) 〈청양산수가〉

영남 기행가사에서도 양반사대부의 문학에서와 마찬가지로 청량산은 동경의 공간으로 형상화되어 있다. '동경의 공간'이란 공적인 정체성을 지닌 공간을 의미하며, 이념적 지표나 이념을 공유하고 있는 사람들의 행적을 따르는 순례적 의미를 가진 공간을 말한다.[35] 청량산은 양반사대부들에게 공적 정체성을 지닌 공간으로서, 儒者라면 누구나 올라야 할 동경의 공간이었다. 위의 작품에서도 청량산은 개인적 취향이나 그 자체의 자연미 감상을 위한 공간이기보다는 문중시객에게 회자되고 남녀노소 누구나 흠모하는 동경의 공간이라 지칭된다. 그러나 텍스트에서 더욱 강조된 것은 도학적 이상의 추구보다는 '우리 선조'의 자취를 확인할 수 있는 장소로서의 의미가 더욱 강하다. 이러한 양상은 '퇴계선생'이 도학 추구의 이상적 인물로서보다는 가문의 '선조'로서 강조되고 있다는 점에서도 확인할 수 있다.

> 법당구경 다한후에 퇴게할범 강당으로
> 쉬어가며 차자드니 다리도 아푸거니
> 마루 끝에 걸터안자 사방을 둘러보니
> 풍파에 시달리어 허술하기 짝이업다
> 새롭기도 하려니와 무관심치 안으리라
> 〈중략〉
> 오든길에 다시거쳐 오산당 올라안자
> 고금을 상상하니 높으신 우리선조
> 오선당 세글자로 옛자취는 남아있네
> 이만회 도라나서 섭섭함을 금할손가[36]

---

35) 염은열, 「기행가사의 '공간' 체험이 지닌 교육적 의미」, 『고전문학과 교육』 12, 고전문학과교육학회, 2006, 98~103쪽 참조.
36) 〈청양산유람가〉

'퇴계선생'은 '퇴계할범'으로 명명되면서 '우리 선조'로 치환된다. '오산당' 또한 '우리 선조'의 영광을 확인할 수 있는 장소가 되어 있다. 이로써 그 유적지는 더욱 관심을 가지고 보살펴야 하는 가문의 위상을 상상하는 공간으로 변하게 된다.

> 청냥졍亽 오순당은 현관이 춘란ᄒᆞ고
> 이덧ᄒᆞ만손심쳐 경각도굉걸ᄒᆞ다
> 독셔ᄒᆞ난 쇼년셔싱 일시예 영졉ᄒᆞ니
> 쳔만디 우리집이 중닉죵균 쥬인이리오[37]

'청양정사', '오산당'은 퇴계선생을 기리는 수많은 학자들의 학문과 수양의 공간으로 유명하며 그 자체가 도학의 구현으로 여겨진다. 그러나 위의 텍스트에서는 집안 후손들의 영접을 받으며 가문의 자랑스러움을 확인하는 장소로 그려지고 있다. 이러한 양상은 경주를 기행하고 지은 〈경주괄람긔〉에서도 확인할 수 있다.

> 을시구나 조홀시고 우리시조 유측보소
> 적수로 공권하야 경쥬부윤 디신후에
> 빅성을 에호하고 경주를 회복한니
> 노심초사 하신은득 임진공신 분명하게
> 영역히 발가잇서 긔인긔 긔인례예
> 누아니 추소하리 그영풍 그위엄이
> 세세전송 하게되며 철갑을 몸에입고
> 데장그물 높이들어 만세만세 수만세에
> 혁혁한 우리문호 창원한 긔촉으로

---

37) 〈청량산유산록〉

몃만자손 밧게되며 개성개성 하오리다[38]

〈경주괄람긔〉 등에서 '경주'는 천년의 고도가 지닌 문화적 유물을 확인하는 공간으로 그려진다. 특히 이들 작품은 20세기 중반 이후에 창작된 것이라 경주가 지닌 함의는 현대의 것과 그리 멀지 않다. 그럼에도 불구하고 위의 텍스트에는 경주를 통해 '우리 시조'를 불러내고 이에 대한 추앙을 통해 가문의 위상을 확립하고자 하는 욕구가 드러나 있다. 이러한 양상은 이들 작품이 영남지역 여성 창작자들에 의한 것이 많다는 데 기인한다. 주지하듯 이들 창작자들은 안동 지역 양반 사대부가의 아내이자 며느리들이다. 따라서 이들의 유람은 집안 행사의 일환으로 이루어진 경우가 많았는데, 이때의 유람은 단순한 놀이의 차원을 넘어선다. 선조의 자취를 확인하고 가문의 자부심을 느끼는 여행이 되는데, 여기에 참여한다는 것은 곧 가문의 일원으로서의 정체성을 확인하는 과정이 되는 것이다. 이렇게 볼 때 이들에게 유람의 공간은 자신의 공적 정체성을 확인하고 그 안에서 자부심과 소속감을 강화하는 장소정체성을 지닌 공간이 된다고 할 수 있다.[39]

한편 이처럼 여행의 공간이 정체성 확인에 기여하는 것은 다음과 같은 양상으로 나타나기도 한다. 이관빈이 지은 〈황남별곡〉을 보자. 〈황남별곡〉은 18세기 후반 창작된 것으로 추정되는 가사인데, 경상북도 황학산 일대를 배경으로 하고 있다. 道의 근원을 찾기 위해 산수를 찾아 여행을 하는 과정을 담았으므로 황학산은 求道의 공간으로서 의미를 지닌다. 그런데 여기서 화자는 문득 '나'에 대해 질문한다.

---

38) 〈경주괄람긔〉
39) 〈금오산취미정유람가〉, 〈희인사유람가〉, 〈유산일록〉, 〈도산별곡〉 등에서도 이러한 양상을 찾을 수 있다.

顔子는 엇더호 사람이며 나는엇더한 스람인고
하게되면 일어ᄂᆞ니 顔子自期 못호오라
塔아리 길무른이 저거일음 무어신고
西河의 敎授先生 聖門의 君子類라
平生에 篤學工夫 져지의서 더노푸니
嗚呼라 吾黨諸人 이예 矜式ᄒᆞ오리다
니一生 願ᄒᆞᄂᆞ바는 昌平里에 卜居ᄒᆞ야
三千弟子 絃誦地예 遺風餘韻 景仰ᄒᆞ여
子路의 南山刮竹 子游의 割鷄刀로
두어무ᄉᆞᆷ 비어다가 闕黨童子 비르매어
數仞宮墻 아참아참 灑掃ᄒᆞ고
壁間의 기튼詩書 狂泰씌글 훔쳐노코
濫興禮樂 叔孫通을 ᄭᅮ지져 물리치고
〈중략〉
찰아리 이 뫼아래 孔子洞 일홈조와
峽民을 이웃하야 太古淳風 보전ᄒᆞ면
니所願을 못일워도 擇處仁里 되오리라[40]

    도학을 구하러 온 공간에서 화자는 '나'는 누구인가에 대해 질문하고, 내가 해야 할 일을 고민한다. 이 지점에서 황학산은 구도의 공간이기도 하지만 자아의 정체성을 돌아보고 확인하는 공간이기도 하다.

    이상의 논의를 통해 우리는 영남지역 기행가사에 나타난 여행의 공간이 화자에게 동경의 공간이 되고, 그곳을 직접 여행함으로써 공적 사적 정체성을 확보하는 데 기여하고 있음을 확인하였다. 여기서 우리는 양반사대부의 유람에서 확인할 수 있었던 구도의 장소성이 자신의 정체성을 확인하고 고민하게 하는 양상[41]으로 변하는 것을 확인할 수

---

40) 〈황남별곡〉

있다. 정체성을 문제 삼는다는 점에서 영남지역 양반 사대부의 유람과 같으면서도 그 장소성의 구체적 양상은 그것과 변별된다는 점에서 이 지역의 문화 공간의 차별성을 보여준다.

2) 경험의 공간과 문화적 욕구 충족

영남지역 기행가사에서 여행은 양반사대부의 유람과 같은 자장 안에 놓여 있다. 그래서 그 공간은 주로 동경의 공간이며, 그를 통해 향유자는 자신들의 정체성을 확인하고 확보한다. 그러나 텍스트를 세밀히 살펴보면, 이러한 큰 틀 속에서 부분적으로 확장되어 있거나 그 틀 밖으로 튀어나온 또 다른 욕구를 확인할 수 있다.

> 부녀의 절구경이 더구ᄂ 춤눕ᄋ오
> 유린보젼 드러ᄀ니 져붓텨 거동바라
> 금의랄 썰쳐입고 인물도 씩씩ᄒ다
> ᄉ람보고 말홀ᄃ시 빙긋이 욱슬다시
> 미련코 겉쏜모양 유복고 묘ᄒ모양
> 싱긔집고 안진모양 읍ᄒ고 션난모양
> 그즁의 동ᄌ부쳐 공근코 졀묘ᄒ다
> 시츅쥐고 셧ᄂ거슨 풍월긱을 기드리니
> 손우ᄒ 밧든칙은 팔만즁경 쵸권이냐
> ᄒᆞ쥭이에 다문실과 샤왕모의 븐도런냐
> 좌우에 둘럽보니 단청도 능난ᄒ고

---

41) 이러한 양상을 문화지리학에서는 '장소정체성'이라 명명한다. '장소정체성'이란 자신의 정체성을 확인하고 공동체에 소속된 자신에 대한 안정감과 자긍심을 가지게 하는 공간의 기능으로 장소 애착을 형성하는 한 요인이다(최열·임하경, 「장소애착인지 및 결정 요인 분석」, 『국토계획』 40-2, 대한국토도시계획학회, 2005.4).

그림도 휘향ᄒ고 공녁도 그지엽다.[42)]

　유산(遊山)을 모티프로 한 기행가사에서 반드시 등장하는 것이 이와 같은 절과 부처에 대한 묘사이다. 그러나 여기에서 종교적 관심은 크게 나타나지 않는다. 절이나 부처는 그야말로 훌륭한 구경거리로 여겨지고 있으며, 구경거리답게 호기심 어린 시선으로 흥미롭게 묘사된다. 절은 집밖을 나선 여성들이 만나는 신기한 문화적 대상물이 된 것이다. 따라서 그것을 표현하는 방식 또한 추상적이지 않고 부분 부분으로 분할되어 요리조리 따져서 상세히 묘사되고 있다. 이러한 양상은 풍류의 상징이었던 누각과는 다른 시각과 표현 방식이다.

> 한슈에 절차후이 영남누 조흔경을
> 두로두로 다니면서 역역히 지정하야
> 기기히 차자보니 야착ᄒ다 단청치식
> 어리그리 기절한고 연화봉 성진더사
> 팔선녀를 히롱한다 남양에 제강선싱
> 문붓기 천자오고 간남에 치련ᄒ고
> 장안에 유협자들 디도상이 치마하고
> 상슨이 스로거스 낙자성에 수절ᄒ고
> 기절한 저화용을 어이다 기록하리[43)]

　이처럼 영남지역 기행가사에서 절이나 누각은 그것이 지닌 본래적 속성보다는 유람에서 만나게 되는 신기하고 아름다운 문화적 대상물로 그려진다. 따라서 이에 대한 시선과 감회는 신기한 구경거리를 만

---

42) 〈청양산유산록〉
43) 〈영남누가〉

났을 때 혹은 미적 예술품을 보았을 때와 같이 처리된다. 그리고 그 즐거움은 부분의 확장을 통한 묘사로 표현된다. 이로써 향유자는 여행의 재미를 만끽할 수 있다.

> 장ᄒ고 놀랍도다 장경귀경 그만두고
> 관등귀경 ᄒ고ᄀ시 보광전 너른마당
> 시미井字 쥴을믜고 구광누 장ᄒ마당
> 시물십자 쥴을믜고 발발이 등을 달고
> 등마다 불을써니 화광으 휘황홈이
> 강상추월 발근하늘 별빅인듯 총총ᄒ네[44]

　여기서는 가야산을 유람하는 가운데 만나게 된 관등구경을 묘사하였다. 관등구경으로 인해 가야산은 더욱 인상 깊은 여행의 공간이 되고 향유자에게 쉽게 기억된다. 우리가 어떤 대상이나 공간을 상상할 때 그것이 지닌 전체적 이미지가 작용할 수도 있지만 그것을 이루는 인상적인 한 부분이 대상을 더욱 효과적으로 연상하게 하는 경우가 있다. 이 경우도 화려한 관등이 가야산을 바로 기억하게 하는 매개가 된 것이다. 한편 이러한 양상은 여행의 공간에서 이루어지는 놀이에 의해 더 강화되기도 한다.

> 온계정 너른마루 열친제죽 함게모여
> 척사대회 벌여노코 윷던지고 가사짓고
> 밤세도록 노는윳치 되계밧게 모르시네
> 윳리편 도라보니 풍정인는 노새댁네
> 웃부르니 윷치시고 모부르니 모이지네

---

44) 〈ᄒ인사유람ᄀ〉

빗날수록 우승기는 우리손에 떠러지네[45]

유람의 과정에서 벌어진 '윷놀이'의 풍경이다. 윷놀이는 대표적인 민속놀이인데, 여기서는 여행의 흥을 더욱 돋우고 함께 여행하는 사람들끼리의 유대감을 높이는 역할을 한다. 윷놀이를 통해 여행 공간은 향유자의 놀이에의 욕구를 만족시키는 기능을 한다.

이처럼 영남지역 기행가사에는 유람의 공간이 호기심 어린 구경거리로서 혹은 문화물로서, 놀이 할 수 있는 공간으로 그려지고 있다. 향유자는 이러한 유흥의 공간을 통해 문화적 놀이적 욕구를 채울 수 있다.[46] 특히 영남지역 기행가사의 주 향유층인 여성들에게 이러한 기능은 특별한 의미가 있다. 이들에게 여행 체험은 제한된 견문의 확장을 시도할 수 있는 기회였고, 이를 통해 지역의 민속과 문화를 경험할 수 있었기 때문이다. 이는 영남지역 양반사대부 문학에서 쉽게 찾을 수 없는 우리말 시가를 창출하게 하였고, 우리말을 통해 지역 문화와 민속을 포착하고 서술할 수 있는 기회를 마련해 주었다는 점에서 큰 의미가 있다.

이상으로 영남지역 기행가사에 나타난 공간의 양상과 의미에 대해 살펴보았다. 공간은 크게 동경의 공간과 경험의 공간으로 대별하여

---

45) 〈여행기〉

46) 이러한 특성은 여행의 공간이 향유자에게 장소의존성을 느끼게 하는 요인이 된다. '장소의존성'은 특별히 바라는 목표 및 행동을 지지하는 여건이나 형태를 제공하여 그 장소의 중요성을 강조하고 기능적 애착을 형성하는 장소애착의 한 양상이다. 대상 장소가 경제적 이득을 취하게 하는 경우와 놀이 및 유희의 욕구를 충족하게 하는 경우 향유자는 그 공간에 남다른 애착을 느끼게 되는데, 이를 '장소의존성'이라고 한다. 여기서는 여성들에게 여행지가 규방에서는 체험하기 힘든 문화적 놀이적 기능을 제공하여 특별한 애착을 형성하게 한다는 의미에서 장소의존성과 연결하여 이해할 수 있다(최열·임하경, 앞의 논문, 2005.4, 30쪽).

살폈다. 전자는 공적 공간을 체험함으로써 자신의 공적 혹은 사적 정
체성을 고민하고 확인하게 한다는 데에 의미가 있다. 그리고 후자는
유람이 주는 놀이와 문화적 욕구를 충족시킴으로써 지역 민속이나 문
화물이 애착의 대상이 된다는 의미가 있다.

이렇게 볼 때 영남지역 기행가사에 나타난 공간은 시가 창작의 모티
프가 되면서 향유층의 애착을 유도한다. 이 부분은 지역인에 의한 지
역에 대한 시선과 관심을 엿볼 수 있어 중요하다. 특히 영남지역 기행
가사가 양반 여성층에 의해 산출된 것이 많고 앞에서 살핀 바와 같이
이 지역 남성 양반 사대부의 문학 창작의 모티프를 그대로 쓰고 있다
는 점에서 그 공유와 차별성을 확인할 수 있었다.

4. 결론

본고는 영남지역의 기행가사 텍스트의 존재 양상을 파악하고, 공간
인식의 양상을 중심으로 텍스트의 특성을 밝히고자 하였다.

이를 위해 먼저 영남 기행가사의 범주를 정하고 그에 따라 기존 가
사 자료집에서 해당 작품을 선별하여 작품의 존재 양상을 향유층, 여
행지, 여정, 작품 성격, 창작시기 등을 중심으로 정리하였다.

먼저 향유층의 측면에서 여성 기행가사가 많은 비중을 차지한다는
것을 확인하였다. 이 사실은 그 자체가 영남기행가사의 중요한 하나의
특성이 될 뿐만 아니라, 여성가사이기 때문에 양반사대부 문학에서
관심을 가지지 않았던 지역의 민속과 문화에 대한 새로운 시선을 보여
준다는 점에서 의미를 지닌다. 한편 양반사대부 작품도 존재하는데
이들은 그동안 여성작에 한하여 논의되었던 영남지역가사의 성격과

영역을 확장하여 논의하는 데 기여할 수 있다는 점에서 의미가 있다. 특히 이들은 작자, 창작연대, 창작동기 등에 관한 기록을 함께 확인할 수 있어 실증적 고찰의 대상이 되므로 논의의 진전에 기여할 수 있다는 장점도 있다.

한편 이들 기행가사의 배경이 되는 여행지를 살펴보면, 청량산·가야산·주왕산 등의 산, 안동을 중심으로 한 낙동강과 영남지역의 누정이 대부분을 차지한다. 먼저 청량산·가야산·주왕산 등의 산 등은 양반사대부 유산기의 주요 무대가 되는 곳이어서 이들과 견주어 봄으로써 지역문학 산출의 문화공간으로서의 특징을 고찰할 수 있다. 한편 〈적벽가〉, 〈선유가〉, 〈낙유사〉 등 선유(船遊)의 풍류를 다룬 작품은 유산(遊山)의 경험과는 또 다르다는 점에서 주목을 요한다. 이러한 선유의 전통은 안동지역 선비들의 대표적인 여가문화와 관련되어 있다. 선유의 민속문화적 측면을 함께 고려하면 〈적벽가〉, 〈선유가〉, 〈낙유사〉 등의 텍스트는 지역전통의 계승과 관련한 긴요한 자료가 된다.

〈영남누가〉와 같은 작품은 영남지역 풍류문화의 한 특징인 누정문학과 관련되어 살필 수 있는 자료이다. 양반사대부 한시 등에 나타나는 풍류와 흥취를 함께 가지면서도 지역문화물로서 누정을 바라보고 그 역사성과 특징을 고찰할 수 있다는 점에서 지역문화에 대한 관심을 엿볼 수 있다. 이러한 차이에는 한시와 국문시가, 당대와 후대, 남성과 여성이라는 다양한 변별적 요인이 자리하고 있다. 이를 영남지역 누정문학의 한 양상으로 본다면, 지역문화의 다양한 편폭과 후대적 변모를 살필 수 있다.

이상을 통해 영남지역 기행가사가 영남지역 양반사대부의 문학 창작의 공간인 산, 강, 누정을 공유하고 있으면서도 다소 이질적인 지향과 어법을 지니고 있음을 확인하였다. 이로써 이들 작품들은 그간 한문학을 중심으로 논의되어온 양반사대부 중심의 지역문학의 논의를 더 넓힐 수 있는 계기를 마련하는데 도움을 준다.

다음으로 이들 대상작품의 공간의 양상을 동경과 경험의 공간으로 나누어 각각의 특성을 살핀 후 이것이 각각 향유자에게 자아정체성을 확인하게 하고 문화적 욕구를 채워주는 역할을 하고 있음을 살폈다.

이를 통해 동일한 공간이 향유자와 문학 양식에 의해 어떻게 역사성과 이질성을 획득하는가를 구명함으로써 영남지역 기행가사의 특징과 의미를 살펴보았다. 특히 이러한 작업은 지역인에 의한 지역에 대한 관심과 애착을 형성하는 과정을 밝혔다는 의의를 가진다. 그러나 본 논의는 지역문학 연구를 위한 자료학의 차원에서 시도된 작업이므로 대상 작품에 대한 개별적인 탐구는 이루어지지 않았다. 그리고 공간 인식에 관한 통시적 접근 또한 지속적으로 살펴야 할 것이다.

청량산 기행가사에 나타난
유산(遊山)체험의 양상과 의미

1. 서론

이 글은 영남지역 기행가사 중 청량산 유산(遊山)을 제재로 한 가사 작품[1]을 대상으로 유산체험의 양상과 의미를 살펴보는 것이 목적이다. 영남지역의 유산기(遊山記)에 대한 연구가 본격화되고, 지역 문화 공간으로서 청량산을 새롭게 주목하면서 청량산 관련 문학 활동에 대한 연구는 최근 들어 더욱 활기를 띠고 있다.[2] 이 글 또한 이러한 연구의 연장선에 있다.

그러나 국문시가로 창작되었으면서 주로 가사 향유자들 사이에서

---

1) 이러한 작품을 본 논문의 제목에서 '청량산 기행가사'라고 하였으나, 이는 범주화를 목적으로 지칭한 용어가 아니다. 청량산 유산을 모티프로 창작되고 향유된 가사라는 의미임을 밝혀둔다.

2) 윤천근, 「퇴계 이황의 '감성철학'−'청량산'의 장소성을 중심으로」, 『퇴계학보』 141, 퇴계학연구원, 2017.6, 39~73쪽; 정목주, 「淸凉山의 高山景行 이미지 形成動因과 그 원리−『옛 선비들의 청량산 유람록』을 중심으로」, 『한민족어문학』 75, 한민족어문학회, 2017, 73~102쪽; 김종구, 「유산기에 나타난 독서와 유산의 상관성과 그 의미−지리산과 청량산 유기를 중심으로」, 『어문론총』 51, 한국문학언어학회, 2009, 125~157쪽; 우응순, 「淸凉山 遊山文學에 나타난 공간인식과 그 변모 양상 : 周世鵬과 李滉의 作品을 중심으로」, 『어문연구』 34, 한국어문교육연구회, 2006, 425~446쪽.

유통된 작품에 나타난 청량산과 유산의 의미는 더 본격적으로 다루어 볼 필요가 있다. 청량산의 장소성은 하나로 고정된 것이 아니라 끊임없이 재구성되며 이러한 과정을 통해 계속 수행되기 때문이다.[3] 이런 의미에서 청량산 유산 체험의 양상과 청량산이라는 공간 및 문학적 모티프가 '가사짓기'라는 문화적 행위를 통해서는 어떻게 장소성을 획득해가는지, 그리고 유산체험은 어떤 의미를 지니는지에 대해 논의해 보고자 한다.

청량산 기행가사에 대해서는 지역 기행가사의 텍스트 현황을 살피거나 청량산 관련 시가문학의 전반을 살피는 연구에서 작품 현황이 소개되거나[4], 규방가사를 연구하는 과정에서 작품명이 언급된 정도이다.[5] 그러나 구체적인 작품 현황 및 특성에 대한 본격적인 고찰은 이루어지지 못했다. 이에 본 연구는 청량산 기행가사의 작품현황 검토, 유산의 동기와 여정 등 유산체험의 양상, 그리고 청량산의 장소성과 유산체험의 의미를 고찰해보기로 한다.

이러한 연구는 지역인에 의한 유산문화와 문학 향유 양상을 파악하고 청량산이라는 지역의 공간이 문학 활동을 통해 어떤 문화공간으로 의미화되는지를 구명하는 데에 기여할 수 있을 것이다.

---

3) 심승희 옮김·팀 크레스웰 지음, 『장소: 짧은 지리학 개론』, 시그마프레스, 2012, 61쪽 참조.

4) 최은숙, 「영남지역 기행가사의 텍스트 존재 양상과 의미」, 『어문학』 122, 한국어문학회, 2013.12, 499~526쪽; 김기영, 「청량산의 시가문학적 형상화와 그 의미」, 『충청문화연구』 1, 충남대학교 충청문화연구소, 2008.6, 103~124쪽.

5) 이정옥, 『내방가사 현장연구』, 역락, 2017, 80~93쪽.

2. 텍스트 현황

청량산 유람을 모티프로 한 가사 작품은 세 편이 존재한다. 〈청양산 슈가〉, 〈청양산유람가〉, 그리고 〈淸凉山유샨녹〉이다. 〈청양산슈가〉와 〈청양산유람가〉는 기존 연구에서 그 내용과 여정에 대해 소개한 바가 있고[6], 〈淸凉山유샨녹〉은 그렇지 않다. 작품 이해의 차원에서 기존 논의를 토대로 텍스트 현황을 소개하면 다음과 같다.

〈청양산슈가〉는 경북 봉화군 춘양면 의양리에서 권영철이 수집한 가사이다. 조동일의 모친이 필사한 〈청양산슈가〉가 존재하고[7], 본 연구자가 입수한 가사집[8]에도 〈청양산슈가〉 전문이 수록된 것으로 보아 안동과 봉화 일대에서 두루 필사되고 전승된 작품이라 추정된다. 〈청양산슈가〉는 권영철과 김기영 모두 여성작으로 추정하고 있으나[9], 어조와 표현 등에서 여성이 지은 작품인 〈청양산유람가〉 및 〈淸凉山유샨녹〉과 그 질감이 상이하다. 더욱이 본 연구자가 수집한 가사집에 '아버지가 지은 것을 베꼈다.'라는 언급을 고려할 때, 남성 작자가 지었거나 혹은 남성들에게도 향유된 작품이라 할 수 있다. 특히 〈청양산

---

6) 김기영, 앞의 논문, 2008, 103~124쪽.

7) 김기영, 앞의 논문, 2008, 103~104쪽.

8) 이정배 편, 「혜원 이원하 여사 가사집」, 고인을 추모하기 위하여 자제분들이 여사의 생전 창작 및 필사 작품을 현대역하여 편집한 가사집이다. 이 작품의 말미에 '아버지께서 지으신 것을 베꼈다'라고 되어 있는데, 창작인지 필사인지는 분명하지 않다. 이원하 여사의 택호가 도산댁이고 고향이 안동이라 하므로 안동지역에서 전승 필사된 작품인 것은 분명하다. 작품 내용은 권영철 〈청양산슈가〉와 동일하다.

9) 권영철은 부녀자들이 선조 유택이 있는 청량산에 올라 산야와 푸른 낙동강을 보고 느낀 감동을 읊은 것으로 보았고(권영철, 『규방가사』, 형설출판사, 1986, 155쪽), 김기영은 남성이 지은 가사의 향수에 익숙하고 또 유가적 소양이 있는 여성 작자가 남성적 표현과 흥취를 의양한 것으로 볼 수 있다(김기영, 앞의 논문」, 2008, 114쪽)고 하여 역시 여성작으로 보고 있다.

슈가〉의 내용 중 '관자오뉵 동자뉵칠 망혜쥭장 지힝ᄒ여 십이봉만 츠
ᄌ가니'라는 구절은 이 가사의 창작자가 남성일 가능성이 더 높다는
것을 말해준다. 이는 청량산 유산 관련 기행가사들이 모두 여성작이라
는 기존의 추정을 다시 고민하게 하는 부분이다. 따라서 청량산 기행
가사를 젠더적 관점에서만 접근하는 데에는 신중할 필요가 있다.

〈청양산슈가〉는 청량산의 문화적 의미와 풍수적 위치, 청량산까지
의 노정, 금표정과 축융봉 유람, 외청양 유람, 내청양 유람, 재유람
다짐의 내용을 지니고 있다. 구체적인 사실의 전언과 선조에 대한 존
모지심을 드러내는 등 흥취의 전언에 조화로움을 꾀하고자 한 수작(秀
作)으로 평가받고 있다.[10]

〈청양산유람가〉는 경북 영덕군 창수면 북촌에서 수집된 것으로, 권
영철의 『규방가사』에 수록되어 있다. 10여 명 정도 되는 부인들의 청
량산 유람을 기록한 작품이다. '출발, 청량사와 청양정사 등 유람, 외
청량 유람, 귀가'의 과정과 감상을 표현하였다. 〈청양산슈가〉에 비해
여성들의 산수 유람에의 기대와 흥취, 의미가 두드러지게 표현되어
있으며, 화전가류 가사의 창작어법과 내용 구성을 대체로 준수하고
있는 여성가사이다.

〈淸凉山유샨녹〉은 봉화 금씨 성재파 매정댁 소장 가사로서[11], 여성
작자가 근친 와서 친정 어르신들과 함께 청량산을 유람하고 그 여정과
감상을 기록한 작품이다. '잇쩌가 어ᄂ쩌요 병오즁츄 망난이ᄅ 민손의
황국화ᄂ 물식이 츤ᄅᄒ다'라는 구절로 보아 유람 시기는 병오년 가을
이다. 병오년이라는 단서 및 내용과 표기체계 등을 주목할 때, 1846년

---

10) 김기영, 앞의 논문, 2008, 111~113쪽 참조.
11) 현재 원본이 국학진흥원에 소장되어 있다.

혹은 1906년 작품으로 추정된다. 1846년 혹은 1906년까지는 옛 선비들에 의해서도 청량산 유람록이 여전히 창작되고 있었으므로 이들과 공시적 비교가 이루어질 수 있다는 점에서도 의미가 있는 작품이다. 출발에서부터 청량산까지의 여정, 청량정사, 각 봉우리 구경, 연대사, 외청양, 하산의 여정으로 내용이 구성되어 있다. 여정에 따른 견문과 감상이 풍부하고 대상에 대한 묘사가 자세하다. 둘 다 여성작의 가사 작품이지만 〈청양산유람가〉가 화전가류 가사의 창작문법에 기울어져 있다면, 〈淸凉山유산녹〉은 문중 중심의 유람[12]에 치중한 작품이어서 변별성이 있으며, 두 작품 모두 여성들의 청량산 유람이 통시적으로 지속되고 있었음을 보여준다는 데 의미가 있다.

　이렇게 볼 때 청량산을 유람하고 지은 가사 작품은 남성 어법이 나타나고 남성들 사이에서도 향유된 것으로 추정되는 〈청양산슈가〉, 여성들의 산수 유람에의 흥취를 담고 있는 화전가류 가사의 놀이형태를 담고 있는 〈청량산유람가〉, 근친을 통한 문중 중심의 유람 체험을 담고 있는 〈淸凉山유산녹〉으로 정리할 수 있다. 특히 이들은 양반 사대부 중심의 청량산 유산기와 비교되면서도 서로 간에 창작자의 성별, 창작시기 등의 자질을 토대로 상호비교가 가능하다는 점에서도 의미가 있다.

3. 유산(遊山)의 동기와 여정의 특징

　다음으로 작품에 나타난 유산 체험의 양상을 유산의 동기와 여정의

---

12) 문중중심의 유람이란 문중행사의 일환으로 행해진 유람 및 놀이를 말한다.

특징을 중심으로 살펴보도록 하자. 청량산 기행가사 텍스트를 중심으로 하되 가야산과 주왕산 등 다른 기행가사 및 양반사대부의 유산기와 견주어 살피기로 한다. 이를 통해 가사 작품에 나타난 청량산 유산체험의 특성을 확인할 수 있을 것이다.

청량산 유산과 관련한 동기나 목적에 대한 설명은 가야산과 주왕산을 유람하고 쓴 다른 가사 작품들과 비교할 때 다소 차이를 보인다. 〈청양산슈가〉를 제외한다하더라도 〈청량산유람가〉나 〈淸凉山유샨녹〉은 여성들의 기행가사인데, 여타의 여성 기행 가사 작품과 유산의 동기 및 목적이 다르다는 것이다. 유산을 다룬 가사 작품에서 빠지지 않는 유람의 동기는 규중에 갇힌 여자로서 평소 바깥출입을 할 수 없고 집안일에만 힘써야 하는 신세 한탄이다. 그래서 산수유람은 그에 대한 보상이 된다. 화전가류 가사가 그러하고 주왕산[13], 가야산[14]을 유람하고 쓴 가사 작품도 마찬가지이다. 그런데 청량산 기행가사의 유산 동기는 이들과 차별적이다.

어와 벗님네요 우리말삼 들어보소 몇달두고 물은길이 멀기도 하온지라 삼사월 긴긴해에 해뜰무렵 떠난길이 장장춘일 다보나고 어두운 초

---

13) 청송에 주왕산은 조선팔경 하나으로 경북에 자랑이요 청송에 행복이라 한평에 삼십리로 자동차 교통좋다 사시에 류람객이 낙옆부절 하건마는 우리의 여자습관으로 규중에 침복하야 한류람 못한것이 평생에 여한이라 전생의 무삼죄로 여자몸 되엿든고 경오년 사월달은 우리일행 모집되여 억만근심 하마하고 주왕류람 가게되니 슬프다 우리단체 구경이 느젓구나 〈쥬왕류람가〉, 임기중, 『한국역대가사문학집성(http://www.krpia.co. kr/)』, 이하 작품내용은 본 출전을 참조함.

14) 소실금풍(蕭瑟金風) 침선방(針線房)에 잠흣정 편이자며 만화방창(萬化方暢) 꼿시절에 징점풍욕(曾點風浴) ᄒ야밧소 차호(嗟呼)라 여자소임(女子所任) 가지가지 심정(心曾)나네 세월(歲月)이 약유파(若流波)라 녹빈홍안(綠鬢紅顏)언제던고 소소빈발(蕭蕭鬢髮)헛색도다 제부제아(諸婦諸兒) 현철(賢哲)ᄒ야 치산고역(治産苦役) 막겨시니 함니농손(含飴弄孫) 우리들은 마황후(馬皇后)으 신세(身世)로다 〈희인사유람ᄀ〉

경째에 집을차자 오는지라 그사이 자미고통 난낫치 알월퇴니 잊지말고 들어보소[15]

    연화긔득 탈거ᄒ후 신션의 탁젹ᄒ와/삼쳔갑ᄌ 동방숙도 요수지한 이셔스니/츌우명시 ᄒ온후의 보국치민 일홈아셔/유명만세 일홈젼코 강호의 방젹ᄒ여/인싱뵉년 셕화광음 미료지탄 이섯거든/ᄒ물며 녀ᄌ 몸미 심규의 싱쟝ᄒ여/일싱고락 지타인은 네필죵부 디류이ᄅ/승순구 고 무위부ᄌ 침션방젹 봉졔졉빈/그중의 다병ᄒ면 일싱고락 여가업셔/ 손슈간의 명구승지 유완을 긔필이랴/년쇼다병 ᄂ의몸이 힝동죠션 편 쇼읍이/퇴도션싱 후예로서 단ᄉ팔경 이별ᄒ고/하슈원앙 지은후의 죠 병츠로 근친와셔/쇼쇠ᄒ 뵉운촌의 위셕도일 은힉더니/만구명구 션죠 유측 쳥냔손이 지쳑이ᄅ/문중시긱 회ᄌᄒ고 남녀노소 흠모ᄒ니/너비 록 여ᄌᄅ도 ᄒ번구경 원닐너ᄅ[16]

    유람의 동기는 대체로 작품의 서두에서 언급되는 경우가 많은데, 〈청량산유람가〉의 서두에서 청량산 유람에의 동기는 설명되어 있지 않다. 이미 청량산을 다녀왔고, 하루 동안의 여정을 낱낱이 보고하는 데에 목적이 있을 뿐이다. 〈淸凉山유산녹〉의 경우는 〈쥬왕류람가〉와 〈히인사유람ᄀ〉처럼 여성으로서의 처지와 관련한 내용이 자세하게 나타난다. 그러나 여자로서의 한탄이나 보상차원의 유람이 아니라는 점이 특이하다. 일단 강산 구경은 남자든 여자든 모두 쉬운 일이 아니라 전제한다. 중국의 유명한 인물들도 산수를 즐기고자 하는 마음은 있었으나 세상에 나와 이름을 떨친 후에야 자연에 거할 수 있었듯이 여자의 몸으로 집안일을 다하고 나면 여유가 없어 산수의 좋은 경치를

---

15) 〈청량산유람가〉
16) 〈淸凉山유샨녹〉

다 즐길 수가 없다는 것이다. 그럼에도 불구하고 청량산을 유람하게 된 동기는 퇴계선생의 후예로 선조의 산인 청량산이 가까이 있으니 유람을 한번 해 보는 것이 당연하다는 것이다. 거기에다가 어머니와 집안의 숙모가 앞장서고 동행하니 청량산 유람은 자연스러운 여정이 된다.

앞서 화전가류나 다른 산을 모티프로 하는 작품들에서 유산의 동기가 주로 여성이 지닌 상대적 한계를 극복하는 차원에서 여성 스스로가 주는 보상의 의미가 강했음에 비해 청량산 기행가사에서는 여성으로서의 한계나 한탄은 강조되지 않는다. 여성들에게도 청량산은 응당 한번은 올라야 할 당위의 공간이다. 그것은 퇴계선생이라는 선조의 산이기 때문이고 고향 산이기 때문이다. 이는 가사 향유자들에게 청량산이 여행이나 관광의 대상이라기보다는 순례의 장소로 여겨지고 있다는 것을 말해준다. 이러한 양상은 양반사대부 중심의 청량산 유람이 지닌 동기와 매우 닮아있다. 당연히 올라야 하는, 한번은 가야할 곳이 바로 청량산이었던 것이다.

> 청냥산 뇩뇩봉은 우리션도 쟝구쇠라/츄로지향 명승지예 쥬부즈의 무이로다/일월산이 쥬산이오 낙동강이 횡되로다/티빅산이 공읍셰오 녕지산이 안티로다/구경가즈 구경가즈 성현츄쵹 구경가즈[17]

역시 청량산 유람의 동기는 간단히 서술되어 있다. 청량산은 선조의 산이고, 주자의 무이산이기 때문에 당연히 가야할 곳이다. 따라서 〈청양산슈가〉에서 유람의 동기에 대한 더 이상 장황한 설명은 필요

---

17) 〈청양산슈가〉

없다.[18] 그러나 이러한 순례적 동기가 양반사대부들의 청량산 유산과 완전히 일치하는 것은 아니다. 양반사대부들의 청량산 유산 동기가 '주자의 무이산'이 지닌 의미와 더 가깝다면 청량산 기행가사의 유산은 '선조의 산'이 지닌 의미와 더 가깝기 때문이다. 이는 〈청량산유람가〉에서 청양정사를 '퇴계할범 강당'으로 지칭하고 있음에서도 알 수 있다.[19]

결국 청량산 기행가사에 나타난 유산의 동기는 자신들의 가문을 상징하는 산인 청량산을 순례하는 데에 있음을 확인할 수 있다. 이렇게 볼 때 청량산 유산의 주된 동기는 가사 향유자들에게 자신의 뿌리를 확인하는 과정 중의 하나였다고 볼 수 있다. 그렇다면 여행의 동기가 잘 드러난 출발에서의 분위기는 어떠할까. 〈청양산슈가〉에서 청량산 유산에 대한 기대는 새로운 풍경의 교차를 통해 드러난다.

> 훈구비 드러가니 강션암 젹노ᄒ고/쏘훈구비 드러가니 고소디가 차아ᄒ다/빅셕춘을 나가니 만쟝졀벽 학소디라/션향이 지쳑이디 벽슈가 지음쳤다/주즈를 불너니야 비쯰여라 밧비가즈/유산ᄒ즈 이경영이 몃 희만의 오늘이라/청냥산 산신령이 날을보고 반기는 듯/관익일셩 다건너셔 쥬양가의 비틀믜고/빅구와 밍셔ᄒ고 도화롤 짜라가셔/금표졍 드러셔니 연화동졍 여긔로다/벽계논 존존ᄒ고 빅운이 심심ᄒ디/유흥이 도도ᄒ야 차례차례 올나가니[20]

유산의 즐거움 이전에 선유(船遊)의 즐거움을 맛보고 있다. 강물 굽이굽이마다 새로운 풍경이 교차하여 나타나며 예상치 못했던 풍경은 선경(仙境)이 되고, 이는 청량산 산신령의 선물인 듯하다. 그래서 유산에의 흥은 더욱 고조되고 충만해진다. 이러한 분위기는 회정 부분에까지 그대로 이어진다. 청량산 사계절의 좋은 풍경을 모두 즐기겠다는 당당한 의욕으로 마무리를 짓고 있다.[21]

〈청량산유람가〉는 유산의 즐거움을 동류들과의 만남과 이들에 대한 묘사를 통해 표현하고 있다.[22] 이러한 표현은 화전가계 가사나 근대 이후 단체관광의 형태를 띤 여성기행가사에서 흔히 볼 수 있는 것으로 이 역시 유산의 흥취를 더욱 돋우는 역할을 한다.

이상으로 여정의 동기와 작품의 분위기에 대해 살펴 보았다. 여정의 동기에서 청량산 유산은 가문의 산으로서 청량산을 순례하는 데에 주된 목적이 있음을 확인할 수 있다. 그래서 유산의 주된 동기는 가사 향유자들에게 자신의 뿌리를 확인하는 과정 중의 하나였다. 그러나 이러한 정체성의 확인은 엄숙하지 않다. 분위기는 들뜨고 즐겁다. 새로운 여정의 교차적 제시는 바로 예상치 못했던 새로운 존재를 만나게 되는 기쁨을 증폭시킨다. 이러한 기쁨은 다름 아닌 존재를 얻어내는 놀이의 과정이기 때문이다.

다음은 청량산 유산의 여정을 확인해보자. 먼저 세 작품별 구체적

---

21) '봄만나 금상첨화 봉녀방장 어데런고 즈약선즈 거의만나 요지연을 빅셜혼 듯 구름깁허 뉘알넌고 샹빙우셜 늠늠즁의 보만졀은 네가좃타 이갓흔 됴흔졍을 흔번보고 다시말냐 동풍이월 연녹수와 녹음방쵸 승화시와 황국단풍 경감시와 한천셜월 교결시예 어와 벗님늬야 다시와볼가 흐노라.' 〈쳥양산슈가〉

22) '뭇뚝을 올나서니 화몽화 비치난데 안개같이 모여들어 일석에서 회소담락 면면이 거동보소 이장도 찰란하고 준수한 민물들이 뭇뚝을 치장하네 십여명에 거동보소 점심보작 마즈들고 맞차골 험난산길 지체업시 올라가네' 〈청양산유람가〉

인 여정과 일정, 그리고 함께 여행하는 일행에 대해 정리하면 다음과
같다.

작품명	여정	일행
청양산슈가	탁영당-(갈선대, 단사구곡)-삼송전-월명담-강선암-백석촌-학소대-금표정-츙늉봉-(학가산, 부용봉, 죽령, 공민산성)-연대암-어풍대-풍혈대-총명수-(자란봉, 경일봉, 탁필봉)-초은대-김생굴-(향노봉, 옥녀봉, 탁필봉, 연적봉, 연화봉, 장인봉)-청양사-청양정사-회정 없음, 하루 여정	어른남자 5~6명 아이 6~7명 총 11~13명
淸凉山유산녹	망양포-오령-(월명담, 일출봉, 도우단, 남산)-고산-츙암산-광석점-청양정사-봉구경(연화봉, 금자탑, 탁필봉, 연적봉, 장인봉, 옥녀봉, 경일봉, 향노봉, 옥소봉, 자란봉, 의상봉)-봉구경(축늉봉, 인왕산성)-연대사-어풍대, 김생굴, 총명수-풍혈대-절-회정, 이틀 여정	부녀자 3명
청량산유람가	못둑-원촌재-올무재-고산정-청양산백사장-청양사-청양정사-외청양-오산당-청양사-김생굴-하산-못둑, 하루여정	부녀자 10여 명

세 작품의 여정을 정리해 본 결과, 이틀 이내의 약 10여 명 정도의
일행과 함께 하는 행사였다. 청량산까지의 여정에서 배를 타고 이동하
였고, 월명담과 고산정에 이르는 길을 이용한 것으로 보인다.

청량산에서의 주요 여정인 연대사, 어풍대, 풍혈대, 김생굴, 청량
사, 청량정사는 직접 경험하고, 청량산의 주요 봉우리는 높은 곳에서
두루 구경하는 것으로 서술되어 있다. 주로 언급된 봉우리는 축융봉,
자란봉, 경일봉, 탁필봉, 향로봉, 옥녀봉, 연적봉, 연화봉, 장인봉 등
이다. 이러한 여정은 전통적으로 청량산을 대표하는 명승지 여행으
로 인식되어 왔다. 이세택(1716~1777)이 작성한 것을 중수한 이이순
(1754~1832)의 『청량지』에서도 이들 공간은 청량산을 대표하는 중요
한 공간으로 포함되어 있다.[23] 양반사대부들의 청량산 유산기에서도

---

23) 전병철, 「淸凉志를 통해 본 퇴계 이황과 청량산」, 『남명학연구』 26, 경상대학교 남명학

이들은 마찬가지이다.[24] 따라서 청량산 기행가사에서도 역사적으로 형성된 전통적인 청량산 기행의 여정을 답습하는 양상을 보인다고 할 수 있다.

먼저 청량산 봉우리와 관련한 여정을 살펴보자. 청량산 봉우리는 직접 오른 경우는 드물다.[25] 봉우리를 두루 오르지 않은 것은 두 가지 이유이다. 청량산이 그리 높은 산은 아니지만 산세가 매우 험하기 때문이고[26], 하루 혹은 이틀 정도의 비교적 길지 않은 체류 일정 때문으로 보인다. 물론 이들 모두를 직접 오르지는 않았으나 이들 봉우리가 가진 의미는 가볍지 않다. 청량산을 대표하는 육육봉, 즉 봉우리는 청량산의 중요한 상징적 공간이기 때문이다. 그렇다 하더라도 세 작품에 나타난 봉우리에 대한 관심은 다소 차이가 있다. 〈청양산슈가〉와 〈淸凉山유샨녹〉이 청량산의 각 봉우리를 감상하는 것을 중요한 여정의 한 과정으로 할애하고 있으며 각각의 봉우리에 대한 묘사에 집중한 반면, 〈청량산유산가〉의 경우는 각각의 봉우리는 상세히 언급되지 않는다. 이러한 양상은 청량산이 지니는 공간 이미지의 변화를 짐작하게 하는 부분이라 주목된다.[27]

그렇다면 이번에는 실제 이들이 직접 체험한 여정에 대해 살펴보자. 세 작품 모두 안동쪽에서 출발하였고, 연대암 및 청량사, 응진전,

---

연구소, 2008, 315~316쪽.

24) 장병관 외, 「청량산 유산기(遊山記)에 나타난 조선선비의 산 경관인식에 대한 연구」, 한국조경학회 학술발표논문집, 2011, 91~93쪽.

25) 〈청량산유산가〉에서도 이들 봉우리는 경관의 형상 묘사가 주를 이룬다.

26) '손노가 위험키로 만월암을 못가보니 쇠린흔 유직금화 이번길외 흠소로듯', '낙낙히 솟은 셕벽 위험하기 작이업다 길이라고 낫는 것은 방위 밑을 깍아는 듯 〈중략〉 온길을 생각하니 철리같이 생각되고 갈길을 생각하나 만리길이 될것같네' 〈淸凉山유샨녹〉

27) 이에 대해서는 4장에서 좀 더 고찰하기로 한다.

청량정사, 어풍대, 총명수, 김생굴을 거치는 여정이었다. 〈청양산슈가〉는 축융봉을 직접 오른 후 연대사쪽으로 이동하여 나머지 여정을 체험하는 비교적 긴 여정을 보여주고 있으며, 〈청량산유람가〉는 청양사와 청량정사로 여정이 집중되어 다른 작품에 비해 여정 자체는 짧지만 응진전을 거치면서 출발과 귀로의 여정이 중복된다는 특징이 있다.

직접 체험한 여정을 양반사대부 유산기와 비교해 보자. 양반사대부의 청량산 유산이 퇴계선생의 발자취를 따르기 위한 것이어서 실제 청량산에 이르기까지의 여정 가운데에 도산서원과 고산정 등을 반드시 거치는 데 비해, 가사 작품에서는 퇴계선생에 대한 순례는 청량산 안에 있는 청량정사에서 이루어진다. 물론 퇴계선생에 대한 함의는 서로 다른데 전자가 청량산을 유가적 선산(仙山)으로 이미지화하는 데 비해 후자는 가문이라는 공동체적 이미지를 형성하는 데 기여한다. 이는 유산의 동기에서도 확인한 바이다.

또한 청량산에서의 여정과 방문지를 기준으로 볼 때, 양반사대부의 경우 연대사, 치원암과 총명수, 김생굴을 가장 많이 들른 것으로 확인된다. 연대사는 현재 청량사 자리에 있는 절로 추정되는데, 청량산 유산의 숙소 기능을 주로 하였다. 그밖에 치원암, 총명수, 김생굴은 신라시대 최치원·김생과 관련한 이야기가 전하는 곳으로 사대부들의 '공부하기'와 관련한 의미가 담겨있는 곳이다.

청량산 기행가사에서도 이들 여정은 여전히 체험의 공간으로 제시되어 있다. 그러나 가사 작품에 제시된 여정과 양반사대부 유산기의 여정은 차이를 보인다. 이것을 시대의 흐름에 따른 여정의 변화와 향유자들의 관심사에 따른 여정의 변화로 구분하여 살필 수 있다. 전자에 해당하는 것은 연대사와 청량정사이고, 후자에 해당하는 것은 치원암이다. 연대사는 〈청양산슈가〉와 〈淸凉山유샨녹〉의 여정에 포함되어 있으나, 〈청량산유람가〉에는 언급되지 않았다. 〈청량산유람가〉 창작 시에는 연대사나 만월암 등이 이미 없어진 것으로 보인다. 그래서 〈청량산유람가〉에는 청량사와 응진전이 연대사나 만월암을 대체하는 주요 여정으로 들어가 있다.

다음은 향유자들의 관심사에 따른 여정의 변화이다. 대표적인 곳이 치원암이다. 치원암은 최치원 선생과 관련한 여정인데, 특히 퇴계선생의 제명이 남아있어 선생을 추모하는 선비들은 반드시 방문한 곳이기도 했다.[28] 그러나 가사 작품에서 치원암에 대한 언급은 두드러지지 않는다. 이에 비해 김생굴과 총명수는 중요한 여정으로 들어 있다. 김생굴과 총명수는 양반사대부가 지향했던 유가적 의미를 탈각하더라도 가사 향유자들에게 새로운 의미화가 가능했기 때문으로 보인다. 실제로 치원암과 총명수 둘 다 거리가 가깝고 최치원이라는 동일인물과 연결되는 곳이지만 가사 작품에서는 총명수만이 관심의 대상이 되고 있어 흥미롭다.

앞서 살핀 바를 참고할 때 청량산 기행가사의 주요 여정은 연대사(연대암)와 청량사, 응진전, 청량정사, 어풍대, 총명수, 김생굴 등이었다. 가사 작품마다 실제 여정의 순서에는 일정 및 창작시기에 따라 다소의 차이가 있었다. 또한 양반사대부들의 청량산 유산과 비교할 때, 시대적 차이 및 향유자들의 관심에 따라 여정의 차이가 있었음을 확인하였다.

---

28) 정치영, 『사대부, 산수여행을 떠나다』, 한국학중앙연구원출판부, 2014, 220~221쪽.

4. 청량산과 유산체험의 의미

청량산 유산의 주요 공간은 청량산 봉우리, 연대사 등의 절, 그리고 청량정사 등의 역사적 공간이다. 가사 작품에 나타난 견문과 감상, 그리고 표현방식 등을 통해 청량산이 어떤 장소로 표상되는지 살피고, 청량산 유산이 가사 향유자들에게 어떤 의미를 지니는지 살펴보도록 하자.

1) 미지의 경물, 인식 확장의 즐거움

청량산 육육봉은 자연경관으로서 청량산의 정체성을 그대로 지닌 여정의 공간이다. 특히 유산기에서 육육봉은 양반사대부를 중심으로 청량산의 이미지를 '高山景行'으로 만드는[29] 중요한 대상이었다. 가사 작품에서는 육육봉으로 대표되는 산봉우리는 어떻게 이미지화되며, 이에 대한 체험은 또 어떤 의미를 가지게 되는가?

> (가) 발근날외 등척ᄒ여 봉만구경 ᄒᄌ셔ᄅ/추풍이 쳥숙ᄒᄂ디 금수 단중 만첩병풍/면면이 긔관이오 곳곳 션경이라/풍녕국 이젼터의 젼진이 요망ᄒ다/심신이 상남ᄒ여 후면을 올라가니/뇩뇩봉 죠흔경을 일낙진등 여긔로다/동졍호 군슨인들 여게셔 더홀손야/무협슨 십이봉은 이예셔 다를슌야/흔봉어리 연화봉은 티을옥경 소ᄉ잇고/융지불갈 금ᄌ탑은 젹누지공 놉파잇고/탁질봉과 연젹봉은 젼문형이 완연ᄒ고/중인봉과 옥여봉은 션풍이 늠늠ᄒ고/소명흔 경일봉은 부샹이 빈최잇고/말근기운 향노봉은 ᄌ연이 둘너잇고/한줄기 옥소봉은 농옥션녀 굿최련ᄀ/계명슨 츄야월의 장ᄌ방외 칫최련ᄀ/쟈란봉과 의승봉은 션인이 쇼

---

29) 정목주, 앞의 논문, 2017, 73~102쪽 참조.

식업다/최고운과 의숭디스는 이곳의 션화ᄒᆞ고/션풍이 묘연ᄒᆞ되 봉만 나 젹막ᄒᆞ다[30]

  (나) 은하슈 쩌러긔기 연연ᄒᆞ 향노봉의 ᄌᆞ연이 나단말가/졍졍ᄒᆞ 옥 녀봉이 곳홀곳고 셧단말가/탁필봉이 뒤히잇고 연격봉이 압히잇다/옥 경으로 소삿는가 연화봉이 화려ᄒᆞ고/니쟝인봉 외쟝인봉 강샹의 언건 ᄒᆞ니/승평일월 요순세예 하죠ᄒᆞ고 가려ᄂᆞᆫ가/십이봉 올나본후 획연쟝 쇼 다시보니/일흠익산 쳔만봉이 긔형괴형 가관이라/신션인듯 귀신인 닷 븟쳐닷 사람인 듯/시갓고 즘승갓고 풋디갓고 나발갓고/쑈쪽ᄒᆞᆫ봉 아롬ᄒᆞᆫ봉 모ᄂᆞ봉 둥그런봉/큰봉 ᄌᆞ근봉 나른봉 놉흔봉 봉마다 각각형 샹/어이다 긔록ᄒᆞ리 일산을 다보랴니[31]

  (가)는 〈淸凉山유샨녹〉의 일부이고, (나)는 〈청양산슈가〉의 일부이 다. 청량산 육육봉을 중심으로 각 봉우리를 하나하나 나열하고 서술하 고 있다. 전체적으로 두 작품 모두 청량산을 선산(仙山)으로서 이미지 화하고 있다. 〈淸凉山유샨녹〉의 경우 청량산 봉우리의 풍경을 선경, 선풍, 선인으로 일컫고 있으며, 〈청양산슈가〉의 경우도 '옥경'이라 언 급하며 다시 돌아보는 산세의 모습을 신비화하고 있다. 그런데 묘사의 방식은 조금 다르다. 〈淸凉山유샨녹〉의 경우는 각각의 봉우리가 지닌 이름의 상징적 이미지를 활용하였고, 〈청양산슈가〉는 탁필봉과 연적 봉, 연화봉, 장인봉 등 중요한 몇 개만 그 이름을 언급할 뿐 두루 나타 나는 봉우리의 각기 다른 형상을 감각적 이미지를 활용하여 표현하였 다. 〈淸凉山유샨녹〉이 '청량산 육육봉'이 지닌 전통적 상징성에 가까 이 있다면 〈청양산슈가〉는 감각적 이미지에 좀 더 충실하다고 할 수

---

30) 〈淸凉山유샨녹〉
31) 〈청양산슈가〉

있다. 그러나 두 작품 모두 여전히 청량산 육육봉이 중요한 여정으로 다루어지고 있는 것은 변함이 없다. 그런데 〈청량산유람가〉의 경우는 전혀 다른 양상이다.

> 청양산 막바지를 지향업시 걸어가니/서늘한 수목빛에 쉬여가며 올라가니/산세도 험한지라 길이라고 발을노니/두발놓기 어려우며 한발자국 올라가면/두발자국 네려가니 차자가기 극난하다/형형색색 가진 새가 지지배배 울어대고/규중에 뭇쳤더니 온갖만물 긔의하다[32]

〈청량산유람가〉에서는 청량산 육육봉의 상징성은 완전히 없어지고, 각 봉우리에 대한 언급은 거의 찾을 수 없다. 다만 청량산은 산세가 험하여 오르기 힘들지만 규중에서 볼 수 없는 새로운 세계를 만나게 해 주는 기이한 대상으로 설정되어 있다. 양반사대부들의 유산기에서 공유되었던 성산의 이미지와는 멀어져 있는 모습이다. 이렇게 볼 때, 이들 가사 작품에 나타난 육육봉은 청량

청량사

산을 신비하고 기이한 산으로서 이미지화하는 데 기여하고 있다. 육육봉의 이름을 되새기거나 그 기이한 모양을 묘사하여, 육육봉은 오르기 힘들지만 기이한 만물을 만날 수 있는 곳으로 표현된다.

---

32) 〈청량산유람가〉

　다음은 연대사와 연대암, 청량산 등으로 대표되는 절과 관련한 여
정이다. 연대사는 현재는 남아있지 않은데, 〈청양산슈가〉와 〈清凉山
유산녹〉에서는 그 자취를 확인할 수 있다. 〈청량산유산가〉에서는 연
대사에 대한 언급은 보이지 않고 대신 청량사가 중요한 여정으로 들어
있다.[33]

　(가) 신선의 도슐인가／죠화의 ᄌ최런가／괴물도 가지가지／별천지
여긔로다／오빅 나안젼의／져붓쳐 거동보소／웃는붓쳐 우는붓쳐／학탄
붓쳐 범탄붓쳐／음글는 늙은붓쳐／칰보는 동자붓쳐／칼집고 셧는거동／
쥬챵이 네아니냐／방마치 둘너메너／챵희녁ᄉ 네왓고나／그나마 모단
거동／긔긔ᄒ고 괴괴ᄒ다／법당우희 걸닌동셔／긔벽후로 위티ᄒ다／한
사람도 움ᄌ기고／천만인도 그만이라[34]

　(나) 종젹을 가ᄃ듬어 연ᄃᄉ랄 구경홀식／부녀의 졀구경이 더구ᄂ
참남ᄋ오／유린보젼 드러ᄀ니 져붓뎌 거동바라／금의랄 썰쳐입고 인물
도 씩씩ᄒ다／ᄉ람보고 말홀ᄃ시 빙긋이 옥슬다시／미련코 겉쑨모양
유복고 묘훈모양／싱긔집고 안진모양 읍ᄒ고 션난모양／그즁의 동ᄌ부
쳐 공근코 졀묘ᄒ다／시츅쥐고 셧는거슨 풍월긱을 기드리니／손우희
밧든칰은 팔만즁경 쵸권이냐／흡쥑이예 다문실과 셔왕모의 본도런냐／
좌우에 둘너보니 단쳥도 능난ᄒ고／그림도 휘향ᄒ고 공녁도 그지엽다
／셕아열의 패불괴는 길이도 굉즁히라／왕불압히 달닌경외 소리라도

---

33) 연대사와 청량사는 청량산을 대표하는 절이다. 그런데 〈청양산슈가〉와 〈清凉山유산녹〉
　　에서는 연대사, 연대암이라는 명칭만 언급되고 청량사는 언급되지 않고 있으며, 〈청량산
　　유람가〉에는 청량사만 언급되고 연대사, 연대암은 언급되지 않고 있다. 연대사와 청량사
　　가 여러 문헌에서 혼재되어 쓰이고 있어 연대사와 청량사는 동일한 대상을 지칭하는 이명
　　으로 보기도 하고, 유리보전과 탑이 있는 곳이 연대사이고, 외청양 즉 응진전을 중심으로
　　한 여러 개의 암자를 아우르는 절을 청량사로 보기도 한다. 현재에는 연대사는 없어지고
　　청량사라는 명칭만 있다.
34) 〈청양산슈가〉

청원ᄒ다[35]

(다) 말만들은 청양사야 고통끝에 들어서니/공기도 좋커니와 법당도 화려하다/취성객들 뒤을따라 법당안을 들어가니/수만은 부처들이 칼과창을 마즈들고 네려칠듯 하것만은/정신을 다시차려 세세이 구경하니/말만들은 청양사가 상상과도 딴판일네/절이라곤 처음보나 이만큼 장치된줄 생각조차 못하였네[36]

청량사

청량산 기행가사에서 '절'이라는 공간은 종교적 의미를 벗어나 있다. '신션의 도슐인가 죠화의 ᄌ최런가 괴물도 가지가지 별천지 여긔로다', '말만들은 청양사가 상상과도 딴판일네/절이라곤 처음보나 이만큼 장치된줄 생각조차 못하였네' 등을 통해 연대사나 청량사가 새롭

---

35) 〈淸凉山유산녹〉
36) 〈청량산유람가〉

고 놀라운 경험의 대상으로 인식되고 있음을 확인할 수 있다. 특히 절의 역사적 유래나 건물의 전체적 경관보다는 부처의 다양한 모습을 주목하고 이를 감각적으로 묘사하고 있다. 가사 향유자들에게 청량산이 새로운 인식의 확장을 경험할 수 있는 대상임을 보여준다.

새로운 경험의 대상을 하나하나 뜯어보며 관찰하는 것, 그리고 관찰한 것을 차례차례 가사 작품으로 묘사하는 것은 그 자체가 재미있는 체험이다. 이로써 절구경은 가사 창작자들에게 청량산을 지금껏 경험하지 못한 미지의 경물로 그려낸다. 그리고 이러한 체험은 미지의 대상을 꼼꼼히 살펴보는 재미를 충족하는 경험 확장의 계기로서 의미를 지닌다.

2) 순례의 대상, 존재 확인의 즐거움

양반사대부들은 청량산을 동경하는 성산(聖山)으로 여겼다.[37] 퇴계 선생은 청량산에서 주자를 상기하였고, 이후 양반사대부들은 청량산을 퇴계선생과 동일시하였다. 따라서 그들에게 청량산은 순례의 장소였다.

가사향유자들에게도 청량산은 순례의 장소였다. 그들에게도 역시 청량산은 퇴계선생을 기억하는 공간으로 의미화되고 있다. 그러나 차별적 의미를 좀 더 살펴볼 필요는 있다.

청량산의 순례적 성격을 잘 드러내는 여정은 사실 청량산 육육봉이다. 청량산 육육봉은 일찍이 주자의 무이산과 병치되는 상징성을 지녔고, 퇴계선생의 오가산을 상징하는 대상이었기 때문이다. 청량산 기

---

37) "尋幽越潏壑 歷險穿重嶺 無力足力煩 且喜心期永 此山如高人 獨立懷介耿", 〈遊山書事十二首-登山〉, 『退溪全書』 권2.

행가사에서도 '청냥산 뉵뉵봉은 우리션됴 장구쇠라 츄로지향 명승지예 쥬뷰즈의 무이로다'[38) 라는 구절처럼 그것이 지닌 상징성은 여전하다. 그러나 실제 청량산 기행가사에서 육육봉은 앞서 살핀 바와 같이 경험의 대상으로 설정되어 있다. 그리고 그것이 지녔던 상징성은 가사 작품에서는 청량정사로 대체된다.

청량정사는 퇴계선생이 청량산에 유산(遊山)한 것을 기념하기 위해 후학들이 의논하여 1832년(순조 32)에 건립한 곳이다. 이후 청량정사는 선생의 뜻을 기리는 많은 후학들에게 학문과 수양의 장소가 되었으므로, 그 자체가 퇴계를 상상하고 기릴 수 있는 장소이다. 그런데 가사 향유자들에게 청량정사는 새로운 장소가 된다.

(가) 간신이 올나가니/강흑쇼가 여긔로다/심신이 졍졔ㅎ여/유졍문 도라가니/청냥졍ㅅ 오ㅅ당은/현판이 촌란ㅎ고/이덧ㅎ만손심쳐/졍각도굉걸ㅎ다/독셔ㅎ난쇼년셔싱/일시예 영졉ㅎ니/쳔만뎌 우리집이/즁니죵균 쥬인이리오/표표ㅎ 옹훈씨는/광능쪽죠 졔숨즈ㄹ/빅슈즈친 ㅊㅈ가니/모즈환졍 오쪽ㅎ리[39)

(나) 퇴계할범 강당으로 쉬여가며 차자드니/다리도 아푸거니 마루끝에 걸터안자/사방을 둘러보니 풍파에 시달리어/허술하기 짝이업다/세롭기도 하려니와 무관심치 안으리라 〈중략〉
오든길을 다시거쳐 오산당 올라안자/고금을 상상하니 높으신 우리 선조/오선당 세글자로 옛자쥐는 남아있네/이만회 도라나서 섭섭함을 금할손가[40)

---

38) 〈청양산슈가〉
39) 〈清凉山유샨녹〉
40) 〈청량산유람가〉

(가)〈淸凉山유산녹〉, (나)〈청량산유람가〉모두 청량정사는 중요한
여정이고, 자세히 다루어진다. (나)의 〈청량산유람가〉에서는 회정의
과정에서 다시 청량정사를 들러 감회를 서술하고 있다. 두 작품 모두
에서 청량정사는 가문을 상상하는 장소가 되고 있다. 유산의 양상이나
표기체계 등을 통해 볼 때 두 가사의 창작시기는 거리가 있어 보이는
데, 전자에서 청량정사는 건물 자체가 화려하고 크게 묘사되고 있다.
그리고 그곳은 장차 가문을 이어나갈 집안의 어린 서생들이 글을 읽는
장소이기도 하다. 어린 서생들은 후대에도 가문의 위대함을 면면히
이어나갈 인물들이다. 따라서 이들로부터 환대를 받는 흐뭇한 화자의
모습은 가문에의 번영이 지속될 것임을 의미한다. 여기서 청량정사는
성리학의 거두로서 퇴계선생을 흠모하는 순례가 아닌 가문의 근원을
확인하고 면면히 이어질 가문의 명맥을 상상하는 곳이라는 새로운 의
미를 지니게 된다. 그래서 청량정사는 순례의 대상이면서, 가문의 존
재와 화자 스스로의 정체성을 확인하는 장소가 되는 것이다.[41] 그러나
청량정사의 화려함과 활기는 (나)의 〈청량산유람가〉에 오면 전혀 다
른 양상을 띤다. 풍파에 시달리어 허술하기 짝이 없는 한탄을 자아내
는 공간으로 그려진다. 그러나 화자는 그 모습에서 가문의 쇠락을 읽
어내는 대신 가문의 부흥을 다짐하고, 높으신 선조의 옛 자취를 그려
낸다. 여전히 청량정사는 과거의 영광을 기억하는 장소, 높은 가문을
상상하는 장소가 된다. 그러한 가문 안에서 화자는 '무관심치 않으리
라' 다짐한다. 가문의 영화를 스스로 찾고자 하는 욕심이 담겨 있다.
이러한 다짐과 욕심은 화자를 가문의 일원으로서 자리매김하는 역할
을 하고 있다.

---

41) 최은숙, 앞의 논문, 2013, 512~514쪽 참조.

완물상지 되올셰ㄹ/산슈의 취훈ㅁ암/현허고샹 경계로다/도의ㄹ 구ᄒ랴면/강학소로 ᄎᄌ가ᄌ/빅녹동이 어디민냐/츄월한슈 경ᄌ로다/완보호여 문의들어/현판을 볼작시면/지슉뇨가 동편이오/암셔헌이ㄹ/오가산이 당호더고/청냥경사 밧긔거러/동우도 경쇄ᄒ고/당실이 광명ᄒ다/ᄌ연이 정금위좌/정신을 슈렴ᄒ고/도산쟉영 청냥귀롤/귀귀히 외온후의/요금을 벗겨안아/ᄐ고현 혼곡죠의/청산은 아아ᄒ고 녹슈는 양양이라/산도졀노 수도졀노 산수즁간 나도졀노/비린이 사로지고/금회가 쇄락ᄒ다/옥계금강 됴타홀노/이런경사 쏘잇는가/져긔는 션션굴퇵/여긔는 도학안원/방화슈류졍 명터오/졔월광풍 쥬렴계로/무우츈풍 증졈이라/의미가 무궁훈즁/도덕이 놉하스라/빅운하 놉흔곳의/유퇵이 반반ᄒ다/오홉다 우리션조/금셔십년 ᄒ시커다/경회는 머러시나/풍운이 시롭거라/거연ᄒ 천셕샹의/방황ᄒ고 못가올다/빅셰하 후싱들이/쟝구롤 미옵는 듯/너아니 챵감ᄒ며/뉘아니 흥긔ᄒ리[42]

〈청양산슈가〉에서도 청량정사는 선조를 기억하는 장소로 기능하고 있는데, 여기서 청량정사는 모든 것을 제대로 갖추어 깨끗하고 광명이 넘치는 곳으로 묘사된다. 특히 여기서는 선조의 학문과 아울러 거문고와 노래를 통한 풍류와 흥취가 강조되

청량정사

어 있다. 선조의 덕과 흥은 후손에게 이어질 것이며 이를 생각하는

화자 또한 감회가 새롭고 유람의 분위기는 들뜬다.

이렇게 볼 때 청량산은 양반들의 유산기에서와 마찬가지로 퇴계선생을 흠모하고 상징하는 장소임을 알 수 있다. 가사 작품에서는 특히 청량정사가 대표적인 여정이 되고 있었다. 그러나 청량정사는 원래 그것이 가진 학문적 성소로서의 장소라기보다는 위대한 가문의 존재와 그 속에서 자신의 존재를 확인하는 장소가 되었음을 확인할 수 있다.

이처럼 존재에 대한 확인과 고민의 모습은 또 다른 순례지인 김생굴과 김생암터, 총명수 등의 역사적 인물과 연관된 여정을 통해서도 나타난다. 김생굴은 김생의 글씨수련과 관련한 대표적인 유적이다. 권호문의 「유청량산록」에 따르면 김생이 청량산과 인접한 마을인 재산(才山)에서 출생하여 경일봉 아래 있는 암굴에 은거하면서 글씨를 연마하여 명필이 되었다는 기록이 있다.[43] 뿐만 아니라 김생의 글공부와 관련한 이야기는 글씨와 길쌈을 겨루었다는 전설로도 전승되고 있어 청량산에서 김생굴은 중요한 역사적 순례지이다. 총명수는 암벽 사이에 맑은 샘이 솟아 나오는 데 돌 위에 가득 고여 있으며, 전설에 따르면 최고운이 이 물을 마시고 더욱 총명해져서 이름을 짓게 되었다고 한다.[44] 총명수와 치원대(고은대) 모두 최치원에 관한 이야기를 담고 있다. 기사작품에서 이들은 어떤 공간으로 인식되고 있는지 살펴보자.

어풍딘를 올나가니 김싱굴이 져게로다/셕상의 뜻난폭포 베로무리 쳥쳥ᄒ고/ᄉ면의 나무입흔 글시빗치 어리엿고/상람은 젹막ᄒ고 일홈

---

43) 권호문, 「유청량산록」, 경오년(1570년, 선조 3) 11월 29일.

44) 이세택 편, 이이순 중수, 『청량지』의 내용 참조, (청량산산박물관, 『청량산 역사와 문화를 담다』, 161쪽 재인용).

만 머물엇다/천만중 절벽우예 호구비롤 도라가니/하만흔 셕혈중의 총
명슈가 이상ᄒᄃ/머릴랄 구푸리고 갈혼입에 먹어보니/정신이 씨씃ᄒ
고 총명이 더욱잇다/그엽히 풍혈더는 바람소리 졀로ᄂ니/심신이 셔느
럿코 비린이 ᄉ라진다/이전붓허 이날쪄지 몃ᄉ람이 지니던고/산쳔은
불변ᄒ고 셰월만 달ᄂᆞ스니/회포인난 ᄉ람드련 눈무리 졀노날싀/소상
강 아황녀영 아른곳은 못밧스리/안긔싱관 젹숑ᄌ난 치약ᄒ로 어듸간
고/츄풍은 소슬ᄒ고 인간이 묘연ᄒ다[45]

공부에 대한 정진과 노력
을 강조하고 있다는 점에서
이 두 인물은 청량산의 상징
적 이미지를 형성하는데 중
요한 역할을 해 왔다. 그런
데 가사 작품에서 이 둘은 세
월의 흐름과 존재에 대한 고
민을 떠올리게 하는 곳으로
바뀐다. 김생굴은 다만 이름

총명수

만 남아있는 적막한 공간으로 바뀌었고, 총명수는 정신을 깨끗하게
하고 심신을 서늘하게 하는 제재로 변하였을 뿐 최치원과 연결되지
않는다. 그리고 김생굴과 총명수[46]는 풍혈대의 바람과 연결되면서 세
월의 무색함을 느끼게 하면서, 사람들의 회포를 자극하는 대상으로
바뀐다. '회포인난 ᄉ람드련 눈무리 졀노날싀'라는 표현은 이를 단적
으로 표현한다. 이러한 양상은 〈청양산슈가〉에서도 확인할 수 있다.

---

45) 〈淸凉山유산녹〉
46) 앞서 살폈지만 치원대(고운대)는 총명수와 아주 가까이 있으나 가사 작품 치원대(고운
　　대)는 거의 언급되지 못한다.

일월이 광화ᄒ고/삼층무운 금탑봉은/억만년 도탈이라/초은더 구경호후/김싱굴 ᄎᄌ가니/주인은 젹막ᄒ고/유허만 완연ᄒ다/무단ᄒ 빅일쳥쳔/져비가 어인비고/교룡이 물얼쑴어/쥬옥이 분분ᄒ다/여산의 폭포런가[47]

'김싱굴 ᄎᄌ가니 주인은 젹막ᄒ고 유허만 완연ᄒ다'를 상투적 表現으로 이해할 수도 있으나 역사적 인물을 통해 시간의 흐름을 깨닫고 시간 앞에 유한한 인간 존재를 떠올린다는 점에서 이 부분은 청량산이 순례의 대상이면서 그 속에서 스스로를 재인식하게 만드는 공간이 되고 있음을 보여준다.

청량산이 퇴계선생의 산이자 양반사대부 스스로 자신들의 정체성을 확인하는 장소였듯이, 가사 작품 향유자들에게도 청량산은 퇴계선생의 후손으로서 가문을 상상하고 그 속에서 자신들의 정체성을 확인하는 장소였다. 전자의 경우 '청량산육육봉'이 그런 상징적 역할을 하였다면 후자의 경우는 청량정사가 그런 역할을 하고 있다. 때로는 자부심으로, 때로는 안타까움으로 퇴계선생으로 상상되는 가문과 자신을 등치시킴으로써 존재를 확인하는 방식이다. 이러한 존재확인의 순례는 김생굴이나 총명수 같은 역사적 인물과 관련된 장소를 대할 때도 마찬가지이다. 김생굴이나 총명수는 김생이나 최치원과 같은 역사적 인물을 이야기하는 대신 같은 공간을 공유하지만 서로 만날 수 없는 인물들과의 시간적 거리를 떠올리게 하는 장소이다. 그 장소에서 화자는 시간 앞에 무한할 수 없는 인간 존재를 새삼 깨닫게 되는 것이다.

---

47) 〈청양산슈가〉

5. 결론

양반사대부의 한시나 유산기에서 청량산은 퇴계선생의 산이자 학문을 닦는 선비들의 성소(聖所)였다. 이러한 성소로서의 청량산은 가사 작품에서도 그 구심을 그대로 발휘한다. 최소한 청량산 유산의 동기에서는 그 구심이 충실히 반영된다. 그러나 가사 작품에서 퇴계선생은 가문의 선조로 치환되며 청량산의 의미와 청량산 유산체험의 의미는 조금씩 달라진다.

본고는 청량산 유산을 다룬 가사 작품인 〈청양산슈가〉, 〈청량산유산가〉, 〈淸凉山유샨녹〉을 통해 이러한 의미전환의 양상을 살피고자 하였다. 그러기 위해 기존 논의에서 상세히 다루지 못한 작품의 현황을 다시 살피고, 유산체험의 양상과 의미를 재조명하였다.

〈청양산슈가〉를 다시 살핌으로써 이들을 모두 여성이라는 젠더적 시각으로 조망할 수 없음을 밝혔고, 기존 연구에서 주목하지 못했던 〈淸凉山유샨녹〉을 본격적인 논의의 대상으로 포함시켰다. 그리고 이들을 대상으로 청량산 유산의 동기와 여정의 특징을 고찰하였다.

청량산 유산의 동기를 통해 이들에게 청량산은 응당 한번은 올라야 할 당위의 공간이었음을 알았다. 여기서 청량산은 여행이나 관광의 대상이라기보다는 자신의 뿌리를 확인하는 즐거운 순례의 과정임을 밝혔다. 또한 청량산 유산의 주요 여정은 연대사(연대암)와 청량사, 응진전으로 대표되는 절, 청량정사, 어풍대, 총명수, 김생굴 등으로 대표되는 역사적 공간, 그리고 청량산 육육봉으로 상징되는 산봉우리였다. 이들 여정은 양반사대부 유산기와 일치하는 점도 있지만, 다소 차이를 보임을 확인하였다. 이는 시대의 흐름에 따른 차이도 있지만 향유자의 관심에 따른 차이에서 비롯된 것으로 보인다.

  마지막으로 가사 작품을 통해 새롭게 구성되는 청량산의 장소성과 유산체험의 의미를 살폈다. 이는 가사 작품에서 청량산을 경험하는 방식이면서 또한 유산체험을 통해 새롭게 생긴 의미이기도 하다. 가사 작품에서 청량산은 가문과 지역을 상상하는 장소였다. 그래서 청량산을 순례한다는 것은 곧 자신의 존재를 확인하고 또 미처 깨닫지 못했던 인간 존재의 유한성을 알아차리는 과정이었다. 한편 청량산은 미지의 경물이기도 했다. 그래서 미지의 경물로서 청량산을 체험한다는 것은 그동안 알지 못했던 새로운 세계를 만나고 인식의 확장을 이루어가는 경이로운 과정이었다. 그래서 청량산 유산을 마치고 돌아가는 이들에게 이러한 과정은 청량산을 되돌아보도록 하고, 가사짓기를 통해 그 즐거움을 다시 만끽하게 하였다.

  이상의 논의는 청량산 유산체험을 담은 영남지역 기행 가사 작품의 의의를 다시 확인하게 되는 기회가 되었을 뿐 아니라 그동안 유산기나 한시 등을 통해서만 조명되었던 청량산이라는 문화공간의 장소성 및 의미화에 새로운 보탬이 될 것이라 본다. 장소는 끊임없이 그 의미가 새롭게 구성되고 실천된다. 청량산도 마찬가지이다.

가야산 기행가사의 작품 양상과 표현방식

1. 서론

본고는 가야산 기행가사의 작품 존재 양상과 여행체험의 표현 방식을 살펴, 당대 가야산 체험의 의미를 더욱 부각시키고, 작품의 기행문학적 특성을 밝히고자 한다.

영남지역 기행가사의 중요한 특징 중 하나는 유산(遊山)의 경험을 다룬 규방가사가 많다는 것이다. 청량산을 모티프로 한 〈청량산유산록〉·〈청양산수가〉·〈청양산유람가〉, 주왕산을 모티프로 한 〈주왕류람가〉·〈쥬왕산유람간곡〉·〈슈곡가라〉, 금오산을 모티프로 한 〈금오산치미졍유람가〉, 경남 송비산을 모티프로 한 〈송비산가〉 등이 대표적이다. 이들 작품은 양반사대부의 유산(遊山)의 전통을 공유하면서도 작품에 나타난 특성과 지향은 이질적 양상을 띠어 지역문화의 다층성을 이해하는 데 중요한 단서가 된다.[1]

---

1) 이들에 대한 주목은 그동안 몇 작품을 대상으로 한 개별 작품 해제 수준으로 진행되어
왔다. 구체적인 연구 성과는 다음과 같다.
　김기영, 「청량산의 시가문학적 형상화와 그 의미」, 『충청문화연구』 창간호, 충청문화연
구소, 2008.6, 103~124쪽; 이수진, 「새로운 가사작품 〈송비산가〉에 대하여」, 『동양고전
연구』, 동양고전학회, 2011, 107~130쪽.
　이들 작품은 최은숙에 의해 '영남지역 기행가사'라는 범주로 새롭게 논의되었으며, 작품

가야산을 모티프로 한 작품을 찾아보면 〈히인사유람ㄱ〉·〈가야희인곡〉·〈가야해인곡〉·〈가야산해인가〉·〈계묘년여행기〉·〈우믹가〉 등이 있다. 이들에 대한 독립적 고찰이 필요한데 그 이유는 다음과 같다. 첫째, 유산(遊山)의 체험을 다룬 영남지역의 다른 기행가사의 여행지가 화자의 거주지 부근에 있는 데 비해, 가야산 체험을 다룬 작품들은 화자의 거주지를 벗어나 있다는 점이다. 유산(遊山)의 범위와 의미의 차별성을 추측할 수 있어 주목된다. 둘째, 이들 중 〈히인사유람ㄱ〉는 1930년대 작품으로 작자가 밝혀져 있어 특정시기와 지역의 가사향유와 연관 지어 이해하는 데 도움이 될 수 있다. 셋째, 이들 작품이 여성에 의한 한글 창작 문학이라는 점이다. 가야산은 양반사대부의 유산록및 관련 한시 창작의 중요한 모티프로 많이 활용되어 왔고 이에 대한연구가 주를 이루어왔다. 이런 상황에서 여성에 의한 한글 창작의 기행가사는 가야산의 문화적 의미를 더욱 부각시켜 줄 수 있을 것이다.

이러한 점에 주목하여 본고는 먼저 가야산 기행가사의 작품 존재양상을 먼저 정리하고, 이를 통해 가야산 기행의 특징적 양상을 살핀후, 그 표현방식을 분석하여 작품의 의의를 밝히도록 할 것이다.

2. 작품 존재 양상과 여행의 특성

가야산을 유람하고 쓴 기행가사 작품으로 〈히인사유람ㄱ〉·〈가야희인곡〉·〈가야해인곡〉·〈가야산해인가〉·〈계묘년여행기〉·〈우믹가〉 등이 있다. 먼저 이들의 작품 존재 양상에 대해 살피도록 하자. 이를

존재양상과 특성에 대한 고찰을 통해 본격적인 논의의 대상이 되었다.

위해 먼저 텍스트 현황을 살피고, 텍스트의 내용을 바탕으로 작품에 나타난 여행의 양상과 특성에 대해 확인하기로 한다.

〈희인사유람ㄱ〉는 김일근에 의해 처음 텍스트가 소개되어[2] 임기중의 『한국역대가사문학주해연구』에 두 편으로 나뉘어 실려 있다. 작자와 창작연대를 추정할 수 있는 텍스트로서 주목을 요한다.

기존 논의는 작자로 정효리(1879~1949), 창작연대는 1934년으로 추정하였다. 이는 작품 말미에 기록된 "갑술사월팔일 하동정효리작"에 근거한 것이다. 그러나 텍스트 내용을 참조하면, 작자는 하동 정씨 성을 지닌 고향이 효리마을인 여성으로 보아야 한다.[3] 그리고 텍스트가 두 부분으로 나뉘어 있어 마치 다른 작품인 것처럼 보이지만, 동일한 창작자에 의한 하나의 작품이다.[4] 앞부분은 가야산까지의 여정을 서술한 것이고 뒷부분은 가야산과 해인사 관람기를 서술한 것이다. 해인사를 포함한 가야산 전체 여정이 상세히 드러나 있으며 그 감상도 충실히 나타나 있어 다른 작품에 비해 문학적 성취가 높고, 자세한 여정이 드러난 것이 특징이다.

〈가야희인곡〉은 작자 창작연대 미상의 작품이다.[5] 작품의 내용을 통해 친정이 성주인 여성이 친족들과 함께 가야산 유람을 하고 창작한 것임을 짐작할 수 있다. 표기방법을 살펴보면 'ㆍ'와 'ㅆ' 등이 그대로 쓰이고 있어 〈계묘년여행기〉보다는 창작시기가 앞서 있다고 볼 수 있

---

2) 김일근, 「희인사유람ㄱ」, 『文浩』 2. 건국대학교국어국문학회, 1962.2.

3) 작품의 본문에 함양 효리마을을 고향산천이라 밝혀 놓았다.

4) 텍스트 내용을 참고하면 이 작품은 효리마을에서 시집온 정씨부인이 시댁 친족들과 가야산 유람을 하고 쓴 가사이다. 친정에 대한 자부심이 강하게 드러난 것이 특징이다.

5) 〈가야희인곡〉은 두루마리에 순국문 표기로 이 작품만이 필사되어 있으며, 원전의 크기는 465×27cm이다. 박순호 소장본으로 한국가사문학관(http://www.gasa.go.kr/)에 텍스트와 해제가 소개되어 있다.

다. 이 작품은 여러 사람에 의해 필사되어 전승되어 왔다는 특징이 있다. 이들은 각각 〈가야해인곡〉[6], 〈가야산해인가〉[7] 등 차별적인 제목을 지니고 있으나 각 내용을 대조해 본 결과 전반적인 내용은 거의 동일하다. 하나의 모본을 그대로 필사하거나 분량을 조절하여 다시 쓴 것으로 보인다.

이러한 사실은 기행가사가 화자의 직접적 체험을 담고 있기도 하지만 필사를 통해 간접적 경험을 공유하려는 욕구에 의해서도 유통되었음을 보여준다. 특히 청량산을 비롯한 다른 유람의 경험을 다른 작품에 비해 가야산 유람에 대한 가사가 많이 필사되었다는 점은 가야산 유람이 특히 매력적으로 여겨졌다는 것을 의미한다. 그 원인을 밝힐 수 있는 직접적 자료는 없다. 그러나 당대 신문 자료를 검토해 본 결과 1935년을 기점으로 가야산과 해인사가 유람을 위한 명승지로 새롭게 떠오르고 있었고[8] 1965년 해인사 일원 30여 만 평 사적이 명승지로 지정되면서 가야산 해인사는 영남 지역 여성들에게 근대적 교통수단을 경험하면서도 큰 부담 없이 여행할 수 있는 적절한 명소가 된 것으로 보인다.

가야산 유람이 단체 관광의 성격을 띤 정황을 바로 확인할 수 있는 텍스트가 바로 〈계묘년여행기〉[9]이다. 〈계묘년여행기〉는 1963년 4월 안동 용문면 금당실 동네 부인들이 점촌-상주-성주-해인사-직지사 여행의 경험을 쓴 가사인데, 작품의 전체 비중을 차지하는 것은

---

6) 〈가야해인곡〉 역시 한국가사문학관에 소장된 미해제 한글 가사이다. 원전의 크기는 450×25cm이며, 구정길 소장본이다.

7) 이정옥, 『영남내방가사』, 국학자료원, 2003, 282~290쪽.

8) 동아일보 기사검색에서 '가야산'을 키워드로 검색한 결과 가야산 유람과 관련한 기사가 1935년 이후 급증하고 있음을 확인할 수 있다. 대표적인 것만 제시하면 다음과 같다.

가야산 해인사 유람에 관한 것이다. 앞의 두 작품의 주요 모티프가
그대로 담겨 있으면서도 가벼운 감상과 '문화주택' 등 현대적 관람 대
상에 대한 언급이 들어있어 변화된 여행에의 욕구와 형태를 짐작할
수 있다.

〈계묘년여행기〉는 직지사로 떠나면서 작품이 종결되고 있다. 그런
데 〈계묘년여행기〉의 마지막 부분을 일부 개작하여 다시 쓴 작품이
있다. 바로 〈우믜가〉인데, 기존의 작품 해제에서는 작품 속에 두서업
는 단문으로 '소풍노래 지엇시나/지어노코 싱각하니 일변으로 북그
럽소/여러친우 보신후에 비소나 하지마오'와 같이 자신의 글에 대한
겸양의 표현이 있어 이를 '우민가(愚民歌)'의 오기로 보기도 한다.[10] 각
여정을 빠르고 간략하게 언급한 후 작품 창작에 대한 동기와 의미를
덧붙이고 있다. 〈계묘년여행기〉의 창작시기 및 일부 내용과 서술이
일치한다. 표기형태로 보아 〈우믜가〉는 'ㆍ'의 표기가 엿보이고 〈계묘

날짜	기사 제목
1936.6.6	명승고적순례 고색창연의 옛자리 내객왕만 격증 가야한 해인사 등등
1937.7.8	가야산에 있는 농산정(사진)
1939.12.3	경부선편-해인사행(1)
1939.12.8~12.10	산중잡기-가야산
1939.12.10	경부선편-해인사행(2)
1939.12.17	경부선편-해인사행(3)
1940.2.4	경부선편-해인사행(4)
1940.2.11	경부선편-해인사행(5)
1948.10.10	해인사 가야산 탐방 모집
1956.12.17	이대 산악부 가야산 답사
1957.2.11	이대 산악부 사진전(가야산)
1958.7.24	가야산, 해인사 소개
1959.10.19	명승고찰 중부순례 해인사와 법주사
1962.4.12	가야산 해인사 벚꽃놀이회
1965.5.14	해인사일원 30여 만 평 사적 명승지로 지정

9) 임기중, 『한국역대가사문학집성』, 아세아문화사, 2007.

10) 한국가사문학관(http://www.gasa.go.kr/), 〈우믜가〉 해제 참조.

년여행기〉는 그렇지 않은 것으로 보아 〈우밈가〉를 선행 작품으로 볼 수도 있지만, 둘 다 '계묘년'에 창작되었음을 명시하고 있고, 이를 동일한 1963년으로 본다면 두 작품 또한 이본관계로 볼 수 있다.

이러한 양상은 앞에서 살핀 〈가야해인곡〉과 〈가야희인곡〉과의 관계에서도 엿볼 수 있는 상황으로 가사창작이 특정 작가의 개별적 작품 생산의 차원보다는 경험을 공유하고자 하는 필사의 전통에 의한 것이라 추정할 수 있다. 실제 텍스트 안에서 '이번소풍 다녀온일 후일에나 기렴하기 두서 업난 단문으로 소풍노래 지엇스나 지여 놋코 생각하니 일변으로 부끄럽소 여러친우 보신 후에 미소나 하지마소 눈가는데 보시고서 서로서로 수정하여 후일에 두고보면 이도 쏘한 기렴되오'라는 표현이 있는데 바로 공동 필사의 상황[11]을 짐작하게 하는 부분이다.

이상으로 영남지역 기행가사 가운데 '가야산'을 모티프로 한 작품의 존재양상을 개별 작품을 중심으로 살펴보았다. 가야산 기행가사에 속하는 대표적 작품으로는 〈희인사유람ㄱ〉·〈가야희인곡〉·〈계묘년여행기〉 등이 있으며, 이들과 관련한 각편으로 〈가야해인곡〉·〈가야산해인가〉·〈우밈가〉 등이 있다.

창작시기를 보면 〈희인사유람ㄱ〉가 1930년대 중반 작품이고, 〈계묘년여행기〉가 1963년 작품으로 두 작품을 통해 양반사대부의 가야산 유람과 별도로 1930년대 중반 이후 가야산이 새로운 명승지로 부각되고 교통이 발달하면서 여성들을 위한 새로운 유람의 공간이 되었음을 확인할 수 있다.

---

11) 여기서 '공동필사의 상황'이라고 한 것은 기행가사의 창작이 독창성을 중시한 개인의 작품으로서 여겨진다기보다는 여행지에 대한 사실적 기록과 그 경험을 함께 나누고자 하는 욕구에서 가사를 창작하고 필사했음을 말하는 것이다. 이는 동일한 여행지를 경험한 이들 사이에서 얼마든지 텍스트를 수정하여 다시 필사될 수 있다는 가능성을 열어두는 것이고, 가사의 필사 자체가 여행의 간접체험의 기회가 될 수 있다는 것을 말하는 것이다.

　또한 하나의 작품과 관련된 몇 편의 각편이 함께 생산되고 필사되었다는 사실을 통해 여행의 직접적 체험뿐 아니라 필사를 통한 간접적 체험의 공유가 이루어졌음을 짐작할 수 있다. 이상의 내용을 도표로 정리하면 다음과 같다.

작품명	히인사유람ㄱ	가야희인곡	계묘년여행기
각 편		가야해인곡 가야산해인가	우림가
창작시기	1934년	미상	1963년
작자 및 필사자	효리 출신 하동 정씨부인	상주 윤동 출신의 여성	안동 용문면 금당실 여성

　한편 이들 작품에 나타난 여행의 양상과 특성에 대해 살피도록 하자. 이를 위해 각 작품의 동기 및 목적, 동반 인원, 여정, 이동수단, 특징 등을 정리해 보면 다음과 같다.

작품명	히인사유람ㄱ	가야희인곡	계묘년여행기
동기 및 목적	명산대찰 구경	산수경치 사찰구경	소풍놀이
동반 인원	제종숙질 동촌우인 8명	6명에서 출발 성주에서 친구 합세 최종 11명	동리 부인 53명
여정	유림동-함양읍-사근역-남계서원-개평촌-거평-남호리-상박평-안의읍-거창-합천 부자정-합천읍-안성촌-화양동-홍유동구-만폭동-농산정-홍유동-약천-홍도여관-해인사-(구광루,보광전,장경각)-여관-국일암, 홍유동구-거창-안의함양-팔양골 (2박 3일)	성주읍-윤동-홍유동-홍유정-해인사(장판각,승방,암자)-숙소-귀로 (1박 2일)	안동-점촌-상주-금천읍-성주-해인사(대적광전, 팔만대장경각)-학사대-원앙암-삼선암-백년암-용문폭포-홍제암-시내 일박-문화주택구경-직지사-귀가 (1박 2일)

이동 수단	자동차	도보	버스
특징	충실한 여정, 풍부한 감상, 목적지까지의 여정이 자세함	홍유동과 해인사에 여정 집중, 풍부한 감상	놀이적 성격 강화 단체관광의 성격 빠른 전개

　여행의 동기나 목적은 대부분 '명산 대찰 구경'이라는 놀이적 성격을 가진다. 그리고 이 부분에 대한 서술은 공통적으로 여행의 타당성을 강조하는 데 비중이 두어져 있다. 여성의 여행체험이 보편화된 상황이 아니었으므로 이에 대한 서술은 각 작품에서 빠지지 않는다.

　(가) 어와우리 친구드라 이니말삼 드러보소/광디무궁 천지간에 초로갓탄 부유인싱/청춘힝낙 언제던고 수유빅발 가소룹다/우산에 겡공누와 분수에 추풍곡은/고금인정 일반이라 하물며 여자몸이/농중에 갓친시라 규범니칙 쏜을바다/빈게신명 드러와서 적인동부 사십연에/동동촉촉 조심이야 일시에 노홀손가/봉양구고 진셩ㅎ며 싱순군자 더어렵소/봉사접빈 쩌쩌마당 주사고임 오작ㅎ며/싱남싱여 길울적에 그고싱이 엇더홀고/소슬금풍 침선방에 잠훈정 편이자며/만화방창 꼿시절에 징졈풍욕 ㅎ야밧소/차호라 여자소임 가지가지 심졍나네/세월이 약유파라 녹빈홍안 언제던고/소소빈발 헛뿌도다 제부제아 현철ㅎ야/치산고역 막겨시니 함니농손 우리들은/마황후으 신세로다 기골풍영 강건홀제/명산디찰 귀경ㅎ시 팔도명산 살피보니 〈후략〉[12]

　(나) 지금은 옛과달라 남존여비 구별없서/규중에 여자몸도 자유를 부르짓저/이십세계 우리들도 객지소풍 여사라래/차창을 내다보니 보이난가 구경일세[13]

---

12) 〈히인사유람ㄱ〉
13) 〈계묘년여행기〉

창작 시기를 보면, (가)는 1930년대 중반이고, (나)는 1960년대 중반이다. 따라서 여행의 타당성을 주장하는 방법에는 차이가 있다. (가)에서는 여성으로서 맡은 소임을 충실히 수행한 것에 대한 보상차원에서 여행이 필요한 것임을 강조하였고, (나)에서는 남녀평등과 자유라는 20세기 근대적 담론에 부응하여 여행이 필요한 것임을 강조하였다. 시대적 분위기의 차이 때문에 여행의 타당성을 강조하는 방식이나 분량 상 비중이 다르다.

그러나 이들의 여행은 어느 정도 연륜을 갖춘 후에나 가능한 것이었다는 점에서는 동일하다. '팔양골을 후여드니 유흔현숙 나으제부 만금 기화 여러손자 도자에 비영ㅎ니', '석반상을 밧나놓고 다시한번 기도하되' 등의 표현이 이를 직접적으로 말해준다. 한편 이러한 양상은 〈청량산유산록〉 등의 다른 작품과는 다른 양상이다. 〈청양산유산록〉 등은 주로 선조를 추모하는 동기에서 출발하는 것이 보통이다.

청냥산 육육봉은 우리선조 장구쇠라／구경가ᄌ 구경가ᄌ 션현추쵹 구경가자[14]

만구명구 션조유측 청량산／문중시ᄃ 회ᄌᄒ고 남녀노소 흠모하니／너비록 여ᄌᄅ도 ᄒ번구경 원일너ᄅ[15]

이상 작품에서 유람은 문중 모임이나 놀이를 통해 자신의 존재감을 확인하고 관계성을 추구하는 화전가의 성격과 닮아 있다.[16] 그러나

---

14) 〈청양산수가〉
15) 〈청량산유산록〉
16) 최은숙, 「〈화전가〉에 나타난 자연인식양상과 시적 활용방식」, 『한국고전연성문학연구』, 한국고전여성문학회, 2013.6, 241~242쪽.

가야산 기행가사에서 행해진 유람은 놀이성이 강화되어 있고, 관람의 성격이 짙다.

이렇게 볼 때 가야산 체험은 거주지 중심의 유산(遊山)과 비교해 그 성격이 다르다는 것을 확인할 수 있다. 적어도 1930년대에 이르면 전통적 사회의 여성들 또한 문중놀이와는 다른 새로운 성격의 유람을 하게 되었고, 가야산은 이러한 체험의 적절한 대상으로 인식되고 있었음을 알 수 있다.

이상과 같은 성격은 이들 작품의 여행 규모 및 이동 수단과도 밀접한 관련이 있다.[17] 가야산 기행가사만 보더라도 〈가야희인곡〉과 〈계묘년여행기〉는 많은 차이가 있다. 〈가야희인곡〉은 약 10여 명 수준의 중소 규모 여행이고 〈계묘년여행기〉는 50여 명의 큰 규모의 여행이다. 그리고 〈가야희인곡〉이 도보로 이동한데 비해 〈계묘년여행기〉는 버스로 이동하고 있다. 따라서 〈가야희인곡〉은 여행지가 가야산에 제한되어 있지만, 〈계묘년여행기〉는 몇 개의 다른 지역으로 여정이 더욱 확장된다.[18]

(가) 어와우리 벗님너야 우리들도 노라보식/오러두고 경영하든 가야희인 구경하세/칠십노구 압시우고 죽장집고 망혀신고/여섯동힝 작반ᄒ니 우풍유 가관일세/씨는마참 모츈삼월 바람말고 희가길다/널고

---

17) 특히 근대적 이동수단은 여행 목적이나 여정뿐 아니라 여행의 성격에도 많은 변화를 가져온다. 이에 대해서는 장정수, 「20세기 기행가사의 창작배경과 작품세계」, 『어문논집』 47, 민족어문학회, 2003, 415~447쪽. 최근 들어 20세기 이후 창작된 기행가사에 대한 연구가 활발히 진행되고 있는데, 특히 이들은 여성들의 놀이와 삶을 통시적으로 조망할 수 있다는 문화사적 의의를 지닌다. 〈계묘년여행기〉 등의 작품도 이러한 측면에서 주목할 만한 작품이다.
18) 〈계묘년여행기〉의 경우 작품의 주요 내용은 가야산 해인사이지만 이동수단의 성격상 점촌과 상주 구미 등 다양한 지역을 여정으로 한다.

푸른 들판우이 초록지비 나라들지/낙화편편 헛터져서 바람짜라 춤을
추니/말고푸른 반공중의 종달식가 놉히쩔지/먼디산의 아주랑이 가물
가물 사라진다/버들장막 깁흔속의 노리하너 져쬐고리/져의동무 그리
온가 환유셩아 분명ᄒᆞ다/밋쳔바람 부지말나 빅셜갓튼 보들긔지/늘근
것도 셜짜커늘 무삼일노 더러트려/허공주쳔 면면고디 지향업시 보닐
것가/간곳마다 흥이나니 나물킈난 아히들의/곡조한 버들피리 봄노러
가 경영ᄒᆞ다/홍쳬조흔 우리일힝 노리하며 우슴웃고/압셔가며 되셔거
니 피곤함을 이즐너라/압희가난 저친구야 추군추군 쇠야가싀/되의오
난 이동모야 다리힘을 올려주긔/성주읍을 지너셜지 동원겻헤 놉흔지
실/시딕셰죠 성산군이 춘추지향 차리나니/수수쳔만 만은자손 쳠묘ᄒᆞ
난 자리로다[19]

(나) 화살갓치 **빠른차**는 하마벌서 졈촌지나/상주읍을 잠간보고 그
곳을 출발하여/금쳔읍을 다달아서 조반을 마친후에/행열을 정돈하고
여장을 다시곤쳐/또다시 차에올라 성주땅 다달으니/해인사가 어디든
고 가야산이 여기로다[20]

위의 예를 통해 여행의 규모와 이동수단의 변화는 그 성격뿐 아니라
작품의 서술방식에도 변화를 가져온다는 것을 알 수 있다. (가)〈가야
희인곡〉은 하나의 대상에 대한 주체적 탐색을 바탕으로 하여 자세한
묘사와 풍부한 감상이 드러난다. 여정과 여정이 자연스럽게 연결되어
있고 그 과정 또한 자세히 드러나 있다. 그런데 (나)〈계묘년여행기〉는
주어진 경관에 대한 즉시적 대응과 여정 중심의 빠른 전개를 보인다.
목적지까지의 여정이 단절적으로 제시되고 과정에 대한 고려는 없다.
20세기 근대적 여행 체험의 전형적 모습을 확인할 수 있다.[21]

---

19) 〈가야희인곡〉
20) 〈계묘년여행기〉

이상의 내용을 통해 가야산 기행가사에 나타난 여행의 특성을 확인할 수 있었다. 여행의 목적은 명산대천 구경을 위한 것이었고, 시대적 차이는 있으나 집안에서 어느 정도 연륜을 쌓은 후에 행해졌음을 알 수 있다. 이는 가야산이 거주지에서 다소의 거리가 있거나 친정과 가까이 있어 쉽게 갈 수 없는 곳이었다는 점에 기인한다. 유산(遊山)의 체험을 다룬 영남 지역 다른 기행가사와 차별되는 지점이다.

한편 〈희인사유람ㄱ〉, 〈가야희인곡〉, 〈계묘년여행기〉는 각기 여정의 양상과 표현상 특성이 약간씩 다른데, 이는 시대적 변화와 더불어 여행의 규모 및 이동수단과 밀접한 관련이 있음을 알 수 있었다. 〈계묘년여행기〉는 여행의 규모가 커지고 근대적 이동수단이 동원되면서 주어진 경관에 대한 즉시적 대응과 여정 중심의 빠른 전개가 작품의 특성으로 이어진다는 것을 확인할 수 있는 예이다.

이렇게 볼 때 가야산 기행가사는 청량산이나 금오산 유산과 궤를 같이하면서도 이들에서 찾을 수 없었던 차별적인 여행의 양상을 보여준다는 점에서 좀 더 자세한 접근이 필요한 작품이다.

3. 여행 체험의 표현 방식

조선시대에 가야산은 많은 유학자와 문인들이 산수를 즐기던 곳이었다. 이들은 최치원의 행적을 흠모하고 가야산의 절경을 기리는 시문과 유산록을 많이 남겼다.[22] 기존의 연구를 참고하면 이들 작품에는

---

21) 장정수, 앞의 논문, 2004, 117~145쪽.

22) 가야산은 조선시대 문인들이 가장 선호하던 유람처였다. 현재 전해지는 가야산 유산록은 약 50여 편에 이른다(정우락, 「조선중기 강안지역의 문학활동과 그 성격」, 『한국학논

가야산의 홍류동과 해인사가 주된 모티프로 나타난다. 이 중 홍류동은 최치원과 연관되면서 선동(仙洞) 혹은 무릉도원으로 표현되고 있으며, 해인사 또한 주변의 신비로운 풍경과 함께 언급되어 안양세계(安養世界)의 안온함을 상징하고 있다. 성글게 말해 양반사대부문학에서 가야산은 신비로운 선경의 세계로 그려지고 있다고 할 수 있다.[23]

가야산 기행가사 또한 홍유동과 해인사를 주된 탐방지로 삼고 있으며 홍유동이 최치원과 연결되어 있어 가야산에 대한 선험적 이해는 동일하다고 보인다. 그러나 창작주체, 필사방식, 작품 창작의 문법, 여행의 형태 변화 등으로 인해 작품에 나타난 여행체험의 표현 방식은 변별적이다. 텍스트를 대상으로 이에 대해 구체적으로 살핌으로써 이들 작품의 기행문학적 특징을 고찰하도록 하자.

1) 역사적 인물의 상징적 환기

양반사대부의 유산문학에서 공간을 상기하는 가장 보편적인 방식이 바로 추모의 대상이 되는 인물과 연결하는 방식이다. 청량산은 이황과, 금오산은 길재와 가야산은 최치원과 연결하는 것이 대표적인 예이다. 양반사대부에게 이러한 방식은 유람의 이유와 목적에 해당했다. 영남지역 기행가사에도 공간을 인물과 연결하는 방식은 그대로 나타난다. 그러나 그 인물은 가문의 선조로 대체된다. 이로써 도학추구라는 이념적 공간은 선대 추모를 통한 가문의식을 확인하는 공간으로 변모된다.[24] 이러한 방식은 가야산 기행가사에도 그대로 재현된다.

집』 40, 계명대한국학연구원, 2010, 229쪽).

23) 이 점은 청량산이 이황과 연관되면서 도학추구의 공간으로, 금오산이 백이숙제와 관련되면서 절의의 공간으로 표상되는 양상과 변별되는 지점이라 할 수 있다.

24) 최은숙, 앞의 논문, 2013.12, 511~519쪽 참조.

성주읍을 지닉셜지 동원겻혜 놉혼지실/시됙셰조 셩산군의 춘추지향
차리나니/수수천만 만은자손 쳠모하눈 자리로다[25]

〈가야희인곡〉에서 목적지를 향해가는 도중 만나게 된 성주읍에 대
한 서술이다. 성주읍은 높은 재실이 대표하고 그 높은 재실은 바로
시댁시조인 성산군과 연결된다. 그곳은 오랜 세월 자손들이 추모하는
공간이다. 이로써 가야산은 화자의 가문에의 소속감을 확인하는 공간
이 된다. 이처럼 공간과 인물을 연결하여 여정을 나열하는 방식은 다
른 작품에서도 두루 나타나는 현상이다.

취연이담밀ᄒ야 게문여수 방불ᄒ야/십이천변 역역ᄒ고 창연홀립 이
은디는/남천에 용출ᄒ야 창삼취빅 엄예ᄒ야/필지선싱 가신후로 빅세
청풍 쏘여잇고/단밍화동 흑사루난 고운선싱 일거후에/성상 압두ᄒ야
춘화추월 기천련에/힝인지졈 늣기로다 사근역 다다르니/연화산이 주
산이요 남계수가 안디로다/야활십이 너른곳이 사복인가 버려시니/오
빅연니 마관도가 면산더지 분명ᄒ다/효리젼 당도ᄒ니 남계서원 여기
로다/문현선싱 주벽되고 기암동계 비힝처에/일도유림 모와드러 춘추
석치 제힝이며/현송지셩 부졀ᄒ니 거룩ᄒ다 예악문물/추로지방 분명
ᄒ다
〈중략〉
북편을 바리보니 황석산 험한기세/용언충천 무섭도다 용사당연 싱
각ᄒ니/충의담당 곽선생이 청야수셩 조령밧고/조선생과 손길잡아 사
군민병 모라드려/저산성에 보장홀졔 충의지사 불소ᄒ며/용장예졸 만
컨마난 국운이 불길튼가[26]

25) 〈가야희인곡〉
26) 〈희인사유람ㄱ〉

〈희인사유람ㄱ〉에서 목적지까지의 여정이 나열된 부분이다. 각 여정은 공간을 환기하는 인물과 연결되어 제시된다. 여기서 문현선생은 정여창을 말하는데, 화자의 문중 선인이다. 이에 대한 화자의 관심과 애정은 매우 커서, 가문의 선조를 추모하는 기존의 방식이 그대로 나타난다.

그런데 〈희인사유람ㄱ〉에서 언급되는 인물은 가문의 영역에 국한되지 않는다. 어은대와 필재선생, 학사루와 고운선생, 황석산은 곽장군, 조선생과 연결되어 언급된다.[27] 언급된 인물은 모두 장소와 연관되는 역사적 인물이다. 때로는 인물과 관련한 사적이 소개되는 경우도 있다. 이러한 양상은 〈계묘년여행기〉에 오면 더욱 뚜렷해진다.

> 아마도 듯자하니 고운선생 유적지와/태패한 정자만이 지금까지 유전하니/장할시구 선생이여 어이그리 잘하신고/간대마다 선생유적 곳곳마다 선생유물/홍제암을 차자가니 사찰도 웅장하고/기념으로 세운 비각 몸실놈에 왜놈들이/비각을 파각하니 민족의 수치로다/석물도 기이하다 임진왜란 이럿실 때/유공하신 사명대사 이곳에 주석하사/을유년 해방후로 또다시 시워노니/파괴된 흔적마다 보기에 한스럽다.[28]

이처럼 〈계묘년여행기〉에 오면 가문에 관련된 기억은 전혀 없다. 최치원과 사명대사는 민족을 상기하는 인물로 인용되어 있다.[29] 장소와 인물 그리고 사적의 연결은 공동체의 일원이라면 누구나 쉽게 환기

---

27) 이는 가야산이 거주지에서 벗어나 있다는 사실에 기인한다.

28) 〈계묘년여행기〉

29) 이러한 양상은 여성들의 여행지가 거주지 중심이나 문중중심에서 문화유적지로 변화하는 과정에서 비롯된 것이다. 가문에의 소속감으로 자기정체성을 확인받던 여행의 의미가 변화하는 지점이다.

할 수 있는 것들이다. 여기에서 역사적 사실은 구체적 정보를 알려주기 위한 것이 아니라 공유된 기억을 통해 장소를 확인하는 단서가 된다. 장소에 대한 상징적 이해 방식이다.

이러한 방식은 가야산과 최치원을 연결하는 부분에서 특히 부각된다. 이는 가야산을 통해 최치원을 기억하게 하는, 혹은 최치원을 통해 가야산의 정체성을 인식하게 하는 효과가 있다.[30]

> 평사낙안 횡열일시 양안에 높흔봉은/무산경기 벙불ᄒ고 십니청계 폭포수난/만폭동 분명ᄒ다 빅운은 용용하야/동구에 권서ᄒ고 창송은 울울ᄒ야/풍도에 흔들린다 천석은 결빅ᄒ야/속진이 사라지고 수성은 뇌량ᄒ야/세사가 귀먹언네/혹공시비성도이ᄒ야 고교유수진농산이/고운선싱 지은비라 천고걸작 안일는가/담수난 경면갓고 반석이 평포한디/일좌소정 다다르니 농산정이 이안인가/정중에 잠감올나 고운선싱 싱각ᄒ니/만화방창화하일과 제후여경석양풍에/소연선용 역역ᄒ며 추야계지 발근달과/묘망천이 빅운쏙에 싱황소리 은은ᄒ듯/정신이 쇄락ᄒ야 우화등선 완연ᄒ네 〈후략〉[31]

최치원의 자취가 가장 많이 남아 있는 곳은 홍류동 계곡의 제시석(題詩石)이다. 치원대(致遠臺)라고 불리는 바위에 최지원의 〈伽倻山讀書堂詩〉가 새겨져 있다. 이를 모티프로 한 많은 시문이 후대에 많이 창작되는데, 〈히인사유람ᄀ〉의 경우도 이와 다르지 않다. 여기서는 최치원의 유명한 한시를 그대로 인용하면서 최치원을 언급하고 있으며, 이를 언급함으로써 홍류동은 신비로운 신선의 공간으로 변화된

---

30) 최치원이 가야산에 들어가 은둔한 사실에 기인하여 가야산은 많은 유산기와 시문에서 최치원의 유적으로 주목을 받아왔다.

31) 〈히인사유람ᄀ〉

다. '묘망천이 빅운쏙에 싱황소리 은은흔듯 정신이 쇄락흐야 우화등선 완연흐네'라는 구절이 이러한 분위기를 고조시킨다. 최치원과 隱士 그리고 신비로운 仙境에의 연결은 양반사대부 문학에서도 널리 사용되었던 관습적 이미지이다.[32]

> 항상 생각하기를 '문창후 최치원이 당나라로부터 들러와 신라말의 세태에 뜻을 잃었다. 그가 아름다운 산과 좋은 물을 찾아 지나간 곳은 한두 곳이 아닌데 그가 죽은 곳은 바로 가야산이니 바로 이 산이다. 반드시 어떤 것보다도 뛰어난 기이한 경치에 숨은 신선이 머무르는 곳이 있을 것이다. 문창후의 백대의 뒤에 또한 반드시 세속을 떠난 높은 선비가 그 사이에 살면서 그 이름을 숨긴 자가 있을 것이다. 이에 한번 유람하면서 그 사람들을 찾아보리라고 한다.'고 하였다.[33]

가야산 홍류동이 최치원을 떠올리는 방식은 다른 작품에서도 그대로 나타난다. 그런데 그 표현방식은 앞서 살핀 신선의 이미지에만 국한된 것은 아니다. 〈가야희인곡〉을 살펴보자.

> 낙화암 학사대로 차졈차졈 드러가니/압뒤에난 슈석이요 좌우애난 송님이라/슈석송님 장한곳에 슈간정즈 정결한이/최고운애 노든자최 홍유동이 여기로다/무러보자 홍유동아 고금일을 뉘알리요/고은선생 어대가고 비인정자 날앗든고/신선대여 가신후에 언제다시 오셧든야/나도여기 왓드락고 부대함개 일너다오/산천물색 살펴본니 고금변천

---

32) 최치원은 후대 양반사대부들에게 다양한 코드로 읽혔다. 타고난 재주를 가진 불우한 인물, 글씨에 뛰어난 인물, 산수 간에 은거하여 신선이 된 인물, 불가와 도가를 숭상한 인물 등이 그것이다(강정화, 「지리산 유람록으로 본 최치원」, 『지리산과 유람문학』, 2013.3, 137쪽). 가야산은 주로 은거하여 신선이 된 인물로 읽히는 경우가 많다.
33) 김일손, 〈伽倻山海印寺釣賢堂記〉.

업근마는/엇지하여 우리인생 홍망성사 무상하야/옛사람은 지나가고 뒤애사람 볼슈업네/인금인 한갓되고 가고오기 분쥬하니/이세상은 쥬점이요 인생들은 손이로다/쥬막차자 들온손님 자나가면 그만이니/달이가고 해가가며 알사람이 그누구냐/시후시후 부재래라 바람결에 떤 지나니/소회만은 홍유동아 나에부탁 잇지마라[34]

홍유동이라는 공간을 매개로 화자는 최치원을 만난다. 그러나 시간의 장벽에 가려 그를 직접 만날 수는 없다. 여기서 홍유동은 시간의 제한성을 극복할 수 없는 인간의 한계를 깨닫는 공간이다. 그리고 그 고민은 인간이라면 누구나 가지게 되는 것이므로 독자는 장소를 통해 화자의 고민을 공유하게 된다.

이상과 같이 가야산 기행가사에서 여정을 표현하는 한 방식을 살펴보았다. 바로 공간을 표상하는 건물을 제시한 후 그를 상징하는 인물과 사적을 나열하는 방식이다. 이런 방식을 통해 가야산은 과거를 현재에 소생시키는 장소가 된다. 이로써 가야산은 '집합적 기억의 현장[35]'이 되는 것이다. 그리고 그 과거는 같은 역사와 문화를 지닌 이들이라면 누구나 공유하고 있는 기억이다. 이러한 기억을 환기함으로써 가야산 기행은 보다 확장된 공동체의 역사와 문화를 기억하거나, 인간이 지닌 보편적 실존의 문제를 함께 고민하는 여정이 된다. 문중에의 소속감과 관계 회복의 장으로서 〈화전가〉나 문중모임의 공간과 차별되는 지점이라는 점에서 가야산 기행의 의미를 찾을 수 있다.

---

34) 〈가야희인곡〉
35) 이 용어는 하비의 주장으로, 한 집단의 사람들을 과거와 연결시키는 기억을 구성함으로써 정체성이 창조되는 장소를 가리키는 말이다(팀 크레스웰 지음·심승희 옮김, 『장소』, 시그마프레스, 2012, 97쪽.

2) 자연경관의 감각적 이미지화

홍류동을 비롯한 계곡과 가야산 연봉은 가야산의 대표적인 자연경관이다. 이 중에서 홍류동의 자연경관은 가야산 유산기나 한시 창작의 주된 모티프가 된다. 〈紅流洞題詠詩〉들이 대표적이다.

> 九曲飛流激怒雷　　아홉 구비 나는 흐름이 성난 우레처럼 부딪히고
> 落紅無數逐波來　　떨어진 꽃 수도 없이 물결 따라 내려오네
> 半生不識桃源路　　반생을 桃園가는 길 알지 못했더니
> 今日應遭物色猜[36)]　오늘에야 物色의 시샘을 만났다네.

격하게 흘러가는 물과 봄날 떨어진 꽃잎은 홍류동을 표현하고 있으며 이런 모습을 무릉도원에 비유하였다. 그런데 이와 같은 홍류동 제영시의 공통점은 시적 화자가 대상을 객관적으로 응시하면서 그것을 시각화하고 있다는 것이다.[37)] 이로써 홍류동은 한편의 회화가 된다. 가야산 기행가사에서 집중적으로 다루고 있는 자연경관 또한 홍류동인데, 구체적인 작품을 통해 그 표현 방식을 알아보자.

> 홍유동이 여기로다 경긔절승 대일홈/말노듯고 쳐음보니 멀니안자
> 싱각ᄒ든/나의가삼 시훤하다 쳐다보니 유수로다/유수의셔 발을싯고
> 졀벽아리 장관쇠여/말근물을 히롱ᄒ며 촌촌젼진 드러갈지/청쳔빅일
> 쳔동소리 산곡간니 진동하며/난더업는 옥무지기 셕벽우의 갈엿스니/
> 홍유동셔 필호놉흔 빅척폭포 예아니냐/폭포줄지 쩌러져서 바위틈에

---

36) 김종직, 『佔畢齋集』, 詩集 卷4, 박수천, 「가야산 해인사의 한시―崔致遠 隱遁의 遺響」, 『韓國漢詩硏究』 5, 한국한시학회, 1997, 89쪽, 재인용.

37) 김휴의 〈홍류동〉, 尹舜擧, 任堕, 吳道一, 休靜의 〈홍류동 제영시〉들에서 이러한 양상이 공통적으로 나타난다.

부디칠지/옥등인가 눈뭉친가 자시보니 물질일세[38)]

최치원과 연결되었던 관습적 이미지의 홍류동이 여기서는 감각적으로 묘사되어 있다. '나의 가삼 시훤하다', '유수의셔 발을싯고', '쳥천 빅일 천동소릭 산곡간니 진동하며', '옥등인가 눈뭉친가 자시보니 물질일세' 등 촉각, 청각, 시각적 이미지를 다양하게 활용하여 표현하였다. 특히 촉각과 청각은 대상물에 실재감을 부여하는 효과도 있지만, 대상물을 더욱 친근하게 느끼게 하여 시적 화자에게 충만감을 주는 효과가 있다. 이러한 충만감은 화자를 들뜨게 하고 여행이 주는 흥취를 강화하는 역할을 한다.[39)]

십이장천 가진경기 홍유동이 제일이네/오보만인 도라보고 십보만인 혼번쉬여/서서전진 드러가니 쳥암절벽 놉흔곳이/약천이 유명ㅎ네 요보우리 동힝드라/어서밧비 올나가서 약물조곰 어더먹시
〈중략〉
수십장 올라가니 조구만훈 석굴속에 찬물줄기 소사나니/웅큼집어 맛을보니 청열이상 조흔맛시/석종유가 방불ㅎ니 세안속치 다훈뒤에/더로로 나려오니 정신이 키활ㅎ고/각역이 경건훈듯 수리을 드러가니/종경소리 은은ㅎ니 산문이 불원ㅎ다[40)]

〈희인사유람フ〉에서 홍유동은 최치원과 연결되어 선경(仙境)으로

---

38) 〈가야희인곡〉
39) 시각적 이미지의 활용 이외에 이와 같은 촉각적 이미지의 활용은 특히 공감을 강화하는 효과가 있으며, 〈화전가〉에도 두루 나타나는 양상이다(최은숙, 「〈화전가〉에 나타난 자연 인식양상과 시적 활용방식」, 『한국고전연성문학연구』, 한국고전여성문학회, 2013.6, 241~242쪽).
40) 〈희인사유람フ〉

묘사됨을 앞서 살폈다. 그런데 이와 더불어 화자가 주목하는 자연대상물은 약천(藥泉)이다. 작품에서 '찬물줄기', '욱큼집어 맛을보니'처럼 촉각적 이미지와 미각적 이미지를 함께 사용하여 약천을 묘사하고 있다. 홍유동의 시각적 이미지와 결합하여 선경의 이미지는 더욱 감각적으로 구체화된다. 이로써 대상 공간은 객관적으로 바라만 보는 세계가 아니라 직접 만지고 느끼는 공간이 됨으로써 작품의 분위기는 들뜨고 충만한 느낌을 준다. 여행의 생동감을 부여하는 역할을 하는 것이다.

이렇게 볼 때 가야산 기행가사에서 자연경관은 홍유동에 집중되어 있으며, 묘사를 통해 그 실재감과 충만감을 강화하고 있다고 볼 수 있다. 그런데 이러한 실재감과 충만감은 시각적 이미지뿐 아니라 청각, 촉각, 미각에 이르기까지 다양한 심상의 활용을 통해 실현되고 있음을 알 수 있다.

그러나 가야산 기행가사에서 이상과 같은 자연경관에 대한 주목은 그 비중이 그리 크지 않다. 가야산에 대한 직접적 체험이 홍류동과 해인사를 두 축으로 한다고 본다면, 가야산 기행가사에서 작품 분량상의 비중, 집중적인 감상과 견문이 서술된 곳은 해인사이다.[41] 이러한 감각적 양상은 앞의 작품보다 후대에 창작된 〈계묘년여행기〉를 통해 직접적으로 확인할 수 있다.

> 내다보니 수목이요 들리나니 물소리라／수림속에 우는새는 우리보고
> 반기난듯／당지에 도착하니 오후삼시 되엿구나／주차장에 모다나려 종

---

[41] 해인사가 사적 명승지로 지정된 것은 1965년의 일이지만(〈동아일보, 1965. 5.14), 이에 대한 문화적 관심은 일찍부터 있어왔다. 김윤겸(1711~1775)의『嶺南紀行畵帖』에도 홍류동과 해인사는 가야산을 대표하면서 영남지역의 대표적인 절경에 포함되어 있어 주목할 만하다(이현주, 「동아대학교 박물관 소장 眞宰 金允謙의『嶺南紀行畵帖』」,『文物연구』 7, 동아시아문물연구학술재단, 2003, 158쪽).

일토록 피로한몸/청개수 맑은물에 세수를 다시하고/동구박에 포진하
야 술한순배 노자하니

〈계묘년여행기〉에서 자연은 유람의 흥을 돋우는 풍경으로 묘사되
고 있다. 청개수에 세수를 하지만 그것은 자연을 만끽하기 위한 행위
가 아니다. 〈계묘년여행기〉의 주된 묘사의 대상은 사람과 해인사이
다.[42] 이처럼 가야산 기행가사는 유람의 중요한 비중이었던 자연대상
물과 그것과의 합일의 욕구가 서서히 줄어들고 있는 양상을 보여준다.
이는 가야산 기행의 주체가 지닌 여행에 대한 또 다른 욕구를 말해주
는 것이기도 하다. 이에 대해서는 다음 절에서 자세히 살피기로 한다.

3) 문화적 관심 부각과 정감적 표출

가야산 기행가사에서 특히 부각되는 소재는 '해인사'[43]를 비롯한 다
양한 문화경관이다. 〈히인사유람ㄱ〉, 〈가야해인곡〉 등의 제목을 통해
서도 표출되어 있듯이 해인사는 가야산 기행의 핵심적 모티프이다.
따라서 해인사 관련 여정[44] 또한 세분화되며 관련 견문과 감상은 확장

---

42) 〈계묘년여행기〉는 특히 사람에 대한 관심이 주를 이루고 있는 작품이다. 떠나는 차안에
서 함께 여행하는 이들 하나하나에 대해 묘사하고 서술하는 장면, 여행지에서 사람들끼리
의 놀이 장면이 비중 있게 다루어진 점, 여행을 주선하고 식사를 마련해 준 사람에 대해
감사를 표하고 있는 서술, 불공을 드리며 여행하는 이들의 안전을 함께 기원하는 이에
대한 서술 등이 이를 직접 말해준다.

43) 한시에서도 해인사를 모티프로 한 작품으로 김종직, 권근, 유호인, 홍성민, 이덕무 등의
〈海印寺題詠詩〉가 대표적이다. 이들 시에서 해인사는 속세와 멀리 떨어진 깊은 동천에
신비로운 절경이 어우러진 곳으로 표현되어 있다(박수천, 앞의 논문, 1997, 81~87쪽),
박지원도 〈해인사〉시를 창작하였는데, 연암의 시에는 해인사의 풍경뿐 아니라 문화적
측면도 함께 다루고 있어 앞의 시와 변별되는 성격도 보인다(송재소, 「연암시 〈해인사〉에
대하여」, 『한국한문학연구』 11, 한국한문학회, 1988, 59~89쪽).

44) 구체적 여정은 2장의 여행 특성을 참조할 것.

되어 있다.

> 구광루 놉은집은 정북에 흘립한디 누상을 바리보니/큰북이 달려구
> 나 제도으 굉장흐미 보든중 처음이라/구광누문 드러서서 보광전을 망
> 견흐니/큰법당이 여기로다 취와단밍은/반공에 소사잇고 용촉봉두난
> /오운이 영농흐며 히황흔 단청빗츤/오도자으 수법이오 사각에 풍경소
> 리/바람에 (쟁쟁)흐고 동서힝각 벌인집은/제도가 완박흐중 주위가 광
> 디흐야/오류십간 열방이라 명산디찰 곳곳마당/고루거각 만컨마는 이
> 런집이 쏘이실가/석축도 묘하련과 층게 독히 더욱장타/이십이층 겨겨
> 돌리 고광이 삼척이요/기리가 사장이라 탁지마자 곱기가라/빈틈업시
> 노와시니 칙산통도 촉장사가 이절귀경 다여갓나 운석을 엇지흐고/이
> 절식수 귀경흐소 그안이 묘할손가/석간흐천 조흔물을 홈디로 인수흐
> 야/홍교와 복도체로 반공에 놉피소사/보광전 너른마당 지짜형 야짜체
> 로/이리저리 휘휘둘너 구광누전 써러지니/이시은하낙구천에 여산폭
> 포 이안인가[45]

해인사 구광루와 보광전에 대한 묘사이다. 보광전의 기와, 단청,
풍경, 석축, 층계의 순서대로 각 부분을 자세히 묘사하고 있으며, 주변
의 나무와 마당의 풍경까지 사실적으로 그려내고 있다. 대상의 자세한
모양과 크기, 길이에 대한 묘사뿐 아니라 사용된 재료까지 언급된다.
시각적 이미지에 촉각적 이미지까지 더해서 대상이 지닌 사실감이 그
대로 전해진다. 이러한 사실적 묘사는 해인사를 이루고 있는 요소 하
나하나에 걸쳐 다채롭게 이어진다.

> 고리보물 구경흐시 금관옥비 조흔보물/세계에 자랑흘만 오동힝노

---

45) 〈히인사유람ㄱ〉

케코리연수／돈가주고 어들손가 기기괴괴 무한보물／박물관 드러션듯
산수기림 묘호수법／용면거사 오도자며 비단족자 만흔글시／왕우군 조
밍보라 수처련 모은고물／장흐고도 거룩흐다⁴⁶⁾

우리일힝 단속하야 셔서히 드러갈제／이십오칭 칭게들을 차리차리
발바올나／문안에 드러서니 고구거각 장흔집을／말집으로 세와논디 육
십팔간 너른집에／티장경 판각장을 빅통으로 장식흐야／천장까지 장여
올여 빈틈업시 치와시니／권질으 거디홈이 세계에 제일이라⁴⁷⁾

이처럼 해인사를 부분으로 나누고 각 부분에 대한 묘사를 독립적이
면서 병렬적으로 이어지도록 서술하고 있다. 〈히인사유람가〉에서 이
러한 묘사의 방식이 많이 활용되고 있는데, 이러한 묘사를 통해 해인
사는 화자의 박물관적 호기심을 충족시키는 민속 문화의 현장이 되고
있다. 따라서 해인사는 종교적 색채보다는 문화적 대상으로 향유되고
화자의 문화적 호기심을 충족시키는 역할을 하게 된다. 이러한 문화
경관의 부각은 해인사뿐만 아니라 작품의 중간 중간에 언급된 다양한
문화적 대상물에서도 찾을 수 있다.

홍도여관 차자드러 찬찬이 살펴보니／이칭고각 높흔집은 팔구십간
벌여난디／회벽사창 사치롬이 산중여관 아갑도다／정결흔방 차자드러
숙소을 정흔후에／좌우을 살피보니 식당주사 질비흐야／사십여처 버려
난디 남녀노소 귀경군이／인히울 일와시며 사죽소리 요란흐고／가무연
극 질탕흐니 관등귀경 성디홈이／이갓치 장탄말가⁴⁸⁾

---

46) 〈히인사유람가〉
47) 〈히인사유람가〉
48) 〈히인사유람가〉

홍도여관은 해인사 주변의 대표적인 숙박시설이다. 그러나 작품에서는 그것이 지닌 본래의 기능보다는 화려한 건물 외양을 주목하고 있다. 이층고각의 화려한 회벽사창을 갖춘 새로운 건축형태를 지닌 것이기에 더욱 관심을 끈다. 홍도여관은 해인사와 더불어 여정의 중요한 장소가 된다. 여기에 가무연극과 관등놀이가 벌어지고, 이를 즐기는 군중이 채워짐으로써 홍도여관은 새로운 문화공간으로 그려지고 있다. 이상과 같이 여행을 통한 새로운 대상과의 만남은 화자의 문화적 호기심을 충족시키는 역할을 한다. 그러나 후대로 갈수록 이러한 호기심을 충족할 수 있는 기회는 줄어들게 된다. 교통수단의 변화와 여행 형태의 변화 때문이다. 〈계묘년여행기〉와 〈우밈가〉에는 이러한 기회가 줄어들게 된 데 대한 안타까움이 표현되어 있다.

> 이리저리 다바스나 십륙척 기암석에/조각된 미럭불은 못보고서 도라서니/대단히 드리우나 거리도 초월하네 〈중략〉 삼백여리 멋멋길에 한번여행 어렵거든/여비만 충분하면 수삼일을 쉬여갈것/기우일박 하고나서 미진한일 만히잇다/아침식사 맛친후에 쏘다시 차을몰아/김천이라 직지사로 가야산아 잘잇거라/해인사야 다시보자 노래를 불러가며/훌훌히 떠나온양 어이그리 섭섭든고[49]

> 구경인들 올캐하며 몽과청산 지나가니/이또한 여한이나 시관관계 부득새라/그지야 희정길노 차난속속 다라난다[50]

〈계묘년여행기〉의 창작시기는 여행의 형태가 현대적 관광으로서의 성격을 지니는 시기이다. 그래서 전대보다 여행지에 대한 더 많은 정

---

49) 〈계묘년여행기〉
50) 〈우밈가〉

보를 가지고는 있지만 제한된 시간으로 인해 더 많은 것을 체험하기는 힘들었다. 따라서 상대적 아쉬움은 더 컸을 것이다. 이에 기행가사 작품에서도 앞선 작품에서 보았던 대상에 대한 묘사와 문화적 성취 그리고 깊은 고민은 드물게 나타난다. 반면 문화적 대상에의 욕구가 더 컸기에 그에 대한 안타까움이 더 많이 드러나는 양상을 띠고 있다.

한편 여행지에서의 새로운 대상과의 만남은 화자의 의식이나 정서를 표출하게 하는 역할도 한다.

> (가) 가소롭다 져승녀는 산둥승지 차자들지/부모쳐자 중훈윤기 바리기는 무삼일고/쳔당만일 이슬지면 약한사람 더갈지니/하날우희 조흔쳔당 너의들만 올나가고/유황불의 몸슬지옥 속인들만 드갈쪼가/에러커니 저러커니 승녀예법 그런지라/경긔차자 여온녀가 비평ᄒ기 부지럽다[51]

> (나) 지장보살 관음보살 황금으로 소상ᄒ야/칠보탑상 전좌ᄒ니 망지엄연 늠늠ᄒ고/동서벽 너른곳이 무수이 걸인회상/수쳔련 나려옴서 긔심견성 득도ᄒ야/도통바든 제불이라 물욕이 버서나고/본성을 쌔다름은 유불이 일반이라/이도쪼한 성인이니 엇지공경 안할손가[52]

(가)에서 불교의 종교적 논리를 비판하고 있다. 여승은 유교의 가족 윤리를 거슬렀으며, 불교의 천당과 지옥 논리가 선악과 관계없이 설정되어 있음을 비판하였다. 그러나 비판의 강도는 그리 강하지는 않다. (나)에서도 부처를 득도한 성인으로서 공경의 대상으로 인정하고 있다. 종교적 차이보다는 문화적 시각으로 해석하고 있음을 알 수 있다.

---

51) 〈가야희인곡〉
52) 〈희인사유람ㄱ〉

〈히인사유람ᄀ〉와 〈가야희인곡〉은 여성화자의 작품이기 때문에, 여승에 대한 화자의 생각이 부각되어 있다. 그런데 이들에 대한 화자의 시각 또한 강한 비판의 입장보다는 같은 여성의 시각에서 보는 인간적 동정심이 강조된다.[53]

> 아처롭다 절문여승 녹빈홍안 고흔얼골/뷕발위승 이윈일고 조석공불 파훈후에/침방으로 도라가면 독숙공방 적막훈더/그고싱이 엇더ᄒ며 추야삼경 두견성에/잠인들 달기잘가 고단신세 눈가무면/부모유체 중 훈몸이 화중지가 될거시니/싱셰흔적 어더잇소 요보절운 여승드라/어서빨리 속퇴ᄒ야 싱남싱여 길러닉야/인간진미 누리오며 일싱일사 훈 졍잇소/훈번죽엄 못명ᄒ나 호자현손 더을이어/계계승승 닉려감서 뷕세힝화 불절ᄒ면/여자사업 제일이네 여와보소 여승드라/이ᄂ말삼 자시듯소[54]

이러한 여승에 대한 태도는 양반 가문의 여성이 지닌 유가적 삶의 태도를 더욱 공고히 드러내고 있어 대상을 통한 인식론적 지평의 확장을 도모하지는 못하였다. 그러나 이에 대한 시선은 인간적 차원에서 발현된 연민에 기인한 것이지 종교적 이질성에 대한 공격은 아니다. 대상에 대한 정감적 이해의 방식을 엿볼 수 있는 부분이라 볼 수 있다.

이상을 통해 볼 때 가야산 여행에는 해인사를 비롯한 문화경관에 대한 관심이 부각되어 있음을 살필 수 있었다. 그 관심은 해인사 건물과 관련 사적과 보물에 대한 박물관적 호기심, 해인사뿐 아니라 홍도

---

53) 유가적 입장에서 여성은 자식을 통해 가문의 대를 이어야 할 의미를 지닌다. 이러한 측면에서 여승은 비판의 시각을 받고 있다. 그러나 작품에 나타난 어조는 이에 대한 강한 비판보다는 안타까워하고 애석해 하는 시선이 더 크다.

54) 〈히인사유람ᄀ〉

여관, 관등놀이, 연극놀이 등에 대한 문화적 관심이었다. 이러한 문화적 시각은 해인사나 여러 암자들을 종교적 시각보다는 문화적 대상물로 인식하고 있었다는 데에서도 드러난다고 할 수 있다. 이렇게 볼 때 가야산 기행은 화자의 문화적 관심을 확인하고 그 욕구를 충족시킬 수 있는 문화기행으로서의 의미를 지닌다고 할 수 있다.

4. 결론

영남지역 기행가사의 중요한 특징 중 하나는 유산(遊山)의 체험을 다룬 여성가사가 많다는 것이다. 이 가운데 본고는 특히 '가야산'체험을 다룬 작품의 존재 양상을 정리하고, 여행체험의 문학적 표현 방식에 대해 살펴보았다.

가야산 기행가사의 텍스트 현황을 정리해 보면, 〈히인사유람ㄱ〉, 〈가야희인곡〉계열, 〈계묘년여행기〉계열 등 크게 세 작품군으로 나눌 수 있다. 〈히인사유람ㄱ〉는 창작시기와 작자를 알 수 있는 작품으로서, 해인사를 포함한 가야산 전체 여정이 상세히 드러나 있으며 견문과 감상이 풍부한 것이 특징이다. 〈가야희인곡〉계열 작품은 작자와 창작시기 모두 미상이지만 표기형태를 통해 〈히인사유람ㄱ〉와 〈계묘년여행기〉의 중간에 창작된 작품임을 추정할 수 있다. 그리고 〈가야희인곡〉, 〈가야해인곡〉, 〈가야산해인가〉 등은 하나의 모본을 통해 공동의 필사가 왕성하게 이루어진 정황을 찾아낼 수 있는 작품이다. 이를 통해 기행가사가 직접체험에 의해 창작되기도 했지만 필사를 통해 간접체험의 대상이 되었다는 것을 확인할 수 있다.

한편 〈히인사유람ㄱ〉와 〈가야희인곡〉은 경남지역 여성들의 규방가

사 창작의 예를 확인할 수 있다는 점에서도 의미를 지닌다. 그리고
〈가야희인곡〉이 거주지 중심의 유산(遊山)의 체험을 다룬 작품이라면
〈희인사유람フ〉는 명승지 중심으로 여행의 범위가 확장되었음을 보
여주는 작품이다. 이는 여행의 형태와 경험의 변화를 추측하게 한다는
점에서 의미가 있다.

한편 〈계묘년여행기〉는 기행가사의 현재적 전승을 확인할 수 있는
자료이다. 여행이 개별적 체험중심에서 단체 관광중심으로 변화된 양
상을 보여주며, 명승지 중심의 놀이적 성격이 강화되고 여정 중심의
빠른 전개의 기록을 보인다는 특징을 가지고 있다. 〈계묘년여행기〉
또한 〈우밈가〉 등의 각편이 생산되었다. 이를 통해 기행가사 필사의
현재적 정황을 확인할 수 있다.

이상의 가야산 기행가사의 작품현황과 여행양상을 살필 때, 이들
작품은 1930년대부터 현재까지 변화된 여행형태와 체험을 담고 있다
는 점, 기행가사의 필사 관행을 엿볼 수 있다는 점, 가야산에 대한
다양한 기행체험을 다루고 있다는 점에서 그 존재 의의가 있다고 할
수 있다.

한편 가야산 기행가사의 여행체험의 표현 방식을 살펴보면, 장소를
표상하는 건물을 나열하고 그와 연관된 역사적 인물을 환기하여 그것
이 지닌 상징적 이미지를 끌어내는 방식, 대표적 자연경관에 대해 다
양한 이미지를 동원하여 감각적으로 묘사하는 방식, 문화경관에 대한
관심을 부각시켜 그를 통해 문화적 욕구를 드러내고 정감을 표출하는
방식 등이 사용되고 있다. 이를 통해 가야산이 상징적, 감각적, 정감적
이해의 대상으로 다양하게 표현되고 있음을 알 수 있다. 특히 거주지
를 벗어난 명승지로서 가야산을 대하면서 강조된 문화적 경관에 대한
관심은 가문중심의 유산(遊山)체험과는 변별되는 양상으로서 근대적

성격의 여행체험을 보여준다는 데 의미가 있다.

　　이상으로 가야산 기행가사의 존재양상과 특성 및 그 의미에 대한 논의를 마치도록 한다. 본고는 가야산의 문화적 의미, 영남지역 기행가사의 일면, 그리고 근대적 여행체험의 양상 등에 대한 논의에 기여할 수 있을 것이라 본다. 그러나 이들의 특성이 더 부각되기 위해서는 가야산 주변의 다른 장소를 통해 어떤 문화적 관심과 인식이 드러났는지도 밝혀야 할 필요가 있다. 이에 대해서는 추후에 지속적으로 살피도록 할 것이다.

친정방문 관련 여성가사에 나타난 유람의 양상과 의미

1. 서론

이 글은 경남지역의 여성 기행가사를 주목하고 작품에 나타난 유람의 양상과 문화적 의미를 살피는 것이 목적이다. 19세기 이후 나타난 가사 창작 및 향유의 두드러진 특징은 여성들의 여행에 대한 욕구와 여행 경험을 담은 기행가사가 많이 창작되고 확대되었다는 것이다. 여성 기행가사는 여행을 통한 여성들의 놀이와 문화향유 양상을 담고 있다는 점에서 본격적인 고찰이 필요한 양식이다.[1] 본고는 경남지역

---

[1] 여성 기행가사에 대한 연구는 〈이부인기행가사〉와 〈금행일기〉 등 개별 작품 연구에서 출발하여 최근에는 20세기 이후 작품들로 연구대상이 확장되어 본격적인 논의가 시도되고 있다. 대표적 성과는 다음과 같다. 김수경, 「〈이부인기행가사〉에 나타난 19세기 여성의 여행체험과 그 의미」, 『한국고전여성문학연구』 4, 한국고전여성문학회, 2002, 313~340쪽; 백순철, 「〈금행일기〉와 여성의 여행체험」, 『한성어문학』 23, 한성대한성어문학회, 2003, 59~89쪽; 이정옥, 「내방가사에 나타난 여성의 여행경험과 사회화」, 『경주문화논총』 3, 경주문화원부설 향토문화연구소, 2000.11, 252~270쪽; 장정수, 「20세기 기행가사의 창작배경과 작품세계」, 『어문논집』 47, 민족어문학회, 2003, 415~447쪽; 유정선, 「여행에 대한 여성적 글쓰기 방식의 탐색―여성 기행가사의 형상화 방식과 그 의미」, 『한국고전여성문학연구』 19, 한국고전여성문학연구학회, 2009; 이수진, 「새로운 가사 작품 〈송비산가〉에 대하여」, 『동양고전연구』, 동양고전학회, 2011, 107~130쪽; 최은숙, 「영남지역 기행가사의 텍스트 존재양상과 의미」, 『어문학』 122, 한국어문학회, 2013.12,

에 전승되고 있는 친정 방문을 모티프로 한 기행가사를 주목하고자
한다.

경남지역은 가사창작과 향유의 중심인 영남권에 속해 있지만 그동
안 여성가사 연구가 경북 안동권을 중심으로 이루어졌다는 점에서 새
로운 관심이 필요한 지역이다. 작품의 새로운 발굴과 정리, 작품의
내적 특성을 밝히는 작업이 필요하다.[2] 한편 유람은 기행가사의 중요
한 모티프이다. 유람의 과정을 통해 여정이 지닌 장소성, 화자 및 가사
향유 공동체의 인식과 감상을 확인할 수 있을 것이다. 이에 경남지역
여성 기행가사의 작품 존재 양상을 정리하고 그것에 나타난 유람의
양상과 의미를 밝히는 작업은 여성가사의 지역적 접근[3]을 가능케 하
고, 여성 기행가사의 문화적 의미를 도출하는 데에 기여할 수 있을
것이다.

이를 위해 기존의 가사 자료집뿐만 아니라 현장조사를 통해 각 지자
체 자료 및 문중 소장 자료를 탐색하여 경남지역 여성 기행가사 텍스
트를 확보하여 정리하고, 텍스트에 나타난 유람의 양상을 분류하여
그 특성을 분석한 다음 이들의 의미를 도출하기로 한다.

499~526쪽; 최은숙, 「가야산 기행가사의 작품 양상과 표현방식」, 『온지논총』 41, 온지학
회, 2014.10, 141~174쪽; 장정수, 「1960~1970년대 기행 규방가사에 나타난 여행문화와
작품세계-유흥적 성격의 작품을 중심으로」, 『어문논집』 70, 민족어문학회, 2014; 김주
경, 「여성 기행가사의 유형과 작품세계」, 숙명여자대학교 교육대학원 석사논문, 2015.6,
1~78쪽.

2) 경남지역 여성 기행가사에 대한 연구는 아직 본격화되지 않았다. 20세기 이후 기행가사
의 작품 현황을 언급하면서 작품의 제목 정도가 언급된 상황이며, 경남지역 대표적인
문화권인 가야산문화권을 주목한 가야산 기행가사에 대한 본격적인 논의(최은숙, 2014)
와 경남 사천 송비산을 모티프로 한 여성 기행가사 〈송비산가〉에 대한 개별 작품 연구(이
수진, 2011)가 있을 뿐이다.

3) 이에 대한 관심은 지역을 주목함으로써 그동안 부각되지 않았던 텍스트를 발굴하고 그
것의 새로운 의미를 부각하는 지역학의 관점에서 특히 유의미한 작업이 될 것이다.

2. 경남지역 전승 여성기행가사의 작품 존재 양상

경남지역 여성 기행가사에 대한 관심은 영남지역의 주된 문학창작
공간으로서 가야산을 주목하면서 독립적으로 다루어지기 시작했다.[4]
가야산은 예로부터 양반사대부의 유산록과 한시 등의 소재로 많이 활
용되었으며, 해인사가 있어 문화적인 관심도 지속적으로 받아왔다.
이러한 상황에서 가야산을 소재로 한 여성 기행가사의 존재는 양반
사대부의 문학창작과 구분되는 여성들의 독자적인 감성을 확인하고,
문화공간으로서 가야산을 재조명하는 데에도 중요한 기여를 하였다.

그런데 경남 지역 여성 기행가사의 실제 작품 현황을 확인하다 보면
가야산과 같은 유명한 지역을 염두에 둔 여행은 아니지만 유람의 과정
이 나타난 작품들이 존재한다. 대표적인 작품을 정리해보면 다음과
같다.

구분	제목	전승	여행 목적	여행의 양상
1	히인사유람ㄱ	함양	해인사 유람	명승지 유람
2	금강산유산록가	밀양	금강산 유람	명승지 유람
3	여행기라	밀양	전국 명승지 유람	명승지유람
4	송비산가	사천	송비산 유람	거주지 부근 유람
5	도원행	밀양	도원정·풍수암 유람	거주지 부근 유람
6	고원화류가	밀양	친정방문	친정까지의 여정 고향 산천 찬양
7	진식모형제사십년후기 천가	밀양	친정방문 및 제사	제사 이후 유산(遊山)과 유흥

4) 최은숙, 앞의 논문, 2014, 143~174쪽. 가야산 및 해인사 관련 여성기행가사로 〈히인사유
람ㄱ〉, 〈가야희인곡〉, 〈계묘년여행기〉 등이 있으나 여기서는 경남지역 전승 여성가사에
한정하였으므로 〈히인사유람ㄱ〉만 대상으로 한정한다.

| 8 | 갑오열친가
열친답가 | 밀양 | 친정방문 및 놀이 | 친정방문 이후의 유람
〈갑오열친가〉 답가 |
| 9 | 사향가 | 밀양 | 친정방문 | 친정 방문 후 유람 |

이들 작품은 대체로 여행의 목적에 따라 두 가지로 분류할 수 있다. 산수 명승지 유람을 본연의 목적으로 한 경우와 친정방문과 문중놀이의 과정에서 유람이 이루어진 것이 그것이다.[5] 〈히인사유람ㄱ〉, 〈금강산유산록가〉, 〈여행가라〉, 〈송비산가〉, 〈도원행〉 등이 산수 명승지 유람의 경우이고, 〈고원화류가〉, 〈진식모형제사십년후기천가〉, 〈갑오열친가〉, 〈열친답가〉, 〈사향가〉 등은 친정방문 및 문중놀이 중에 유람이 이루진 경우이다.

〈히인사유람ㄱ〉는 함양 효리 출신의 하동 정씨 문중 여성의 작품으로 해인사를 포함한 가야산 여행이 목적이다. 산수 명승지 탐방이 본래의 목적이기 때문에 여정이 분명하고 새로운 경물에 대한 감상이 풍부하게 묘사되어 있다. 기행가사의 독자적 특징이 가장 선명하게 드러난 작품이다.[6]

〈송비산가〉는 합천에서 자라고 진주 강씨 집성촌인 송비산 부근의 사천 곤명면으로 시집간 여성에 의해 창작된 가사이다.[7] 송비산이라는 분명한 목적지가 있다는 점에서 〈히인사유람ㄱ〉와 궤를 같이 하지만, 거주지 주변 탐방이라는 점에서 여정 자체보다는 여정을 통한 자기존재감 표출과 윤리적 덕목이 강조된다는 점에서 〈히인사유람ㄱ〉

---

5) 여성기행가사의 유형분류와 관련하여 '여행의 동기와 목적'을 기준으로 문중 또는 친정방문을 목적으로 한 '방문가계'와 자연 봄놀이 및 명승지 유람을 목적으로 한 '산수유람가계' 기행가사로 구분할 수 있다(김주경, 앞의 논문, 15~16쪽 참조).

6) 최은숙, 앞의 논문, 2014.10, 147~148쪽.

7) 이수진, 앞의 논문, 2011, 114쪽.

와 구분된다. 〈도원행〉[8]은 밀양 퇴로 집안에 시집을 가서 90세에 이른 여성이 도원정과 풍수암 등을 소요하며 지은 기행가사이다. 〈송비산가〉와 마찬가지로 거주지 주변 명승지를 탐방한 느낌을 기록하였다.

〈고원화류가〉, 〈진식모형제사십년후기천가〉, 〈갑오열친가〉, 〈열친답가〉, 〈사향가〉 등은 시집 간 여성이 친정을 방문하여 오랜만에 만난 친족들과 회포를 푸는 과정에서 놀이와 유람 혹은 유산(遊山)을 즐기는 작품들이다. 〈히인사유람ㄱ〉, 〈금강산유산록가〉, 〈여행가라〉, 〈송비산가〉, 〈도원행〉 등처럼 산수 명승지 탐방을 본래의 목적으로 한 유람은 아니지만 출발 – 여정 – 귀로의 여정이 뚜렷이 나타나고 여정에 대한 견문과 감상이 드러난다는 점에서 기행가사의 범주에 포함된다. 그렇다고 해서 이들의 유람이 부수적으로 우연히 이루진 것은 아니다. 친정방문이 목적이지만 오히려 이를 수단으로 하여 유람과 유산을 본격화하고 있다. 한편 〈고원화류가〉 이외의 작품들은 본고에서 처음 소개되거나 조명되는 작품으로서 경남지역에서 전승되는 여성 기행가사의 창작 및 향유 양상을 확인할 수 있다는 점에서 주목할 필요가 있다.[9] 이 가운데에 〈갑오열친가〉와 〈열친답가〉는 친정 방문을 계기

---

8) 〈도원행〉은 밀양 여주 이씨의 문중서인 『퇴로-여주 이씨의 문중이야기』(이희련 편, 정진문화사, 2008) 부록3. 퇴로의 가사편에 실린 가사이다. 편집자 주에 "이 가사는 갑자년(1924) 봄에 정존헌공 재위 유인(孺人) 광주 안씨(廣州安氏)께서 90 고령에 수하를 거느리고 도원정, 풍수암 등 처에 소요하셨는데, 그 노정의 소회를 당시 배행했던 차자 율봉공을 시켜 초기한 것이다."라고 되어 있다.

9) 〈고원화류가〉는 『주해 가사문학전집』(김성배·박노춘·이상보·정익섭 편, 집문당, 1977)과 『한국역대가사문학집성』(임기중, 2005)에 수록된 가사 작품이다. 이에 대한 별도의 고찰은 없었고, 김주경(2015)에서 '방문가계 가사'의 예시로 언급된 바가 있다. 〈진식모형제사십년후기천가〉는 경남 밀양시 산외면 장문마을 장○저댁 소장자료이고, 〈갑오열친가〉, 〈열친답가〉, 〈사향가〉 등은 경남 밀양 밀성 손씨 문중 소장자료이다. 이 중에서 〈진식모형제사십년후기천가〉는 권영철 편, 『규방가사: 신변탄식류』, 효성여대출판부, 1985에도 〈기천가〉라는 제목으로 동일한 가사가 소개되어 있다. 그런데 동일한 제목의

로 이루어졌던 유람 과정과 흥취에 대해 집안의 딸과 며느리의 입장에서 각각 쓴 작품이다. 유람과 유흥의 즐거움이 잘 표현되어 있으면서 화자의 속마음이 솔직히 드러나 있어 흥미롭다. 이들 작품은 남성 화자의 유산록이나 기행가사에서 볼 수 없는 여성들의 섬세한 감성과 유람의 양상을 확인할 수 있다. 이에 대해서는 3장에서 본격적으로 다루도록 한다.

이상으로 경남지역에 전승하는 여성 기행가사의 존재양상을 현존하는 작품을 중심으로 살펴보았다. 그동안 여성가사에 대한 관심이 경북을 중심으로 하고 있었다는 점에서 경남지역 여성 기행가사의 존재는 여성가사 전승의 폭을 확대해 줄 수 있다. 뿐만 아니라 위에서 살핀 두 유형의 가사는 여성의 유람과 놀이에 대한 보다 세밀한 고찰이 가능하다는 점에서 의미가 있다. 〈히인사유람フ〉 등이 명승지에 대한 본격적 유람의 양상을, 〈고원화류가〉 등의 작품은 친정방문과 유람이 함께 상호 연결된 양상을 보여준다는 점이 그러한다. 그중에서 본고는 두 번째 경우인 친정방문 과정에서의 기행을 담은 작품에 집중해보기로 한다. 이 경우는 친정방문과 기행이라는 두 가지 코드를 가지고 있기에 유람을 본래적 목적으로 하는 다른 작품과 차별되기도 하고, 친정방문이라는 코드와 결합됨으로써 여성의 감성과 욕구 표출이 다른 작품과는 차별적으로 나타날 가능성이 많다고 생각하기 때문이다. 여기에 다른 작품에 비해 이들에 대한 조명은 아직 본격화 되지 않았다는 점에서도 집중적인 고찰이 필요하다.

가사를 밀양 교동이 친정인 손진식님도 소장하고 있는데, 손진식님 소장본에는 장○저댁 소장자료와 내용의 일부분만 일치한다.

3. 친정 방문 관련 작품에 나타난 '유람'의 양상과 의미

친정 방문 관련 작품은 시집 간 여성이 친정 방문과 더불어 행한 유람에 대한 내용을 서술한 가사이다. 여성의 유람이 지극히 제한적이었던 시절에 그나마 공식적인 외출과 유람이 가능했던 경우는 화전놀이와 같은 문중놀이나 친정방문과 같은 고향방문의 기회였다. 그 가운데에 친정방문 등 고향방문의 기회에 이루어진 유람은 산수명승지 탐방에서 이루어지는 유람의 양상과 다소 변별되는 양상과 의미를 지니고 있다. 〈히인사유람ㄱ〉 등의 산수명승지 탐방이 새로운 대상과 문물을 만나는 유람이라면 친정 방문 관련 가사는 친정과 고향이라는 익숙한 대상이 유람의 공간이 되기 때문이다. 그럼에도 친정 방문 관련 가사에서 유람이나 유산의 체험은 여전히 중요한 모티프로 존재하고 있다. 여기서는 친정 방문 관련 가사 중에서 유람이나 유산의 모티프가 들어있는 작품을 대상으로 그 양상을 살펴보도록 한다. 본고에서 주로 다룰 친정 방문 관련 가사는 〈고원화류가〉, 〈진식모형제사십년후기천가〉, 〈갑오열친가〉, 〈열친답가〉, 〈사향가〉 등이다.

친정 방문 관련 가사에서 유람의 목적은 친정방문 그 자체가 목적인 경우와 친정 방문 이후의 유흥이 목적인 경우로 나누어진다. 전자의 여정이 '친정으로 가는 과정-친정 방문-산이나 정자-유흥-귀로'로 정리될 수 있다면, 후자의 여정은 친정 방문 이후 유람과 유흥에 집중되어 있다. 〈고원화류가〉, 〈진식모형제사십년후기천가〉, 〈사향가〉는 전자에 해당하고, 〈갑오열친가〉와 〈열친답가〉는 대체적으로 후자에 해당한다. 각각에서 유람의 목적과 여정, 그리고 그것이 지향하는 의미 등 유람의 양상이 다르므로 구분하여 살피도록 한다.

1) 동질적 유대감 확인과 치유로서의 유람

여성들에게 친정은 자신이 자고 나란 고향이자 부모님이 계신 곳이다. 그럼에도 바깥출입이 자유롭지 않던 시절 여성들에게 친정방문은 흔하지 않은 기회였고, 낯선 곳을 찾아가는 여행이 아님에도 더욱 특별한 의미를 주는 설렌 여정이었다.

> 오흡다 우리동리 閨中에 생생할제 門外一步 하자하니 他姓볼가 조심이오/이택문전 한정일내 歲時로 사랑유전 兄弟모여 友愛하고 上元 中秋 望月할 때/同僚없어 애틋할뿐 화전놀음의서리는 他姓끼리 남편이라 男便을 瞻望하여/그종족제 생각하니 百里길이 不遠하나 어가어찌 쉬울손다 어이아 좋을시고[10]

문중놀이나 화전놀이 등 시댁의 행사가 있을 때마다, 가까운 곳에 있지만 자유롭게 갈 수 없는 친정에 대한 그리움은 오히려 더욱 깊어진다. 이러한 상황에서 친정방문은 화자에게 '어이아 좋을시고'와 같은 감탄이 절로 나오게 한다. 일반적으로 화전놀이나 문중놀이의 과정에서 생산된 여성가사들에서는 놀이성 자체가 강조된다. 그런데 〈고원화류가〉는 화전놀이나 문중놀이가 타성(他姓)끼리 행해진다는 점과 동료가 없다는 점을 아쉬워하고 있다. 이는 유람의 놀이성을 포함한 또 다른 의미망을 지니고 있음을 보여준다.

> 天地間 人生萬物 이세분명 일반이라 東風時節 어린초목 一根一枝 돋아나서/雨露之澤 고루입어 自然히 繁盛할제 꽃이피고 잎이피어 南

---

10) 〈고원화류가〉, 『주해가사문학집성』(이상보 외, 집문당, 1997), 이하 본고의 작품인용은 필사자료나 인쇄본의 작품제시방식을 그대로 따른다.

枝北枝 千萬枝에/꽃피고 열매맺어 春風秋霜 철을찾아 形容이 변했으
니 하물며 우리人生/愛重할사 同族이야 언친고 서러마라 同祖之孫
一般일네 百代로 굳은 情이/憂憂樂樂 이아닌가 내아모리 女子라도
族親中 一脈이라 出嫁外人 비소말가[11]

〈고원화류가〉의 도입부분인데, 여성들도 친정가문의 일원임을 '同
族', '族親中 一脈'이라고 특히 강조하였다. 이는 여성의 친정방문을
정당화하기 위한 것이기도 하지만, 그동안 시댁에서 느끼기 어려웠던
동질적 유대감에 관한 욕구를 표현한 것이라 볼 수 있다. 시댁 문중놀
이와 화전놀이가 놀이에의 욕구는 만족시켜 줄 수는 있지만 동질적
유대감을 확인하는 자리가 되기는 어려웠을 것이다. 이러한 상황에서
친정방문은 놀이성과 동질적 유대감 확인, 모두를 충족시키기에 적절
한 유람의 기회가 될 수 있었다.

즐겁다 오늘이야 人間樂事 즐거움이 이제다시 또잇는가 손벽치며
웃는사람/우는이는 老人分네 서로잡고 하는말이 우리벌써 죽었으며
今日相逢 하였으랴/中側들이 하는말이 꽃같은 昔日顏面 白髮하마 성
성하니 노상에 만났으면/서로어찌 記憶하리 이리보며 저리보며 이말
듣고 저말들어 서로즐겨 同樂이라[12]

인간만사 즐거움이 친족끼리 서로 만나고 이야기하며 느끼는 가운
데에 있다고 했다. 이러한 同樂은 친정방문의 중요한 목적인데, 동질
적 유대감은 친정가문의 영달을 강조하고 바라는 양상으로 확대된다.
그래서 친정으로 가는 여정은 낯설지 않은 여정이지만 새로운 의미를

획득한다.

> (가) 자동차 대절하여 비호같이 정자밑 내려서서 사방사천 굽어보니 굉걸하고/능난하다 거룩하신 추천공 우리선조 행금명망 높으시다 삼천리 금수강산/두루밟아 추하산 일지맥을 기지잡아 오연정을 건축하니 천하명기 다모였다[13]

> (나) 활활한 구지봉은 우리시조 탄강이라 금함은 어데가며 석주는 어데볼고/서릉에 만주양류 공자공손 노던데라 봉봉대 요납포에 십이노화 차례없다/조선이 되었으니 신선소식 망연하고 연자류 높았으니 양화부재 어데인고[14]

(가)와 (나) 모두 선조의 위대함을 상기시킴으로써 친정 가문의 영달을 강조하고 있다. 여기서 (가)의 '오연정'[15]은 천하의 좋은 기운이 다 모인 친정가문의 터를 대표하는데, 선조의 은덕이 담겨 가문의 영달을 드러내는 중요한 장소로서의 의미를 지닌다. (나)의 '구지봉'은 김해 김씨의 시원을 상기시키며 그 자체로 가문의 영달을 상징하는 역사적 신화적 장소가 된다. 이러한 장소성은 여성 기행가사에서 자주 실현되는 특성이기도 한데[16], 친정가문의 정체성을 확인하여 자신의

---

13) 〈사향가〉, 밀양시 밀성 손씨 교동파 종가 손○식댁 소장자료.

14) 〈고원화류가〉, 『주해가사문학집성』(이상보 외, 집문당, 1997).

15) 오연정(鼇淵亭)은 추천(鄒川) 손영제 선생이 관직에서 물러난 후 고향으로 돌아와 지은 별서이다. 밀양시 교동동 모례에 위치하며, 여러 차례 불탔으나 밀성 손씨 후손들이 확장 중건하였다(손기현, 『국역 밀양누정록』, 밀양문화원, 2008, 38쪽).

16) 청량산 기행가사에서 '청량산'이 여성에게 시댁 문중에의 소속감을 확인하게 하는 장소 정체성을 드러내고 있는 양상이 그것이다(최은숙, 2013). 그러나 청량산 기행가사에서 장소는 동경의 공간이며 여정 자체가 순례의 성격을 지님에 비해 본고의 작품들에서 장소는 동질성을 확인하고 친정가문의 앞으로의 영달을 기원하는 성격이 더 강하다는 차이점이 있다.

소속감을 확인하는 측면도 있지만 앞으로의 영달을 기원하는 데에 더욱 치중하고 있다.

> 고향을 생각하고 엄마를 생각하면 심장이 구절허니 이런정사 또있던가 황락하던 우리집이 고목생화 이아닌가 어서바삐 가자셔라 기차를 잡아타니 가는기차 허리도라 인동땅 후려드니 산천은 여구한데 인물은 빈쟁이라 신월이 드러서니 황낙하든 우리집이 장대한 고구거각 반공에 솟았은터 원장은 바다같고 주문은 수첩이라 향중도객 청첩이라 사대봉사 재수차림 산진퇴미 다올랐네 〈중략〉
> 종남아 드러보소 금의환국 어서하여 울밑에 국화따서 김전미주 비져내고 옥반가호 작만하여 흥취있게 한번놀아 초두설치 하여보세 산신령님 드러보소 이산주룡 꿩장하여 최청룡 우백호에 새정기 다시솟아 우리집에 혈지되여 친외손 만당하고 부귀공명 가득하여 금관옥띠가 우리집에 가득하고 주춘기마가신원터에 가득하야 면면이 입각동량 장씨문중 새로훈렴 우리종당 퇴로당에 백발이 환휴하소[17]

이 작품은 제사 참여를 위해 친정을 방문한 화자의 사연을 서술한 가사이다.[18] 다른 작품들과 달리 작품의 많은 분량을 본격적인 여정이 시작되기 전 아버지가 일찍 돌아가시면서 겪게 된 슬픈 가족사에 대해 상세히 기록하고 있다. 그러한 앞뒤 부분을 연관하여 본다면, 친정방문 중의 유람은 회복된 가문을 확인하고 앞으로의 영달을 기원하는 과정이다. 현재와 미래에 펼쳐질 가문의 영광은 과거 겪었던 모든 어려움과 슬픔을 일시에 치유하는 역할을 한다. 따라서 친정방문의 본래

---

17) 〈진식모형제사십년후기천가〉, 밀양시 산외면 장문마을 장○저댁 소장자료.
18) 밀양 산외면에 생존했던 장○저 씨 소장 작품으로 친정방문가사인 기천가에 자신의 사연을 담아 재창작한 것으로 보인다. 현지 조사 결과 사설의 내용과 장○저 씨 친정가족사가 일치함을 확인할 수 있었다. 화자의 친정은 인동 장씨 세거지인 칠곡 인동이다.

의 목적인 제사를 마치고 별도의 유람을 떠나는 과정에서 흥취는 극에 달한다.

> 주책없이 즐거움은 우리형제 일반이나 형주야 들어보고 형제남매 담소하니 좋거든 좋지마난 강산구경 한번하세 적벽강 명월시난 소확산에 풍류로다 추수공장 천일색은 왕발의 신흥이요 추휴오동 염낙시는 백난척의직경이라 장하다 고인풍류 이렇듯 놀아시니 우리도 한번놀아 청춘에 유전하세 오매불망 우리어매 손잡고 일어나니 대소가 노소분이 일시에 일어난다 성경약도 좋은길에 천생산경 올라가니 삼산반낙 청천이요 이수중봉 백노주가 이곳이 아니런가 임진왜란 지난흔적 지금까지 유전이요 봉두암 단풍빛은 금수장 둘렀난듯 좌우로 관방하니 장송은 낙락하야 백학이 춤을 추고 암석은 어이하야 선경을 도우난듯 〈중략〉 먼산을 바라보니 대야동두 점점산에 장강은 도도하야 만고에 흘렀으니 이러한 좋은경개 아니놀고 어찌하리[19]

산길을 올라 봉두암을 비롯하여 주변 경관을 두루 살피는 모습을 묘사하였다. 봉두암은 단풍, 장송, 백학과 어울려 선경을 빚어내고 있으며, 장강과 함께 만고의 영원성을 기약하고 있다. 이로써 친정 방문 중의 유람은 과거의 아픔과 상처를 걷어내고 앞으로의 영화를 기약하는 여유로운 여정이 된다.

이상으로 친정방문 자체가 유람의 본 목적이 되는 작품을 중심으로 유람의 양상과 의미를 살펴보았다. 〈고원화류가〉, 〈진식모형제사십년후기천가〉, 〈사향가〉의 경우가 대표적인데, 이들 작품에서 유람은 동질적 유대감을 확보하는 기회가 되거나 친정 가문의 영달을 확인하고 기원하는 의미를 지니고 있다. 그래서 작품의 여정은 선조의 위업

---

19) 〈진식모형제사십년후기천가〉, 밀양시 산외면 장문마을 장○저 소장자료.

을 기억할 수 있는 장소이거나 현재나 미래의 영화를 확인하고 약속할
수 있는 장소였다. 따라서 이 과정에서의 여정은 그들에게 결코 낯선
공간이 아니지만, 그 공간은 가문과 가족을 통한 치유의 공간으로 재
의미화 된다.

2) 유희와 경쟁, 소통과정으로서의 유람

친정방문과 관련한 유람이라는 점에서 〈갑오열친가〉와 〈열친답가〉
도 앞의 작품과 궤를 같이 한다. 문중 친족들이 모처럼 함께 모인 것으
로 보아 잔치나 제사 등의 집안 행사가 있었고 평소에 흩어져 있던
딸들이 친정을 방문한 것으로 보인다. 그러나 앞서 살핀 바와 같이
친정 식구들과의 동질적 유대감 확보나 가문의 영달 기원 등은 이 작
품의 주된 관심이 아니다. 두 작품은 친정방문 중에 별도로 이루어진
유람과 유흥에 작품의 내용이 집중되어 있다. 놀이성 그 자체에 관심
이 있다는 것이다.

> 어와우리 족친들아 이너말삼 두어부소 동셔남북 헛친뎨류 금연갑오
> 하스월애 부란다시 모혀시니 션경노림 하오리다 동됴뎨손 우리짤내 강
> 졍유수 못골동남 쥬변하고 셩관잇기 구김업시 셜비하니 사월팔일 치길
> 일노 로슉쥬로 동남과 이른됴식 한연후애 젼후후웅 셔(로)모아 신졍노
> 널은길애 비잡기 느러셔셔 일보이보 행진ᄒ여 범북곡를 넘어셔니 홀입
> 한 보본뎨난 우리선조 광이군애 천여연 오랜역수 무훈니 혁혁하니 추
> 노지심 간결ᄒ다 록음이 몽농한대 은은히 보이난곳 축천션됴 백셰유적
> 오연졍이 거기로다[20]

---

20) 〈갑오열친가〉, 밀양시 밀성 손씨 교동파 종가 손백식 소장자료.

사설의 전개는 '출발-유람-놀이-소회-귀환'으로 두 작품이 동
일하다. 집에서 친족들과 함께 출발하여 범북곡, 장한정각, 오연정을
거쳐 금당에서 윷놀이를 하고 산신전에서 축원을 드린 후 종가댁으로
와서 식사를 하고 돌아오는 여정이다. 총 2박 3일의 일정 중 가장 서술
의 중심이 되는 여정은 오연정과 윷놀이 등이다.

> 오연정이 당도하니 호흡은 천축하나 사방경계 둘러보니 불유천지 여
> 기로다 청송녹주 우거진디 횡즈목은 마주서고 긔암긔석 질비한디 천작
> 으로 싱겨스나 인각이 분명하다 녹음이 울밀한디 무궁화목단화며 온갖
> 화초난만중이 그중에이빅일홍은 옷을벗고우쑥 등왕각 칠월달만 기다
> 리고 바러도다[21]

오연정은 가문의 역사성을 기억하게도 하지만 아름다운 자연풍광
을 감상할 수 있는 중요한 장소이다. 선조의 자취를 확인하는 순례적
여정으로서가 아니라 자연의 아름다움을 만끽하고 유흥의 분위기를
조성하는 장소로 서술된다.

> 뒷내강 흐른물은 동천수와 합수되여 남천강을 흘러가고 영남루를 감
> 돌아서 낙동강을 흘러가고 추하산 일지맥은 금수강산 명산이라 만년지
> 기 터를짝아 오연정 높은정각 반공이 우쑥하니 지혜유명 선조게서 즈
> 손영달 희망으로 이러케 정한정각 열성으로 건축하니 춘추로 노름처라
> 장하고 장할시라[22]

오연정은 선조께서 자손의 영달을 바라면서 지은 정각이지만 이제

---

21) 〈열친답가〉, 밀양시 밀성 손씨 교동파 손진식 소장자료.
22) 〈열친답가〉, 밀양시 밀성 손씨 교동파 손진식 소장자료.

는 봄가을 즐거운 놀이의 장이 되었다고 서술하고 있다. 이처럼 지역의 정자는 옛날부터 여러 문인들의 시창작의 주요 모티프가 되기도 했다. 현전하는 영남의 기행가사에 영남루를 노래한 작품이 있는데, 유람의 과정에서 만나는 아름다운 문화물로 그려진다. 따라서 이에 대한 시선과 감회는 유람의 즐거움을 더욱 강화하는 역할을 하였다.[23] 〈열친답가〉에 나타난 오연정 또한 역사적 대상물로서 가문의 위상이나 정체성 확보를 위한 동경의 공간이기보다는 유람의 놀이처로서의 역할이 강조되면서 여정의 흥취를 강화하는 장소로 기능하고 있음을 알 수 있다.

이렇게 볼 때 두 작품의 주요 여정인 누각과 정자는 자연을 감상하고 유람의 즐거움을 한층 높여주는 장소로서의 기능을 하고 있음을 알 수 있다. 이러한 상황은 이후 펼쳐지는 '윷놀이'와 연결되어 유희의 분위기는 고조된다. 일반적으로 여성 기행가사나 화전류에서 윷놀이는 향유자의 놀이에의 욕구를 충족시키고 함께 여행하는 사람들끼리의 유대감을 높이는 역할을 한다. 다음 〈여행가〉에서 그러한 양상을 확인할 수 있다.

> 온계정 너른마루 열친제죽 함게모여 척사대회 벌여노코 윷던지고 가사짓고 밤세도록 노는윷치 되계밧게 모르시네 윷리편 도라보니 풍정인는 노새댁네 웃부르니 윷치시고 모부르니 모이지네 빗날수록 우승기는 우리손에 떨어지네[24]

---

23) "한슈에 절차후이 영남누 조흔경을／두로두로 다니면서 역역히 지정하야／기기히 차자보니 야착ᄒᆞ다 단청칙ᄉᆞᆨ／어리그리 기절한고 연화봉 성진디사／팔선녀를 히롱한다 남양에 제강선싱／문붓기 천자오고 간남에 치련ᄒᆞ고／장안에 유협자들 디도상이 치마하고／상손이 ᄉᆞ로거ᄉᆞ 낙자성에 수절ᄒᆞ고／기절한 저화용을 어이다 기록하리"(〈영남루가〉, 최은숙, 앞의 논문, 2013.12, 517쪽)

그런데 〈갑오열친가〉와 〈열친답가〉에서 윷놀이에 대한 서술은 조금 다르게 나타난다. 실제 〈갑오열친가〉와 〈열친답가〉에서 윷놀이는 가사창작의 중요한 모티프가 되며 작품의 많은 비중을 윷놀이 장면 묘사에 할애하고 있다. 그런데 윷놀이에 대한 서술은 윷놀이 자체의 즐거움보다는 편을 갈라 벌이는 윷놀이를 통한 대결의 양상과 이를 둘러싼 승부욕에 치중해 있다.

 쌀내들과 중로시댁 편을갈나 윷승부난 삼국전장 방불ᄒ다 활협잇고 호승잇난 로소쌀내 거동보소 의의승승 호기롭고 들오신분 거동보소 윷 젓다고 병이나셔 위친하여 보낸음식 불고염치 쌔스다가 산신젼애 기도 ᄒ고 북행축수 한단거시 분노행발 몰라 남행배례 무산일고 칠십종부 읍비ᄒ고 지ᄉ댁 못골댁과 물봉댁 갓말댁과 가실댁 졍셩축원 두손을 합장하고 공손이 비난마리 승픠난 고스하고 중인첨시 슈기하니 한번승 첩 축원이요 지셩을 발원ᄒ나 목신도 감응업셔 그후슈판 쏘패ᄒ니 해 편댁 안골댁과 박동댁 퇴로댁은 만면의 슈긔지심 휘쥭휘쥭 구역구역 보기조코 우셔워라 파급도 그리못해 윷졋다고 슈가쥭나 칠순노인 몃몃 분고 두오산댁 담안댁과 고실댁 새터댁과 가실댁 인암댁과 위쳐에 여 러로유 뒷젼의 누엇다가 윷한갓치 안만지고 의미업시 분을닌다 담안택 거동보소 안온졍 이롱증애 한작구억 쌔여안ᄌ 우리쌀내 대졉밧고 감사 타고 치하ᄒ고 죽은다시 이실턴대 여문장 놉흔도둑 좌중애 득보로대 허명무식 그거동이 이리빈졍 져리빈졍 그중애도 우셔워라 오산댁 거동 보소 친구조코 놀기조토 오복이 흠업산대 좌중의 위대밧고 쳔연히 못 안잣고 더듬더듬 도젹끼고 황단한 그거동은 속일난니 ᄌ미잇고 혼ᄌ보 기 앗가와라 쥬지쥬지 여러로유 귀난어이 물어두어 말마다 다무르니 대답하기 힘이든다 우리교동 후덕을 출부업시 늘어ᄊ나 모든흉을 다할 나면 창젼일지 부족이라 무슈마랄 다하리오[25]

24) 〈여행기〉

윷놀이의 승부가 삼국전쟁을 방불케 한다고 표현하였다. 〈갑오열친가〉는 친정을 방문한 딸네들의 입장에서 서술되어서인지 윷놀이에 진 며느리들이 분을 품고 당황하는 모습을 해학적으로 묘사하였다. 그리고 승부에 집착하여 어른을 위해 보낸 음식을 빼앗아서 신신전에 바치면서까지 승리를 기원하지만 계속해서 패하여 억울해한다고 표현하였다. 며느리들의 이러한 우스꽝스런 모습은 상대적으로 딸들의 승리를 더욱 돋보이게 한다. 그런데 동일한 상황에 대한 〈열친답가〉의 묘사는 정반대이다.

> 박동딕 석동딕은 쌀닉듕에 어른이요 연치도 정숙하고 항렬도 높아스나 고금지ㅅ 알듯하여 은근이 사람으로 저것들을 경계하여 그런힝동 못하도록 일러주라 할것인제 도리여 분을너여 연철한 쌀녀들을 양기를 도와주니 노소야 다를망정 가계는 긔편이오 초록은 동색이라 가석하리 한심하오 〈중략〉 동동족족 솜시대로 열두가지 가진편을 정주소주 포도주며 정골이야 육장이야 각식찌짐 나물세와 함지에 이고지고 보낸 것을 지각잇난 부인들이 그저먹기 아가와서 산신전이 기도하고 이정즈 퇴락거든 즈손들이 수보하여 만더분하 나리도록 명현달ㅅ 일어나서 누더영창 율동하고 남극성이 비처서니 좌중이 노인분늬 남산하수 하라시고 탐환한 이시상도 국틱민안 어서더여 즈손영달 잘더라고 합중하고 발은할지 상업는 딸리들은 윷이기라 빈하다고 풍비한 만은음식 입맛더로 포식하고 삼일만이 도라올지 사찰한 졈은 종부 고구마를 가져와셔 누샹이셔 실컨먹고[26]

〈열친답가〉를 확인해 봐도 윷놀이에서 딸들이 승리를 하고, 며느리

---

25) 〈갑오열친가〉, 밀양시 밀성 손씨 교동파 종가 손백식 소장자료.
26) 〈열친답가〉, 밀양시 밀성 손씨 교동파 손진식 소장자료.

들 중 몇몇이 윷놀이에 진 분함을 표현한 것, 마련한 음식으로 며느리들이 산신전에 기도한 것은 모두 실제 사실이다. 그러나 며느리의 입장에서 서술된 〈열친답가〉에서는 윷놀이에 임하는 딸들의 모습은 몹시 경박스럽다. 또한 며느리들이 산신전에 기원한 것은 자식들의 영달과 국태민안을 위한 것인데, 딸들이 이를 잘못 알고 요란을 떤다고 항변한다. 그러나 이들의 언술이 서로 간의 대결을 통한 심각한 갈등의 양상으로 치닫지는 않는다.

우스꽝스런 인물묘사, 동일한 상황에 대한 서로 다른 해석과 변명이 서로 얽혀 가사 읽기의 재미가 더욱 커진다. 한편 이외에도 이들 가사가 심각한 갈등으로 치닫지 않는 이유는 화자들 스스로의 자부심와 여유에 기인한다.

(가) 우리딸내 드러보소 인걸은 지영으로 교남애 지일명승 밀양교동 출성하나 범문화별 션죠유읍 우리모도 쏜을바다 유한경경 자라나이 손시문 딸내라면 뉘아니 앙망하리 고문가에 츌가하니 간곳마다 등명이라 효봉구고 성순군자 잔자롭 치산골몰 인생셰미 거이맛고 로약이 한가비로 향산비원 구어잡아 한미록록 여행이야 월무족을 횡천ᄒ며 우리고행 빗최리ᄅ 구십츈광 혼만할미 츄우오동 염낙시애 셕양산식 지난해애 몽몽한 쁜구람아 우리교동 지나가나 슬피슬피 지졈터니 남풍사월 록음승젼 곳곳마다 길른비러 한목못기 되여시나 슬푸다 내소희야 수신동이 영연ᄒ여 반지지통 내회포랄 유명간애 반길년가 형우뎨공 우남미 션후 착낙 분ᄒ여라27)

(나) 편을갈라 윷놀적이 들어오신 부인들은 명문더가 선정가이 내너 측편 예절이며 진선진미 행동으로 유한정정 본성이라 윷가치 쩐져놓고

---
27) 〈갑오열친가〉

선희달라 아니하고 천연하고 정숙한디 졀믄짤네 거동보소 모욪한번 하
고나면 손벽치고 씨고졀고 춤추고 야로하니 여ᄌ힝동 망측하다 지각잇
는 부인들은 가짠고 희기하여 묵묵무은 안ᄌ스니[28)]

(가)는 딸네들의 친정가문에 대한 자부심을 (나)는 며느리들 스스로
의 자존심을 드러낸 부분이다. 이러한 스스로에 대한 자부심은 상황을
한결 여유롭게 받아들이게 한다. 그래서 윷놀이로 시작한 놀이성은
상호소통의 즐거움으로 이어진다.

> (가) 샹하로소 동참ᄒ니 갑오사월 초팔일애 짤녀덕댁 잘논말을 셰셰
> 생생 유젼ᄒ소 옛안덕 이번불참 율지사 애들ᄒ다 문쟝명필 담안댁아
> 흉중애 고금사랄 여자라쇼 층하리요 칠십여년 감초앗다 잇쩌한번 터러
> 니고 셔산낙일 미구불원 부디부디 답가ᄒ소[29)]

> (나) 희담으로 농담으로 서로허물 노허말고 이번이 잘논사정 곳곳
> 에 전할지라 슬푸다 노류님네 인심가 빅년일가 수ᄉ지연 우리등이 조
> 모이 극한지라 일왕월디 ᄲ른세월 산두이 부운이요 물우이 거품이라
> 슬푸다 허훈낙심 노인심ᄉ 일반이라 잘놀다가 가신후이 오러오러 향
> 수하여 빅발이 환혹하고 낙지가 무ᄉ토록 기골이 건강하여 ᄯ다시 오
> 시거든 이번역ᄉ 기억하고 우리제유 생각하소 ᄶ염없이 안락소문 삭
> 삭이 듯사이다[30)]

'칠십여년 감추었던 이때한번 털어내소', '부디부디 답가하고'라는
구절을 참고하면 딸네들의 요청에 의해 서로 간의 화답이 이루어진

---

28) 〈열친답가〉
29) 〈갑오열친가〉
30) 〈열친답가〉

것을 알 수 있다. 그리고 며느리들은 한바탕 잘 논 일을 오래오래 간직하고 건강할 것을 시누이에게 당부한다. 서로에 대한 경계와 조롱은 스스로에 대한 자부심을 거쳐 여유로움으로 이어진다.

이렇게 볼 때 유람 과정에서의 윷놀이를 통한 놀이성은 가사 창작을 통한 상호소통의 즐거움으로 마무리되고 있다고 할 수 있다.[31) 가사창작과 유통이 또 하나의 놀이로서 기능하고 있음을 알 수 있는 부분이다.[32)

이상으로 경남지역 친정 방문 관련 기행가사 〈갑오열친가〉와 〈열친답가〉를 중심으로 놀이의 양상과 의미를 살펴보았다. 이들 가사에서 친정으로의 유람은 친정 방문 중에 별도로 이루어진 유람과 유흥이 중심을 이루고 있다. 따라서 친정가문을 상징하는 중요한 여정은 역사적 대상이나 가문의 위상을 드러내는 장소라기보다는 유람의 놀이처로서의 역할이 강조되며 놀이의 흥취를 돋우는 역할을 한다. 여기에 '윷놀이' 장면은 사설의 중요한 비중을 차지하면서 서로 다른 집단 간의 논쟁과 경계를 통해 색다른 유희의 장을 마련한다. 그러나 논쟁과 경계가 집단 간의 심각한 갈등으로 이어지는 것은 아닌데, 그 역할을 가사 창작과 향유라는 문화적 행위가 담당한다. 가사 창작을 통해 서

---

31) 이러한 양상은 〈반조화전가〉, 〈기수가〉 등의 문답형 가사에서도 나타난다. 특히 〈갑오열친가〉와 〈열친답가〉는 〈기수가〉와 비슷하다. 그러나 〈기수가〉의 화해가 윗대 항렬에 해당하는 사람의 가사 작품에 의해 조정된다면 〈갑오열친가〉와 〈열친가〉는 딸네들과 며느리 스스로 가사창작을 통해 화해를 시도하고 있다. 〈반조화전가〉 및 〈기수가〉에 대해서는 박경주, 「〈반조화전가〉, 〈기수가〉 연작에 나타난 해학과 풍자의 변주」, 『한국문학이론과 비평』 26, 한국문학이론과 비평학회, 2005, 205~229쪽 참조. 문답형 연작가사가 주로 〈반조화전가〉처럼 남녀 간에 이루지는 경우가 많고, 〈기수가〉처럼 여성들 간의 논쟁을 담은 작품이 흔하지 않다는 사실을 감안할 때 이들 두 작품은 새로운 주목을 필요로 한다.

32) 이러한 양상에 대해서는 권순회의 논의를 참조할 수 있다(권순회, 「조롱 형태의 놀이로서의 규방가사」, 『民族文化硏究』 42, 고려대민족문화연구원, 2005, 105~144쪽).

로의 마음을 터놓고 즐기며 이를 통한 화해의 분위기를 만들어내기
때문이다.

4. 결론

본고의 목적은 경남지역의 여성 기행가사를 주목하고 작품에 나타
난 유람의 양상과 문화적 의미를 살피는 것이다. 이를 위해 먼저 '유람'
을 모티프로 하고 있는 경남지역의 여성가사의 존재양상을 대표적인
작품을 중심으로 개관하였다. 〈희인사유람ㄱ〉, 〈금강산유산록가〉,
〈여행가라〉, 〈송비산가〉 등 산수 명승지 유람 자체가 목적인 경우와
〈고원화류가〉, 〈진식모형제사십년후기천가〉, 〈갑오열친가〉, 〈열친답
가〉, 〈사향가〉 등 친정방문과 문중놀이 중에 유람이 이루진 경우로
구분할 수 있다.

이 가운데에 본고는 친정방문과 문중놀이 중에 유람이 이루어진 경
우를 집중적으로 살폈다. 이들은 기행가사의 중요한 특징인 유람의
양상도 확인할 수 있으면서 더불어 여성들의 놀이와 감상을 더욱 섬세
히 읽어낼 수 있기 때문이다.

친정방문 관련 가사에 나타난 유람의 목적은 두 가지이다. 친정 방
문 자체가 목적인 경우와 친정 방문 이후의 유흥이 목적인 경우이다.
전자의 여정이 '친정으로 가는 과정-친정 방문-산이나 정자-유흥
귀로'로 정리될 수 있다면 후자는 친정 방문 이후 유람의 여정과 유흥
에 집중되어 있다.

친정 방문 자체가 목적인 경우 유람은 동질감의 확보와 치유의 과정
으로서 의미를 지닌다. 〈고원화류가〉, 〈진식모형제사십년후기천가〉,

〈사향가〉의 경우가 대표적이다. 이들 작품에서 유람은 동질적 유대감을 확보하는 기회가 되거나 친정가문의 영달을 확인하고 기원하는 의미를 지니고 있다. 그래서 작품의 여정은 선조의 위업을 기억할 수 있는 장소이거나 현재나 미래의 영화를 확인하고 약속할 수 있는 장소였다. 따라서 이 과정에서의 여정은 그들에게 결코 낯설지 않은 공간이지만 그 공간은 가문과 가족을 통한 치유의 공간으로 재의미화 된다.

친정 방문 이후 유람과 유흥이 목적인 경우는 〈갑오열친가〉와 〈열친답가〉가 있다. 특히 두 작품은 친정을 방문한 딸네들과 집안의 며느리들이 서로 주고 받은 연작형가사로서 주목을 끈다. 작품 내에서 가문을 상징하는 장소가 이들 작품에서는 자연의 아름다움을 만끽하고 유흥의 분위기를 조성하는 장소로 변환된다. 여기서 벌어지는 윷놀이는 승부욕을 자극하면서 서로에 대한 조롱과 경계를 유발하는 유흥의 장이 된다. 한편 이러한 놀이성은 가사를 창작하고 서로 주고받는 과정을 통해 더욱 강화되는데 그 과정이 〈갑오열친가〉와 〈열친답가〉에 그대로 나타난다. 이로써 가사 창작과 유통은 현장의 즐거움을 강화하고 서로 소통하게 하는 중요한 문화적 행위가 되고 있다는 것을 알 수 있다.

지금까지의 여성 기행가사 연구는 주로 안동권을 중심으로 진행되었다. 이러한 점에서 경남지역 전승 여성 기행가사에 대한 조명은 지역적으로 텍스트의 외연을 넓혔다는 점에서 의미가 있다.[33] 특히 현장

---

33) 기행가사는 공간과 장소를 주요 모티프로 하고 있기 때문에 지역학적 차원에서 공간의 의미화나 장소성에 대해 탐구할 수 있는 중요한 유형이다. 경북지역 여성 기행가사가 문중놀이를 기반으로 한 여성의 정체성에 대한 공식적 함의를 지니는 반면 경남지역 여성 가사는 본고를 통해 논의되었듯이 친정방문을 여성 자신의 정서적 정체성을 확인하는 기회로 삼고 있음을 확인할 수 있다. 그러나 이러한 구분을 위해서는 가사향유 및 전승에 대한 집중적인 고찰이 더 필요하다.

조사를 통한 여성기행가사의 텍스트 확충과 작품 존재 양상의 확인은 가사 전승과 텍스트 연구에 중요한 기여를 할 수 있을 것이다. 또 한편으로는 친정방문 관련 가사에 대한 집중적 조명이 기행가사의 특성과 의미를 더욱 다채롭게 부각시킬 수 있다는 의의를 지닌다.

〈갑오열친가〉와 〈답가〉의
작품 특성 및 전승 양상

1. 서론

이 글은 〈갑오열친가〉와 그 답가인 〈답가〉의 작품 특성과 전승양상을 살피고 그 의미를 살피는 것이 목적이다. 〈갑오열친가〉와 〈답가〉는 친정 방문을 계기로 이루어진 문중놀이의 현장과 향유자의 감상을 담은 화답형 가사 작품이다. 작품 창작 시기와 작자를 확인할 수 있고 화답형이라는 독특한 형태를 띠고 있다는 점에서 주목할 만한 작품이며, 특히 현재에도 이들의 창작과 전승에 대한 증언을 확보할 수 있다는 점에서 본격적인 고찰이 필요하다.[1]

〈갑오열친가〉와 〈답가〉는 경남 밀양 밀성 손씨 교동파 문중에서 소장하고 있는 필사본 가사이다. 두루마리 형태의 한지에 두 작품이 함께 필사되어 있으며 증언 및 작품 내용을 참고할 때 필사연대는 '갑오년' 즉 1954년으로 추정된다. 밀성 손씨 교동파의 딸과 이 문중으로

---

[1] 문중놀이의 현장을 담고 있는 화답형 가사 작품에 대한 고찰은 몇 차례 이루진 바가 있다. 백순철, 권순회, 류해춘 등에 의해 대표적인 유형, 작품 특성과 미의식, 개별 작품 분석이 이루어졌다. 〈갑오열친가〉와 〈답가〉 또한 선행 연구를 통해 밝혀진 문답형 규방가사의 자장 안에 있는 작품이다. 그러나 기존 연구들이 주로 텍스트 중심의 연구에 그친데 비해 이들 가사에 대해서는 그 창작 및 필사 그리고 전승 양상을 증언을 통해 확인할 수 있다는 점에서 가사 창작 및 전승에 대한 보다 확장된 논의가 가능할 것이라 본다.

시집온 담안댁이라는 며느리가 주고 받은 가사이다.

이 작품들은 경남 지역 여성가사의 행방을 찾아 현장 답사를 하던 중 전(前)밀양문화원 손기현 씨와 산외면 정문마을 손한식(85) 씨의 제보를 받고 밀성 손씨 교동파 종가를 찾아 종손인 손백식(90) 씨와 같은 문중 출신인 손진식(76) 씨로부터 입수한 자료이다. 또한 밀양의 박창규 씨 편저 『효경대의(孝經大義)』에 두 작품의 현대역이 실려 있어 가사의 전체 내용을 다시 확인할 수 있다. 한편 밀양시 정문마을 이순희(86) 씨 또한 이 작품들의 창작 및 필사에 대한 기억을 그대로 가지고 있는 것으로 보아 이 작품에 대한 인지도는 밀양 내에서 꽤 높은 편이라는 것을 확인할 수 있다.

이상의 내용을 통해 볼 때, 〈갑오열친가〉와 〈답가〉는 텍스트 자체가 그대로 보존되어 있고, 화답형이라는 독특한 형태를 지니고 있을 뿐 아니라 문중 내의 놀이와 가사 창작과 향유, 그리고 후대의 전승 과정을 모두 확인할 수 있다는 점에서 중요하다. 텍스트 자체에 대한 접근, 향유와 전승에 대한 접근, 그리고 향유자의 가사 창작에 대한 의식과 태도를 추정할 수 있어 문화적 접근에 유리하다. 이를 위해 먼저 작품 자체에 대한 텍스트 내적 분석을 한 후 작품의 창작과 향유 양상에 대해 전승자들의 증언을 통해 확인하고 그 의미를 도출하기로 한다. 현장조사를 통한 새로운 가사 작품의 발굴과 현지 증언을 통한 전승 및 향유의 양상을 고찰함으로써 여성가사의 정체성과 전승연구에 기여할 수 있을 것이다.

2. 텍스트 존재 양상과 특성

〈갑오열친가〉와 〈답가〉는 시집 간 여성이 친정 방문 이후 친족들과 함께 한 문중놀이의 양상과 감상을 담은 가사 작품이다. 여성 기행가사 중 방문형 가사에 해당되며 올케와 며느리가 주고 받은 화답형 가사에 해당한다. 새로 발굴한 자료이고 본격적인 고찰이 없었기 때문에 작품의 존재양상과 특성에 대해 먼저 살펴보기로 한다.

1) 텍스트 존재 양상

밀양의 밀성 손씨 교동파 문중과 지역 내에서 필사본으로 전승되고 있다. 교동파 종손인 손백식 씨 소장자료와 손진식 씨 필사자료가 있으며, 밀양지역 박창규 씨가 편찬한 『효경대의(孝經大義)』에도 필사 자료가 전한다.

손백식 씨 소장자료는 종가에서 전해 온 자료로서 두루마리 형태의 한지에 필사되어 있다. 필사연대는 제목이 '갑오열친가'라고 되어 있으며, 본문 가운데에 '상공애 비행기와 대륙애 자동차가 남북통일 셩업이라'라는 구절이 나오는 것으로 보아 1954년이라 추정할 수 있다. 필사시기는 1950년대이지만 텍스트에는 'ㆍ', 'ㅺ, ㅽ'이 사용되고 있고, 두음법칙과 구개음화가 적용되지 않지 않은 것으로 보아 전통적인 가사 창작 및 필사의 관습 아래에서 창작 혹은 필사된 작품이라 할 수 있다.

작품의 화자 및 창작자는 밀성 손씨 교동파 문중의 딸과 며느리인데, 소장자 손백식 씨는 이들이 할아버지의 누님과 집안 며느리인 담안댁이라고 증언하였다. 집안의 올케와 시누가 서로 화답한 가사인데, 이러한 화답의 형식은 화전가류의 가사에서 종종 나타나는 형태이며, 특히 올케와 시누이의 화답 가사는 합천 화양동의 〈기수가〉에서도 확인된 바이다. 따라서 〈갑오열친가〉와 〈답가〉 또한 놀이의 현장에서 놀이성을 강화하면서도 이질적인 집단 간의 의사소통의 욕구와 해소를 가사를 통해 실현하였던 전통이 근대에까지 이어지고 있음을 확인해 주는 중요한 자료이다.

손백식 씨가 소장하고 있는 가사 작품은 모두 세 편이다. 〈갑오열친가〉와 〈답가〉, 〈여행기라〉, 〈금강산유산록가〉가 그것인데 공교롭게도 모두 기행가사에 속한다. 문중이 대대로 윤택하였고, 부친께서 특히 여행을 좋아하셨다고 한다. 〈여행기라〉는 1970년대 작품으로 집안의 어른들을 모시고 전국 주요 명승지를 탐방한 기록을 담고 있고, 〈금강산유산록가〉[2]도 금강산 유람의 여정과 감상을 기록하고 있어 놀이와 여행 그리고 가사 창작 및 필사가 하나의 문화 행위로 영위되었음을 확인할 수 있다. 따라서 〈갑오열친가〉와 〈답가〉도 이러한 일련의 과정 속에 창작 및 필사된 자료로 보인다.

다만 손백식 씨 소장자료에는 〈답가〉의 뒷부분이 소실되어 있다. 한지를 풀로 이어 붙인 흔적이 남아 있고 내용이 완결되지 않은 것으로 보아 뒷부분이 더 있었던 것으로 보인다. 현전하는 다른 자료와 비교해 볼 때 남아있는 부분이 거의 일치하므로 소실된 부분의 내용은 다른 자료를 참고로 하여 그 내용은 충분히 예측 가능하다.

한편 〈갑오열친가〉와 〈답가〉는 밀성 손씨 교동파 문중에서 출가한

---

[2] 〈금강산유람기라〉 역시 두루마리 한지에 필사된 작품이다. 뒷면에 다른 종이를 덧대어 붙인 흔적이 있고, 이 덧붙인 종이가 일본어로 된 인쇄용지임을 감안할 때, 필사 및 향유시기가 〈갑오열친가〉보다는 이전 것이라 보이며, 필사 이후 여러 번 자주 읽혀졌음을 알 수 있다. 부친이 금강산을 두 번 정도 유람하여 사진도 남기고 있다는 손백식 씨 증언을 참고하면, 부친이나 동행했던 문중 어른에 의해 필사된 가사 작품이라 추정할 수 있다. 이에 대해서는 별도의 고찰이 필요하다.

손진식 씨(76)에 의해서도 필사되어 보존되어 있다. 손진식 씨 자료는 한지로 된 책자 안에 다른 작품과 함께 필사되어 있다. 문중 전승 자료를 그대로 베껴 필사한 자료이며, 손백식 씨 소장자료와 거의 동일하다. 그럼에도 이 자료는 손백식 씨 소장자료에서 소실된 〈답가〉의 뒷부분이 끝까지 필사되어 있다는 점에서 중요하다.

마지막으로 밀양의 박창규 씨가 편찬한 책자인 『효경대의(孝經大義)』 안에 〈갑오열친가〉와 〈답가〉가 기록되어 있다. 현대역으로 기록되어 있으며 다른 필사본 가사들이 행 구분 없이 길게 연결된 데 비해, 이 자료는 4.4.조로 네 구씩 배열하고 있다. 전승하는 가사의 뜻과 내용을 집안 어르신의 자문을 통해 현대역으로 기록했기 때문에 큰 변개는 없다. 필사자료와 대조한 결과 글자의 오기 및 의미의 전환이 일어난 부분이 몇 군데 있을 뿐이다.

이상으로 〈갑오열친가〉와 〈답가〉의 작품 존재양상에 대해 살펴보았다. 밀성 손씨 교동파 종가 손백식 씨 소장자료, 교동파 문중 따님인 손진식 씨 필사자료, 그리고 지역인에 의해 편찬된 책자 속에서 현대역한 작품을 확인할 수 있다. 작품의 이본 생성이나 변개가 일어난 흔적은 없으며 원본의 충실한 필사와 보존에 치중해 있다고 볼 수 있다. 이는 작품의 창작자가 명확하기 때문이기도 하고 가사의 필사 행위가 충실한 작품 재현에 주된 목적이 있었다는 것을 알 수 있다. 이에 대해서는 전승 양상에서 자세히 다루도록 한다.

2) 작품 구성 방식과 특징

〈갑오열친가〉와 〈답가〉는 앞에서 살핀 세 개의 자료를 상호 대조함으로써 작품의 내용과 형태를 확정할 수 있다. 친정을 방문하고 이를 계기로 유람과 놀이를 즐기는 일련의 가사가 있는데, 이들 가사에는 오랫동안 시댁에서 느낀 낯선 감정과 이질감을 해소하고 놀이를 통한 긴장과 이완을 추구하는 작품이 많다. 〈갑오열친가〉 또한 이와 같은 가사에 속하는데 작품의 내용상 놀이의 현장 묘사 및 승부를 통한 놀이성이 특히 강조되어 있다.

일반적으로 친정방문의 가사는 기행가사의 범주에 속하는데 그 이유는 친정으로 가기까지와 친정에서 놀이처로 가는 여정 및 견문 감상 등이 있기 때문이다. 사실 친정은 특별하거나 낯선 여행지가 아니다. 그럼에도 친정방문은 바깥출입이 어려웠던 여성들에게 좀처럼 얻기 힘든 외출의 기회였고, 일상의 탈출이 가능한 기회였다. 따라서 이들 가사에는 여정이나 놀이의 준비과정이 비교적 길게 서술되어 있다. 동일한 제목을 가진 다른 지역 작품인 〈열친가〉[3]를 통해 확인해 보도록 하자.

> 우리여ㅈ 무습죄가 극중ㅎ여 나고들고 조심인고 적연그린 우리들 슉질동반 봉축도 히귀할쑨 써마춤 가절이ㄹ 풍호무우 요호귀난 증점의 언힝이요 등순일슈 경일귀난 구양슈의 시흥이라 선현에 너신유법 우리 어이 못할손가 노림날을 퇴정하니 화충이 말ㄱ가고 노렴중소 션정ㅎ니 달성고원 좃타ㅎ들 부여힝지 가당챤코 션영호을 가ㅈ흔들 도로가 낙낙ㅎ다 <u>아마도 우리노림 졍쳐가 어디민야</u> 강경으로 가ㅈ셔ㄹ 손면슈류 더욱좃타 심리평ㅅ 양유안이 녹의홍숭 압세우고 반빅중츅 뒤싸라 보보등심 건닐젹이 풍경도 좃커니와 마음좃츠 숭쾌ㅎ다

---

3) 〈열친가〉의 작자와 창작연대는 미상이다. 이 가사는 십여 년만에 친정(親庭)에 돌아와 형제(兄弟)들을 모아 놓고 놀음날을 택하여 옛일을 추억으로 더듬어 가면서 놀다가 문득 생각하니 이 놀음이 끝나면 다시 이별(離別)이라고 서러워하면서 또 다시 만날 날을 기약하는 내용으로, 친척(親戚)을 그리워하는 가사이다. 〈열친가〉의 출처는 영천군 자양면 일대이며, 필사자는 토골댁이다(임기중 『한국역대가사문학집성』의 해제).

〈중략〉

여조유힝 가진마음 구가을 이질소냐 팔공순 노푼봉이 빅운이 짓퍼도
드 그넘에 바라보니 율니쳥용 예계로드 신쳔교 건너모아 옹두순을 지
졈훈이 슈셩이 예계로다 동북으로 머리드리 도덕산을 바라본이 셕벽은
압암ᄒ고 쳥유는 존완한더 슈긔영영 모혀신이 연경이 이로구나 금호의
비을씌와 약우로 올나갈지 아양교 좀짠올나 향임을 ᄇ라본이 도동이
이안이야 그미볼 나려본이 신기동이 예계로다 그비을 드시트고 액노층
중 ᄎᄌ본이 오죵동도 지쳑이요 ᄒ양부곡 거기로다 오라마 날격으로
지젹소리 쉬난곳이 경순즁빵 지근일쇠 그비가셔 느래몰라 낙동강슈 구
어두이 셕젼이 노파잇고 순풍에 돗홀다라 ᄎ강으로 나리셔니 우편인난
소리동과 좌편이는 승동이라 슈로육노 쥬유ᄒ니 여ᄌ심ᄉ 쾌활ᄒ다4)

〈열친가〉에서 사설구성은 여정을 중심으로 한다. '아마도 우리노림
졍쳐가 어듸미야'라는 여정 탐색의 언술이 나타나며, 사설 뒷부분은
신천교 – 수성 – 연경 – 아양교 – 도동 – 신기동 – 경산 등 대구 지역 일
대의 여정이 중심을 이루고 있다. 이에 비해 〈갑오열친가〉는 여정보다
는 놀이처에서의 유흥 장면이 부각되어 있다. 따라서 작품의 구성은
오연정에서의 놀이와 윷놀이 등 유흥에 집중되어 있다.

하로밤 지날젹애 오륙십명 노소즁인 쳥방이 가득차셔 로인거쳐 편ᄒ
리오 사갈갓흔 졀문딸니 잇난흥 업난흥을 밤을쇠와 야로ᄒ니 구순팔순
로인분내 한경잡을 일울손가 미를들고 ᄭ즁한들 그말삼을 션탁할가 흥
치랄 못이겨셔 윷ᄌ리애 츔을츄고 장단맛차 소리ᄒ니 태동죵슉 거동보
소 셔울구경 다해시나 이런구경 쳐음이라 딸내가 화물인쥴 너해들노
아리로다 하로밤 세운욕이 지루하고 무셔워라 그날밤 자고나셔 아참밥

4) 〈열친가〉, 임기중 『한국역대가사문학집성』, KRPIA_누리미디어, 『규방가사 I –가사문
학대계③』(한국정신문화연구원 고전자료편찬실, 1979).

먹고나니 은영한 송쥭사이 비잡기 오난여과 갓진편엿 과즈며 졈쥬소쥬
경종탁쥬 집집이 슈하드리 효심도 쓸즉하다 쌀내들과 중로시댁 편을갈
나 윷승부난 삼국전장 방불ㅎ다[5]

문중 제실인 오연정에 남녀노소가 모여서 밤을 새워 노는데 노인들
이 매를 들고 꾸중할 만큼 놀이판은 요란스럽다. '흥치랄 못이겨셔 윷
즈리애 츔을츄고 장단맛차 소리ㅎ니'와 같은 서술에서 알 수 있듯이
모두가 흥에 겨워 춤을 추고 장단을 치며 노래를 한다. 거기에 삼국전
쟁을 방불할 만큼 요란스러운 윷놀이가 벌어진다. 이러한 놀이판은
자손들이 챙겨 온 온갖 술과 먹거리로 풍성하고 흥겨운 자리가 된다.
이어서 펼쳐지는 윷놀이의 광경은 전체 작품에서 큰 비중을 차지하며
묘사된다. 한 사람 한 사람의 이름과 행동이 언급되어 현장성을 살리
고 있다.

활협잇고 호승잇난 로소쌀내 거동보소 의의승승 호기롭고 들오신분
거동보소 윷졋다고 병이나셔 위친하여 보낸음식 불고염치 쨰스다가 산
신전애 기도ㅎ고 북행츅수 한단거시 분노행발 몰라 남행배례 무산일고
칠십종부 읍비ㅎ고 지스댁 못골댁과 물봉댁 갓말댁과 가실댁 정성츅원
두손을 합쟝하고 공손이 비난마리 승픽난 고소하고 중인첩시 슈기하니
한번승쳡 츅원이요 지성을 발원ㅎ나 목신도 감응업셔 그후슈판 쏘패ㅎ
니 해편댁 안골댁과 박동댁 퇴로댁은 만면의 슈긔지심 휘쥭휘쥭 구역
구역 보기조코 우셔워라 파급도 그리못해 윷졋다고 슈가쥭나 칠순노인
몃몃분고 두오산댁 담안댁과 고실댁 새터댁과 가실댁 인암댁과 위쳐에
여러로유 뒷젼의 누엇다가 윷한갓치 안만지고 의미업시 분을닌다 담안

5) 〈갑오열친가〉. 텍스트의 인용은 가독성을 위해 띄어쓰기를 하여 제시하고, 표기는 작품
의 실상을 그대로 보여준다는 측면에서 원문 그대로 따른다.

택 거동보소 안온정 이롱증애 한작구역 씨여안즈 우리쑬내 대접밧고
감사타고 치하ᄒ고 죽은다시 이실턴대 여문장 놉흔도둑 좌즁애 득보로
대 허명무식 그거동이 이리빈졍 져리빈졍 그즁애도 우셔워라 오산대
거동보소 친구조코 놀기조코 오복이 흡업산대 좌즁의 위대밧고 쳔연히
못안잣고 더듬더듬 도젹씨고 황단한 그거동은 속일난니 즈미잇고 혼즈
보기 앗가와라 쥬지쥬지 여러로유 귀난어이 물어두어 말마다 다무르니
대답하기 힘이든다 우리교동 후덕을 출부업시 늘어쑤나 모든흥을 다할
나면 창견일지 부족이라 우슈마랄 다하리오[6]

윷놀이 자체가 놀이판의 흥을 더하는 역할을 하지만, 딸들과 며느
리의 승부는 놀이판의 분위기를 더욱 달아오르게 한다. 그러면서 승부
에 진 며느리들의 행동을 우스꽝스럽게 묘사함으로써 놀이의 재미는
더욱 커진다. 그리고 여기에 답가가 이어지면서 윷놀이에서의 승부는
가사 짓기에의 승부로 이어진다. 놀이와 가사 창작 및 필사가 일련의
문화적 행위로 실현되고 있는 것이다.

이렇게 볼 때 〈갑오열친가〉는 친정방문을 계기로 창작된 기행가사
이면서 여정이나 견문보다는 놀이의 현장성이 강화된 사설 구성을 지
니고 있다고 볼 수 있다. 앞서 살핀 〈열친가〉와 〈갑오열친가〉의 사설
구성을 시각화하면 다음과 같다.

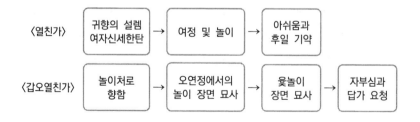

---

6) 〈갑오열친가〉

한편 〈갑오열친가〉에서 놀이의 성격을 강화하였던 상대에 대한 놀림과 조롱은 〈답가〉를 통해 긴장과 이완이 함께 이루어진다. 〈답가〉의 사설 구성은 〈갑오열친가〉의 구조를 그대로 따르고 있으면서 며느리의 입장에서 놀이의 장면이 재연된다. 그러한 과정을 통해 〈갑오열친가〉에서의 우열에 균열이 생긴다.

> (가) 견문업시 교동와서 국축이도 갓첫다가 쌀니오면 소풍할가 기다리던 그정성을 우리차마괄시할가[7]

> (나) 여보시오 쌀넘내야 이닉말숨 드러보소 동셔남북 헛터안즈 쳔원기슈 그리다가 회포만에 기쳔ᄒ여 열친쳑지 졍화ᄒ고 회락담소 증쟁할시 문쟝께 추품ᄒ고 유사께 애걸ᄒ여 션졍노림 시겨달나 쥬야로 단이면셔 보체고 또보치니 괴롭고 귀찬ᄒ다 어지신 마음으로 차마괄시 할거업셔 션션이 허락바다 하ᄉ월 초사일애 놀기랄 작졍ᄒ니 일마나 유리할소 문쟝인이 분부ᄒ디 쌀니는 외인이라 생로인즁 로인들 갓치가기 명여ᄒ니 얼시구나 조흘시고 일각이 여삼츄라 굴지기일 고디타가 어언간 당일이라 동셔로 모화들어[8]

〈갑오열친가〉를 참고하면, 오연정에서의 문중놀이가 성사된 것은 순전히 집안 며느리들을 위한 딸들의 넓은 아량 덕분이다. 집안의 놀이는 아무나 요구할 수 없기에 며느리들은 딸들이 친정에 오기만을 간절히 기다렸고, 딸들의 요청에 의해 며느리들도 놀이에 함께 할 수 있다는 말이다. 그런데 〈답가〉에서의 해석은 전혀 다르다. 친정방문 이후 딸들이 집안의 어른들에게 문중놀이를 해 달라고 보채고 또 보채

---

7) 〈갑오열친가〉

8) 〈답가〉

며 귀찮게 하자 집안 어른들이 할 수 없이 문중놀이를 허락하였다. 그러나 집안 어른들은 딸들은 이미 출가외인이므로 이 놀이의 중심은 철저히 집안 어른들과 며느리들이 중심이 되어야 한다고 분부를 내렸다고 서술하였다. 이로써 〈갑오열친가〉에서 시혜의 입장으로 아량을 베풀던 딸들의 모습은 〈답가〉에 오면 놀고 싶어 떼를 쓰는 철부지의 모습으로 바뀌고 만다.

(가) 편을갈나 웃승부난 삼국전장 방불ᄒ다 활협잇고 호승잇난 로소 쌀내 거동보소 의의승승호기롭고 들오신분 거동보소 웃것다고 병이나셔 위친하여 보낸음식 불고염치 째스다가 산신전애 기도ᄒ고 북행축수 한단거시 분노행발몰라 남행배례 무산일고 칠십종부 읍비ᄒ고 지ᄉ댁 못골댁과 물봉댁 갓말댁과 가실댁 졍셩축원 두손을 합쟝하고 공손이 비난마리 승픠난 고ᄉ하고 중인쳠시 슈기하니 한번승쳡 축원이요 지셩을 발원ᄒ나 목신도 감응업셔 그후슈판 쏘패ᄒ니 해편댁 안골댁과 박동댁 퇴로댁은 만면의 슈긔지심 휘쥭휘쥭 구역구역 보기조코 우셔워라 파급도 그리못해 웃것다고 슈가쥭나[9]

(나) 동동족족 솜시대로 열두가지 가진편을 졍주소주 포도주며 졍골이야 육장이야 각식찌짐 나물셰와 함지에 이고지고 보낸 것을 지각잇난 부인들이 그저먹기 아가와서 산신전이 기도하고 이졍즈 퇴락거든 ᄌ손들이 수보하여 만더분하 나리도록 명현달ᄉ 일어나셔 누더영창 율동하고 남극셩이 비쳐서니 좌중이 노인분니 남산하수 하라시고 탐환한 이시상도 국티민안 어서뎌여 ᄌ손영달 잘다라고 합즁하고 발원할지 상업는 딸리들은 웃이기라 빈하다고 풍비한 만은음식 입맛더로 포식하고 삼일만이 도라올지 사찰한 졈은종부 고구마를 가져와셔 누상이셔 실컨 먹고[10]

9) 〈갑오열친가〉

〈갑오열친가〉에서 윷놀이는 '삼국전쟁'에 비유되고 딸들의 모습은 전쟁에서 승리한 호기로운 영웅의 모습으로 며느리들은 우왕좌왕하는 패잔병의 모습으로 묘사하고 있다. 그러나 〈답가〉에서의 서술을 보면, 며느리들은 산신전에 자식들의 영달과 국태민안을 빌었는데 딸들이 이를 잘못 알았다고 항변한다. 오히려 윷놀이를 삼국전쟁인양 여기고 호들갑을 떠는 딸네들을 조롱한다.

이러한 〈답가〉에 나타난 언술은 집안에서 딸과 며느리의 관계에 균열을 내는 역할을 한다. 전통적인 관습에서 며느리는 새로 들어 온 사람으로서 딸들에 비해 다소 열세에 있으며 매사에 조심해야 하는 위치이다. 따라서 〈갑오열친가〉에서 며느리들에 대한 딸들의 놀림은 며느리와 딸의 관습적 위치에 기반을 두고 있다. 그러나 〈답가〉를 통해 며느리들은 자신들의 입장과 위치를 공고히 하면서 며느리와 딸의 관습적 위치를 전복시킨다. 따라서 〈갑오열친가〉와 〈답가〉는 일상적 질서를 전복시키는 화답형 가사 짓기로서, 이를 통해 전복의 유희를 즐기는 문화적 행위라는 특징을 지닌다.

3. 창작과 전승

〈갑오열친가〉와 〈답가〉는 앞서 살핀 바와 같이 밀양의 밀성 손씨 문중을 중심으로 전승되고 있다. 소장자 및 필사자뿐만 아니라 비슷한 연배의 여성들은 이들 작품의 창작 및 필사 상황에 대한 기억을 공유하고 있다. 따라서 이들의 기억과 증언을 참고하면 〈갑오열친가〉와

---

10) 〈답가〉

〈답가〉의 창작 및 필사 그리고 그 향유양상을 추적할 수 있다. 여기서는 현장 인터뷰 내용[11]과 실제 텍스트를 중심으로 작품의 창작과 전승에 대해 살펴보기로 한다.

작품 현황을 통해 살핀 바와 같이 〈갑오열친가〉와 〈답가〉는 필사본으로 전승되고 있다. 문중에서 전승해 오고 있는 필사본 한 편과 재필사본 2편이다. 이렇게 볼 때 이 작품들은 문중 내에서 인지도가 높은 작품이라 할 수 있다. 이를 증명하듯이 소장자 및 필사자 등에 의한 이들 작품의 창작과 필사 현황에 대한 기억은 비교적 선명하다.

1) 창작의 기반

〈갑오열친가〉와 〈답가〉의 창작은 봄날 오연정에서 이루어진 문중 놀이에 기반을 두고 있다. 오연정은 밀성 손씨 문중 재실이다. 〈갑오열친가〉와 〈답가〉 그리고 문중에서 전승하는 다른 가사에도 오연정은 가문의 정통성을 상징하면서도 풍광이 아름다운 놀이처로 묘사된다. 뿐만 아니라 오연정은 가사 창작과 향유의 중요한 장소이기도 하다.

> 나이 많은 분들이 가요. 젊은 사람은 거기 못 가거든. 적어도 한 55세 이상 되어야 거기 들어가요. 노인들이 따로 앉는 곳이 있고, 우리 재실 (오연정)이 큽니다. 이쪽에 집안 어른들이 죽 둘러앉고. 가운데 둘이 가서 다 쓰고 낭독을 하지. 한참 걸려요. 그때는 우리가 잘 살았어요. 우리 할아버지가 가마타고 거기 가고 그랬어요. 젊은 며느리들이 먹을 것 떡하고 감주하고 〈중략〉 하인 시켜서 나르고[12]

---

11) 인터뷰 대상은 작품의 소장자인 손백식 씨, 필사자인 손진식 씨, 그리고 밀양 산외면 장문마을의 손한식 씨와 이순희 씨이다. 2016.7.1.(금)~7.2(토)과 7.14(목) 총 2회의 대면 인터뷰를 실시하였다.

아무나 참여할 수 없을 뿐 아니라 상하의 분별이 있었다. 넉넉함과 풍요로움이 그 자체로서 놀이가 되는 분위기였다. 이러한 가운데에 가사의 창작과 필사가 이루어졌다. 그리고 이 과정 자체가 하나의 구경거리가 되고 놀이가 된다. 이에 대한 좀 더 세밀한 기억을 살펴보자.

그때 내가 오연정 우리 재실에 한번 가니 그때 오연정에 큰 손님이 오셨는데, 우리 할아버지 누님이라. 경북에 계신 분인데 친정에 오신 거지. 그래서 오연정에 같이 가셨단 말이야. 거기서 여러 몇 십 명이 모인 자리에서 모두 연세가 많은 분이고, 우리는 아래쪽에 앉아서 구경하고. 한 분이 죽 뭐라 가사를 이야기하면 또 받아서 이야기하고 또 이야기하면 또 받아서 하는 이런 가사가 있고, 또 우리 존고모님이 만든 가사가 있고, 그 내용은 보면 친정에 집안 살림이 되고 연배가 되는 그 집 사람의 역사를 그대로 베껴줘요. 시집 오신 분도, 함안에서 시집을 오셨는데, 그 두 분이 콤비가 되어서 경쟁하면서 가사를 남겼어.[13]

문중 사람들이 오연정 방안에 죽 둘러앉아 있는 가운데에 두 사람이 서로 짝이 되어 가사를 짓고 그 자리에서 낭송하는 풍경이 그려진다. 보통 가사의 내용에는 놀이의 현장성이 묘사된다 하더라도 대개는 놀이 이후에 가사의 필사가 이루어진다. 그런데 위의 증언은 놀이 현장에서 가사의 필사와 낭송이 함께 이루어지고 있었음을 말해 준다. 즉 가사의 창작과 필사 그리고 낭송이 문중놀이의 한 과정으로 인식되고 행해졌음을 알 수 있다. 그리고 이러한 문중놀이의 현장성은 그대로 가사 창작의 동력과 내용으로 반영된다.

---

12) 손백식, 2016.7.1. 인터뷰 내용.
13) 손백식, 2016.7.1. 인터뷰 내용.

중건된 이경즈는 굉걸하고 웅장흐미 원근애 무상이라 뉘아니 흠션흐
리 오반을 파한후애 지필묵 너여노코 이경즈 조혼경혜 낫낫치 젹어보
자〈중략〉 오른편 심이송임(십이송림) 사시장천불변하여 지절개랄 자
랑한다 그우해 각식경치 일필노 난기로다 이아러 인격경셩 사실대로
젹어보소 밧구로 중츅동남 우리쳥을 지어스니 강산풍물 다젹엇고 우리
형상 기록흐즈

놀이의 장소인 오연정의 풍경을 묘사하는 부분인데, '오반을 파한
후애 지필묵 너여노코 이경즈 조혼경혜 낫낫치 젹어보자', '그우해 각
식경치 일필노 난기로다', '강산풍물 다젹엇고 우리형상 기록흐즈' 등
의 언술은 놀이의 현장이 바로 가사 창작의 현장이 되었음을 직접적으
로 알려주는 부분이다. 이러한 부분을 통해 가사 창작은 여행의 후기
나 보고로서의 역할이 아니라 그 자체가 놀이의 한 과정이면서 놀이의
현장성을 반영하는 문화적 행위임을 알 수 있다.

한편 문중놀이는 문중 구성원들 간의 결속과 화합의 기회로서도 중
요하다. 이 과정에서 문중에 대한 자부심을 고양하고 일상에서 이루어
지기 힘들었던 구성원들 간의 의사소통의 기회가 필요하다. 〈갑오열
친가〉와 〈답가〉 창작은 이러한 문중놀이의 요구를 충족하는 중요한
기회가 된다. 특히 문중놀이에서의 가사 창작과 향유는 여성들이 주된
역할을 한다. 가사 창작과 향유는 일상에서 소외되었던 이들을 끌어들
이고 이들이 자신들의 존재감을 드러낼 수 있는 기회가 된다는 의미가
있다.

(가) 우리짤내 드러보소 인걸은 지영으로 교남애 지일명승 밀양교동
출성하나 범문화별 션죠유읍 우리모도 쏜을바다 유한정졍 자라나이 손
시문 짤내라면 뉘아니 앙망하리 고문가에 출가하니 간곳마다 등명이라

(나) 샹하로소 동참ᄒ니 갑오사월 초팔일애 쌀너덕댁 잘논말을 셰셰
생생 유젼ᄒ소 옛안덕 이번불참 율지사 애들ᄒ다 문쟝명필 담안댁아
흉즁애 고금사랄 여자라쇼 층하리요 칠십여년 감초앗다 잇쩌한번 터러
너고 셔산낙일 미구불원 부디부디 답가ᄒ소

(가)는 문중놀이에 참가한 딸네들이 문중에의 자부심을 표현하면서
자신들의 정체성을 확인하는 부분이다. 출가외인이라는 말이 있듯이
딸들은 문중 구성원에서 다소 소외된 위치에 있다. 그러나 친정방문을
기회로 이루어진 놀이에서는 피붙이가 주는 안온함과 문중에의 자부
심으로 딸들은 모처럼 중심의 위치로 돌아올 수 있다. 특히 가사 창작
과 향유는 그것을 가능하게 하는 하나의 과정이면서 자신들의 역량을
마음껏 발휘할 수 있는 중요한 기회였다.

(나)는 며느리의 〈답가〉를 유도하는 부분이다. '문쟝명필 담안댁아
흉즁애 고금사랄 여자라쇼 층하리요 칠십여년 감초앗다 잇쩌한번 터
러너고'에서 알 수 있듯이 평소 말하지 못했던 마음속의 고충을 〈답
가〉를 통해 털어 놓으라는 요구이다. 시댁에서 좀처럼 자신의 존재를
드러내지 못하는 며느리도 문중놀이와 가사 창작을 통해 자신의 존재
감을 드러낼 수 있는 기회를 받은 것이다. 앞서 살핀 〈답가〉에 나타난
과감한 발언들은 가사 창작과 향유의 기반이 이러한 문중놀이에 있기
때문이다.

필사본 소장자인 종손 손백식 씨는 〈갑오열친가〉의 작자를 할아버
지의 누님이고, 〈답가〉의 작자는 함안에서 시집 온 담안댁이라고 증언
하였다. 여기서 그는 가사 창작자에 대해 다음과 같이 회고하였다.

그때 존고모님이 환갑이 다 넘고 대개 유식합니다. 학교는 안 다녀도
언문이나 문학에 대해서 굉장히 유식한 분입니다. 집안 존고모님하고

그 어른하고 워낙 탁월한 재주를 가지고 가사를 잘 만드는 거야. 참 어찌 그렇게 재주가 있는지 학교도 안 다닌 분인데. 그 두 분이 가사를 지어요.[14]

문중 어른들이 죽 둘러앉고 두 사람이 한 가운데에 앉아서 가사를 필사하고 낭독하는 과정은 그 자체로 이들의 존재를 주목하게 한다. '가사를 짓는다는 것'이 이들의 '유식함'을 드러내는 행위이고 아무나 가질 수 없는 탁월한 재주로 인식되고 있는 것이다.[15] 이러한 재주 있는 여성으로 인해 문중은 더욱 빛이 나고 구성원들의 자부심과 감탄은 높아지는 것이다.

이렇게 볼 때, 〈갑오열친가〉와 〈답가〉의 창작은 오연정을 중심으로 하는 문중놀이와 그것이 지닌 유희성을 구성원 간의 결속과 화합을 유도하는 과정이었음을 확인할 수 있다. 특히 이러한 화합의 과정 속에서 그동안 주변으로 소외되어 왔던 여성들이 문중 구성원으로서 제대로 된 주목을 받을 수 있는 문화적 행위였던 것이다.

2) 전승의 양상

〈갑오열친가〉와 〈답가〉는 두루마리 필사본과 책자형 필사본으로 전승되고 있으며 문중 사람들은 이들 가사의 존재와 향유에 대한 기억을 지니고 있다. 두 작품은 창작 및 필사된 이후 여러 사람에 의해 다시 필사되었으며, 해마다 문중놀이에서 낭독 혹은 암송되기도 했다.

---

14) 손백식, 2016.7.1. 인터뷰 내용.
15) 특히 며느리인 '담안댁'에 대한 증언은 이를 더욱 잘 보여준다. 〈갑오열친가〉와 〈답가〉의 재필사자인 손진식 씨에 따르면 담안댁은 가사뿐 아니라 제문을 비롯한 각종 필사문에 능한 것으로 정평이 나 있었다고 한다. 〈답가〉 이외에 문중에서 소장하고 있는 〈사향가〉도 담안댁의 가사로 알려져 있다.

재필사는 문중 여성들 사이에서 대를 이어 이루어진 것으로 보이며, 밀성 손씨 교동파 문중 이외의 다른 문중에서도 행해진 것으로 보인다.[16) 이와 관련하여 손진식 씨의 재필사본과 증언을 참고할 수 있다.

손진식 씨가 가지고 있는 텍스트는 시집 올 때 친정 이모님이 〈갑오열친가〉와 〈답가〉를 주었고, 이를 시어른께서 주신 한지로 된 백지책에 베껴 쓴 것이다. 그는 세 권의 필사집을 가지고 있는데, 첫째는 〈갑오열친가〉와 〈답가〉, 〈추풍감별곡〉 등의 가사와 제문 세 편이 실려 있고, 둘째는 『野談集』이라는 제목 하에 〈曺生員傳〉, 〈楊貴妃傳〉, 〈뚝겁傳〉이 필사되어 있다. 셋째도 『野談集』이라는 제목하에 〈사친가〉, 〈꽁오자치가〉, 〈사향가〉, 〈白髮歌〉, 〈悔心曲〉, 〈虞美人歌〉가 필사되어 있다. 고전산문도 있지만 필사의 내용은 주로 가사 작품들이다.

> 나는 배운 적은 없고, 어른이 돌아가시고 남긴 글이 하도 좋아서. 〈중략〉 짓고 이러지는 못하고 물려받은 거 그냥 베끼고. 우리 어른이 물목 보내면서 흰 문종이를 책으로 만들어 보내셨어. 그런데 글 배우지도 않았는데 우짜노(어떻게 할까) 하니 친정 이모님이 이 가사를 주면서 초안을 잡아 줄테니 쓰라 해서 내가 썼어. 그래도 농촌에 일도 많고 해서 할 시간이 없는데, 틈틈이 이렇게 적었다니까. 그건 집에 있다. 〈중략〉 이건 우째(어떻게) 베꼈는지 모르겠다. 낮엔 일 한다고. 밤에 틈틈이 베꼈지.[17)

손진식 씨가 〈갑오열친가〉 등을 베껴 쓴 시기는 1958년~1960년으

---

16) 손진식 씨에게 〈갑오열친가〉 필사본을 보여주자 자신도 가지고 있다고 하였다. 이에 필사본이 여러 개 있느냐고 물으니 "다른 문중에서도 베껴가고 그랬어"라고 하였다 (2016.7.2. 인터뷰).

17) 손진식, 2016.7.2. 인터뷰 내용.

로 추정된다. 그가 1940년생이고, 시집 온 시기가 18세이므로 이를
감안하면 필사시기를 짐작할 수 있다. 그렇다면 〈갑오열친가〉는 갑오
년인 1954년에 창작되고 두루 전승하다가 1958년경에 다시 필사된 것
으로 보인다. 한편 1996년 밀양 현장 답사 시 채록된 장문마을 故장소
저(당시 80세) 씨가 〈갑오열친가〉 필사본을 소장한 것을 본 적이 있는
데, 이를 통해 〈갑오열친가〉와 〈답가〉는 비슷한 연배의 지역 여성들
에 의해 두루 필사될 정도로 인기가 높은 작품임을 알 수 있다. 손진식
씨 재필사본에도 〈추풍감별곡〉보다 〈갑오열친가〉가 먼저 필사되어
있는 것도 이를 입증한다.

> 이 분은 평생 글로 유명했어. 교동에 일 있으면 이 분이 다 쓰고,
> 또 옛날에 뭐 할 일이 있나. 어른들이 이런 거 읽고 주고받고 그랬지.
> 담안할머니는 글씨가 참 참해. 아담하니, 그런데 나는 난필이야.
> 촌에 붓이 어디 있노. 몽당붓으로 써서 글이 얄궂다.[18]

손진식 씨의 증언에 의하면 가사 향유의 동기가 조금 달라졌음을
알 수 있다. 담안댁으로 대표되는 선대의 가사 향유는 놀이로서의 역
할과 글 짓는 능력을 드러내는 수단으로 가사를 창작, 필사하고 낭독
하였다면, 이후 손진식 씨 대에 와서는 독서물로서 읽기와 글씨 쓰기
의 수단으로 가사 향유가 지속되었다고 할 수 있다. 〈갑오열친가〉와
〈답가〉는 글씨 쓰기의 교본의 역할을 하였다고 볼 수 있다. 그래서
손진식 씨는 가사의 내용보다는 글씨의 모양과 미적 형태에 대해 지속
적으로 언급한 것이다.

가사 전승의 또 다른 방식은 문중놀이 현장에서의 낭송과 암송이

---

18) 손진식, 2016.7.14. 인터뷰 내용.

다. 손씨 문중 며느리인 이순희 씨에 따르면 담안댁이 돌아가신 후에
도 〈갑오열친가〉 등이 전승될 수 있었던 것은 그 아들이 어머니의 가
사를 모두 암기해서 문중놀이를 할 때에 그대로 암송했기 때문이라고
한다.

> 그(거기) 와 가지고 그 아들이 안 보고 엄마 지은 거를 하루 종일
> 외었어. 봄 되면 손씨들이 다 모여서 놀았어. 놀면서 가사를 읽고, 그
> 놀았던 것을 담안댁이 다 짓고. 올해 논 것을 할매가 짓고, 또 그 다음
> 해에 아들이 또 읽고. 보다 안하고(보지도 않고) 읽고. 모두 다 듣고,
> 많이 했지.[19]

여기서 가사 향유와 관련한 두 가지 사실을 알 수 있다. 놀이의 현장
을 담은 가사를 지었다는 사실과 그 가사를 아들이 다음 놀이의 현장
에서 암송했다는 것이다. 아들에 의해 가사가 암송되었다는 사실을
특히 강조하고 있고, 긴 내용의 가사를 보지도 않고 암송하여 구연했
다는 언급은 가사 전승에 대한 증언이어서 주목을 요한다. 아들이 낭
송에 참여하였다는 것은 규방가사의 향유가 남녀 불문하고 이루어졌
다는 사실을 알 수 있으며 가사의 전승이 필사 이외에 낭송과 암송의
방식으로 지속되었다는 사실이다. 즉 필사의 방식이 오히려 개별적
전승의 방식이었다면 낭송 및 암송은 공식적 놀이처에서의 특이한 퍼
포먼스와 같은 효과를 주어 집단적 전승의 효과를 가질 수 있었다.[20]

---

19) 이순희, 2016.7.1. 인터뷰 내용.
20) 가사의 전승과 관련한 암송과 필사의 방식에 대해서는 안동지방의 예를 통해서도 확인
   된 바가 있다(이동영, 「규방가사의 전이에 대하여-안동 지방의 그 일 예」, 『논문집』 10,
   영남공전, 1973, 최규수, 『규방가사의 '글하기' 전략과 소통의 수사학』, 명지대학교출판
   부, 2014, 264쪽 재인용).

그러면서 두 가지 방식은 서로에게 영향을 주면서 〈갑오열친가〉와 〈답가〉 등이 전승의 폭을 확대하는 데에 기여한 것으로 보인다.

이상의 방식으로 전승된 두 작품은 지역인이 편찬한 서책에 부록으로 편입하여 묶었다.[21] 『효경대의(孝經大義)』라는 책자인데, 그 부록에 지역 선조들의 서간과 제문, 가사 작품 등을 실었다. 여기에는 〈갑오열친가〉와 〈열친답가〉[22] 이외에도 〈사향가〉, 〈추풍감별곡〉, 〈금강산 유람가사〉 등의 가사가 함께 실려 있다. 원본을 보고 필사체로 옮겨 놓은 형태이다. 이 가운데 〈갑오열친가〉와 〈답가〉는 4.4.조 형태의 현대역으로 표기되어 있다. 〈갑오열친가〉 맨 뒤에는 '密陽孫氏 교동종녀 지음 七十五歲/孫永鈺 記錄', 〈열친답가〉 뒤에는 '西紀一九五四年 甲午夏四月初八日 密陽校洞담안댁 七十三歲 지음/子孫永鈺 記錄'이라고 부기되어 있다. 이는 창작연대 및 작자에 대한 중요한 정보이다.

여기에 실린 〈갑오열친가〉와 〈열친답가〉는 선조의 글을 갈무리한다는 차원에서 수록된 것으로 보이며, 이 책자가 1990년에 발간되었음을 감안한다면 〈갑오열친가〉와 〈답가〉는 지역 사람들에게 지속적인 인지도를 확보하고 있었다고 볼 수 있다. 이렇게 된 데에는 화답형의 흥미로운 작품 구조와 특성, 문중놀이의 지속, 담안댁이라는 가사 창작자의 인지도, 그 아들의 가사 전승에의 열의 등이 다면적으로 작용한 결과라고 본다.

이상으로 〈갑오열친가〉와 〈답가〉의 전승 과정을 텍스트 및 향유자

---

21) 박창규 편, 『孝經大義』, 대영사, 1990. 창간사를 보면 효경을 본문으로 하고, '혹시라도 유가생활에 참고가 될까 하여 서간제문과 약간잡저를 부록으로 첨기하여 효경대의 부록이라 명하여 간행한다'라도 하였다. 각종 의례 시에 필요한 글과 서간문, 가사, 윤선도와 이황의 국문시가작품이 필사되어 있다.

22) 앞의 두 필사본에서는 〈갑오열친가〉와 〈답가〉로 제목이 붙여져 있는데 여기서는 〈답가〉가 〈열친답가〉로 제목이 바뀌어 있다.

들의 인터뷰 내용을 토대로 살펴보았다. 두 작품은 문중놀이의 현장에서 낭송 및 암송되거나 이후 여성들 사이에서 대를 물려 다시 필사되는 방식으로 전승되어 왔다. 낭송과 암송이 놀이현장에서 구경할 만한 퍼포먼스로서 가사 전승의 폭을 넓혔다면, 재필사의 방식은 여성노인들의 소일거리 혹은 비공식적으로 글을 배우고 글씨를 쓰는 교본으로서 가사 전승의 깊이를 더했다고 볼 수 있다. 전자가 집단적 차원의 전승이라면 후자는 개별적 전승 방식이라 할 수 있다. 이러한 과정을 거쳐 두 작품은 집단 내의 인지도를 확보하였고, 최근 들어 현대역으로 필사된 것으로 보인다.

4. 결론

〈갑오열친가〉와 〈답가〉는 친정방문을 계기로 이루어진 문중놀이의 현장과 향유자의 감상을 담은 화답형 가사 작품이다. 작품 창작 시기와 작자를 확인할 수 있고 화답형이라는 독특한 형태를 띠고 있다는 점에서 주목할 만한 작품이며, 특히 현재에도 이들의 창작과 전승에 대한 증언을 확보할 수 있다는 점에서 가사 향유와 전승 고찰에도 유효한 작품이다. 이에 본고에서는 두 작품의 존재양상과 작품 특성을 살피고, 텍스트와 향유자와의 인터뷰 내용을 통해 창작과 전승 양상에 대해 살폈다.

〈갑오열친가〉와 〈답가〉는 밀성 손씨 교동파 종가 손백식 씨 소장자료, 교동파 문중 따님인 손진식 씨 필사자료, 그리고 지역인에 의해 편찬된 책자 속에서 현대역한 작품을 확인할 수 있다. 작품의 이본생성이나 변개가 일어난 흔적은 없으며 원본의 충실한 필사와 보존에

치중해 있다. 이는 작품의 창작자가 명확하기 때문이기도 하고 가사의
필사 행위가 충실한 작품 재현을 목적으로 했기 때문으로 보인다.

〈갑오열친가〉는 친정방문을 계기로 창작된 기행가사이면서 여정이
나 견문보다는 놀이의 현장성이 강화된 사설 구성을 지니고 있다. 사
설 자체에 놀이의 현장성이 그대로 반영되어 있으며, 일상적 질서를
전복시키는 〈답가〉가 이어지면서 가사 짓기 자체가 하나의 놀이가 된
다. 즉, 〈갑오열친가〉와 〈답가〉는 전복의 유희를 즐기는 문화적 행위
를 담은 가사 작품이라 할 수 있다.

〈갑오열친가〉와 〈답가〉의 창작은 오연정을 중심으로 하는 문중놀
이를 기반으로 하면서, 문중놀이가 지닌 유희성과 구성원 간의 결속과
화합을 유도하는 과정이었음을 확인할 수 있다. 특히 이러한 화합의
과정 속에서 가사 창작은 그동안 주변으로 소외되었던 여성들이 문중
구성원으로서 제대로 된 주목을 받을 수 있는 문화적 행위였음을 알
수 있다.

〈갑오열친가〉와 〈답가〉는 문중놀이의 현장에서 낭송 및 암송되거
나 이후 여성들 사이에서 대를 물려 재필사 되는 방식으로 전승되어
왔다. 낭송과 암송이 놀이현장에서 구경할 만한 퍼포먼스로서 가사
전승의 폭을 넓혔다면, 재필사의 방식은 여성 노인들의 소일거리 혹
은 비공식적으로 글을 배우고 글씨를 쓰는 교본으로서 가사 전승의
깊이를 더했다고 볼 수 있다. 전자가 집단적 차원의 전승이라면 후자
는 개별적 전승 방식이라 할 수 있다. 이러한 과정을 거쳐 두 작품은
집단 내의 인지도를 확보하였고, 최근 들어 현대역으로 필사된 것으
로 보인다.

이처럼 〈갑오열친가〉와 〈답가〉는 화답형 여성가사의 작품 특성과
연행양상을 잘 보여준다는 점에서 의미가 있으며, 특히 한 문중 및

지역에서 그 전승의 폭과 깊이를 더하는 과정을 그대로 보여준다는 점에서 의미가 있다. 한편 이에 대한 연구는 가사 작품의 발굴 및 현장 연구의 가능성을 확인할 수 있었다는 데에 중요한 의의를 지닐 것이다.

〈화전가〉에 나타난 자연 인식 양상과 시적 활용 방식

1. 서론

이 글은 〈화전가〉에 나타난 여성 화자의 자연인식 양상과 시적 활용 방식을 살피고 이를 통한 그들의 지향을 에코페미니즘의 관점에서 분석하는 것을 목적으로 한다.

〈화전가〉는 화전놀이의 유희와 감흥을 문학적으로 재현한 가사 작품으로, 여성의 목소리와 감성을 직접 확인할 수 있다는 점에서 일찍이 많은 주목을 받았다. 이러한 주목은 〈화전가〉에 나타난 현실인식, 축제성 등에 집중되어 있는데, 그 평가는 대조적이다. 〈화전가〉에서 당대 가부장적 사회에 대한 비판의식, 일상에서의 탈주를 통한 해방감, 여성 간의 친화적 연대를 읽어내는 긍정적 시각[1]이 있는 반면 〈화전가〉의 놀이성을 '작위적인 자유'로 보고 남성중심의 불평등한 사회

---

[1] 한양명, 「화전놀이의 축제성과 문화적 의미－경북 지역을 중심으로」, 『한국민속학』 33, 한국민속학회, 2001, 335~358쪽; 장정수, 「화전놀이의 축제적 성격과 여성들의 유대의식」, 『우리어문연구』 39, 고전문학·한문학연구회, 2011, 147~179쪽, 유정선, 「화전가에 나타난 여성의 놀이공간과 놀이적 성격－음식과 술의 의미를 중심으로」, 『한국고전연구』 19, 한국고전연구학회, 2009, 57~83쪽.

를 더욱 공고히 하는 재충전의 기회로 평가하는 부정적 시각[2]이 있다. 그런데 이러한 상반된 평가는 〈화전가〉 텍스트 자체에 대한 분석이라 기보다는 화전놀이의 기능적 측면, 혹은 여성의식을 '얼마나' 성취하고 있는가에 대한 연구자의 시각 차이에 기인한 면이 있다.

그렇다면 이제는 〈화전가〉 텍스트 자체를 중심에 두어야 하고, 텍스트가 여성적 특징과 성취를 '어떻게' 구현해내고 있는가에 초점을 둘 필요가 있다. 즉 〈화전가〉 텍스트에 고유하게 나타나는 여성적 시선과 시적 활용방식 등을 찾아내고 이를 통해 그들이 지향했던 바가 무엇이며 그것의 의미는 무엇인가를 밝혀야 한다는 것이다.

여기서 우선 〈화전가〉의 주된 시적 모티프를 주목할 필요가 있는데, 이와 관련하여 〈화전가〉에서 '자연'이 지닌 비중을 간과할 수 없다. 그럼에도 불구하고 기존의 연구에서는 〈화전가〉의 자연을 주목하지 않았거나, 양반사대부의 입장에서 〈화전가〉에 드러난 자연관을 분석하여 텍스트의 의미가 충분히 드러나지 않았다.[3] 여성화자의 시각에서 새롭게 읽힌 자연의 양상을 고찰하고 그 의미를 다시 분석할 필

---

2) 조은하, 「한국문학에 나타난 여성의식 연구」, 『어문논집』 37, 중앙어문학회, 2007, 287~320쪽.

3) 그동안 화전놀이와 〈화전가〉에서 '봄'과 '자연'은 작품의 시간적 공간적 배경으로만 이해되어 왔고, 이와 관련한 집중적 논의는 아직 미진한 상태이다. 다행히 이에 대한 점검은 김동규에 의해 시도된 바가 있다. 김동규는 조선시대 가사문학의 가장 큰 특징을 '자연미'의 발견이라 전제하고, 양반 여성들의 자연관을 밝히기 위해 〈화전가〉를 주목하여 논의하였다. 그 결과 〈화전가〉 작가들은 자연을 대상으로서 인식하거나 관조하지 못하고 주정표출의 수단으로 삼고 있으며, 그 표현이 서술적이고 관념적이라고 하였다. 그리고 작품에 나타난 자연은 불행한 현실에서 도피할 수 있는 구제의 장이라고 보았다. 〈화전가〉의 '자연'에 대한 집중적 논의였다는 점에서 의미가 있으나, 남성 양반사대부의 자연관을 기준으로 〈화전가〉의 자연을 분석하고 평가하고 있다는 점, '현실도피'라는 표피적 측면만을 강조하고 있다는 점에서 재고를 요한다(김동규, 「화전가에 나타난 자연관 연구」, 『경동전문대학교 논문집』 3, 경동전문대학교, 1994.10, 99~116쪽 참조).

요가 있다.[4)

이와 관련하여 우리는 '에코페미니즘(ecofeminism)'의 시각을 도입하기로 한다. 에코페미니즘 문학은 여성과 자연이 서로 연관되어 논의되는 다양한 담론을 분석하고 이것이 문학에서 어떤 형태로 재현되는지를 여성주의의 관점에서 해석하고 있다. 따라서 이러한 관점은 자연으로 나아가 자연을 즐기며 그 속에서 자신들의 목소리를 드러내었던 여성화자들의 시선과 지향을 밝히는데 도움을 줄 수 있을 것이다.

이를 위해 작품 이해의 시각으로서 에코페미니즘과 〈화전가〉의 관련성을 먼저 논의한 후 이를 바탕으로 〈화전가〉의 자연 인식과 시적 활용 양상 및 지향을 여성주의적 관점에서 살피도록 하자.

2. 작품 이해의 시각으로서 에코페미니즘

'에코페미니즘'은 자연에 대한 억압과 여성 차별이 연관되어 있다고 보고 여성과 자연의 연관성을 긍정적 가치로 평가하는 관점이다. 특히 이러한 관점은 이성/감성, 자연/인간, 남성/여성의 이분법적이고 대립적인 세계관 및 인간관을 극복하고 생명을 보존해 온 다른 가치관을 전면에 내세우는 전체적인 세계관 및 인간관을 확립하고자 한다. 이런

---

4) 백순철의 논의도 〈화전가〉의 자연이 여성에 의해 조망되고 있다는 점을 고려해야 한다는 점을 강조하였다. 특히 〈화전가〉에는 남성들의 자연관과 달리 개별적이고 시간성을 띤 대상으로 자연을 보는 여성들만의 관점이 나타난다고 지적하였다. 여성에 의해 포착된 자연은 어떤 특징을 지니며, 또 그것은 어떤 의미를 가지는가에 대한 독자적 논의가 필요함을 보여주었다. 그러나 이 문제가 논문의 주된 목적이 아니었으므로 이에 대한 집중적인 논의는 더 필요하다(백순철, 「규방가사의 문화적 의미와 교육적 가치—화전가를 중심으로」, 『국어교육학연구』 14, 국어교육학회, 2002.6, 196~197쪽).

가치란 사랑과 협동, 상호주의, 연대, 미래에 대한 책임, 타인에 대한 배려와 돌봄이라고 주장하며 이것이 바로 자연과 여성에게서 공통적으로 발견되는 원리라고 주장한다.[5]

이러한 입장에서 문학작품을 해석하고 연구하는 방법론을 에코페미니즘 문학연구라 하는데, 서구에서는 이러한 에코페미니즘의 시각이 문학작품에 대한 기존의 제한된 시각을 탈피하여 새로운 삶의 대안을 제시하는 방법론이 될 수 있음을 주장하는 연구가 활발히 산출되고 있다.[6]

특히 페미니즘과 관련하여 기존의 페미니즘 문학이 남성 패권주의의 억압과 차별 속에서 신음하는 여성의 실상을 폭로하는 데 중점을 두었다면, 에코페미니즘 문학은 여성과 자연이 동일한 지배구조에 의해 생명력이 파괴된다는 점을 강조하고 여성성과 자연의 회복을 통해 조화로운 사회를 수립해야 한다고 주장한다.[7] 이러한 관점은 기존의

---

5) 이귀우, 「생태담론과 에코페미니즘」, 『한국생태문학연구총서』, 조규익 외, 학고방, 2011, 303쪽, 허라금, 「제3의 물결로서의 생태여성주의」, 『한국생태문학연구총서』, 조규익 외, 학고방, 2011, 321~325쪽.

6) Babara Bennett, 「Through Ecofeminist Eyes : Le Guin's "The Ones who walk away from Omelas"」, 『The English Journal』, vol 94, no.6(july, 2005), 63~68쪽, 이 연구에서 Babara Bennett은 Le Guin's의 〈The Ones who walk away from Omelas〉이라는 소설을 전혀 다른 차원에서 해석하고 실제 우리의 삶과 직접적으로 관련지어 설명할 수 있게 하는 방법론으로 에코페미니즘을 주목하였다. 이 작품의 주제는 보통 '세계 안에서의 희생양의 존재가 필요한가 그렇지 않은가'에 대한 개인의 윤리적 판단 문제로만 다루어져 왔다. 그러나 에코페미니즘의 측면에서 접근하면, 세계 안에서 이러한 존재들과 우리는 어떻게 연대해야 하는가라는 새로운 주제를 찾아낼 수 있으며, 이는 현재 우리의 삶과 실제적으로 연관될 수 있음을 강조하였다. 이로써 문학 연구 및 교육에서 에코페미니즘의 시각이 얼마나 유효한지를 설명하고 있다. 이 외에 Donald A. McAndrew, 「Ecofeminism and the teaching of Literacy」, 『college composition and Communication』, vol 47, No3(Oct, 1996), 367~382쪽, Josephine Donovan, 「Ecofeminism Literary Criticism: Reading The Orange」, 『Hypatia』 11.2(Spring 1996), 161~184쪽 등을 참고할 수 있다.

7) 구명숙, 「생태페미니즘 문학의 흐름」, 『한국여성문학의 이해』, 한국여성문학회 편,

페미니즘문학이 남성모델을 본뜨고 '승리자'의 특권을 나눠가지는 데에 치중함으로써 역시 타자를 배제시키는 여성상을 제안하는 한계를 극복할 수 있다.[8]

그러나 에코페미니즘 문학연구가 아직 완성된 방법론적 틀로 확립된 단계는 아니다. 특히 국내에서는 아직 문학 창작자와 연구자들이 에코페미니즘의 시각을 작품창작과 연구를 통해 실재화 하려고 노력하는 단계이다. 대표적인 연구의 예를 살피면 다음과 같다.

먼저 현대시 분야에서는 에코페미니즘적 관점에서 여성 주체의 태도와 인식을 살피는 연구[9], 여성이 인식하는 자연의 의미와 표상화의 양상[10]을 살피는 연구를 시도하면서, 이를 통해 이론 적용의 구체적인 방법론을 모색하고 있다.

고전시가 연구에서도 〈만횡청류〉를 에코페미니즘적 시각에서 분석한 작업이 있다.[11] 이 연구는 〈만횡청류〉를 여성에 대한 남성의 성적 억압이 '인간의 자연지배'와 동질적 사안임을 인식하고, 〈만횡청류〉 텍스트에 나타난 자연성 회복의 성담론을 분석하였다. 이로써 〈만횡청류〉를 남성과 여성, 인간과 자연 사이에 균형과 조화를 모색한 생명평등주의를 실현한 작품으로 평가하였다.

이들 연구를 참고해 보면, 한국 현대시 연구에서는 주로 자연대상

2003, 382~430쪽, 황선애, 「생태여성주의와 문학」, 『한국생태문학 연구총서』, 조규익 외, 학고방, 2011, 362쪽 재인용.

8) 마리아 미스·반다나 시바, 『에코페미니즘』, 창비, 2000, 19쪽.

9) 남진숙, 「에코페미니즘적 관점에서 본 여성 주체의 태도와 인식」, 『한국사상과문화』 49, 한국사상문화학회, 2009, 107~135쪽.

10) 이혜원, 「한국현대시에 나타난 자연 표상의 양상과 의미-'물'의 표상을 중심으로」, 『어문학』 107, 한국어문학회, 2010.3, 351~382쪽; 이은정, 「길들여지지 않는 나무들-여성시에 나타난 '나무'의 시적 상상력」, 『여성문학연구』 5, 한국여성문학회, 2001, 221~252쪽.

11) 조규익, 「蔓橫淸類와 에코페미니즘」, 『온지논총』 28, 온지학회, 2011, 169~200쪽.

물의 이미지가 여성적 원리나 특성을 어떻게 드러내고 있는가를 분석하는 연구가, 고전시가 연구에서는 텍스트가 어떻게 남성중심의 사고를 극복하고 자연성을 회복하는가에 대해 구명하는 방향으로 논의가 진행되었음을 알 수 있다. 이상과 같은 에코페미니즘적 시각과 적용의 사례는 다음 몇 가지 점에서 〈화전가〉 연구에 도움을 줄 수 있을 것으로 본다.[12]

첫째, 먼저 〈화전가〉는 여성화자들이 가부장적 봉건사회에서 자연으로 나와 거기에서 느낀 욕구와 감흥을 그대로 드러낸 작품이다. 따라서 〈화전가〉에는 자연과 여성이 텍스트 문면에 그대로 노출되어 있어, 여성의 시선에 새롭게 포착된 자연의 양상과 의미를 발견할 수 있다. 이에 대한 고찰을 통해 남성시와 차별되는 여성 고유의 가치관과 미적 감수성을 밝힐 수 있을 것으로 본다.

둘째, 〈화전가〉에 나타난 자연은 자연대상물로서의 '자연'의 의미와 더불어 에코페미니즘에서 발견하고자 하는 여성주의에 입각한 '자연성'의 의미도 함께 지니고 있다. 실제 텍스트를 보면, 화전가의 중요한 창작동기이자 화전놀이의 당위성을 '자연본성'에 근거하여 찾고 있다.[13] 따라서 〈화전가〉를 통해 대상으로서의 자연에 대한 시각뿐 아니

---

12) '에코페미니즘'은 작품을 분석하는 구체적인 방법론이라기보다는 작품을 이해하는 하나의 시각이다. 이러한 시각에서 〈화전가〉를 보면, 〈화전가〉의 주요 키워드는 자연과 여성의 연관성에 있어야 함을 새삼 확인할 수 있다. 이러한 시각을 취함으로써 우리는 그동안 〈화전가〉 연구에서 소홀히 했던 '자연'에 관심을 가지게 되고, 여성과 자연이 텍스트를 통해 어떻게 연관되는지를 살필 수 있어 작품의 본질에 좀 더 다가갈 수 있게 된다.

13) 초록군생 모든물이 기유자락 질기느틱/사람이라 귀한몸은 칠정으로 구비하니/감어물이 동한심회 어난뉘가 없으리요/사는락도 이중이요 늙는한도 이중이라/고금천디 우주간이 흥비우락 얼마련고 직경공은 무삼일노 지난히를 슬피하며/한무직는 무삼일로 가바람을 서려걸며/(〈화전가3〉, 임기중, 『한국가사문학주해연구』 20, 2005, 224쪽)
개천친구 여러분네 이닉말삼 드러보소/건곤이 초판후의 우쥬의 전기받아/만물이 생겨날제 귀중할사 인생이라/남자여자 분간할제 사업조차 달났구나/남자의 일생사업 충효

라 이와 연관된 '자연성'에 입각한 여성적 특성을 파악하는 데에도 도움을 줄 수 있을 것이다.

3. 자연 인식의 양상

1) 자기 존재감 확인을 위한 확장된 공간

〈화전가〉에서 자연은 어떤 공간으로 인식되고 있는가? 집안에서조차 내외가 엄격히 나누어진 폐쇄적인 공간에서 일상을 살아가는 양반여성들에게 화전놀이는 일 년에 한 번 주어진 공인된 나들이의 기회였다. 그런데 이들에게 나들이는 단순한 자연 완상, 그 이상의 의미를 지닌다.

> 규중속의 깊은 잠을 처처에서 시소리의
> 깜짝찌어 일어나서 문을열고 니다르니
> 선거옥형 조화홍이 춘만근곤 가득가득
> 버들숲의 눈설이요 미화뜰이 소식이라
> 초목군성 모든물이 지유자락 질기난디
> 사람이라 귀한몸은 칠정으로 구비하니
> 감어물이 동한심회 어난뉘가 없으리오[14]

〈화전가〉의 자연 대상물은 주로 새, 꽃, 나무 등으로 실제 놀이의

겸전 슈신제가/이것이 웃듬이요 고치새 나쁜습관/남귀여천 억울는지 남녀면층 다를망정/사람은 일반이라 이목구비 다름업고/오장육부 갖추어서 돈경지각 일반이요 귀천이 다름업셔 곤경늘게 늬엿것만/자유를 무시하고 가군여부 숙되여//(〈화수답가2〉, 임기중, 앞의 책, 2005, 185쪽.

14) 〈화전가3〉, 임기중, 앞의 책 20, 224쪽.

현장에서 포착된 개별적 대상이라는 특징이 있다.[15] 그리고 이들은 화자와 동선을 같이 한다. 이는 특히 동일한 모티프를 가지는 남성화자의 작품인 〈화유가〉에 나타난 자연인식과 차별되는 점이기도 하다.[16]

> 어와우리 종들아 이너말씀 드러보소
> 혁혁한 우리집안 빅더지친 조헐지고
> 뉴명한 다세일촌 날마다 화슈회라
> 부형이 은덕풀고 이십여년 공부ㅎ야
> 격난간 단니면서 고슈도 귀경ㅎ고
> 인물도 열남ㅎ니 변화ㅎ고 가려ㅎ기
> 근업즁 비량일너 누각도 허다ㅎ고
> <u>산졍경기 들어보소 칠슌졍 올나가니</u>
> <u>우리젼경 안일너가 좌우로 둘러보니</u>
> <u>청산은 틔고갓고 녹슈난 거울갓타니</u>[17]

〈화전가〉가 자연에 대한 개별적 인식과 그에 대한 묘사가 중심이라면, 〈화유가〉는 그렇지 않다. '산졍경기~청산은 틔고갓고 녹슈난 거울갓타니'처럼 자연 풍광에 대한 전체적 조망과 그에 대한 서술로 끝나 있다.

한편 〈화전가〉에서 '새'는 규중의 깊은 잠에 머물던 화자를 깨우고, 문을 열고 나가도록 하는 동인 역할을 하고 있다. 여기서 '문'을

---

15) 백순철, 앞의 논문, 196~197쪽.
16) 〈화유가〉는 '봄'과 '놀이'를 모티프로 삼고, 사설의 구성도 〈화전가〉와 비슷하며, 특히 '~이갓치 노라커든 ㅎ물며 츠시슝의/아니놀고 무엇ㅎ랴 <u>우리갓톤 남즈들언</u>/츈ㅎ츄동 시시졀이 임으로 소릴히니/츠츠이 선경이며 언언이 친구로다'와 같이 텍스트에 남성화자가 직접 나타나 있어 〈화전가〉와 비교함으로써 〈화전가〉의 특성을 더욱 선명히 드러낼 자료로 유용하다.
17) 〈화유가〉, 권영철, 『규방가사』, 한국정신문화원, 1979.10, 417~420쪽.

연다는 것은 화자가 기존의 공간을 벗어나 새로운 공간과 만나는 것을 의미한다. 이때 만난 새로운 공간은 바로 '규중'과 대칭되는 '꽃'과 '나무', '숲'이 있는 자연 공간이다. 새로운 공간과의 만남은 화자를 들뜨게 하는데, 이러한 들뜬 마음은 자연대상물에의 감정이입으로 표현된다.[18]

> 화란춘성 꽃이되여 만화방창 황기난다
> 너울너울 범나비는 우쭐우쭐 춤을춘다
> 호록호록 참새들은 노자노자 노래한다
> 동원도리 편시춘을 내인들 허송할까[19]

'꽃'은 활짝 피고, '범나비'는 춤을 추고 '참새'는 놀자고 노래한다. 화자의 한껏 부푼 마음, 즐거운 기분을 대변하고 있다. 그런데 이러한 기분은 단순히 새롭게 만난 자연, 그 자체에 대한 경이로움이나 향유에서 오는 것은 아니다. 만일 그렇다면 〈화전가〉에서 자연은 규방을 벗어난 일탈의 공간이고 구제의 장으로서의 의미[20]에 머물 것이다. 그러나 규중에서 벗어나 새로 만난 자연에서 그들은 무엇을 원하고 있는지를 살펴볼 필요가 있다. 이들이 자연에서 진정 원한 것은 일탈적 놀이나 현실적 고통에서 벗어나고자 하는 욕망, 그 이상이다.

> 놀기를 작정하나 어이하면 조흘손가
> 독악락과 여인락은 여인락이 조타ᄒ고
> 여소락과 여중락은 여중락이 조타ᄒ니

---

18) 자연대상물에 대한 감정이입의 구체적 시적 효과는 '3. 시적활용방법'에서 다룰 것이다.
19) 〈화전가2〉, 임기중, 앞의 책, 2005, 220쪽.
20) 기존의 논의에서는 〈화전가〉의 자연을 일탈 및 구제의 공간으로 논의하였다.

> 우리엇지 혼자노리 광설하여 노라보자
> 구고님찌 영을받고 가장이기 승낙어더
> 상하촌 일가틱이 통문일장 희시ㅎ고
> 지우귀호 식뒥니요 출가ㅎ신 놉사이다
> 불모이종 얼밧심회 구름가치 모아드니
> 춘풍삼월 호시절이 열친척을 놉사이다[21)

이들이 규중 밖의 자연공간에서 원한 것은 일상에서 벗어난 일탈로
서의 놀이[22)라기보다는 '상하촌 일가친척'과 '함께' 만나는 것이었다.
실제로 화전놀이는 문중이나 촌락 중심으로 이루어지는 대규모의 놀
이로서, 놀이 이전 모임을 알리고 날짜는 정하는 등의 통문을 돌리는
절차가 중요하게 여겨졌다.

그런데 이러한 과정이 중시되는 이유는 이들의 일상공간인 규중에
서는 만남 자체가 제한되어 있기 때문이다. 만남은 인간이 가지는 중
요한 욕구이며 만남을 통해 인간은 자아를 확인하고 타인과의 관계를
맺으며 자신을 인정받는 소중한 경험을 할 수 있다. 그것은 여성이기
이전에 한 인간으로서 가져야 할 당연한 욕구이자 권리이다. 그러나
이러한 욕구와 권리는 남성에게 제한되어 있을 뿐이다. 그런 가운데
화전놀이는 여성들의 만남에의 욕구를 해소할 수 있는 기회이고, 그들
의 욕구는 자연 속에서 가능하게 된다.

> 이와같이 친절타기 여자에 맡은 직분
> 우위하는 법이잇어 동서남북 이성가에

---

21) 임기중, 앞의 책, 2005, 225쪽.
22) 기존의 논의는 대부분 화전놀이를 일탈과 놀이 중심으로 해석하고 여기에서 축제성을
  찾는 데 치중하였다.

각자출가 하기되면 화조월색 좋은때에
만정도화 첩첩한들 네가니를 찾앗으며
네가나를 찾아갈까 가소롭다 가소롭다
여자유행 동유찾아 질기기도 인접읍고
약수논정 하여봄도 오늘당시 뿐이로다
부럽도다 부럽도다 남자일신 부럽도다
장부의 사귄도리 붕우유신 으뜸으로
축만고의 대고보면 백년이 다지도록
신신상의 하건마는 가란가란 여자유행
아무리 친절하여 골육같이 정을두어
못잊어 생각해도 서로이별 떠난후에
각분동서 천리되면 구인정은 볼수읍다
우리서로 좋은정분 무궁소회 다할지라
삼사월 긴긴해도 일일상봉 부족이라
부모앞에 나아가서 신신시 간청하니
일일기회 속히받아 익익날 재회로서
금호강 선유차로 일번행차 지어보세
명명이 날이세고 일고삼장 놀은후에
삼삼오오 작반하여 금호강을 향해갈제
강변에 다달으니 수양청청버들잎은
만호청문 열여잇고 수벽사병 영안대는
십리사장 여러세라
꾀꼬리 노래하고 백구는 나라든다[23]

한편 화전놀이는 여성들이 숨겨두었던 자신의 재능을 마음껏 드러
내는 경연장의 역할도 하였다. 놀이판은 다양한 놀이로 채워졌는데,

---

23) 〈화전가4〉, 임기중, 앞의 책, 2005, 233쪽.

여기서 여성들은 자신의 재주를 여러 사람 앞에서 드러냄으로써 자신의 존재감을 확인받을 수 있다.[24]

> 에홉다 우리들은 여자몸 되었으니
> 숨겨둔 특기자랑 이때나 하여봅세
> 처녀교장 위련이와 처녀교감 노미는 이도령과 춘향역을
> 두리벙벙 영숙이와 광대같은 문규는 얼덩글씨 잘도쓰고
> 〈중략〉
> 특기자랑 하여보니 웃음을 못참겠다[25]

　사람은 누구나 표현의 욕구를 지니고 있고, 이를 표현할 수 있는 기회는 자아실현의 획득을 가져다주고 자족적 즐거움은 물론 소속 집단에서 자기를 인정받는 만족감까지 준다.[26] 이러한 즐거움과 만족감은 규중을 벗어난 자연에서 다른 사람들과의 만남을 통해 더욱 커질 수 있다는 점에서 화전놀이가 이루어진 자연이라는 공간은 여성의 또 다른 자아실현의 장이 되었다고 할 수 있다.

　이렇게 볼 때 '새소리'에 이끌려 '문'을 열고 나선 화자는 '규중'이라는 제한된 자아의 공간에서 벗어나서 만나고 싶은 사람들과 만나고 그들과의 관계를 회복하는 경험을 하게 된다. 즉 '문' 밖의 자연공간은 새로운 만남의 공간이며 이 만남을 통해 화자는 자아를 확장시키고 타인과의 관계성을 회복하는 경험을 할 수 있는 것이다. 이러한 관계성의 회복은 다음과 같이 화전놀이가 문중놀이의 성격을 띨 경우 더욱 강화된다.

---

24) 장정수, 앞의 논문, 2011, 162쪽.
25) 〈평암산화전가〉
26) 장정수, 앞의 논문, 2011, 162쪽.

> 형제종반 일가들과 여러동유 함께모여
> 녹의홍상 갖은복색 철을맞춰 갈아입고
> 찬란한 온갖패물 격을맞춰 갖춘후에
> 규중출신 이몸으로 어떤곳을 행해갈고
> 비록이 여자라도 세세선영 계신곳에
> 분묘구경 가자스라[27)]

화전놀이가 문중모임으로 진행될 때, 놀이처는 조상의 분묘가 있는 곳인 경우가 많다. 이런 경우 〈화전가〉에 나타난 자연공간은 일탈의 공간이라기보다는 오히려 문중 행사의 일상적 공간이 된다. 이 공간에서 자아는 문중이라는 더 큰 관계성 안에서 자신의 위치를 확인하게 된다. 물론 이 과정을 만남과 관계성의 진정한 회복이라 말하기에는 한계가 있다. 그러나 화자 자신이 이러한 과정을 '여자로서의 제한'을 벗어난 것이라 인식하였다면, 이 또한 만남과 관계성에 대한 또 다른 욕구 충족 과정이라 볼 수 있을 것이다. 실제로 놀이 이전에 이루어지는 준비의 과정에서 드러나는 여성들의 조직적 역량 발휘[28)]를 여성의 대사회적 욕망이라 본 경우도 이와 같은 맥락이다.

이렇게 볼 때 〈화전가〉에서 화자는 새소리라는 자연 대상물로 인해 '자연'이라는 확장된 공간으로 나아가게 되며, 이 공간 안에서 만나고 관계성을 회복하여 자아의 존재감을 확인하는 데 의미를 두고 있다고 할 수 있다.

---

27) 〈화전가4〉, 임기중, 앞의 책, 2005, 232쪽.
28) 이를 여성의 또 다른 욕망으로 보는 시각은 기존 연구에서도 언급된 사항이다. 이동연, 「화전가류」, 『한국고전여성작가연구』, 태학사, 1999; 유정선, 「화전가에 나타난 여성의 놀이공간과 놀이적 성격」, 『한국고전연구』 19, 한국고전연구학회, 2009, 62쪽 등.

2) 삶의 원리 수용을 위한 순환적 시간

〈화전가〉의 사설구성은 대체로 시간의 흐름에 따라 전개된다. "서사—신변탄식—봄의 찬미—놀이 공론—통문 돌리기—舅姑의 승낙—준비—치장—승지찬미—화전 굽기—회식—유흥 영탄—파연 감회—이별과 재회 기약—귀가—발문"[29)]의 과정 중 거의 대부분이 날이 새서 날이 저물 때까지 진행된, 하루 동안의 화전놀이를 그대로 따른다. 이렇게 볼 때 〈화전가〉에 나타난 시간은 일회적이고 단선적이다.

그런데 〈화전가〉 작품의 저변에 깔려 있는 화자의 욕망과 작품 창작의 시기 등을 고려하면 〈화전가〉의 시간은 순환적 특성을 지닌다. 먼저 작품 자체를 살펴보도록 하자.

> 남은술 마져따라 질주배나 하여보세
> 다정붕우 들어보소 이술먹고 늘지마소
> 명연삼월 화만산에 다시놀기 기약하고
> 산촌사리 빈한세라 옥잔에 감노주와
> 죽난에 두겨놔적 아즉도 남아스니
> 안먹고 어쩔소냐 벗님들아 옥배에
> 부은 술이 이별주 아니외다
> 명춘을 기약하니 기약주가 분명하다
> 백학장 명연춘색 기다릴가 하노메라
> 화두에 명월춘풍 유신도 하다마는
> 다정한 벗님네는 돌아가자 외치노라
> 〈중략〉
> 집으로 돌아올제 학에등에 노던선여

---

29) 권영철, 『규방가사각론』, 형설출판사, 1986, 118쪽. 이후 많은 논문에서 이를 〈화전가〉의 일반적인 시상전개과정으로 보고 있다.

산비탈로 내려간다 유시난 고은등에
꽃피는 백학잠아 오날에 깊은은혜
마음속 감사하네 세세년년 봄철마다
우리들을 반겨다오 마을거리 나올적에
밀밀정담 다한후에 벼개우에 담은꿈을
새소리 놀라깨니 지나간 어제행낙
춘몽일시 분명하다
〈후략〉[30]

화전놀이는 날이 저물면 끝이 난다. 그래서 〈화전가〉의 화자는 저물어 가는 하루를 아쉬워하기도 한다. 그러나 이내 화자의 정서는 아쉬움에서 기대감으로 바뀐다. 시간의 순환성을 믿기 때문이다. 이러한 순환성은 '꽃피는 백학잠아 오날에 깊은은혜 마음속 감사하네 세세년년 봄철마다 우리들을 반겨다오'와 같이 자연대상물에 의거하여 가능하다. 그래서 자연은 감사의 대상이 될 수 있다. 현재의 즐거움뿐만 아니라 화전놀이로 회귀할 즐거움을 약속해 주기 때문이다.

골짝기 불근꽂이 미인태도 가졋도다
나을보고 반기는듯 방긋방긋 웃는고나
할말잇어 웃그들랑 나을만내 하려무나
서인자태 조은아니 아의용모 쳐연ㅎ다.
작년에도 피엿더니 금년에도 피엿구나
섬섬옥수 넌짓들어 난만홍화 꺽어다가
머리에다 꼬바보고 입에도 물어보고
이자시이 작양화에 별루천지 이아닌가
〈중략〉

---

30) 〈화전가6〉, 임기중, 앞의 책, 2005, 243쪽.

　　　　강남에서 나온제비 옛주인을 찾아왔네[31]

　　위의 사설에서 꽃으로 나타난 자연대상물은 화자에게 친근한 대상
이다. 친근할 수 있는 이유가 중요한데, 그 이유는 막연하고 추상적인
자연 친화가 아니다. '작년에도 피었더니 금년에도 핀' 대상이기 때문
이고, '강남에서 나온 제비'가 '옛주인'을 찾아왔기 때문이다. 즉 여기
서 자연대상물에 느끼는 친근감은 이들이 계절의 순환성을 약속하는
대상이기 때문이다.

　　이처럼 〈화전가〉에는 자연이 지닌 가장 중요한 특성인 '순환성'에
대한 믿음이 전제하기에 '파연'의 시간마저도 새로운 설렘의 시간이
된다. 그래서 〈화전가〉에는 자연에 대한 믿음과 감사, 그리고 그에
기반한 기쁨과 풍요로움이 일관되게 나타난다. 화전가에 나타난 '일상
－화전놀이－일상'의 시간을 '코스모스－카오스－코스모스'의 연속으
로 보는 시각도 이러한 순환성과 같은 맥락이다.

　　한편 〈화전가〉의 창작시기를 화전놀이와 연관해 볼 때, 〈화전가〉는
화전놀이의 과정 속에서 지어질 수도 있고, 화전놀이가 끝난 후 창작
하기도 했다. 이때 〈화전가〉 창작의 행위는 놀이의 정황이나 흥취를
가사를 통해 다시 한 번 문학적으로 연출하는 행위가 된다. 때로 화전
놀이 자체는 파한다 할지라도 그 흥취는 가사를 매개로 계속해서 확대
재생산되었다.[32]

　　　　일배일배 부일배로 반취케 마신후에

---

31) 〈화전가라2〉, 임기중, 앞의 책, 2005, 258쪽.
32) 권순회, 「화전가류 가사의 창작 및 소통 맥락에 대한 재검토」, 『어문논집』 53, 민족어문
　　학회, 2006, 5~28쪽.

취흥을 못이기여 한곡조 맑은노래
<u>상상연 먹을가라 섬섬옥수 붓을잡아</u>
<u>백능간지 설화장에 화전가를 지어넬제</u>
<u>만단회포 무궁하다 쏘다시 산뽀하리</u>
우후청청 연파상에 금인욱척 펄펄뛰고
백구천백 연난대 별유천지 이안이가
이런경개 구경한후 꽃그늘 풀자리에
담소희락 즐길적에 어언간 석양이
산너므니 일낙황혼 느진날에 월출동영
달이쓰사 아미산을 비추후난 이안이고
무엇하랴 어제밤 뉘라서 연풍월
자랑하니 그안이 좋을손가[33]

위 사설은 화전놀이의 과정 중에 창작된 것이다. 화전놀이의 흥취를 〈화전가〉 창작이라는 문학행위로 드러내고 있다. 그런데 여기서 〈화전가〉 창작은 그 자체가 또 다른 흥취의 행위이기도 하지만, '만단 회포 무궁하다 쏘다시 산뽀하리'와 같이, 창작 이후 놀이의 흥취를 더 하는 역할을 하고 있다. 여기서 화전놀이로 인한 흥취가 〈화전가〉 창작에 의해 더욱 증폭되는 양상을 보인다. '화전놀이-〈화전가〉-화전 놀이'가 '놀이-문학-놀이'로 순환되면서 문학으로 인해 놀이의 흥취가 더욱 강화되는 양상이라 할 수 있다.

〈화전가〉가 화전놀이가 끝난 후 창작된 경우, 〈화전가〉 창작은 화전놀이의 흥취를 일상에서 기억함으로써 일상을 더욱 의미 있게 하는 역할을 한다.

---

33) 〈화전가5〉, 임기중, 앞의 책, 2005, 237쪽.

여자몸이 되었으니 삼강오륜 바탕삼고
삼종지도 잘지키며 부모공양 힘껏하고
자녀교육 잘지키며 성신껏 낭군섬겨
치산을 잘하오며 그것이 제일이고
그사람이 제일일세 그럭저럭 놀다보니
삼사월 긴긴해가 서산에 기울구나
꽃한송이 머레꽃과 삼삼오오 흩어지니
집집마다 꽃이 피고 온마을이 꽃송일세
만세만세 만만세야 우리감천 만만세야[34]

이때 〈화전가〉 창작 행위는 화전놀이가 끝난 후에도 그 경험을 재생하는 역할을 한다. 그래서 〈화전가〉를 창작하고 읽는 행위를 통해 여성들은 일상을 그 자체로 받아들이고 일상에 더욱 충실할 수 있는 것이다. 봄이 지나면 다시 봄이 온다는 자연의 순환성을 인식하고 있기에, 일상은 일상인 채로 그대로 수용하는 것이다.

〈화전가〉에서 여성들은 일상을 거부하거나 일상에 항거하는 양상을 보이지 않는다. 화전놀이의 제한적 시간성을 인정하고 다시 일상으로 돌아갈 줄 아는 모습을 보여준다. 이는 일상-놀이-일상의 순환성을 그대로 수용하는 모습이다. 이는 '봄'을 기준으로 하는 계절의 순환성을 인식하고 있는 까닭이다. 그래서 일상 속에서 힘이 들 때 여성들은 〈화전가〉를 다시 꺼내 들고 작품을 향유함으로써 잠시 놀이의 추억을 되새김하는 것이다. 이러한 되새김을 통해 여성들은 다시 일상을 받아들일 수 있다.

이러한 과정은 '놀이-문학행위-놀이'의 순환이고, '일상-문학행

---

34) 〈평양산화전가〉, 장정수, 앞의 논문, 170쪽 재인용.

위-일상'의 순환이다. 이러한 순환을 통해 여성들은 놀이의 흥취를 더욱 강화하거나 일상을 그대로 수용할 수 있는 힘을 얻는 것이다. 그것은 단지 '바라는 세계'가 아닌 '있는 세계' 속에서 삶의 원리와 공존의 가능성을 인정하는 자세라는 점에서 주목할 만하다.[35]

이상으로 〈화전가〉에서 여성화자가 자연을 어떻게 인식하고 있는지, 그리고 그것이 무엇을 의미하는지를 공간 및 시간성으로 나누어 살펴보았다. 〈화전가〉에서 여성화자에게 자연은 규중을 벗어나 타인과 만나고 그 만남 속에서 자신의 정체성을 확인하는 공간으로 인식되고 있었고, 시간의 순환성에 대해 인식함으로써 삶의 원리를 이해하는 자세를 취하고 있었음을 확인할 수 있다.

4. 시적 활용 방식과 효과

〈화전가〉에서 자연은 자기 존재감을 확인하는 공간과 세계를 수용하는 순환적 시간으로 인식됨을 살펴보았다. 그런데 〈화전가〉에서 자연은 이상과 같은 거시적인 측면에서의 인식 대상으로서 뿐만 아니라 사설의 각 부분에서 유효하게 활용되어 그 나름의 시적 효과를 드러내기도 한다. 이러한 측면 역시 자연 대상물을 시적으로 활용하여 에코페미니즘적 특성을 드러내는 데 기여하고 있어 주목이 필요하다.

〈화전가〉에는 자연이 '꽃', '새', '나무' 등의 개별적 대상으로 표현되는 것이 특징인데, 이들 자연은 시적 화자를 자연으로 이끌어내는 대상이면서 또 일상으로 환원시키는 역할을 한다. 그리고 이들은 자연

---

35) 신덕룡, 「우리 문학에 나타난 생태의식－시에 나타난 몇 가지 문제들」, 『인문학연구』 7, 경희대 인문학연구원, 2003, 42쪽.

을 완상하고 놀이를 즐기는 과정에서도 중요하게 활용된다. 특히 〈화전가〉의 사설구성 가운데 치레-승지 찬미 등에 집중되어 나타나는데, 그 구체적인 양상은 다음과 같다.

1) 동일화를 통한 충만감 표현

'동일화'란 시인이 의식적으로 자아와 세계의 동일성을 추구하는 시의 중요한 장르적 특징으로서, 동화(assimilation)와 투사(projection) 등이 이에 해당한다. 〈화전가〉는 이 중에서 주로 투사의 방식을 많이 사용하는데, 투사에 의한 동일성의 획득은 자신을 상상적으로 세계에 투사하는 것, 곧 감정이입에 의해서 자아와 세계가 일체감을 이루도록 하는 것이다. 세계 속에서 자아를 발견하는 하나의 방법이라 할 수 있다.[36]

〈화전가〉에서 동일화의 구체적 양상은 치장-승경찬미 등에서 자주 활용되는데 동일화의 대상은 바로 자연이다. 그 구체적 양상은 다음과 같다.

> (가) 遠山같은 눈썹을랑 蛾眉로 다스리고
> 橫雲같은 귀밑을랑 鮮鬢으로 꾸미도다
> 東海에 고운 明紬 잔줄지어 누벼입고
> 秋陽에 바랜베를 연발물 들여입고
> 鮮明하게 나와서서 좋은 風景 보려하고
> 佳麗江山 第一이라 어서가자 바삐가자[37]

---

36) 김준오, 『시론』, 삼지원, 1982, 40쪽.
37) 〈화전가1〉, 임기중, 앞의 책, 2005, 215쪽.

(나) 장장춘일 긴긴날이 경일망귀 오날이라
   등산임슈 조흔노름 화전놀음 찰난하다
   왼손에 풀을썩고 오른손에 꼿홀썩어
   쳥쳥홍홍 가는태도 왕소군의 맵시로다
   양단이라 웃져고리 비로도 꼿홀썩어
   나요링 상하단에 쳥춘홍안 쩨마추어
   아장아장 돌사셔니 쳥상에 피던꼿이
   송이송이 날이여서 가가호호 다시피듯
   구고젼 현신할제 언엉구자졍화라
   샥반을 먹자마자 월출동영 달밝은데
   화전놀음 기록하니 우슴소리 낭자하다
   우슴으로 피는 꼿흘 가졍화가 되다보니
   우리가졍 피는 꼿치 셰셰젼지 자손화라[38]

(가)는 화전놀이를 가기 위한 준비를 하는 모습인데, '遠山'–'蛾眉', '橫雲'–'鮮鬢'이 서로 연결되어 있고, '東海'와 '秋陽'은 그대로 몸을 감싸는 옷이 된다. 시적 화자는 치장을 통해 자연과 하나가 된다. 이러한 상태에서 佳麗江山을 맞으러 간다. (나)에서는 자연과의 일체감이 일상에서도 지속되기를 바라는 마음을 표현하였다. '왼손에 풀을 꺾고 오른손에 꽃을 꺾어 든' 여성들은 이미 하나의 꽃이 되고 웃음의 주체가 된다. 그리고 놀이를 즐긴 후에도 이들은 각 가정의 화목과 가문의 번성을 이루어내는 역할을 하게 된다. 그렇다면 이와 같은 동일화의 방식을 통해 얻는 효과는 무엇일까? 동일화는 자아와 세계와의 관계에서 자아가 소외되거나 세계를 추월하지 않고 '연속'되도록 해 준다.[39] 그래서 자아는 세계 속에서 충만함을 느끼게 된다.

---

38) 〈화전가라3〉, 임기중, 앞의 책, 2005, 263쪽.

한편 이러한 방식은 승지 찬양의 부분에서도 확인할 수 있다. 〈화전가〉에서 여성들의 자연 찬미는 주로 '꽃', '새', '나무' 등의 개별적 대상에 대한 관심으로 나타나는데, 특히 이 중에서 '꽃타령'은 제일 많이 차용되는 레파토리 중 하나이다.

> 춘풍삼월 호시절을 꽃다려 물어보자
> 우리보실 고흔단장 뉘을보랴 곱게폈냐
> 여산평지 어데두고 날보려고 여기왔소
> 꽃가지가 하늘하늘 대답이 정량하다
> 만세춘광 자진곳에 너와나와 놀아보자[40]

일반적으로 '꽃타령'은 '황화백화 자작한데 어느꽃이 웃듬인고/대동산 국경화는 이리저리 붙엇든고/후원에 도리화는 홍홍백백 자자있고/청춘에 옥매화는 미인단장 얼굴이요 불고불근 복숭하는 벙긋벙긋 웃고난나/'처럼 객관적 대상으로서 꽃의 아름다움을 칭송하는 사설이 다수를 차지한다.

그런데 이러한 '꽃타령'이 〈화전가〉에 삽입되면 꽃과 화자가 서로 대화를 나누는 방식으로 변환되어 나타난다. 물론 일반적인 '꽃타령'에서도 꽃을 미인의 얼굴에 비유하거나 사람처럼 표현한 부분이 들어 있기는 하다. 그러나 일반적인 '꽃타령'에서 꽃은 자아와 구분되는 대상으로서 자연을 의미한다.

그런데 〈화전가〉에서 '꽃'은 더 이상 자아와 구분되는 객관적 대상으로서의 자연이 아니다. 여기서 '꽃'은 화자와 교류하는 대상으로 나

---

39) 김준오, 잎의 책, 1982, 40~41쪽.
40) 〈화전가〉, 김동규, 앞의 논문, 1994, 106~107쪽 재인용.

타난다. 그리고 그러한 교류를 통해 꽃은 자연의 때를 맞이하고 때에
맞는 홍을 가지는 것이 존재의 의무임을 확인해 주는 역할을 하고 있
다.[41] 춘삼월 호시절에 누구를 위해 피었느냐는 질문에 꽃은 오히려
평지를 두고 자신이 있는 자연으로 찾아온 이유를 묻는다. 이러한 꽃
의 대답은 자연을 맞이하고 홍을 즐겨야 할 화자의 권리와 당위를 질
문의 형식으로 밝힌 것이라 할 수 있다. 이로써 자연과 인간은 하나가
되어 홍취를 나누게 된다. 자연과의 동일시를 통해 홍취를 고조하고
그 홍취를 즐길 권리를 보장받고 있다.

한편 자연 대상물과의 동일화 과정은 다양한 감각적 심상이 더해지
면서 더욱 실재감을 확보하는 양상을 띤다.

> 가자스라 가자스라 청춘작반 가자스라
> 심심규중 자라나서 오리횡보 안하다가
> 시속히 올라가니 노독인들 아니날가
> 보선벗어 옆에끼고 꽃을꺾어 머리꽂고
> 허널허널 올라갈제 무엇을 못할손가
> 양유산의 꾀꼬리 이리저리 날리면서
> 벽계수 맑은물에 손도씻고 발도씻고
> 이렁저렁 두두거쳐 왕이산을 당도하니
> 치산형수 조혼경이 옛노던 경이로다

자연과 하나가 된 화자의 모습이 보인다. 버선을 벗은 맨발로 땅을
느끼며 꽃을 꺾어 머리에 꽂고 자연으로 나아가며, '벽계수 맑은 물에
손과 발을 씻으며' 자연을 그대로 느끼며 하나가 된다. 여기에서 화자

41) 고정희, 『고전시가교육의 탐구』, 소명, 2013, 195쪽.

는 즐거움과 충만감을 느낀다. 이러한 즐거움과 충만감은 자연 대상물을 그저 눈으로 완상하는 시각적 감각만이 아니라 눈썹과 귀밑머리를 만지고 옷으로 느끼는 촉각적 감각으로 인하여 더욱 커진다. '꽃을 꺾어 머리에 꽂는 행위', '맑은 물에 손을 씻고 발까지 씻는 행위'가 모두 촉각으로 자연을 느끼는 행위이다. 이러한 감각적 특성은 대상과의 친밀감을 강화하고 자아의 충만감을 충족시켜 주는 역할을 한다. 이를 통해 자아는 자연에 공감하고 공존을 도모하게 되는 것이다. 사람은 꽃이고 꽃은 다시 사람이 되는 것이다.

2) 재인식을 통한 공유성 추구

〈화전가〉의 몇몇 부분은 관념적 자연 향유의 방식을 그대로 차용하는 경우가 있다. 이는 〈화전가〉의 자연관을 남성들의 그것을 모방한 것으로 보는 주장의 근거가 되기도 한다. 그런데 텍스트를 자세히 살펴보면 다음과 같은 차별적 양상을 확인할 수 있다.

> 지시도 조컨이와 수목풍경 엇더하리
> 구목위소 숨나무는 유소시이 초당이요
> 괴안국이 남가남근 장유호접 궁궐이요
> 요지원이 복숭남근 무릉처사 뒤원이요
> 틱변이 오유버들 도연명이 울달이요
> 〈중략〉
> 창천에 지하초는 굴상여이 이복이요
> 무원의 갈미풀은 민자근이 조음이요
> 분양하는 향나무는 유정시이 치성이요
> 과진이닉 뼛나무는 왕휴중이 이름이요
> 자고드는 잣나무는 왕위원이 눈물이요

부귀겸존 목단화는 민간인이 사랑이라[42]

승지 찬양 부분 중 '수목풍경'인데, 여기서 자연대상물은 중국 고사의 인물들과 연결되면서 화자의 유식을 드러내는 역할도 하지만 이 정도의 지식은 양반 여성들에게 어쩌면 상식 수준 그 이상도 이하도 아니다. 따라서 자연 이해는 관념적이고 고루한 양상을 띨 수밖에 없다. 특히 이러한 양상은 '봄'과 '놀이'라는 동일한 소재와 시적 상황을 지닌 남성 작가 작품에서 관습적으로 인용되는 양상과 같다.

> 슴손이슈 어더런고 이제다 방불ᄒ다
> 인풍순월 발가시니 양천별업 와연ᄒ니
> 칠니탄 한곡조가 만화이 할나시니
> 스풍세우 어옹들이 일간죽 비겨들고
> 관니셩화 담담ᄒ니 조즈롱이 여풍이요
> 벽대홍횡 만졍ᄒ기 쳔회소니 물원인닷
> 눌니를 굽어보니 슈즘인가 스난중이
> 눌니가 방졍ᄒ니 심양각이 그곳인가
> 도쳐스 잇난닷시 너경기가 그만ᄒ니
> 놀림인들 업셜손가 등왕각 노픈즈리
> 왕지안 죄조로셔 낙하고목 을펴잇고
> 춘야원 도리연이 니젹션 취회안즈
> 역여광음 탄식ᄒ고 회계소음 단졍싱이
> 왕희지 글지어니 졀더보기 거동보소
> 양즛스헌 곡든지이 문중을 쳔명ᄒ고[43]

---

42) 〈화전가3〉, 임기중, 앞의 책, 2005, 226쪽.

43) 〈화유가(花遊歌)〉, 권영철, 『규방가사 I 』, 한국정신문화원, 1979.10, 417~420쪽.

여유로운 풍경을 묘사하기 위해 '어옹'과 '중'을 인용하였으며, '니 적선', '왕희지', '양ㅅ헌' 등 중국 고사의 인물을 언급하고 있다. 풍광 을 묘사하는 데 관습적으로 인용되는 인물과 구절들이다. 화자는 이들 인물에 대해 실질적인 관심이 없을 뿐 아니라 자연 풍경 묘사 또한 관습적 구절에 의해 식상하게 채워진 모습이다.

그런데 〈화전가〉에는 다음과 같은 사설이 이어지거나 혹은 다른 텍스트에 독립적으로 나타남으로써 앞의 경우와 전혀 다른 양상을 띤다.

> 화류정정 유실이는 여우간지 명월이라
> 패윤명당 감실이는 녹수부용 되엿난듯
> 진수일상 진실이는 녹수성말 자만지어
> 동원도리 이실이는 만세춘광 자랑한다
> 임임총총 임실이는 녹초방초 성하시오
> 백백홍홍 백실이는 약수중지 연화로다
> 녹번홍안 도실이는 도지여여 시절이라
> 사시장춘 장실이는 중추월색 조롱한다
> 이기당당 권실이는 알지곳지 잘도논다
> 일등화전 정실이는 어이그리 드디오며
> 중추월색 고실이는 어데가고 아니오며
> 월중청향 채실이는 연화장약 정실이는
> 군자호구 따라가서 오날놀이 빠졋구나[44]

자연대상물과 인물의 연결은 앞에서 본 수목타령의 양상과 같다. 그런데 이번에 연결된 인물들은 중국 고사에 나오는 관념적 인물이

---

44) 〈화전가〉2, 임기중, 앞의 책, 2005, 220쪽.

아니라 실재 주변에 존재하는 인물이다. 이러한 연결은 물론 앞에 제시한 관념적 연결을 바탕으로 하지만 연결 대상은 현실의 친근한 인물이다. 그리고 대상을 하나하나 나열하고 각각의 특색에 맞는 자연대상물과 연결시킴으로써 새로운 효과를 낸다.

이러한 연결은 작품에 실재감과 사실감을 주는 역할을 한다. 고루한 관념적 연결을 깨어버리고 현실의 친숙한 인물을 자연대상물과 연결하는 작업은 텍스트에 생동감을 주기에 충분하다. 그러나 이러한 과정을 통해 화자가 타자에 대한 새로운 자각을 경험하게 된다는 것은 더욱 중요한 사실이다. 이미 알고 있던 인물이지만, 특정 자연대상과의 연결을 위해 인물이 가진 특성을 다시 살피고 인식하는 과정을 거쳐야 한다. 이러한 과정에서 친숙했기에 무관심했던 대상은 새로운 자각의 대상으로 떠오른다. 그리고 이러한 새로운 자각을 공유함으로써 인물들 간의 친근감은 더욱 커지는 효과를 얻는다. 이러한 방식은 재인식을 통한 공유성 추구라고 할 수 있다.

'재인식'이란 축자적으로 인식의 반복, 다시 보는 것, 선행하는 사건과의 유사성을 인식하는 것이다. 재인식이 일어날 때 여기에는 앎이 표상되며 반응을 요구하는 객관적 표명이 존재한다. 이것은 공공의 기억 또는 '공유성'으로 정의되는 기억이 되며, 개인의 기억을 타인과 공유하도록 한다.[45] 자연의 아름다움을 감상하고 찬미하는 과정에서 이루어졌던 자연과 인물의 관습적 연결을 재인식하되 그것을 현실의 인물로 대체함으로써 타자를 새롭게 인식하고 그것에 의미를 부여하는 과정을 통해 향유자들 간의 공유성은 더욱 커지게 되는 것이다.

이러한 공유와 공존에의 확인은 기쁨과 풍요로움으로 이어진다. 다

---

45) 김준오, 앞의 책, 1982, 388쪽.

음 사설은 그것을 단적으로 보여주는 부분이다.

가가호호 집집마다 노소동락 노러보세
앞집에 맏동셔님 뒷집에 아이동셔
앞집질부 뒷집질부 딸내며날 모아노리
담소랑랑 웃음소리 인간부귀 오날이라[46)]

〈화전가〉에 나타난 이상과 같은 양상은 '자연'이 만나고 싶은 사람들끼리의 공존을 확인하는 장이 되고 있음을 보여준다. 인간부귀를 충족시킬 수 있는 여러 가지 조건이 있겠지만 여성화자에게 그것은 만남과 공존을 확인하는 것이다. 이러한 공존과 공유는 자연과 여성이 추구하는 중요한 특성이기도 하다. 다음은 이러한 특성을 잘 보여주는 예이다.

연희오나 음식잦터 풍화나기 쉽사오니
문전인 나그너도 현연주작 디접할지
옵고쥬 우난과부 심심커든 이리오고
디초 따는 저촌부여 시장커든 이리오소
시장가이 빌어먹은 칠신위파 예양이와
표모의게 어더먹든 누른안식 한신이도
혹시압홀 지나거든 괄시말고 밥을주자
교만잦히 화가나고 적선잦히 경소난다[47)]

〈화전가〉에 나타난 이러한 공유와 공존의 추구는 기존 연구에서

---

46) 〈화전가라3〉, 임기중, 앞의 책, 2005, 262쪽.
47) 〈화전가3〉, 임기중, 앞의 책, 2005, 226쪽.

언급된 '여성들의 유대의식'을 넘어서고 있다. 위의 사설에서 화자는 같은 여성들인 동류에 대한 협력과 공존만이 아니라 '문전의 나그네', '우는 과부', '시장한 촌부' 등 사회적 약자들에 대한 따뜻한 시선까지 적극적으로 드러내고 있다. 남성들과 맞서거나 자신들의 이권을 쟁취하기 위한 여성들끼리의 유대를 넘어서 있는 것이다. 이러한 점은 남성화자의 작품인 〈화유가〉와 비교할 때 더욱 부각되는 양상이다.[48)]

> 인싱빅년 일평싱이 남주갓치 조홀손가
> 소년등과 벼슬흐면 만종녹 바다와셔
> 일문의 영상이요
> 선경현전 득공흐고 인이예지 학심흐여
> 도덕군주 되어지며 쳔츄의 뉴명흐니
> 그안이 인격이며 그안이 남주런가
> 방가위지 장부로다
> 아스라 동유드라 우리주찬 과하도다
> 야속한 종미들게 흉이나 보일시라
> 〈중략〉
> 아무리 남중인들 한번노릿 업술손가
> 가엽다 여주들은 동셔로 갈여따가
> 견견니 만나보니 열친쳑지 평화로다
> 우습고 야속흐니 어나닷 아히들리
> 출가한지 몃회런고
> 천만금 귀동주랄 업고안고 단니면서
> 아히주랑 야단이니 시가자랑 면면이니

---

48) 〈화전가〉에 나타난 여성들의 공존과 공유의 지향성을 더욱 명확히 확인하기 위해서 비교 및 대조의 작업이 필요하다. 그런데 공평하고 의미 있는 비교가 되기 위해서는 작품 창작동기 및 맥락이 동일한 상황에 있는 남성작가의 작품이 유효할 것으로 판단한다.

즈랑이요 시집살이 세간빈빅 낫낫치
즈룡ㅎ니 출가외인 분명하다
저그까지 착한체로 이집도 흉을보고
져집도 흉을보니 집집이 흉이로다

 자연 속에서 강조된 화자의 관심은 출세지향 및 체제순응에 집중되어 있으며, 이를 성취할 수 있는 자신들에 대한 자부심으로 나타난다. 그리고 놀이를 통해 비로소 획득된 여성에 대한 시각은 여성에 대한 비난과 조롱이 주를 이루고 있다. 이러한 비난과 조롱은 결국 남성 자신의 상대적 우월감을 부각하기 위한 효과적 장치로 기능하고 있다.

 이상과 같이 남성화자의 텍스트와 비교해 볼 때 〈화전가〉에는 공존과 공유를 지향하는 여성의식이 더욱 부각된다는 점을 알 수 있다. 이러한 〈화전가〉의 지향은 자연과 사람, 남성과 여성, 상층과 하층을 구분하는 이원적 세계관을 넘어서고 있다는 점에서 의미가 크다.

 이상으로 〈화전가〉 텍스트를 중심으로 하여 '자연'을 어떻게 활용하고 있으며 그를 통해 여성화자가 지향한 것이 무엇인가를 논하였다. 〈화전가〉에서 자연은 다양한 방식으로 동일화의 대상으로 활용되며, 이를 통해 충만감을 확보하는 역할을 한다는 것을 알았다. 또한 재인식의 방식을 통해 기존의 관념적 자연관을 탈피하고 타자에 대한 새로운 인식을 유도함으로써 현장감과 실재감을 얻고, 타인과의 공유와 공존을 확인하는 역할을 한다는 것을 알 수 있었다. 이처럼 〈화전가〉는 이분법적 사고에 기반을 둔 남성주의적 사고를 극복하고 충만감과 공존을 추구하는 여성들의 감수성을 담고 있으며, 이를 위해 자연대상물을 활용하여 시적 성취를 이뤄내고 있음을 확인하였다.

5. 결론

얼었던 땅을 녹이고 찾아온 봄은 인간에게 계절의 완상 그 이상의 것을 느끼게 한다. 움츠렸던 몸을 펼 수 있게 해 주고, 새로운 기대를 가지게 한다. 조선시대 여성들에게 봄은 화전놀이의 계절이었다. 그런데 화전놀이가 주는 의미는 매우 다양하다. 그것은 일탈의 기회[49]이기도 하고, 놀이의 기회[50]이기도 하고, 비판과 조롱의 기회[51]이기도 하다.

그러나 무엇보다 그것은 여성들에게 자연과 만나고 자연의 순리를 통해 인간의 삶을 풍요롭게 하는 중요한 기회였다. 따라서 〈화전가〉는 당대 여성들의 자연에 대한 시선과 그 의식을 파악할 수 있는 중요한 자료이다. 그럼에도 그간의 연구는 텍스트 자체를 크게 주목하지 않았으며, 여성 화자의 시선을 고려하지 않았다.

본고는 자연과 인간(여성)이 어떻게 관련되고 있는가를 주목하는 에코페미니즘의 시각으로 〈화전가〉의 여성화자가 자연을 어떻게 인식하고 있으며, 시적으로 자연을 어떻게 활용하고 있는지를 텍스트를 중심으로 읽어내었다.

그 결과 자연은 만남의 기회를 주고, 관계성 속에서 자아를 확인할 수 있는 확장된 자아의 공간으로, 순환성을 약속하는 대상으로, 삶을 있는 그대로 수용하게 하는 역할을 한다는 것을 밝혔다. 그리고 텍스트에서 자연을 동일시하고 재인식하는 방법을 통해 충만감을 얻으면서, 공존의 가능성을 타진하는 양상을 확인하였다. 전자가 '자연성'

---

49) 장정수, 앞의 논문, 2011, 147~179쪽; 한양명, 앞의 논문, 2001, 335~38쪽.
50) 유정선, 앞의 논문, 2009, 57~83쪽.
51) 권순회, 앞의 논문, 2006, 5~30쪽.

으로서의 의미를 지닌다면, 후자는 '자연대상물'의 시적 활용과 의미라는 점에서 에코페미니즘의 자연에 대한 두 가지 함의를 모두 읽어낼 수 있었다. 이러한 점은 '봄'과 '놀이'라는 동일한 소재 및 상황적 특성을 가진 남성사대부 창작의 작품들과 비교할 때 더욱 분명히 드러난다.

이상으로 본고는 한국 고전 여성 시가에 대해 자연과 여성을 엮어 읽는 에코페미니즘의 새로운 시각을 보여주었고, 자연과 관련한 여성적 특징과 원리에 대한 이해를 텍스트 읽기를 통해 밝혀내었다. 이러한 양상이 자연을 탐구하는 여성 기행가사 등에서는 어떻게 드러나는지 그 연관성과 차별성을 밝히고 의미를 분석하는 작업을 후고로 남겨둔다.

〈덴동어미화전가〉에 대한
다양한 해석과 현대적 의미

1. 서론

  이 글은 〈덴동어미화전가〉[1]에 대한 지금까지의 연구 성과를 점검
하고 작품의 현대적 의미를 파악하는 데에 목적이 있다. 텍스트 발굴
과 작품 소개가 이루어진 후 〈덴동어미화전가〉는 여느 화전가 작품에
비해 높은 관심과 집중적 조명을 받아왔다.[2] 화전놀이를 바탕으로 한

---

1) 『소백산대관록(小白山大觀錄)』경북대도서관(1938년(소회 13) 필사) 소재, 원래는 〈화
   전가〉라고 되어 있으나 후대 학자들에 의해 〈덴동어미화전가〉, 〈된동어미화전가〉 등으로
   명명되었다. 여기서는 학계에서 통용되는 〈덴동어미화전가〉라는 명칭으로 논의를 진행
   하고자 한다.
2) 〈덴동어미화전가〉는 류탁일과 김문기에 의해 소개된 이후 현재까지 학계의 꾸준한 관심
   을 받아왔다. 규방가사의 대표적인 형태인 화전가류 작품에 해당하면서도 덴동어미의
   서사가 결합된 독특한 형태라는 점과 덴동어미 서사에 등장하는 하층민에 의한 개가 반대
   의 주장이 특별한 관심을 받았다. 관련 연구의 대표적 성과를 제시하면 다음과 같다.
   류탁일, 「덴동어미의 비극적 일생」, 제14회 한국어문학회 전국발표대회, 1979; 김문기,
   『서민가사연구』, 형설출판사, 1983; 박혜숙, 「주해 〈덴동어미화전가〉」, 『국문학연구』 24,
   국문학회, 2011, 325~370쪽; 신태수, 「조선후기 개가긍정문학의 대두와 〈화전가〉」, 『한
   민족어문학』 16, 한국민족어문학회, 1989; 류해춘, 「〈화전가(경북대본)의 구조와 의미」,
   『어문학』 51, 한국어문학회, 1990, 51~74쪽; 김종철, 「운명의 얼굴과 신명」, 『한국고전시
   가작품론』 2, 집문당, 1992, 763~773쪽; 박정혜, 「〈덴동어미화전가〉에 나타난 혼인 및
   개가의식 연구」, 『새국어교육』 55, 한국국어교육학회, 1998, 185~209쪽; 김대행, 「〈덴동

화전가 계열의 작품 특성을 그대로 가지고 있으면서도, 당대 사회상과 덴동어미 서사가 지닌 의미가 다각도로 조명될 수 있기 때문이다. 학계의 이와 같은 논의는 특히 현재를 살아가는 우리에게 이 작품이 어떤 의미로 재해석될 수 있는가를 생각해 보게 한다는 점에서 더욱 의미가 있다. 이는 최근 시도되고 있는 〈덴동어미화전가〉의 문화콘텐츠화에 대한 방향성 검토에도 중요한 지점이 될 것으로 보인다.

최근 들어 지역 문화를 새롭게 발굴하고 이를 문화콘텐츠로 만들어 작품을 통해 지역의 정체성을 부각시키려는 움직임이 활발해지고 있다. 이러한 과정에서 고전 문학 작품은 지역의 전통을 확인하는 중요

어미화전가〉와 팔자의 원형」, 『고전시가 엮어 읽기』, 태학사, 2000; 이동찬, 「≪小白山大觀錄≫所載〈화전가〉硏究 – 덴동어미의 일생담을 중심으로」, 『韓國民族文化』 15, 부산대 한국민족문화연구소, 2000.6, 87~109쪽; 고정희, 「〈됨동어미화전가〉의 미적 특징과 아이러니」, 『국어교육』 111, 한국어교육학회, 2003, 313~341쪽; 함복희, 「〈덴동어미화전가〉의 서술특성과 주제적 의미」, 『어문연구』 31, 한국어문교육연구회, 2003, 149~172쪽; 박경주, 「화전가의 의사소통 방식에 나타난 문학치료적 의미」, 『고전문학과 교육』 10, 한국고전문학교육학회, 2005, 27~51쪽; 박혜숙, 「〈덴동어미화전가〉와 여성연대」, 『여성문학연구』 14, 한국여성문학회, 2005, 123~145쪽; 정인숙, 「〈덴동어미화전가〉에 나타난 조선후기 화폐경제의 발달 양상 및 도시생활문화의 탐색」, 『국어교육』 127, 한국어교육학회, 2008, 365~392쪽; 정무룡, 「〈덴동어미 화전가〉의 형상화 방식과 함의」, 『韓民族語文學』 52, 한민족어문학회, 2008, 259~304쪽; 박성지, 「〈덴동어미화전가〉에 나타난 욕망의 시간성」, 『한국고전여성문학연구』 19, 한국고전여성문학회, 2009, 309~335쪽; 성정희, 「영화〈혐오스런 마츠코의 일생〉과 고전시가〈덴동어미화전가〉속 여주인공의 삶의 여정과 극복과정 탐색」, 『겨레어문학』 42, 겨레어문학회, 2009, 193~209쪽; 김승호, 「한풀이로 본 조선후기 여성 자전의 계층별 술회 양상」, 『열상고전연구』 34, 열상고전연구회, 2011.12, 159~187쪽; 최홍원, 「덴동어미화전가 작품 세계의 중층성과 통과의례를 통한 개인의 성장」, 『선청어문』 40, 서울대학교 국어교육과, 2012, 691~719쪽; 서주연, 「〈덴동어미화전가〉에 나타난 말하기 방식의 특징과 의미」, 『도시인문학연구』 5-1, 서울시립대학교 도시인문학연구소, 2013, 97~123쪽; 조해숙, 「한국 고전문학과 예술의 사회사 ; 조선후기 시가 속의 여성 인물 형상」, 『국문학연구』 27, 국문학회, 2013, 55~85쪽. 그 외 최근 주목할 만한 학위논문으로 조자현, 「조선 후기 규방가사에 나타난 여성의 경제현실 및 세계인식」, 한양대학교 대학원박사논문, 2012; 김나랑, 「〈덴동어미화전가〉에 나타난 문화적 기억 탐구」, 한국교원대 교육대학원석사, 2016 등이 있으며, 약 15편의 학위논문이 제출되었다.

한 자원으로 주목받고 있다. 그런데 작품 자체가 지닌 특성과 의미를 충분히 살려내지 못하는 경우가 많이 발생하고 있다. 사업이 행정적 필요에 의해 시도되거나 성과주의에 경도되어 너무 급하게 추진되는 것도 그 원인이지만, 작품 자체에 대한 충분한 이해가 선행되지 못해서 그런 문제가 발생하는 것이다. 그렇다면 작품의 특징과 정체성이 무엇인지 고민하고 이를 바탕으로 현재적 의미를 생각해 볼 필요가 있다. 이를 위해 우선 작품에 대한 학계의 논의를 확인하고 참고하는 일이 필요하다. 그리고 이러한 성과를 바탕으로 작품이 현재 우리에게 어떤 의미를 지닐 수 있는지를 살펴야 할 것이다.

〈덴동어미화전가〉에 대한 기존의 연구는 매우 활발히 진행되고 있다. 그러나 본고에서 특별히 주목하고자 하는 성과는 덴동어미라는 인물 형상, 작품 구조와 의미, 그리고 작품 서사에 기반을 둔 사회상에 대한 분석이다. 이는 작품의 정체성을 확인하는 중요한 성과이기도 하고, 〈덴동어미화전가〉의 현대화, 즉 문화콘텐츠 과정에서 중요하게 고려되어야 하는 사항이기도 하다. 따라서 본고에서는 이 세 가지 주된 연구 주제를 중심으로 기존의 연구의 흐름을 정리하고 〈덴동어미화전가〉의 현대적 의미를 도출하기로 한다. 이러한 작업이 〈덴동어미화전가〉를 비롯한 고전작품의 현대화 및 문화콘텐츠화의 방향성 점검에 효율적으로 기여하는 사례가 되기를 기대한다.

2. '덴동어미'의 인물 형상

〈덴동어미화전가〉의 원래 제목은 〈화전가〉이다. 그럼에도 많은 연구자들이 〈덴동어미화전가〉라는 호칭을 쓰는 이유는 덴동어미의 이야기가 작품의 대부분을 차지하기 때문이다. 따라서 서사의 주인공인 덴동어미가 지닌 인물의 형상과 특징에 대한 분석은 작품의 정체성 연구에 필수적이다. 이와 관련한 논의는 '상부(喪夫)와 개가(改嫁)를 반복하는 덴동어미의 삶이 무엇을 의미하는가'의 문제와 '그럼에도 불구하고 운명과 팔자라는 이름으로 모든 고난을 수용하는 덴동어미의 모습을 어떻게 해석할 것인가'의 문제에 집중되어 있다.

덴동어미는 조선 후기 순흥 임이방의 딸로서 당대 신분상 중인층에 해당한다. 비교적 안정적인 사회적 경제적 위치에 있었다고 할 수 있는데, 이러한 덴동어미가 모든 것을 잃고 고향으로 다시 돌아오는 과정은 상부와 개가의 과정을 반복하는 그녀의 인생역정을 그대로 담고 있다. 그리고 작품의 결말에서 덴동어미는 청춘과부의 개가를 말리며 개가불가를 주장한다.

> 청춘과부 갈라하면 양식 싸고 말릴라네
> 고생팔자 타고나면 열 번 가도 고생일레
> 이팔청춘 청상들아 내 말 듣고 가지 말게
> 〈중략〉
> 팔자는 고쳤으나 고생은 못 고치네
> 고생을 못 고칠 제 그 사람도 후회 나리
> 후회 난들 어찌할꼬 죽을 고생 많이 하네
> 큰 고생을 안할 사람 상부버텀 아니하지
> 상부버텀 하는 사람 큰 고생을 하나니라
> 내 고생을 남 못 주고 남의 고생 안 하나니
> 제 고생을 제가 하지 내 고생을 뉘를 줄고
> 역역가지 생각하되 개가해서 잘 되는 이는
> 몇에 하나 아니 되네 부디 부디 가지말게[3]

여기서 덴동어미의 개가 불가에 대한 탄식을 정절이라는 유교적 관념으로의 회귀라고 이해하고 마는 것은 부당하다. 여기서 우리는 반복되는 상부와 개가의 원인, 그리고 그것의 성격에 대해 고민해 볼 필요가 있다. 기존의 연구는 이러한 상부와 개가의 반복을 당대의 사회경제적 상황과 연관지어 해석하거나, 인간의 욕망과 세계의 횡포라는 운명적 과정을 드러내었다고 설명한다. 전자는 덴동어미의 삶은 조선 후기 중인층에서 하층민으로 몰락하는 과정을 담고 있으며, 개가라는 것이 경제적 궁핍을 극복하기 위한 당시 하층 여성들의 어쩔 수 없는 선택이었음을 강조한다. 따라서 덴동어미의 반복되는 상부와 개가는 그녀의 의지와 상관없이 몰락을 반복하는 당대 하층민의 삶을 그대로 보여준다[4]라고 설명한다. 이렇게 본다면 덴동어미는 억척같은 생명력을 지닌 하층민의 표상이며, 문학사적으로 옹녀형 여인의 한스러운 인생 역정을 대표하는 인물로 해석될 수 있다.[5]

한편 덴동어미의 반복되는 상부와 개가의 과정을 인간의 욕망과 세계의 횡포라는 운명적 관점에서 해석하기도 한다. 서사의 전개과정에서 덴동어미가 지속적으로 개가를 단행하는 것은 현실적으로 더 잘 살아 보려고 하는 인간의 근본적인 욕망을 드러낸 것이고,[6] 반복되는

---

3) 이후 작품 인용문은 박혜숙의 주해본 사설을 참조한다.

4) 이동찬, 앞의 논문, 2000, 87~109쪽.

5) 김종철, 앞의 논문, 1992, 763~773 참조.

6) 박성지, 앞의 논문, 2009, 309~335쪽 참조. 그는 가부장제하에서 여성의 정체성은 남편을 중심으로 하는 가족사회에 뿌리를 두고 있으며, 여기서 한 여성으로서의 정서적 안정 및 경제적 사회적 형이상학적 위치가 결정되고, 이것이 가부장제가 틀 지운 여성의 정체성이자 여성 욕망이 된다고 보았다. 이때 남편의 부재란 여성이 다른 여성을 구분하고 스스로를 평가하는 가장 큰 기준으로 작용하므로 덴동어미는 지속적인 개가를 단행할 수밖에 없었다고 설명한다. 이렇게 볼 때, 〈덴동어미화전가〉의 개가는 가부장제 하에서 조직된 여성 욕망과 그 욕망의 처음과 끝을 철저히 드러낸다고 볼 수 있다.

상부와 비참한 현실과의 조우는 인간이 운명을 상대로 해서 씨름하는 상상적 세계를 환기하며, 그럼에도 불구하고 아무 것도 가진 것 없이 불에 덴 아이만을 데리고 돌아와야 하는 덴동어미는 패배할 수밖에 없는 인간존재를 표현한 것이라는 해석이다.[7)

전자가 당대 사회 경제적인 측면에 주목하여 덴동어미를 몰락할 수밖에 없는 조선 후기 하층민으로 보았다면, 후자는 덴동어미를 세계의 횡포에 맞서는, 그럼에도 불구하고 패배할 수밖에 없는 인간 존재의 표상으로 이해하였다.

덴동어미의 상부와 개가가 서사를 전개해 나가는 중요한 모티프로 기능한다면, 결말 부분에 나타난 덴동어미의 청상과부에 대한 조언은 인물 형상뿐 아니라 주제 및 작품 전체의 성격을 규명하는 데에 중요한 역할을 한다.

> 춘삼월 호시절에 화전놀음 왔거들랑
> 꽃빛을랑 곱게 보고 새소리는 좋게 듣고
> 밝은 달은 예사 보며 맑은 바람 시원하다
> 좋은 동무 존 놀음에 서오 웃고 놀다보소
> 사람의 눈이 이상하여 제대로 보면 관계찮고
> 고운 꽃도 새겨보면 눈이 캄캄 안보이고
> 귀도 또한 별일이지 그대로 들으면 괜찮은걸
> 새소리도 고쳐듣고 슬픈 마음 절로나네
> 맘 심자가 제일이라 단단하게 맘 잡으면
> 꽃은 절로 피는 거요 세는 여사 우는 거요
> 달은 매양 밝은 거요 바람은 일상 부는 거라
> 마음만 여사 태평하면 여사로 보고 여사로 듣지

---

7) 고정희, 앞의 논문, 2003, 313~341쪽.

보고 듣고 여사하면 고생될 일 별로 없소
앉아 울던 청춘과부 황연대각 깨달아서
덴동어미 말 들으니 말씀마다 개개 옳네

이 부분에서 덴동어미는 청상과부에게 개가하지 말 것을 권한다.
그러면서 '홍진비래 고진감래'를 주창한다. 이에 대한 학계의 해석은
대체로 일치한다. 그동안 굳건히 지녀왔던 현실적 세속적 욕망에 대한
프레임을 완전히 바꾸어버림으로써 오히려 달관해 버린다는 해석이
다.[8] 이렇게 될 때 그동안의 상부와 개가의 과정은 인간의 통과의례적
과정이 되고, 이러한 개인적 사회적 통과의례를 거침으로써 덴동어미
는 인생의 본질이란 무엇인가라는 문제를 새롭게 마주하게 된다는 것
이다. 그리고 그 결과 고난을 운명으로 받아들이면서 인생이 단순히
패배만도 승리만도 아닌 고난으로 점철된 불합리한 것이며 그것 자체
가 인생의 본질이라는 것을 깨닫게 된다는 해석이다.[9]

그런데 이러한 깨달음이 덴동어미 혼자만의 것으로 그치지 않았음
은 매우 중요한 문제이다. 이러한 깨달음이 화전놀이를 통해 여성들
간의 연대로 이어진다는 점을 주목할 필요가 있다. 자신을 틀 지운
가부장적인 여성 욕망에서 벗어나고 거기에서 산출된 '晃然大覺'과 기
쁨이 거기 모인 여성들에게 전이되고 급기야 그들을 하나로 묶는 연대
가 가능하게 되었다는 해석이다.[10]

이상 〈덴동어미화전가〉 연구에서 가장 많은 논의를 산출하고 있는
덴동어미의 인물 형상에 대한 해석을 정리해 보았다. 덴동어미 형상은

---

8) 박성지, 앞의 논문, 2009, 309~335쪽 참조.
9) 최홍원, 앞의 논문, 2012, 691~719쪽 참조.
10) 박성지, 앞의 논문, 2009, 309~335쪽 참조.

덴동어미 서사의 가장 핵심적 인물일 뿐 아니라 인물에 대한 해석이
작품의 내용 및 주제와도 직접 연결된다는 점에서 중요하다. 이에 대
한 학계의 논의는 덴동어미 형상을 당대 사회상과 연관하여 해석하려
는 시각과 인간과 운명이라는 틀로 해석하려는 시각으로 진행되었다.
이 과정에서 덴동어미의 상부와 개가의 과정이 의미하는 바를 해석하
고, 이 과정을 통해 덴동어미가 어떠한 입장과 태도를 취하는가 하는
문제에 논의가 집중되었음을 확인하였다.

　이렇게 볼 때 덴동어미는 세속적 현실적 욕망과 삶의 역정을 충실히
따르는 조선 후기 몰락하는 하층민의 모습임과 동시에 욕망과 현실을
따르면 따를수록 패배할 수밖에 없는 인간 존재의 표상임을 확인할
수 있다. 한편 이러한 과정을 모두 거친 후에 비로소 깨닫게 되는 달관
의 시선은 인생을 보는 프레임의 변환으로 가능하다는 것을 보여주는
인물이라 하겠다.

　여기서 우리는 덴동어미가 텍스트 속의 인물에만 그쳐 있지 않다
는 것을 알 수 있다. 작품의 배경이 되는 조선 후기는 상품경제의 발
달로 근대자본주의가 들어오던 시기였다. 이에 따라 가치관의 변화
가 극심한 시기로, 화폐라는 세속적 물질적 가치가 중요한 삶의 기준
이 되었다. 따라서 '잘 산다는 것'은 바로 돈과 물질적 충족을 의미하
는 것이고, 많은 사람들이 이러한 가치관에 휩쓸려 살아야했던 시기
이다. 〈덴동어미화전가〉는 바로 이러한 시대에 누구보다 충실히 물
질적 세속적 가치를 추구하던 인물의 이야기이다. 그렇다고 해서 이
들이 엄청난 경제적 부와 명예를 탐하거나 추구했던 것은 아니다. 먹
고 살 걱정이 없는 소박한 삶을 원했을 뿐이다. 그러나 남편을 잃은
서민 여성들에게는 그러한 소박한 바람마저도 수월하지 않았음을 보
여준다.

이렇게 볼 때, 덴동어미의 삶은 조선 후기라는 특정한 시대를 배경으로 하고 있지만 결코 그 시대에 갇혀있지 않다는 것을 알 수 있다. 현대를 살아가는 우리들의 삶과 매우 닮아 있다. 자본주의 시대를 살아가는 현대인들에게 돈은 중요한 삶의 기준이 된 지 오래이며, 그것은 채우면 채울수록 허기지는 삶을 초래하는 원인이다. 더욱이 빈익빈 부익부의 상황이 심화되고 있는 현재에 일반 서민들에게 덴동어미의 삶은 조선시대라는 먼 과거의 것이 아닐 수 있다.

덴동어미가 그랬던 것처럼 우리 또한 채우려고 노력하면 할수록 삶의 갈증은 더 커져가는 시대에 살고 있다. 이러한 상황에서 덴동어미라는 인물은 현재 우리의 자화상과 쉽게 만날 수 있다. 그래서 현대인에게 덴동어미가 겪는 삶은 공감을 준다. 그리고 덴동어미의 고난이 과연 무엇 때문인지 고민하게 한다. 그러한 고민이 가능하다면 우리는 덴동어미를 통해 우리 자신을 메타적 시선에서 바라볼 수 있게 된다. '잘 산다는 것'의 기준과 의미를 성찰할 수 있는 기회를 가지게 되는 것이다. 여기서 덴동어미의 달관은 '잘 산다는 것'이 진정 무엇인가에 대한 현대인의 질문에 중요한 해답이 될 수 있다. '잘 산다는 것'을 세속적 물질적 기준으로 한정할 때 인간은 결코 승리할 수 없음을 〈덴동어미화전가〉는 극명히 보여준다.

특히 작품의 마지막 부분에서 덴동어미가 가장 비참한 상황을 가장 신명나게 풀어버리는 이유는 현대인에게 중요한 의미를 준다. 바로 인생의 프레임을 바꾸는 것, 삶을 옥죄는 틀을 스스로 벗어나는 것이다. 그래서 그녀는 변신한다. 돈을 벌기 위해 엿을 팔기 위해 엿판을 멘 것이 아니라, 그 누구보다 더 절실한 신명의 노래를 부르고, 신명의 장을 창출하기 위해 엿판을 메고 비봉산을 찾은 것이다. 세상이 그녀에게 무엇을 해 줄 것인가 바라는 것이 아니라 그녀가 그녀 스스로 세상을 신명나게 만들어 버린 것이다.

결국 덴동어미가 청상과부의 개가를 반대했던 이유는 유교적 가치로의 회귀가 아니었다. 그것은 그동안 자신이 추구했던 세속적 가치관에서의 탈피를 의미한다. 덴동어미는 당대 그 누구보다 세속적 욕망과 물질적 가치에 충실했던 인물이었다.[11] 개가는 바로 이러한 노력의 적극적 수단이었다. 따라서 개가를 반대한다는 것은 더 이상 이러한 세속적 욕망에의 노력을 그만두겠다는 선언이다. 그러한 선언은 바로 '잘 산다는 것'의 기준, 즉 삶의 프레임 자체를 기존의 틀에서 탈피시키고자 하는 적극적 노력인 것이다. 고향에서의 화전놀이를 통해 이러한 선언은 이루어졌고, 함께 하는 이들의 공감을 얻었다. 그래서 그녀들은 봄노래와 꽃노래를 함께 부른다. 이제 그러한 공감이 현재를 살아가는 우리들에게도 전이될 필요가 있다.

> 만사우환 노래하니 우리 마음 더욱 좋의
> 화전놀음 이 좌석에 꽃노래가 좋을시고
> 꽃노래도 하 하니 우리 다시 할 길 없네
> 궂은 맘이 없어지고 착한 맘이 돌아오고
> 걱정근심 없어지고 흥체 있게 놀았으니
> 신선놀음 뉘가봤나 신선놀음 한 듯하네
> 신선놀음 다를손가 신선놀음 이와 같지
> 화전흥이 미진하여 해가 하마 석양일제
> 삼월 해가 지다더니 오늘 해는 져르도다
> 하나님이 감동하사 사흘 해만 겸해 주소
> 사흘 해를 겸하여도 하루 해는 맛창이지
> 해도 해도 길고보면 실컷 놀고 가지마는

---

11) 박성지, 앞의 논문, 2009, 309~335쪽.

해도 해도 자를시고 이내 그만 해가 가니
산그늘은 물 건너고 까막까지 자려드네
각귀기가 하리로자 언제 다시 놀아볼고
꽃 없이는 재미없어 명년 삼월 놀아보세

최근 한국 사회를 규정하는 많은 담론과 단어들은 덴동어미의 지난
한 삶의 역정과 닮아 있다. 그렇다면 이를 벗어나 잃어버렸던 신명을
되찾는 해법은 무엇일까? 바로 덴동어미의 화전놀이에서의 선언을 주
목할 필요가 있다. 이는 〈덴동어미화전가〉의 덴동어미가 주는 현대적
의미이기도 하고 앞으로 문화콘텐츠화를 통해 구현해야 할 중요한 인
물 특성이기도 하다.

3. 작품 구조와 서술 특성

〈덴동어미화전가〉는 화전가 형식에 덴동어미 서사가 결합된 독특
한 형태의 가사 작품이다. 화전가가 전국적으로 전승되고 있지만, 이
처럼 한 편의 완벽한 서사가 화전놀이의 현장성과 자연스럽게 결합된
경우는 찾아보기 힘들다. 따라서 학계에서도 〈덴동어미화전가〉의 구
조와 의미에 대한 논의는 활발히 진행되었다.

기존 논의는 작품의 구조를 분석하거나 서술 특성에 대해 구명하고
있다. 먼저 작품 구조에 대해서는 〈덴동어미화전가〉가 대칭적 구조를
이루고 있음을 지적한 연구가 주를 이룬다. 덴동어미의 인생 역정을
중심으로 데칼코마니처럼 완벽한 대칭구조를 이루고 있다고 파악하
거나[12] 작품의 각 단락에 나타난 기능소들의 배열과정을 통해 각 단락
이 대칭을 이루고 있음을 밝힌 논의[13]가 그것이다.

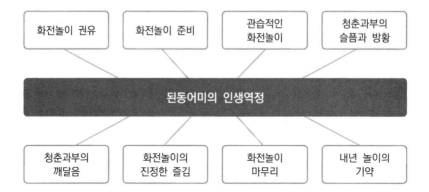

위의 표에 따르면 〈덴동어미화전가〉는 화전놀이의 시작과 끝, 그리고 내년 놀이의 기약이라는 큰 틀 속에 된동어미(덴동어미)의 인생역정이 들어가 있는 액자형 구조를 띠고 있다. 그리고 '화전놀이의 권유: 내년 놀이의 기약, 화전놀이 준비:화전놀이 마무리, 관습적인 화전놀이: 화전놀이의 진정한 즐김, 청춘과부의 슬픔과 방황: 청춘과부의 깨달음'이 서로 대칭적으로 연결되어 있다.[14]

이러한 분석은 〈덴동어미화전가〉에서 화전가라는 작품 전체의 구조와 덴동어미 서사가 어떻게 연결되어 있는지, 덴동어미의 인생역정이 화전놀이의 진행과정에 어떻게 기여하는지를 직접적으로 보여주고 있기에 유용한 설명이다. 다만 작품 서술 분량의 대부분을 차지하는 '된동어미(덴동어미) 서사가 작품의 구조화 과정에서 너무 단순화되었다는 것은 고민이다. 작품의 구조도를 참고했을 때 된동어미(덴동어미)의 서사보다 화전가의 시작과 끝이 세분화되어 있으며 비중이 더 커 보인다는 것이다. 사실 실제 작품에서는 덴동어미 서사의 길이 및

---

12) 김종철, 앞의 논문, 1992, 763~773쪽 참조.
13) 류해춘, 앞의 논문, 1990, 51~74쪽 참조.
14) 김종철, 앞의 논문, 1992, 763~773쪽 참조.

내용이 차지하는 비중이 훨씬 크다는 점에서 위의 구조도는 작품 실상
과 다소의 차이가 있다.

　이러한 고민과 관련하여 작품 구조를 각 단락에 나타난 기능소의
배열과정을 통해 설명한 논의를 참조할 수 있다. 〈덴동어미화전가〉가
지닌 단락들 사이의 상호관계를 분석해 보면, 작품이 화전놀이의 하루
를 중심으로 짝을 이루며, 대칭적인 관계를 지닌 6개의 이야기와 노래
로 짜여 있다는 것인데 그 구체적인 구조는 다음과 같다.[15]

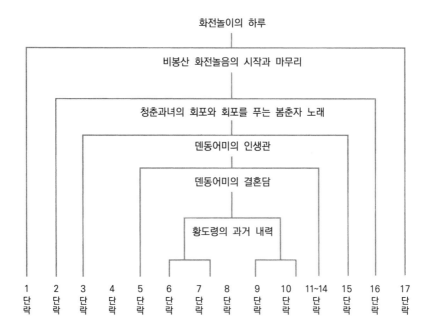

　이 작업은 구체적인 화소 분석을 통해 작품의 전체구조를 면밀히
분석하였다는 점과 덴동어미의 서사와 화전놀이 전체 과정이 긴밀히

---

15) 류해춘, 앞의 논문, 1990, 51~74쪽 참조.

연관되어 있음을 보여준다는 점에서 의미가 있는 작업이다.

이상의 논의를 참고하면 〈덴동어미화전가〉는 화전놀이가 시작되고 끝날 때까지의 과정이 하나의 대칭을 이룬 구조를 지녔다고 볼 수 있다. 마치 유능한 작가가 처음과 끝을 아주 철저히 계산하고 고려하여 작품의 구조를 만들어낸 듯한 느낌을 받는다. 그런데 여기서 우리가 주목해야 할 점은 이러한 대칭구조가 어떤 의미를 지니는가이다. 대칭의 과정을 거치는 동안 인물들에게 중요한 변화가 일어났다는 점을 주목할 필요가 있다. '덴동어미 스스로의 변화-청상과부의 변화-화전놀이 참여자의 변화'가 그것이다. 덴동어미는 자신의 인생역정을 서술하는 동안 스스로 인생을 보는 프레임의 변화를, 청상과부는 덴동어미의 서사를 들으면서 개가가 근본적인 해답이 될 수 없다는 생각의 변화를, 그리고 화전놀이에 참여한 이들은 덴동어미의 서사, 덴동어미와 청상과부의 대화를 들으면서 인생을 보는 관점에 대해 다시 생각해보게 된다는 것이다. 이러한 과정을 통해 화전놀이는 관습적 놀이에서 탈피하여 함께 어울리는 환대와 연대의 놀이로 전환되었던 것이다.

따라서 〈덴동어미화전가〉는 덴동어미 서사를 통해 진정한 축제[16]로서 재탄생하는 과정을 담고 있다고 하겠다. 그리고 이러한 축제는 다시 일상으로 환원되어 핍진한 현실을 다시 살아가게 하는 힘으로 기능하는 것이다. 이는 화전놀이의 중요 기능이면서 덴동어미 서사가 갖는 중요한 효과이기도 하다. 기존 연구에서는 이를 문학 치료적 관점에서 접근하기도 한다. 화전놀이 현장에서 길게 풀어낸 덴동어미의 삶의 여정을 들으면서 청상과부는 그 이전 자신의 어두운 의식에서 벗어나게 된다. 뿐만 아니라 화전놀이에 참여한 다른 여성들도 덴동어미가 외치는 삶에 대한 달관에 덩달아 감명을 받아 신명나는 놀이판을 이룬다. 이러한 일련의 과정이 바로 치료의 과정이라는 설명이다.[17]

이렇게 볼 때 덴동어미 서사를 중심으로 한 전후의 대칭은 어쩌면 필연적인 구조일지 모른다. 그러나 이러한 대칭은 정지된 대칭이 아니다. 덴동어미 서사를 중심으로 순환 확장하는 가운데 이루어진 대칭이다.

덴동어미 서사는 덴동어미 스스로 자신의 삶을 돌아보고 치유하는 과정이고, 화전놀이 참여자로 하여금 덴동어미를 통해 각자의 삶을 치유하는 과정이다. 그래서 서사 이전의 덴동어미는 서사 이후의 덴동어미가 아니며, 화전놀이 참가 이전의 청상과부와 여성들은 놀이 이후의 청상과부와 여성들이 아니다. 그들은 덴동어미 서사와 화전놀이의 과정을 통해 같지만 다른 삶의 태도와 인물의 정체성을 형성하는 것이다. 이러한 일련의 과정은 마치 대칭인 것처럼 보이지만 그대로의 대칭이 아닌 순환 확장된 대칭이라 할 수 있다. 그래서 〈덴동어미화전

---

16) 장정수, 「화전놀이의 축제적 성격과 여성들의 유대의식」, 『우리어문연구』 39, 우리어문학회, 2011, 147~179쪽 참조.
17) 박경주, 앞의 논문, 2005, 27~51쪽 참조.

가〉는 한의 미학과 신명의 미학이 묘하게 어울려 이를 통해 서로가 연대할 수 있는 가능성을 여는 것이다.[18]

이러한 작품 구조는 더 나아가 현재를 살아가는 우리에게로 그 의미가 확장될 수 있다. 〈덴동어미화전가〉의 덴동어미가 조선 후기에 갇혀 있는 인물이 아니었듯이 덴동어미의 서사 또한 당시의 화전놀이에 국한될 필요가 없다. 작품의 순환적 대칭구조가 오늘날까지 확산되어 현재의 우리에게 새로운 축제와 치료의 기회를 줄 수 있을 것이다. 〈덴동어미화전가〉를 토대로 이제 그 기회를 우리가 적극적으로 만들어야 할 때이다.

4. 사회적 배경과 공간

〈덴동어미화전가〉의 창작 시기는 1886년(고종 23)에서 1938년(작품 필사 시기) 사이로 추정되고 있다. 작품에 '병술년 괴질'이라는 결정적 단서가 있고, 작품의 사회적 상황이 사실적으로 묘사되어 있기 때문이다. 여타의 화전가 작품들이 그 창작 시기를 추정하기 어려운 경우가 많으므로 창작시기를 알 수 있는 〈덴동어미화전가〉가 지닌 사회·문화적 의미는 매우 크다.

이에 작품에 나타난 배경 즉, 사회상의 반영 양상에 대한 연구가 이루어졌고, 작품의 사회문화적 의미 도출에 많은 관심이 있었다. 특히 덴동어미 서사를 중심으로 당대 화폐경제 발달의 양상을 주목하고 영남권이라는 지역의 도시 성장 배경과 그 생활 문화를 탐색한 연구가

18) 박혜숙, 앞의 논문, 2011, 123~145쪽 참조.

주목을 끈다.[19] 즉 덴동어미 서사에는 여객을 중심으로 한 장시(場市)와 중간 유통업자의 등장, 유민(流民)의 확산과 임노동의 등장, 고리대금업의 성행, 도부장수와 영세 자영업자의 존재 등 조선 후기 상업경제의 현황이 그대로 담겨있다는 것이다.

또한 덴동어미가 거쳐 갔던 지역인 상주-경주-울산은 당시 화폐경제가 상당히 발달했던 곳으로 덴동어미와 그의 남편은 도시 주변 하층민의 표상이며, 경주 여객의 주인과 조첨지에게 별신굿 준비에 쓸 뒷돈을 대준 친구 등은 도시의 성장과정에서 이윤을 챙겨 부를 축적해 간 부류라는 것이다. 결국 남편들의 지속적 죽음은 도시 발달과 화폐경제로의 변화와 밀접히 관련되어 있으며 덴동어미가 겪는 불행은 모두 돈에 대한 집착과 무관하지 않다는 주장이다.[20] 그러나 그렇다 하더라도 그들이 큰 부자가 되기를 원했다거나 돈의 노예가 된 것은 아니다. 단지 먹고 살 정도 혹은 그 정도보다 조금만 더 가지기를 원했을 뿐이다. 그럼에도 불구하고 당대 사회상에서는 노력하면 할수록 삶은 나락으로 떨어질 수밖에 없었다.

이렇게 볼 때 덴동어미 서사는 18~19세기 급격히 진행된 조선 후기 상업의 발달 및 화폐경제제체로의 전환에서 빚어지는 현실을 그대로 반영한 것으로 볼 수 있다. 덴동어미는 원래 경북 순흥 임이방의 딸이었다. 농촌 공동체 속에서 그는 당대 중인층에 속해 있었다고 볼 수 있다. 그런데 상업이 발달한 도시들을 거치고 화폐경제체제 속으로 들어갈수록 그의 삶은 점점 추락하였다. 결국 다시 고향으로 돌아왔을 때에 그의 모습은 더 이상 추락할 수 없는 하층민의 모습이었다.

---

19) 정인숙, 앞의 논문, 2008, 365~392쪽 참조.
20) 정인숙, 위의 논문, 2008, 365~392쪽 참조.

덴동이를 데리고 엿판을 둘러 멘 그녀의 모습이 이를 직접적으로 보여준다.

그런데 사회상과 관련하여 우리가 주목할 것은 〈덴동어미화전가〉의 공간적 배경이다.[21] 그동안 작품 속의 사회상을 고찰할 때 조선후기라는 시간적 배경을 주로 다루었는데, 여기에 공간적 배경을 함께 고려하면 당대 사회상뿐만 아니라 작품의 인물과 주제에 더욱 밀접히 다가갈 수 있다.[22]

〈덴동어미화전가〉의 공간적 배경은 덴동어미의 고향으로 시작해서 여러 곳의 타향을 거쳐 다시 고향으로 바뀐다. 경북 순흥−상주−경주−울산−경북 순흥이다. 앞서 살폈지만 상주−경주−울산은 조선후기 화폐 중심의 상업경제가 발달한 지역이었다. 이들 도시는 당대 도시화가 급격히 진행되고 있었던 공간으로, 경제적 상황에 의해 자신의 지위와 정체성이 부여되는 공간이며 누구에게나 꿈을 줄 수 있지만 반대로 언제든 꿈을 빼앗아갈 수 있는 위험의 공간이다. 사실 덴동어미의 지속적 개가와 상부 또한 이들 도시가 지닌 희망과 실패의 양

---

21) 르페브르(1999)는 공간을 만들어내는 인간의 활동에 관심을 가지면서, '사회적 공간'을 언급하였다. 그에 의하면 공간은 선험적으로 주어진 공간이 아니라 사회적 과정이 작동하는 장소이며 동시에 그 작동에 영향을 미치는 조건으로 이해해야 한다고 주장한다(정호기, 2002, 28쪽; 김승현·이준복·김병욱, 2007, 87쪽; 손은하·공윤경, 2010, 424쪽 재인용). 이처럼 공간이 수학이나 과학에서 말하는 추상적인 혹은 비어있는 것이 아니라 인간과 인간 활동에 의해 끊임없이 구성되는 공간이라는 시각은 하이데거나 메를로 퐁티의 공간 개념을 통해서도 확인할 수 있다(최은숙, 「영남지역 기행가사의 텍스트 존재 양상과 의미」, 『어문학』 122, 한국어문학회, 2013 재인용).

22) 공간의 이동과 자아정체성에 대해서는 이동찬도 주목한 바가 있다. 이동찬은 공간의 이동이 현실의 아픔을 심화시키는 성숙의 공간으로 이르게 하는 과정이며, 이 과정이 덴동어미의 지속적인 자기탐구의 과정이라고 해석하였다(이동찬, 앞의 논문, 87~109쪽). 타향과 고향이 내재적 발전의 과정으로 이어져 있다는 시각인데, 이는 본고의 입장과 차이점이 있다.

면이기도 했다. 그래서 거듭되는 공간의 이동은 덴동어미에게 지속되는 좌절의 연속을 의미한다. 새로운 도시는 새로운 기회였지만 결코 자아로 하여금 주체로서의 지위를 주지는 않는다. 이는 비단 덴동어미에게만 해당되는 것이 아니다. 황도령 또한 조실부모하고 의탁할 곳 없어 서울이라는 성공의 땅을 향해 가던 중, 풍랑을 만나 꿈은 좌절되고 겨우 목숨을 건진 신세가 된다. 덴동어미를 만나 그나마 새로운 삶에 대한 희망을 꿈꾸어 보지만 타지에서의 삶은 나아질 기미가 보이지 않는다. 결국 거센 소나기에 산사태가 겹쳐 죽음을 맞이하고 묵었던 주막집이 동해로 휩쓸려가, 남해에서 죽을 목숨 동해에서 죽는 격이 되었을 뿐이다. 그리고 황도령의 죽음은 다시 덴동어미의 불행과 유랑으로 이어진다.

〈덴동어미화전가〉에서 지속적으로 이어지는 공간의 이동은 결국 인물들의 삶을 향한 노력이자 집착이다. 그래서 그 공간이 새로운 곳일수록 인물들은 미지의 세계에 대한 기대를 걸어볼 수밖에 없다. 그러나 그곳은 삶과의 힘겨운 사투의 공간일 뿐이고 끊임없는 소멸의 공간일 뿐이다. 인간이 지닌 그 어떤 노력과 힘마저도 무력하게 만드는 공간인 것이다. 그런 의미에서 덴동어미의 순흥으로의 회귀는 중요한 의미를 지닌다.

> 건널수록 물도 깊고 넘을수록 산도 높다
> 어쩐 년의 고생팔자 일평생을 고생인고
> 이 내 나이 육십이라 늙어지니 더욱 슬의
> 자식이나 성했으면 저나 믿고 사지마난
> 나은 점점 많아가니 몸은 점점 늙어가네
> 이렇게도 할 수 없고 저렇게도 할 수 없다.
> 덴동이를 뒷더업고 본 고향을 돌아오니

이전 강산 의구하나 인정 물정 다 변했네
우리 지은 터만 남아 쑥대밭이 되었고나
아는 이는 하나 없고 모르는 이뿐이로구나
그늘 맺진 은행나무 불개청음 대아귀라
난데없는 두견새가 머리 위에 둥둥 떠서
불여귀 불여귀 슬피 우니 서방님 죽은 넋이로다
새야 새야 두견새야 내가 어찌 알고 올 줄
여기 와서 슬피 울어 내 서럼을 불러내나
반가와서 울었던가 서러워서 울엇던가
서방님의 넋이거든 내 앞으로 날아오고
임의 넋이 아니거든 아주 멀리 날아가제
두견새가 펄쩍 날아 내 어깨에 앉아우네
임의 넋이 분명하다 애고탐탐 반가워라
근 오십년 이곳 있어 날오기를 기다렸나
〈중략〉
진디밭에 물게 앉아 한바탕 실컷 우다가니
모르는 안노인 나오면서 어쩐 사람이 슬이우나
울음 그치고 말을 하게 사정이나 들어보세
내설음을 못 이겨서 이곳에 와서 우나니다.
무슨 설움인지 모르거니와 어찌 그리 설워하나
노인을랑 들어가오 내 설음 알아 쓸데 없소
일분 인사를 못 차리고 땅을 허비며 자꾸 우니
그 노인이 민망하여 곁에 앉아 하는 말이
간 곳마다 그러한가 이곳 와서 더 설운가
간 곳마다 그러릿가 이곳에 오니 더 서럽소

고향인 순흥도 지나간 시간의 힘은 이기지 못했다. 자신의 집도 없어지고 아는 사람도 없다. 그러나 고향의 느티나무와 두견새는 덴동어미로 하여금 힘들었던 세월의 긴 빗장을 풀게 한다. '간 곳마다 그러한

가 이곳 와서 더 설운가 간 곳마다 그러릿가 이곳에 오니 더 서럽소'
오래된 서러움을 마음껏 풀고 목놓아 울게 하는 곳, 그래서 삶의 정화
가 일어나는 곳, 바로 고향 순흥이다.

> 내 팔자가 사는 대로 내 고생이 듣는 대로
> 좋은 일도 그뿐이요 그른 일도 그뿐이라
> 춘삼월 호시절에 화전놀음 왔거들랑
> 꽃빛을랑 곱게보고 새소리는 좋게 듣고
> 밝은 달은 예사 보며 맑은 바람 시원하다
> 〈중략〉
> 얼시고나 좋을시고 좋을시고 봄춘자
> 화전놀음 봄 춘자 봄 춘자 노래 들어보소
> 가련하다 이팔청춘 내게 당한 봄 춘자
> 노년에 갱환고원춘 덴동어미 봄 춘자

  다시 돌아온 고향은 봄의 공간이고 화전놀이의 공간이다. 이 공간
에서 덴동어미는 더 이상 노력하지 않아도 된다. '좋은 일도 그뿐이고
그른 일도 그뿐이다.' 있는 그대로의 삶을 그대로 받아들이는 것으로
충분한, 그래서 그것은 봄과 꽃 그리고 놀이의 공간이 되는 것이다.
  〈덴동어미화전가〉에서 순흥이 고향으로서 의미를 획득하게 된 이
유는 그곳이 비봉산을 배경으로 하는 화전놀이가 행해지던 곳이기 때
문이다. 화전놀이는 남녀 상하가 모두 함께 어울릴 수 있는 놀이의
공간이고 공동체가 함께 해 온 축적된 기억의 터[23]이기도 하다. 현대

---

23) 김나랑, 「〈덴동어미화전가〉에 나타난 문화적 기억 탐구」, 한국교원대교육대학원 석사
    논문, 2016.2, 1~101쪽 참조. 이 논문에서는 화전가가 집단의식과 기억의 산물이라는
    점에 주목하면서 〈덴동어미화전가〉에 담긴 개인적 삶이 화전놀이라는 사회적 장으로 수
    용되어, 혼돈한 사회에 대응해야 할 공동체의 정체성을 지속적으로 환기하는 '기억의 터'

를 살아가는 이들은 진정한 놀이를 잊은 지 오래이고 공동체의 힘을 기억하지 못한다. 이러한 상황에서 덴동어미가 거듭되는 삶의 역정을 뒤로 하고 마지막으로 찾아간 곳, 순흥은 그녀의 고향이자 잃어버린 현대인의 고향일지도 모른다. 그리고 그곳은 힘겨움이 변하여 한바탕 놀이의 장이 되는 곳이기도 하다.

이처럼 덴동어미가 고향으로 돌아옴으로써 비로소 삶을 달관할 수 있었던 것은 무엇 때문일까? 물론 그동안 타지에서 겪었던 수많은 시행착오와 불행이 그를 담금질하고 인생을 돌아보도록 하는 원동력이 되었음에 틀림없다. 그러나 그것은 고향이라는 공간이 주는 특징과도 무관하지 않다.

타향은 끊임없이 사회의 가치를 강요하고 구성원으로 하여금 사회의 요구에 맞추어 살도록 요구한다. 덴동어미의 지속적인 개가와 물질적 욕망에 대한 추구는 바로 이러한 타향이라는 장소성에 맞추는 삶이다. 거기에 있는 한 덴동어미의 삶은 스스로의 것이 될 수 없다. 반면 고향으로 돌아온 그녀는 그녀 스스로의 자아를 찾는다.[24] 고향에 돌아

로 작용하고 있음을 밝혔다. 덴동어미의 서사가 화전놀이와 화전가에 수용되면서 새롭게 획득하게 된 기능과 의미를 충실히 설명해주고 있다.

24) 여기서 사회와의 관계에서 개인이 자신의 실현 및 정체성을 형성해 가는 과정을 논한 미드(Mead, G. H)의 연구를 상기할 필요가 있다. Mead에 의하면 자아를 형성해 가는 두 가지 내용으로 I와 me가 구별된다고 한다. "I"는 타인의 태도에 대한 유기체의 반응이며, "me"는 스스로 가정하는 타인의 태도를 조직화한 세트이다. 인간은 타인이 자신에게 무엇을 기대하는지를 인식하고 그에 대해 반응하는 과정에서 자아를 형성하게 된다. 덴동어미의 타향에서의 삶이 "me"로서의 자아였고, 그러했기에 사회적 요구에 맞추려고 노력하면 할수록 오히려 자아는 더욱 불안해질 수밖에 없었던 것이다. 반면 고향으로 돌아왔을 때 비로소 자신을 둘러싼 사회의 요구가 정당한가 그렇지 않은가를 찬찬히 헤아려볼 수 있게 되었고 그렇게 될 때 덴동어미는 "I"로서 자아를 찾을 수 있었던 것이다. 사람들이 고향을 그리워하는 이유, 고향으로 가는 이유가 바로 여기에 있는 것이다(자아실현에 관한 이론은 Mead, G. H, 나은영 역, 「정신, 자아, 사회: 사회적 행동주의자가 분석하는 개인과 사회」, 한길사, 2010, 조하연, 「〈김현감호〉에 나타난 호녀와 김현의 상호인정 관

옴으로써 그녀는 공동체가 요구하는 삶의 가치를 받아들일 수도 혹은 거부할 수도 있다는 것을 깨닫게 된다. 타향에서의 자아 실현과정이 사회가 요구하는 가치에 무조건적으로 맞추어가는 삶일 수밖에 없다면, 고향에서 덴동어미가 보여준 태도는 사회적 요구가 정당한 것인가 그것으로 자아가 진정 행복해질 수 있는가에 대한 반성과 전복의 과정이었던 것이다.

이처럼 덴동어미에게 고향은 자기 운명—욕망의 원초적 사건이 형성되던 곳이며, 유/무에 고착되지 않고, 그 부재를 껴안을 수 있는 곳이며 비로소 자기 삶의 궤적을 정직하게 바라볼 수 있는[25] 장소로서 의미를 갖는다.

5. 결론

본고는 〈덴동어미화전가〉에 대한 기존의 연구 성과를 점검하고 작품의 현대적 의미와 가치를 재조명해보려는 의도에서 시작되었다. 이는 〈덴동어미화전가〉에 대한 재점검과 새로운 읽기라는 점에서 의미를 지니며, 고전의 현재화에 중요한 기여를 할 수 있을 것이다.

〈덴동어미화전가〉에 대한 연구는 작품 소개 이후 현재까지 학계의 꾸준한 관심을 받아왔다. 규방가사의 대표적인 형태인 화전가류 작품에 해당하면서도 덴동어미의 서사가 결합된 독특한 형태 때문이고, 덴동어미 서사에 등장하는 하층민에 의한 개가 반대의 주장 등이 특별한 관심을 끌었기 때문이다. 이 가운데에 본고에서 특별히 주목한 것

<hr>

계에 대한 고찰」, 『고전문학과 교육』 23, 한국고전문학교육학회, 2012, 324쪽 재인용).
25) 박성지, 앞의 논문, 2009, 309~335쪽 참조.

은 덴동어미의 인물형상, 작품의 구조, 그리고 작품의 배경에 관한 것이다. 이 세 가지 논점은 덴동어미 연구의 기존 성과들의 주된 관심이기도 하지만 특히 현재적 의미와 문화콘텐츠화를 위해 꼭 점검해야 할 항목이다.

먼저 덴동어미의 인물과 관련한 연구는 상부(喪夫)와 개가(改嫁)를 반복하는 덴동어미의 삶이 무엇을 의미하는가와 그럼에도 불구하고 운명과 팔자라는 이름으로 모든 고난을 수용하는 덴동어미의 모습을 어떻게 해석할 것인가에 집중해 있다. 기존의 연구는 상부와 개가의 반복을 당대 사회경제적 관점에서 해석하거나 인간의 욕망과 세계의 횡포라는 운명적 과정을 드러내었다고 설명한다. 전자는 덴동어미의 삶은 조선 후기 중인층에서 하층민으로 몰락하는 과정을 담고 있으며, 개가라는 것이 당대 여성들이 경제적 궁핍을 극복하기 위한 어쩔 수 없는 선택항이었음을 강조한다. 따라서 덴동어미의 반복되는 상부와 개가는 그녀의 의지와 상관없이 반복되는 몰락하는 당대 하층민의 삶을 그대로 보여준다고 이해할 수 있다.

한편 덴동어미의 반복되는 상부와 개가의 과정을 인간의 욕망과 세계의 횡포라는 운명적 관점에서 해석하기도 한다. 서사의 전개과정에서 덴동어미가 지속적으로 개가를 단행하는 것은 현실적으로 더 잘살아 보려고 하는 인간의 근본적인 욕망을 드러낸 것이고, 반복되는 상부와 비참한 현실과의 조우는 인간이 운명을 상대로 해서 씨름하는 상상적 세계를 환기하며 덴동어미는 패배할 수밖에 없는 인간 존재를 표현한 것이라는 것이다.

그런데 덴동어미의 삶은 조선 후기라는 특정한 시대를 배경으로 하고 있지만 결코 그 시대 안에 갇혀있지 않고, 나아가 현대를 살아가는 우리들의 삶과 매우 닮아 있다. 그래서 현대인에게 덴동어미가 겪는 삶은 공감을 준다. 그리고 덴동어미의 고난이 과연 무엇 때문인지 고민하게 한다. 그러한 고민이 가능하다면 우리는 덴동어미를 통해 우리 자신을 메타적 시선에서 바라볼 수 있게 된다. '잘 산다는 것'의 기준과 의미를 성찰할 수 있는 기회를 가지게 되는 것이다.

다음은 작품의 구조와 그것의 의미에 대한 논의이다. 이에 대해서는 〈덴동어미화전가〉가 대칭적 구조를 이루고 있음을 지적한 연구가 주를 이룬다. 덴동어미의 인생 역정을 중심으로 데칼코마니처럼 완벽한 대칭구조를 이루고 있다고 파악하거나[26] 작품의 각 단락에 나타난 기능소들의 배열과정을 통해 각 단락이 대칭을 이루고 있음을 밝힌 논의[27]가 그것이다.

그러나 이러한 대칭은 정지된 대칭이 아니다. 덴동어미 서사를 중심으로 순환 확장하는 가운데 이루어진 대칭이다. 덴동어미서사는 덴동어미 스스로 자신의 삶을 돌아보고 치유하는 과정이고, 화전놀이 참여자로 하여금 덴동어미를 통해 각자의 삶을 치유하도록 하는 과정이다. 이러한 일련의 과정은 마치 대칭인 것처럼 보이지만 그대로의 대칭이 아닌 순환 확장된 대칭인 것이다. 이러한 작품 구조는 더 나아가 현재를 살아가는 우리에게로 그 의미가 확장될 수 있다. 작품의 순환적 대칭구조가 오늘날까지 확산되어 현재의 우리에게 새로운 축제와 치료의 기회를 줄 수 있기 때문이다.

셋째, 〈덴동어미화전가〉는 창작연대를 추정할 수 있는 작품이다. 이에 작품에 나타난 배경 즉, 사회상의 반영 양상에 대한 연구가 이루어졌고, 작품의 사회문화적 의미 도출에 많은 관심이 있었다. 특히

---

26) 김종철, 앞의 논문, 1992, 763~773쪽 참조.
27) 류해춘, 앞의 논문, 1990, 51~74쪽 참조.

덴동어미 서사를 중심으로 당대 화폐경제 발달의 양상을 주목하고 영남권이라는 지역의 도시 성장 배경과 그 생활문화를 탐색한 연구가 있었다. 사회상과 관련하여 우리가 함께 주목할 것은 〈덴동어미화전가〉의 공간적 배경이다. 〈덴동어미화전가〉의 순흥은 고향으로서 중요한 의미를 갖는다. 화전놀이가 이루어지던 비봉산은 남녀 상하가 모두 함께 어울릴 수 있는 놀이의 공간이고 공동체가 함께 해 온 축적된 기억의 터[28]로서 중요한 역할을 한다. 이렇게 볼 때 〈덴동어미화전가〉에 나타난 고향은 타향에서의 끊임없이 강요되었던 사회적 요구에서 벗어나 사회적 요구가 정당한 것인가, 그것으로 자아가 진정 행복해질 수 있는가라는 물음에 대한 반성과 전복이 일어나는 장소라는 점에서 중요한 의미를 지닌다.

이상으로 〈덴동어미화전가〉의 기존 연구 성과를 토대로 인물, 사건, 배경이라는 세 가지 측면을 주목하여 보았다. 이 세 가지 항목은 작품을 둘러싼 주된 연구 성과로서 의의를 지니면서 덴동어미와 당대 사람들이 현대인에게 전하고자 하는 삶의 의미를 탐구하는 데 유용한 논점도 된다. 특히 현대를 살아가는 우리에게 〈덴동어미화전가〉는 프레임을 바꿈으로써 진정 행복에 이를 수 있는 길을, 신명의 깊이를 더할 수 있는 방법을, 그리고 진정한 자아형성과 정체성 회복의 기회를 줄 수 있음을 확인한 것은 본고의 중요한 성과라 할 수 있다. 〈덴동어미화전가〉의 현대화, 그리고 문화콘텐츠화에 기여할 수 있기를 바란다.

---

28) 김나랑, 앞의 논문, 2016.2, 1~101쪽 참조.

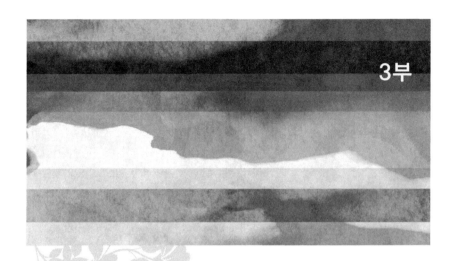

3부

지역과 공간

〈김딕비훈민가〉 관련 텍스트의
존재 양상과 변이

1. 서론

본고는 〈김딕비훈민가〉 관련 가사 작품[1]의 존재 양상과 전승을 변이의 관점에서 검토하는 것이 목적이다. 〈김딕비훈민가〉·〈부인훈민가〉는 오륜에 기반을 둔 교훈가사이다. 김대비라는 작가에 대한 단서, 작품의 내용 및 창작 시기 등을 바탕으로 하여 기존 연구에서는 이 작품을 왕실의 여성에 의해 창작된 훈민가로 보고 일찍부터 그 가치를 주목하였다.

〈김딕비훈민가〉에 대한 연구는 작품 소개와 작자 문제[2], 말하기 방식과 효과[3]를 중심으로 진행되었다. 그간의 연구를 통해 경북 구미에

---

1) 〈김딕비훈민가〉 계열 가사 작품이란 이상보가 소개한 〈김딕비훈민가〉·〈부인훈민가〉와 같은 내용을 지닌 관련 텍스트를 모두 포함하여 지칭하는 용어이다. 작품 간 선후 관계를 명확히 할 수 없지만, 작품 내용 및 표기 등을 토대로 할 때 현재까지는 〈김딕비훈민가〉·〈부인훈민가〉를 원 텍스트로 볼 수 있다. 이에 두 작품 중 작가적 표지가 있는 〈김딕비훈민가〉를 관련 텍스트의 대표 명칭으로 삼는다.

2) 이상보, 「金大妃의 訓民歌 硏究」, 『한국 고시가의 연구』, 형설출판사, 1975, 268~284쪽; 임치균, 「김딕비훈민젼·김딕비민간전교」, 『문헌과 해석』 통권 14, 문헌과 해석사, 2001, 178~190쪽.

3) 최규수, 「〈김대비훈민가〉의 말하기 방식과 가사문학적 효과」, 『한국문학논총』 27, 한국

전승되고 있던 필사본 가사집에 수록된 〈김듸비훈민가〉와 〈부인훈민
가〉, 김동욱 소장본 〈김듸비훈민젼〉, 『김광순 소장 필사본 한국고소
설전집』 41권의 〈김듸비민간젼교〉 등이 소개되었다. '김대비'를 표제
어로 삼고 있으며, 오륜 담론을 담고 있다는 점에서 이들은 이본 관계
에 있는 것으로 보인다. 작품 필사 연대 등을 감안할 때 김대비는 조선
영조에서 철종 대에 수렴청정을 한 인물로 추정되는데, 이상보는 순원
왕후를, 임치균은 정순왕후를 지목하였다. 그러나 이 둘 중 어느 한
인물로 확정하기에는 구체적 근거가 더 보완되어야 하는 상황이다.[4]

한편 작품에 대한 본격적인 검토는 텍스트의 말하기 방식을 통해
작품의 가치를 밝힌 최규수의 연구를 통해 진행되었다. 최규수는 이
작품이 훈민의 교훈적 어조를 유지하면서도 청자층을 세분하고 다양
한 어조를 활용하는 방식을 통해 추상적이고 일방적인 규범 전달에서
벗어났다고 하면서, 이를 근거로 하여 〈김듸비훈민가〉·〈부인훈민가〉
를 교훈가사에서 출발하여 규방가사의 하나로 정착한 텍스트라고 규
명하였다.[5]

이상과 같이 〈김듸비훈민가〉에 대한 연구는 양적으로 풍부한 것은
아니지만 작품이 지닌 특이성과 가사문학적 중요성을 구명하는 데에
집중되었다. 즉, 각편의 존재 양상과 규방 필사문화권으로의 수용에
대해 논의하였다. 그러나 대상 텍스트가 〈김듸비훈민가〉·〈부인훈민

문학회, 2000.12, 125~147쪽.

4) 다만 필사된 가사 내용에 이어 언급된 기록을 신뢰한다면 작가는 순원왕후일 가능성이
더 높다. 본고는 이상보 논문에서 제시한 작품의 원전을 확인할 수 없기에 판단을 보류하
는 입장이다.

5) 최규수, 앞의 논문, 2000, 125~147쪽. 교훈가사에서 출발하여 규방가사로 변이되었다
는 언급은 특정인이 창작한 훈민가가 규방의 필사문화권에 수용되어 재창작된 과정을
설명한 것으로 이해된다.

가〉에 제한되어 있었기에 규방 문화권으로의 수용과정에 대한 논의는 더 진전되기에는 어려움이 있었다.[6]

본고는 이점에 주목하여 텍스트 존재 양상과 전승을 변이의 관점에서 고찰하고자 한다. 그동안의 연구는 '김대비'가 들어간 텍스트만을 대상으로 해 왔다. 텍스트 내용을 중심으로 관련 작품을 찾아본 결과 〈김틱비훈민가〉·〈부인훈민가〉는 〈훈민시〉, 〈김대후민전〉 등으로 그 작가적 표지가 상실된 경우도 있었으며, 〈김틱부훈계견이라〉, 〈김대부훈민가〉 등 남성작으로 변이되는 경우도 있었다. 훈민가의 규방가사 전승권에서의 향유, 혹은 각편들의 차별적 지향을 고려할 때, 이러한 텍스트 존재 양상은 텍스트 전승 및 필사자의 가사 향유 양상을 살필 수 있는 근거라는 점에서 별도의 고찰이 필요하다고 생각된다.

이에 본고는 이들 텍스트로 연구의 범위를 확장하여 〈김틱비훈민가〉·〈부인훈민가〉 관련 텍스트 존재 양상을 확인하고 변이의 관점에서 그 의미를 구명해 보기로 한다. 이는 〈김틱비훈민가〉 관련 텍스트의 작품론으로서의 의미와 더불어 가사 전승의 다기한 모습을 확인하는 기회가 된다는 점에서 의미가 있다.

2. 텍스트 존재 양상

지금까지 학계에 소개된 작품은 〈김틱비훈민가〉·〈부인훈민가〉, 〈김틱비훈민전〉, 〈김틱비민간젼교〉 등이다. 처음 소개된 텍스트는

---

6) 최규수도 그의 논의에서 이러한 한계를 피력하고 있다. 이는 대상 텍스트가 한정되었다는 데에 주요 원인이 있었다. 이에 본고에서는 관련 텍스트를 더 많이 확보하고 이들의 변이를 주목하여 다루어 보고자 한다.

〈김딕비훈민가〉·〈부인훈민가〉이다. 이 작품은 경북 의성군 구천면 내산동에 전승된 필사본 가사집에 실린 것이다. 여기에는 이황의 〈낙빈가〉, 〈도덕가〉도 함께 수록되어 있다.[7] 〈김딕비훈민가〉와 〈부인훈민가〉의 텍스트 내용을 간단히 소개하면 다음과 같다.[8]

〈김딕비훈민가〉
㉠ 오륜의 당위와 역 부모, 친척 불목의 세태 한탄
㉡ 부모 효도와 형제 간 화목할 것을 권함
㉢ 부부끼리 화순하여 백년해로할 것을 권함
㉣ 노인을 공경하고 남녀 유별할 것을 권함
㉤ 글공부에 힘쓸 것을 권함
㉥ 주색을 경계함
㉦ 친구의 재물을 탐하지 말 것
㉧ 남의 집을 방문할 때의 예의를 말함
㉨ 손님 대접의 예의를 말함
㉩ 과부의 집 출입 시 주의할 점을 말함
㉪ 농사를 통한 유여한 삶을 권함

〈부인훈민가〉
ⓐ 삼종행실의 당위를 말함
ⓑ 부부도리를 말함
ⓒ 시부모를 지성으로 섬길 것을 말함
ⓓ 첩 투기를 경계함
ⓔ 남의 허물을 말하지 말 것을 경계함
ⓕ 사사로운 출입을 경계함

---

7) 이상보, 앞의 논문, 1975, 268쪽.
8) 이상보, 앞의 논문, 1975, 276~277쪽을 참조하여 재정리한 내용임.

ⓖ 남의 시비에 오르지 말 것을 경계함

ⓗ 궁중에서 백성의 사정을 알기 어려움을 한탄함

이와 같은 두 편의 가사 뒤에 부기된 김대비 자신의 술회 내용[9]을 참고할 때, 이 텍스트는 김대비를 작자로 확신한 사람이 필사한 것으로 보인다. '텬싱만민 ᄒ옵시니', '텬우신조 ᄒ나니라' 등 구개음화가 일어나지 않은 표기법이 존재하고, '쏘', '셧셧ᄒ고' 등 이중모음이 유지되고 있어 다른 텍스트에 비해 필사 시기가 앞선 것으로 추정된다.[10]

〈김딕비훈민젼〉은 김동욱 소장본이며, '병진 납흔 십파일의 쎠연노라 권소계 열두수리 벗겨노라'라는 필사기를 참고할 때 1856년 혹은 1916년 필사된 것으로 추정 가능하다.[11] '서두-오륜, 남자의 행실, 권농, 탐물 경계, 관민의 화합, 여자 행실, 결어' 등의 순서로 앞서 소개한 〈김딕비훈민가〉·〈부인훈민가〉의 내용에서 크게 벗어나지 않는다. 그러나 세부 내용을 비교해보면 표현이 더 자세하고 언술의 내용이 더욱 풍부한 것이 특징이다.[12]

---

9) "딕왕딕비 김씨(大王大妃金氏)난 두어 줄 글을 지어 만조빅관(滿朝百官) 만민(萬民)이 교유ᄒ나니 자셔이 드러거라. 깁흔 궁궐(宮闕)이 위로온 근심과 실푼 회포와 망극한 졍경은 하날이 올나도 면치 못하고 쌍이 드러도 면키 어려우니 실푸고 실푸다. 닉 구셰이 한 부인으로셔 십삼셰이 선왕(先王)의 건즐을 밧드러서 삼십여년이 부귀영욕과 민간인졍을 엇지할 줄 모르다가 사긔역딕을 혀여보니 쳔승지국과 만승지국지궁이 왕과 부인 만컷만은 나갓흔이 뉘 잇시리요⋯〈후략〉"(이상보, 앞의 논문, 1975, 271쪽)

10) 쳔싱만물 하옵시니 유물유측 모로던가 〈김딕비훈민젼〉
천싱만물 ᄒ옵시니 유물유칙 모르던가 〈김딕비민간젼교〉
쳔싱만민 ᄒ옵신니 유부유친 모르던가 〈김딕부훈계젼이라〉
쳔지만물 생긴후에 오륜법이 있셨나니 〈김대부훈민가〉
쳔생만민 하온후에 유물유쳑 모를소야 〈김대후훈민가〉
쳔싱만민 하온후예 유불유쳑 하온후예 〈김딕후미가〉

11) 임치균, 앞의 논문, 2001, 178쪽.

12) 〈김딕비훈민젼〉과 〈김딕비민간젼교〉의 내용을 소개한 임치균의 논의를 참고할 수 있다.

〈김딕비민간젼교〉는 『김광순 소장 필사본 한국고소설전집』 41권 〈효자전〉에 부기된 텍스트이다. '갑자십월십구일필'의 기록과 〈효자전〉의 한 작품인 〈이해룡전〉의 서술 등을 참고할 때 1924년에 필사된 것으로 추정된다.[13] 이 작품은 앞서 두 개의 텍스트로 소개된 〈김딕비훈민가〉와 〈부인훈민가〉를 하나의 텍스트로 합친 것이다. 〈김딕비훈민젼〉보다는 〈김딕비훈민가〉와 〈부인훈민가〉의 언술에 더 가깝다. 김대비의 가사 창작동기가 민간 전교라는 점을 텍스트 제목을 통해 강조한 것이 특징이다.

위의 세 작품은 김딕비를 작자로 상정하고 있으며 대민전교의 담론을 공유하고 있다는 점에서 같은 궤에 놓일 수 있다. 〈김딕비훈민가〉와 〈부인훈민가〉가 청자를 남성과 여성으로 구분하여 별개의 텍스트로 제시된 데 비해 〈김딕비훈민젼〉와 〈김딕비민간젼교〉는 둘을 합쳐 하나의 텍스트로 제시하였다. 〈김딕비훈민가〉·〈부인훈민가〉와 〈김딕비민간젼교〉를 비교해 보면 후자가 조금 더 상세한 부분은 있으나 서술에서 큰 차이가 없고, 〈김딕비훈민젼〉은 앞의 두 텍스트보다 내용과 서술이 훨씬 더 길고 풍부하다.[14]

이 논의를 참고하면, 〈김딕비민간젼교〉의 내용은 기존의 텍스트와 유사하고, 〈김딕비훈민젼〉은 기존의 텍스트보다 자세한 표현과 구체적 언술이 덧붙여져 있다. 이 논문에서 임치균은 두 작품의 전문을 대비하여 이본 관계를 충실히 밝히고 있다. 두 작품의 내용과 차이는 임치균의 논문을 참고할 수 있다.

13) 임치균, 앞의 논문, 2001, 179쪽.

14) 세 작품 중 형제간의 우애를 말하고 있는 부분을 서로 비교하여 보면 내용과 서술의 차이를 구체적으로 확인할 수 있다. 〈김딕비훈민가〉의 내용을 다른 두 작품도 그대로 공유하되, 내용과 서술이 확장되어 있음을 알 수 있다.

· 〈김딕비훈민가〉 <u>직물만 즁히 아라 형제 닷톱 하지 마소 한 기운 자라나서 골육지친 되엿시니 그 아니 즁할손냐 직물은 구름 갓고 형제은 수족 갓흐니 사람이 수족 업시 일시인덜 엇지 사랴</u>

· 〈김딕비민간젼교〉 <u>직물을 즁키 알아 형제 간 닷톰 난소흐고 윤기로 솜겨 나셔 흐 것</u>

한편 전승하는 가사 중에 〈김딕부훈계젼이라〉와 〈김대부훈민가〉라
는 텍스트가 있다. 텍스트의 작자를 드러내는 부분인 '김대비'가 '김대
부'로 교체된 것이 특징이다.[15] 〈김딕부훈계젼이라〉는 경북대 정우락
교수가 소장하고 있는 자료로서, 정교수의 할머니인 정갑이(1906~
1993) 여사가 시어머니로부터 물려받은 것이라 한다. "책주 성주군 대
리면 지촌동"이라는 필사 기록과 성주군 대리면이라는 지명이 존재했
던 시기를 단서로 1895년 이전에 필사된 것으로 보는 견해가 있다.[16]
〈우미인가〉와 합철된 전적(典籍)의 형태로 전한다.

먹고 즈른나셔 <u>골육지친 되엿서니</u> 그 안니 중홀소냐 이 조고만은 딕물노써 줍흔 정니
며러 간다 져딕도록 분호두ㄱ 스름의게 젼홀손야 피츳 부모 쏀을 바드 쏘드시 불슌하면
형우지공 간딕 업고 원슈 갓치 지어간다 딕딕로 나려 가면 원슈되기 쉬우이라 <u>딕물은
구룸갓고 형제난 슈족갓드</u> 스람 슈족 업고 일신을 어니홀고 잇기 업기 취탁 말고 급흔
일도 구조호소 번딕 일가 잇다 흥들 갓 가온딕 밋칠소냐
 ·〈김딕비훈민젼〉 <u>딕물만 즁케 아지 말고 형제 우이 부딕호쇼</u> 닉 도리을 잘못호면 닉
몸이 먼져 아ᄂᆞ이 동고고육 갈너닉여셔 <u>흐젼 먹고 자려ᄂᆞ셔</u> 그 안니 일신인가 이즁한
마암 범연할가 죠고만흔 딕물노써 륜긔을 손상호니 형우제공 간딕 읍고 웬슈 갓치 되야
간다 져딕도록 불화호여 자손의게 젼홀쇼야 이답또다 쳥싱덜아 엇지호여 너희덜은 륜긔
을 모로ᄂᆞ고 금셰속 무지한긔 원망 자심호다 문호의 광치 읍고 쇼장의 불목호니 이답고
한심호다 미스가 가모 손의 달여시니 웃지호여 귀여 두고 눈여 두어 슈신제가 던져두고
경계할 줄 막미호고 이육만 자심하야 골육상징 한다 흐니 교민 못흔 탓시로다 이답다
빅셩덜아 불긴타 흐지 말고 딕강영을 명심호쇼 동긔 연분이 인륜의 웃듬이라 이친경장
하거듬면 뉘 안이 칭츈ᄒᆞ며 호부호자 뉘라 ᄒᆞ며 호형호제 뉘라 ᄒᆞ며 부화부슌을 본보아
즈손의게 젼할쇼야 스촌형제 자라나셔 부모 힝실 본을 보아 불목호면 딕딕로 원슈 갓치
지닉이라 <u>딕물은 부윤갓고 현(형)제은 슈족이라</u> 스람마다 슈족 읍시 일신들 어이홀가
닉몸을 편타 말고 솔륙형제 불별호쇼 요슌빅셩 갓거드면 식민이 화슌ᄒᆞ고 우탕현군 잇거
드면 쳔호가 팅평호리로다 가연타 빅셩덜아 옛일은 모로겨딩 셔칙을 슉독ᄒᆞ야 오륜삼강
죠심하쇼

15) 이러한 변이는 발음상의 단순한 교체로 볼 수도 있지만, 가사 전승과 관련하여 좀 더
   고려가 필요하다는 것이 본고의 입장이다. 이에 대해서는 장을 달리하여 고찰하기로 한다.

16) 김재웅, 「고소설 필사의 전통과 영남 선비집안 여성의 문학생활—성주군 정갑이의 사례
   를 중심으로」, 『한국문학과 예술』 28, 숭실대학교 한국문학과예술연구소, 2018, 322~
   324쪽.

〈김듸부훈계젼이라〉는 〈김듸비훈민가〉·〈부인훈민가〉의 두 텍스트가 하나로 합쳐져 있고, 가족, 친척, 이웃과 친구 등의 인간관계 속에서 지켜야 할 윤리적 규범이 담겨 있다. 내용과 서술의 양상은 〈김듸비민간젼교〉에 가깝다. 그러나 가문과 이웃 간의 윤리에 초점이 맞추어져 있다는 점이 차별적이다.[17]

〈김대부훈민가〉는 울진 지역에 전승되고 있던 가사를 『울진민요와 규방가사』(2001)에 재수록한 것이다. 이 텍스트 역시 〈김듸비훈민가〉와 〈부인훈민가〉 두 텍스트가 하나로 구성되어 있는데, 텍스트 앞부분은 앞선 텍스트와 마찬가지로 윤리적 규범의 훈계를 담고 있으나 후반부는 자신의 신세 한탄을 드러내고 있다. 텍스트 후반부가 교훈의 범주에서 벗어나 있어 작품의 정체성 또한 앞선 텍스트들과 차별적 지점에 놓인다.

그런데 〈김대부훈민가〉처럼 훈민과 훈계의 틀을 유지하다가 후반부에 그 틀을 벗어난 작품이 또 발견된다. 〈김대후민가〉가 그것이다. 이 텍스트는 경북대 소장 『국문가사집』에 수록된 가사이다. 『국문가사집』은 표지에 '丁亥年度 國文 歌辭集 松竹社發行'이라고 표기되어 있고, 속지에 '醴泉郡 知保面 大竹里 西部 墨 金寧后人'이라 기록되어 있다. 송죽사라는 서포에서 편집한 것으로 보이며, 정해년 1947년에 발행된 것으로 보인다. 그리고 이 가사집에는 〈김대후민가〉외에 〈김듸후미가〉, 〈계여가〉, 〈타벌가〉 등이 함께 편철되어 있다. 필사된 글씨체는 동일하지 않은 것으로 보아 여러 사람이 필사에 참여한 것으로 보인다.

〈김대후민가〉는 〈김대부훈민가〉와 마찬가지로 텍스트 앞부분은

---

17) 이에 대한 내용은 3장에서 상술하기로 한다.

'천생만민 하온 후에 유물유척 모를소야'로 시작하여, 〈김딕비훈민가〉
의 교훈적 언술을 그대로 담고 있으나 텍스트 후반부에 오면 신세 한
탄의 내용이 이어진다. 뒷부분의 신세한탄이 〈김대부훈민가〉보다 더
확장되고 길어진 모습이다. 같은 책자에 편철되어 있는 〈김딕후미가〉
는 '어와 세상 사람들으 이뉘 말을 드러보소 뉘 역시 무식하여 옛이을
모류거나 구중시 깊이 안자 소문 듣기 어룹도다'로 시작하지만 〈김딕
비훈민가〉의 교훈적 내용을 대체로 준수하고 있다. 본 가사집의 두
편의 가사는 다른 텍스트에 비해 후대에 필사된 것으로 추정되는 바,
교훈의 구심을 그대로 유지하고 있는 텍스트와 한탄의 방향으로 풀어
진 텍스트가 공존함을 확인할 수 있다. 한글박물관 소장 〈김딕비후민
가〉에도 이러한 양상이 나타난다. 〈김딕비후민가〉는 『시경』 '국풍'의
〈동산장〉 4절과 〈우미인신서〉에 연이어 필사된 자료이다.[18] 규범의
담론을 그대로 담고 있는데, 마지막은 '청춘홍안 두고가니 부디 속히
도라오소'라는 한탄으로 끝을 맺는다.

　이상으로 〈김딕비훈민가〉 관련 텍스트의 존재 양상을 정리해 보고
각각의 특징을 살펴보았다. 〈김딕비훈민가〉·〈부인훈민가〉가 조선 후
기 왕실의 여성에 의해 창작된 유교적 규범을 담고 있는 두 개의 텍스
트라면, 〈김딕비훈민젼〉, 〈김딕비민간젼교〉, 〈김딕부훈계젼이라〉,
〈김대부훈민가〉는 이것이 하나로 합한 텍스트이고, 그중 〈김딕부훈게
젼이라〉, 〈김대부훈민가〉는 남성으로 작가가 바뀌어 전승된 텍스트임
을 확인할 수 있다.

　한편 〈김대부훈민가〉는 화자의 신세한탄이 덧붙어 교훈의 구심이

---

18) 한글박물관(http://archives.hangeul.go.kr/scholarship/archives) 해제 내용(이지영)
　　참조.

풀어지는 양상을 보인다. 이러한 양상이 비교적 후대에 필사된 〈김대후민가〉에서 더욱 확장되어 나타나는 것을 볼 수 있다. 〈김대부훈민가〉의 텍스트 확장이 일시적인 돌출 현상만은 아니라는 것을 확인할 수 있다. 이상의 내용을 정리하면 다음 표와 같다.

작품명	작자	작품 구성 및 내용	필사시기	전승지역
김디비훈민가/부인훈민가	김대비	김디비훈민가/부인훈민가	미상	경북의성
김디비훈민전	김대비	김디비훈민가/부인훈민가 합본 내용과 서술의 확장	병진년 (1856/ 1916)	미상
김디비민간전교	김대비	김디비훈민가/부인훈민가 합본 내용과 서술의 확장	갑자년 (1924)	미상
김디부훈계젼이라	김대부	김디비훈민가/부인훈민가 합본 내용과 서술의 확장	1895년 이전	성주
김대부훈민가	김대부	김디비훈민가/부인훈민가 합본 교훈의 내용은 축소, 개인 한탄이 작품의 반 이상 서술	미상	울진
김디비후민가	김디비	김디비훈민가/부인훈민가 합본 교훈과 경계의 내용이 주를 이루면서 작품의 끝 부분을 개인 한탄으로 마무리	을미년 (1895)	미상
김대후민가	김대비	김디비훈민가/부인훈민가 합본 교훈의 내용은 축소, 개인 한탄을 작품의 반 이상 서술	정해년 (1947) 발행	예천
김디후미가	김대비	김디비훈민가/부인훈민가 합본 교훈과 경계의 내용이 주를 이룸		
훈민시	미상	'二部作: 一部對男子, 二部對女子' 교훈과 경계의 내용이 주를 이룸	미상	경북 의성

한편 이들 텍스트의 필사 시기는 주로 19세기 후반에서 20세기 중반이며, 전승지역은 주로 경상북도 중심이다. 특히 이들은 주로 두루마리 형태보다 전적(典籍)으로 전해지고 있다. 이 중에서 〈김디비훈민

가〉와 〈부인훈민가〉는 이황의 〈도덕가〉 등과 함께 편철되어 있고, 〈김딕비민간젼교〉는 고소설 〈효자전〉과 함께 편철되어 있다. 이에 비해, 다른 가사들은 〈우미인가〉, 〈계여가〉, 〈타벌가〉 등과 함께 편철되어 있다. 이는 이들 가사가 대사회적 훈민가로서의 구심을 지니면서도 주로 규방가사 전승권에서 향유되고 필사되었음을 보여주는 단서가 된다.

3. 텍스트 변이와 담론의 양상

1) 작가적 표지의 교체와 교훈 담론의 변이

앞서 살핀 바와 같이, 〈김딕비훈민가〉 관련 가사는 주로 경북 지역을 중심으로 확인된다. 경북 울진, 예천, 의성, 상주 등에서 필사된 작품을 확인하였으며, 안동, 영주, 칠곡 등에서도 확인된 바 있다.[19] 한편 이들 텍스트는 〈우미인가〉, 〈계여가〉 등 규방가사와 함께 수록되는 양상도 보인다. 이렇게 볼 때 〈김딕비훈민가〉 관련 가사의 향유와 전승은 경북을 중심으로 한 규방가사의 그것과 일치한다고 볼 수 있다. 〈김딕비훈민가〉의 작자로 추정되는 김대비가 왕실의 어른이고, 가사의 성격이 훈민을 목적으로 한 교훈가사임을 감안하면[20] 애초 상정된 향유 대상과 지역은 특정 지역과 성별에 제한되지 않았을 것이

---

19) 권영철, 『규방가사 연구』, 이우출판사, 1980, 77~89쪽; 최규수, 앞의 논문, 2000, 142쪽 재인용.

20) 〈김딕비훈민가〉의 작자를 김대비로 상정한 데에는 작품의 제목에 김대비가 작가적 표지로 나타나기 때문이다. 이와 아울러 텍스트 내용 안에도 '어와 세상 빅셩들아', '나은 집헌 집이 안자 세상사을 모르다가 여렴의 어린 빅셩 소문 듯기 히참하다' 등의 언술이 들어있기 때문이다. 이는 텍스트의 권위를 높여서 규범 전달을 더욱 용이하게 하는 역할을 한다.

다. 그러나 이후 필사와 향유가 주로 경북지역 규방가사 전승권에서 이루어진 원인은 무엇일까?

이에 대해 최규수는 김대비라는 작가의 가문을 주목한 바 있다. 그는 김대비를 순조의 비이자 헌종 대에 대리청정을 한 순원왕후로 보고, 순원왕후가 안동 김씨 가문의 딸이라는 점이 〈김되비훈민가〉가 경북지역에서 활발히 유통된 동인이라 설명하였다.[21] 이러한 견해는 김대비를 정순왕후로 상정해도 무방하게 적용되는 바이다. 즉, 순원왕후와 정순왕후 모두 당대 정치적으로 중요한 입지적 위치에 있었던 안동 김씨 가문의 딸이었기 때문이다. 그런데 이들 텍스트가 경북을 중심으로 한 지역에서 전승된 양상을 김대비의 영향력만으로 설명하기에는 다소 어려운 점이 있다. 〈김되부훈계견이라〉 혹은 〈김대부훈민가〉 등의 존재, 〈훈민시〉처럼 작가적 표지가 탈각된 텍스트가 존재하기 때문이다. 물론 이들 텍스트의 존재 또한 〈김되비훈민가〉와의 연관성 아래에서 설명되어야 마땅하지만, 그 전승의 맥락이 완전히 동일한 것은 아니기 때문이다.

여기서 우리는 이들 가사 텍스트를 필사하고 향유한 전승 주체의 인식과 욕망을 주목할 필요가 있다. 애초에 대민전교의 성격을 지닌 김대비의 훈민가가 김대부의 것으로, 혹은 작가적 표지가 탈각되거나 희미해진 텍스트로 변이되는 양상은 가사 필사자인 향유층의 단순 착오나 실수 때문이라기보다는 가사 향유와 전승에 있어 그들의 직간접적 개입이 있었기 때문으로 볼 수 있다.

우선 김대비는 가사 필사 및 향유층에게 어떻게 전유되고 있었을까? 이에 대해 살펴볼 필요가 있다. 이와 관련하여 〈김되비훈민가〉

---

21) 최규수, 앞의 논문, 2000, 143~144쪽 참조.

필사본 마지막 장의 "舊恩相續 家藏之物"이라는 기록[22]은 중요한 단서를 준다. 처음 이 텍스트의 전승이 어떤 형태로 이루어졌는지 알 수는 없으나 이 기록은 필사의 주체가 〈김디비훈민가〉를 가문의 중요한 보물로 인지하고 있다는 것을 보여준다. 이는 김대비라는 작가적 표지가 국가적 차원에서의 중요성이라기보다는 가문의 영예를 드높이는 표지로서 활용되고 있음을 의미한다. 순원왕후로 추정되는 김대비는 헌종대 수렴청정에 나서면서 친히 국사에 관여하였고, 이를 계기로 안동 김씨 가문이 권문세족으로서의 위치를 확고히 하는 데에 기여했다. 이로써 안동 김씨의 여러 인물들은 직간접적으로 김대비의 은혜를 받게 되었다.[23]

이러한 사정을 감안할 때, 〈김디비훈민가〉의 작가적 표지는 향유와 필사의 과정을 거치면서 대외적으로 가문의 위상을 높일 수 있는 인물로 전용될 소지를 이미 가졌다고 보아야 할 것이다. 이러한 가능성은 김대비라는 작가적 표지가 김대부로 전격 교체되는 양상을 통해서도 확인이 가능하다.

앞서 살핀 김대비의 정치적 영향력은 사실 훈민가 작가로서 교체 불가한 위상을 충분히 가진다. 개인이 가사를 짓고 거기에 김대비를 작가로 함부로 내세울 수 없듯이, 김대비라고 명시된 작가적 표지를 또한 함부로 교체할 수 없음은 물론이다. 그럼에도 불구하고 이러한 작가적 표지의 현격한 교체는 거의 작자 교체에 버금가는 중요한 변이이다. 이를 단순한 오기로 보기는 어렵다. 여기에서 필사와 전승의 과정에 내재한 향유자의 작품에 대한 변화된 인식과 향유에의 또 다른

---

22) 이상보, 앞의 논문, 1975, 271쪽.
23) 이상보, 앞의 논문, 1975, 276쪽.

동인을 짐작할 수 있다. 이와 관련하여 〈김딕부훈계젼이라〉에 대한 정우락 교수의 증언[24]은 중요한 시사점을 준다.

〈김딕부훈계젼이라〉는 정우락 교수의 할머니께서 시집온 이후 그 시어머님으로부터 물려받은 가사이다. 할머니의 시어머님이 시집올 때 친정에서 가져온 것으로 추정되는데, 그 친정이 김씨 집안이다. 그리고 가사의 작가적 표지인 김대부는 그 집안 어른으로 상정되고 있다. 〈김딕부훈계젼이라〉의 향유층에게 이 가사는 김대비와는 무관한 집안 어른의 가르침을 담은 가사로 인식되고 있는 것이다.[25] 그리고 그 가르침은 이미 훈민이 아니라 훈계의 정도를 겨냥하고 있다.

〈김딕부훈계젼이라〉는 〈우미인가〉와 함께 수록됨으로써 규방가사로의 지향을 더욱 짙게 가진다. 〈우미인가〉는 항우와 우미인을 소재로 한 역사적 교양 담론을 담은 대표적인 규방가사이다.[26] 즉, 〈김딕부훈계젼이라〉는 김대비에서 김대부로 작가적 표지가 교체되면서, 왕실의 어른인 김대비의 대민전교가 아닌 집안의 어른인 김대부의 가문 중심 규훈으로 텍스트의 지향이 바뀌었다고 볼 수 있다. 이러한 변이는 텍스트 내용의 변이를 통해서도 실현되고 있다. 규범의 내용과 순서상의 변화가 그것이다.

---

24) 필자는 경북 지역의 가사 필사 문화에 대해 살피던 중 김재웅 교수의 논문(2018)을 통해 〈김딕부훈계젼이라〉의 존재를 확인하였고, 이를 정우락 교수가 소장하고 있음을 알았다. 이에 정우락 교수께 작품에 대해 문의한 결과 귀한 작품 원본을 제공받았다.

25) 애초에 〈김딕부훈계젼이라〉를 소장했던 정갑이여사의 시어머니는 서흥 김씨 집안의 따님이시다. 〈김딕비훈민가〉의 창작자로 상정되는 김대비라는 표지는 안동 김씨 세도 정치가 끝을 내린 이후의 시기에는 안동 김씨 집안 안에서만 그 권위를 유지할 수 있었을 것이다. 이에 비해 김대부는 김씨 가문이면 어디서나 통용될 수 있는 집안의 어른이 될 수 있다. 혹은 김씨가 아닌 가문에서도 김대부는 여성 가사 향유자의 시아버지 혹은 친정 아버지나 혹은 그 누구라도 될 수 있는 가능성을 지닌다.

26) 육민수, 「초한고사를 소재로 한 국문시가 장르의 실현 양상」, 『동양고전연구』 54, 동양고전학회, 2014, 183~212쪽.

〈김딕비훈민가〉는 서사-부모 효도-형제 우애-부부 화목-노인 공경-남녀유별-글공부-주색경계-재물 경계-이웃 간 규범-권농, 〈부인훈민가〉는 서사-부부-시부모 봉양-첩 투기 경계-말조심과 출입 조심-시비 금지 등과 같은 규범의 내용과 순서를 갖추고 있다.

〈김딕부훈계젼이라〉는 서사-부모-형제간 재물 다툼 경계-친구 방문 예절과 말조심-주색과 재물 경계-이웃 간 규범-글공부-권농-정직-인간관계-남편 복종-첩 투기 경계-출입 조심-말조심-봉제사-여공에 충실-결사로 이어진다.

이 두 텍스트에 나타난 규범의 내용을 비교해 보면, 〈김딕비훈민가〉의 경우 텍스트의 많은 비중을 오륜의 일반적 규범을 설명하는 데에 할애하고 있는데 비해, 〈김딕부훈계젼이라〉는 오륜에 대한 내용보다는 부모, 형제간의 규범에 집중되어 있는 모습을 볼 수 있다.

① 텬셩만민 ᄒᆞ옵시니 <u>유물유칙</u> 모르던가[27]
② 천성만민 ᄒᆞ옵신니 <u>유부유친</u> 모르던가[28]

〈김딕비훈민가〉의 '유물유칙(有物有則) 모르던가'라는 표현이 〈김딕부훈계젼이라〉에서는 '유부유친 모르던가'로 바뀌어 있다.[29] 교훈의 범주가 부모와 친척을 겨냥하고 있음을 보여준다. 이러한 부분은 권농 부분에서도 나타난다. 전자가 국가적 차원의 문제를 제기한 데 비해, 후자는 개인적 차원의 궁핍을 말하고 있다. 대민전교의 차원을 벗어나 있다.

---

27) 〈김딕비훈민가〉, 원문을 옮기되 가독성을 위해 띄어쓰기 함. 이하 동일.

28) 〈김딕부훈계젼이라〉

29) 〈김딕비훈민젼〉, 〈김딕비민간젼교〉도 〈김딕비훈민가〉와 같다.

③ 어와 세상 빅셩더라 밥맛셜 아랏난냐 맛조흔 줄 아랏거던 농사을 힘써하라 이 농사 잘못하면 삼동을 어이살며 명춘 전틱동을 무엇스로 밧칠소냐

④ 어와 세상 스람더라 밥맛결 너아는야 밥조흐줌 알라거든 먹을 노릇 히여보소 할날임이 스람닐 졔 긂지안아 횟건문은 전답 없고 써일히면 엇지호야 먹을손야

이러한 양상은 일반적인 여성의 행위 규범이 〈김틱부훈계젼이라〉에 와서 가정 내 여성의 역할로 규정되는 방식으로도 나타난다.

⑤ 져긔 가는 져 여인은 너무 밧비 가지 말고 나의 한말 드러보소[30]

⑥ 져긔 가은 져 마느리 하밧비 가지 말고 거긔 줌간 머무려셔 니으 말솜 들어보소[31]

〈부인훈민가〉는 상대를 '여인'으로 호명하는데 비해, 〈김틱부훈계젼이라〉는 '며느리'로 호명한다. 전자가 일반 부녀자 전체를 교훈의 대상으로 상정하는 데 비해, 후자는 집안의 며느리를 지명한 것이다. 이로써 봉제사, 여공 등의 역할이 가문 내의 그것으로 강조된다.

이렇게 볼 때 〈김틱비훈민가〉·〈부인훈민가〉와 〈김틱부훈계젼이라〉가 겨냥하는 규범 적용의 대상과 지향하는 규범의 방향성은 차이가 있어 보인다. 〈김틱비훈민가〉·〈부인훈민가〉가 오륜에 집중함으로써 대사회적 규범 전달에 주력하고 있다면, 〈김틱부훈계젼이라〉는 가족 간 혹은 가까운 이웃과의 생활 규범 확인에 주력하고 있다. 〈김틱부훈계젼이라〉는 〈김틱비훈민가〉·〈부인훈민가〉에 나타난 교훈의 구심

---

30) 〈부인훈민가〉
31) 〈김틱부훈계젼이라〉

을 그대로 유지하면서 그 향유의 범위는 국가 차원에서 가문 차원으로 전환되고 집중되었음을 알 수 있다.

〈김디부훈계젼이라〉에 나타난 규범은 19세기 이후 교훈가사가 이미 가문의 결속과 가문 내 여성 교육의 차원에서 기능하였다는 사실과 맥을 같이 한다.[32] 특히 더욱 활발해진 가훈서의 발간과 여성 교육을 위한 계녀가의 활발한 필사는 이러한 변이에 중요한 동인이 된 것으로 보인다.

2) 사적 발화의 개입과 교훈 담론에의 이탈

〈김디비훈민가〉·〈부인행실가〉나 〈김디부훈계젼이라〉가 교훈 담론에 구심을 둔 텍스트라면, 〈김대부훈민가〉와 〈김대후민가〉 등은 이러한 구심을 이탈한 텍스트이다. 기존 텍스트의 교훈 담론을 유지하는 듯하지만, 발화자의 주된 목적은 교훈과 훈계에 있지 않다.

교훈가사에서 발화자는 일반적으로 텍스트에 대해 일정한 거리를 유지한다. 이때 발화자는 개인적 체험을 동원할 수는 있으나 전적으로 교훈의 목적을 효과적으로 달성하기 위함이다. 그런데 〈김대부훈민가〉와 〈김대후민가〉의 경우는 오히려 교훈 담론을 활용하여 자신의 체험과 한탄을 토로하는 방향으로 나아간다. 이를 위해 발화자는 텍스트 내에 위치하여 교훈이라는 공적 담론에 균열을 내고, 더 나아가 텍스트 담론을 상이한 방향으로 전환시키기도 한다.

⑦ 천지만물 생긴 후에 오륜법이 있었나니 수백품진 가난이 한심하

---

32) 하윤섭, 『조선조 오륜시가의 역사적 전개 양상』, 고려대학교민족문화연구원, 2014, 386~387쪽 참조.

니 친구가 없어지니 누가 나를 찾으리오 슬프다 세상 사람 이내 말씀
드러 보소 나는 또한 무식하고 세상 일을 모르오나 금세상을 생각하니
한심하고 가련하다 윤리를 천케말고 부모 뜻을 거스리면 친척 불목 시
비된다 그대도록 불목하니 몹쓸 되악 살이 되는 어이 그리 자주난고
사람들이 잘되려면 참아 어이 그러하리 부모를 잘 섬기면 착한 자식
생겨나고 오른 일을 많이 하면 죄악이 벗어지고 복은비록 못 받아도
화는 자연 면하리라[33]

'수백품진 가난이 한심하니 친구가 없어지니 누가 나를 찾으리오'라
는 구절은 '천지만물 생긴 후에 오륜법이 있었나니'와 전혀 상관없는
발화이다. 그런데 '슬프다 세상 사람 이내 말씀 드러보소'와는 자연스
럽게 연결됨으로서 발화자는 텍스트 내에 자신을 위치시킬 수 있는
여지를 마련한다. 이는 애초에 〈김딕비훈민가〉에 활용되었던 규범의
개인적 체화 방식과 맥을 같이한다. 규범을 전달하되 개인적 체험에서
나오는 각성을 통해 그 호소력을 증대시키는 방식이다.[34] 그런데 '슬
프다 세상 사람 이내 말씀 드러보소'가 〈김딕비훈민가〉에서는 그 슬픔
의 원인이 세상 사람들이 윤리를 잊어버린 데에 있다면, 〈김대부훈민
가〉는 '수백품진 가난이 한심하니 친구가 없어지니 누가 나를 찾으리
오'와 연결됨으로써 그 원인은 사회적인 동기보다는 발화자 개인의
문제와 더 밀접히 연결되는 양상을 보인다.

⑧ 남즈 몸이 되어ᄂ셔 무산 일노 광치 ᄂ노 기갑고 좋은 보비 글밧기
쏘 잇난가 덕힝도 글이 잇고 예법도 글이 잇고 영화도 글이 잇고 살님도
글이 잇다 연힝을 알라ᄒ면 장부으께 조흔니라 아모리 안더 힝도 알기

33) 〈김대부훈민가〉
34) 최규수, 앞의 논문, 2000, 15~16쪽.

어렵도다 공명일와 장호오면 뉘라셔 쳔딕호리 글을 잘 할지라도 주신
지칙 살피보소 졀물쩌 못 둔 셰근 말년이 엇지 두리 빈쳔기 될 지라도
장부이 뜻 빈할손야[35]

⑨ 남자 몸이 되어 나서 무슨 일이 광채 될고 금동 옥녀 안아보기
하마 너무 늦었구나 남인북촌 나의 연배 귀자 애자 길러 내여 인가자황
하옵건만 경경하신 우리 내외 내내도록 걱정이라 비재오십 나의 몸아
창천이 몰각하고 조물주도 시기한다 근근 혈맥 부모 육체 약종 빈약
나의 몸이 무사함이 조상이라 불효지정 삼정중에 무후외대 그 죄악이
나의 몸에 당해올 줄 어느 누가 알았으리 부귀안락 무엇이며 고대광실
좋다한들 어느 자식 물러주며 옥토전답 만재인들 그뉘에게 전해주리[36]

남자로서의 영광을 ⑧에서는 학문 정진에 두었고, ⑨에서는 후손을
낳아 기르는 데에 두었다. 전자는 학문 정진을 통한 덕행과 예법 등
대사회적 욕망을 지향하고 있다면, 후자는 혈맥 유지라는 개인적 욕망
을 강조하고 있다. 전혀 상반된 담론임에도 ⑨의 욕망은 기존의 교훈
텍스트에 무리 없이 수용되고 있다. 이러한 양상은 어떻게 가능한 것
인가?

먼저 〈김딕비훈민가〉·〈부인훈민가〉에서 그 여지를 찾을 수 있다.
〈김딕비훈민가〉·〈부인훈민가〉는 대민전교를 목적으로 한 왕실 여성
에 의한 텍스트이지만 여느 교훈가사와 달리 창작자의 개인적 한탄이
나 개인의 체험을 연상할 수 있는 내용을 직접 담고 있는 작품이다.
친구 집 방문의 예절을 논하는 부분에서 여성으로서 접빈객의 어려움
을 주목한다든지, 여성의 입장에서 남성의 행동을 책망하는 발언을
직접 표출한다든지 하는 부분이 그것이다. 또한 이는 부모 봉양의 당

---

35) 〈김딕부훈계젼이라〉
36) 〈김대부훈민가〉

위성을 좋은 자식을 낳을 것이라는 데에서 찾는 등에서 확인이 가능하다. 발화자 자신의 개인적 체험과 감정의 표출이 텍스트를 통해 그대로 드러나 있는 것이다.[37)]

이러한 양상은 가사 필사자가 텍스트를 향유하는 과정에서 필사자자신 또한 개인적 체험과 발화를 비교적 큰 부담 없이 곁들일 수 있는 가능성을 열어준다. 그렇다하더라도 필사자가 대민전교의 성격을 지녔던 교훈가사 텍스트에 자신의 개인적 체험과 감정을 맥락 없이 드러내기는 어렵다.

여기서 '근근혈맥 부모육체 약종빈약 나의 몸이 무사함이 조상이라 불효지정 삼정중에 무후외대 그 죄악이 나의 몸에 당해올 줄 어느 누가 알았으리'라는 언술을 주목해 볼 필요가 있다. '부모에게 효도하면 좋은 자식을 낳는다'는 것이 기존 텍스트의 인과적 설명이었다면, 이를 '자식을 낳지 못했으니 이것은 불효의 원인이라'는 논리로 바꾸었음을 확인할 수 있다. 앞뒤 인과관계는 맞지 않지만 필사자는 원텍스트의 담론에 근거하여 자신의 한탄을 풀어내고 있음을 알 수 있다. 그리고 이에 근거하여 텍스트는 필사자 개인의 한탄을 양적으로 확장하며 텍스트를 교훈의 구심에서 벗어나게 만든다. 그런데 이러한 결말의 방식 또한 원텍스트의 마무리 방식과 완전히 동떨어진 것은 아니다.

> ⑩ 나은 집헌 집이 안자 세상사을 모르다가 여렴의 어린 빅셩 소문 듯기 희참하다[38)]

---

37) 이에 대해서는 최규수의 논의를 참고할 수 있다. 대표적인 예시는 다음과 같다(최규수, 앞의 논문, 2000, 16~18쪽). "친구 집을 차자 가셔 밧기 셔셔 소리ᄒ여 그 주인이 나오면셔 쳥ᄒ거든 드러 가소 할 말을 밧비하고 수이 쩌나 손님이 오리 안잣시면 딕졉ᄒ기 조흘손냐", "수졀 과부 희졀ᄒ기 겨런 사람 타시로다", "부모를 잘 섬기면 착한 자식 나아셔 복을 비록 못 어더도 화을 자연 면하난이"

⑪ 익탄지탄 버린 후익 편할 써 잇눈니라 나년 지푼 딕 드려오자 세상
스을 다모르되 여럼이 어린 빅셩 소문 듯기 희춤ᄒ다 니 몸이 지중탓고
고만키만 일을 스마 셰인익는 밤중갓고 옷밥만 중키 알아 그른 일 악ᄒ
일을 음식 갓치 조와ᄒ니 그런 후익 호즈 호부 뉘 집익 잇실손야 차리을
모른 후익 윤기을 어이 알니 윤기을 모르오면 금슈익 갓ᄀ온니 이닉
말솜 중키 알아 명심ᄒ야 잇지마소[39]

⑫ 오호 세상 여러분네 소회하니 한이 없고 글을 쓰니 눈물이라 대강
대강 기록하니 슬픈 것이 무지화라 꽃을 꺽고 고와서 옥황님께 호소할
까 구원천이 찾아가서 엄마 보고 호소할까 오호 세상 인간들아 나의
몸도 몸이런가 나의 몸도 인간인가 무자화에 꽃을 필 때 눈물 지어 울어
주소[40]

⑩과 ⑪이 세상의 윤리가 어긋남에 따른 화자의 한탄을 드러내면서
텍스트를 마무리하고 있다면 ⑫ 또한 자신의 신세를 한탄하면서 텍스
트를 마무리하고 있다. 원인은 다르지만 가사를 쓴 동기와 호소하는
방식은 ⑩, ⑪, ⑫ 모두 동일한 방식을 취하고 있다는 것이다.

이처럼 규범의 전달을 목적으로 했던 가사 텍스트가 필사의 과정을
거치면서 본래의 교화 담론이 그 기능을 상실해 가는 상황은 〈오륜가〉
를 통해서도 확인할 수 있다. 교훈가사 〈오륜가〉가 규방문화권에서
전승되면서 필사자의 교양담론으로 변이되는 양상[41]과 필사자가 교훈
가사를 필사하는 과정에서 규범적 행동보다 발화자의 개인적 한탄을
드러내는 양상은 동일한 맥락에 있다. 이러한 현상이 나타날 수 있었

---

38) 〈김딕비훈민가〉·〈부인훈민가〉

39) 〈김딕부훈계견이라〉

40) 〈김대부훈민가〉

41) 정인숙, 「규방문화권 전승가사 〈오륜가〉의 특징과 그 의미」, 『대동문화연구』 97, 성균관
　　대 대동문화연구소, 2017, 162~192쪽 참조.

던 것은 필사자의 적극적 개입에 의해서이다. 그런데 〈김대부훈민가〉
의 경우는 이를 넘어서서 개인 한탄의 표출로서 텍스트를 향유한다.
한편 〈김대후민가〉 등에서는 개인 한탄이 더욱 확장되는 양상을 보이
고 있다. 〈김대후미가〉는 제목 자체가 김대비라는 표지도 훈민가라는
표지도 상실하고 있다. 그러나 텍스트 앞부분은 '천생만민 하온후에
유물유척 모를소냐~'로 시작하는 기존 언술을 유지함으로써 '김딕비
훈민가'의 자장을 확보한다. 그러다가 후반부에 오면 '가련하다 여자
팔자 대여서라'로 사적 발화가 개입되고, 이후는 시집살이와 낭군 이
별로 인한 한탄으로 자연스럽게 이어진다.

〈김대후민가〉의 이러한 양상을 통해 볼 때, 교훈 담론에서의 이탈
은 〈김대부훈민가〉만의 돌출적 현상만이 아님을 알 수 있다. 〈오륜가〉
등의 교훈가사가 규방가사 전승권에서 필사되면서 필사자는 텍스트
에 개입하게 되고 교훈에서 교양 담론으로 전환하는 양상을 띠었다면,
〈김딕비훈민가〉·〈부인훈민가〉의 전승에는 이처럼 사적 발화가 더욱
활발히 개입되고 확장됨으로써 교양 담론을 넘어 자신의 체험과 한탄
을 토로하는 방향으로 가사 향유의 맥락을 바꾸고 있음을 알 수 있다.

4. 결론

본고는 〈김딕비훈민가〉·〈부인훈민가〉 및 이들과 관련 있는 텍스트
의 작품 현황을 살피고 텍스트 변이와 담론 양상을 확인해 보았다.
〈김딕비훈민가〉·〈부인훈민가〉는 애초에 김대비라 추정되는 왕실의
여성이 대민전교의 차원에서 창작한 교훈가사이다. 원래는 국가 차원
의 대사회적 교훈 담론을 담은 가사라 할 수 있다. 그런데 〈김딕비훈민

가〉·〈부인훈민가〉의 내용을 공유하면서도 이들과 차별성을 지닌 텍스트가 존재함을 확인하였다. 〈김딕비훈계젼〉, 〈김딕비민간젼교〉, 〈김딕부훈계젼이라〉, 〈김대부훈민가〉, 〈김대후민가〉, 〈김딕후미가〉, 〈훈민시〉 등이었다. 이처럼 다양한 각편이 존재한다는 것은 이들에 대한 가사 향유자들의 지속적인 관심이 있었음을 말해준다. 아울러 가사의 전승 과정에서 향유자의 텍스트에 대한 인식과 욕망이 다양하게 작용하였다는 것도 알 수 있다. 따라서 이들은 작품론과 가사 전승의 차원에서 중요한 고찰의 대상이 될 수 있다.

이들은 주로 경북지역 규방가사 전승권에서 향유된 것으로 보이며, 교훈의 대상과 방향성을 달리하며 19세기 말에서 20세기 중반까지 그 전승을 이어간 것으로 보인다. 가장 중요한 변이는 김대비와 김대부라는 작가적 표지의 교체이고, 다음은 가사 필사자의 사적 발화가 확장되는 현상이다.

김대비는 작가 및 작품의 정체성을 말해주는 중요한 표지이다. 이를 토대로 작품 창작의 배경과 동기, 교훈 대상의 범위를 확인할 수 있다. 그런데 이러한 중요한 표지가 김대부로 교체된다. 김대부로의 교체는 국가적 차원에서의 훈민 담론이 가문 결속을 위한 교훈 담론으로 변하였음을 의미한다. 이는 텍스트 속의 청자 호명 및 내용 변이 등을 통해서도 확인할 수 있다. 이러한 변화는 19세기 향촌 사회에서 교훈 담론이 가문을 중심으로 한 일상윤리의 차원으로 변화했던 당대 사회문화적 현상과 맥을 같이하며, 이에 따른 가사 향유자의 인식과 연결됨을 알 수 있다.

한편 이들 가사의 전승 과정에서 필사자가 텍스트의 발화자로서 적극적으로 개입한 양상을 확인할 수 있다. 이는 〈김딕비훈민가〉·〈부인훈민가〉가 지닌 1인칭 발화자의 개인적 한탄 및 체험의 표출이라는 특성과 관련이 있는 것으로 보인다. 이러한 여지는 이후 가사 필사자 및 전승자로 하여금 그 스스로가 가사 텍스트에 개입하여 자신의 발화를 확장하는 양상으로 나타난다. 〈김대부훈민가〉, 〈김대후미가〉 등이 이에 해당한다. 이들은 표면적으로는 기존 텍스트의 교훈 담론을 유지하는 듯하지만, 이를 활용하여 자신의 개인적 체험과 한탄을 덧붙이고 확장하여 텍스트 자체를 교훈의 구심에서 이탈하는 방향으로 이끈다.

이러한 양상은 수신자를 향한 가르침의 언술이 필사와 전승의 과정을 거치면서 변화를 겪고, 오히려 수신자가 텍스트 형성에 적극적으로 개입하여 텍스트를 자기화한다는 점에서 주목할 만한 현상이다. 가사 필사자가 텍스트 형성에 직접 개입하여 자신의 발화를 확장함으로써 향유의 맥락을 바꾸어버렸고, 그럼으로써 오히려 텍스트 향유를 보편화하는 양상으로 이해할 수 있기 때문이다.

이상의 논의는 〈김딕비훈민가〉·〈부인훈민가〉 관련 텍스트의 존재 및 전승 과정을 구명함으로써 작품론의 성과에 기여함과 동시에, 이를 통해 가사 전승 및 향유의 양상을 추적하는 기회가 되었다는 점에서 의미를 지닐 수 있을 것이다. 그러나 작가추정 및 작품의 선후관계를 명확히 할 수 없다는 점에서 통시적 측면에서의 전승 과정을 완전히 구명하기에는 한계가 있음을 밝혀둔다.

〈한양가〉에 나타난
한양 경관과 장소애착성

1. 서론

〈한양가〉[1]는 19세기 한양의 풍속화 혹은 서울 문화의 보고서라 평가받고 있는 장편가사이다. 한양의 경관과 풍물을 작품 전반에 걸쳐 사실적으로 묘사한 작품이기 때문이다. 이에 대한 그동안의 연구는 조선 후기 변화된 한양의 모습을 살피기 위해 〈한양가〉의 일부인 '시전'과 '승전놀음'을 중심으로 진행되어 왔다.[2] 그러다가 작품 전반에 대한 검토로 연구가 확장될 필요가 있다는 문제의식이 제기되면서 작품에 대한 전체적 검토가 시작되었다. 〈한양가〉의 작품 구조 및 존재 양상을 복합성과 이중성으로 설명한 김은희[3]의 연구와 작품 전체에 대한 해설과 해제를 통해 작품의 존재 양상을 실증적으로 밝힌 강명

---

1) 〈한양가〉의 이본 연구에 의하면 〈한양가〉는 '향토한양가' 혹은 '풍물한양가' 계열의 〈한양가〉와 '왕조한양가' 계열의 〈한양오백년가〉로 대분된다. 본고의 논의대상은 전자에 대한 것으로 고려대 목판본을 주텍스트로 하며 강명관의 주해를 참고로 한다.

2) 이에 대한 연구는 18~19세기 시가문화의 양상을 구명하는 논의와 조선 후기 상공업의 발달에 따른 한양의 변화상을 주목하는 연구에서 주로 논의되었다.

3) 김은희, 「〈한양가〉의 존재양상과 그 의미」, 『반교어문연구』 26, 반교어문학회, 2009, 279~307쪽.

관[4)]의 연구가 그것이다. 이들의 연구를 통해 〈한양가〉의 전반적 작품 양상은 어느 정도 윤곽을 드러내었다고 볼 수 있다. 이제 작품을 대상으로 한 세밀하고 본격적인 연구가 이어져야 할 차례이다.

이와 관련하여 〈한양가〉는 특정 지명인 '한양'을 제목으로 하면서 '한양'에 대한 화자의 관심이 특별히 개입되어 있다는 점을 주목할 필요가 있다. 특별한 관심이란 이 작품이 '한양'에 대한 감정적, 미학적, 상징적 호소를 드러내며 특별한 주관의 세계로 접근하고 있다는 점을 말한다. 낙관적[5)], 긍정과 자부심[6)], 즐겁고 화평하면서도 긍정적[7)]인 작품이라는 기존의 논의도 이러한 양상을 주목한 평가이다.[8)]

이러한 분위기에 대해서 몇 가지 의견이 나온 바 있지만, 본고는 분위기 형성의 근간에 있는 화자의 '한양'에 대해 특별한 애착을 주목하고자 한다.[9)] 그 애착을 통해 〈한양가〉에서 '한양'은 화자에 의해 '장소성'[10)]을 부여받고 있기 때문이다.

---

4) 강명관, 『한양가』, 신구문화사, 2008.8.

5) 강명관, 위의 책, 17쪽.

6) 조동일, 『한국문학통사』 3, 지식산업사, 1986, 331~332쪽; 김은희, 위의 논문, 2009, 282쪽 재인용.

7) 김은희, 위의 논문, 2009, 304쪽.

8) 그러나 이에 대한 평가는 작품에 나타난 어조를 근거로 인상적 비평 차원에서 이루어진 것이다. 왜 그러한가에 대한 구체적이고 자세한 논의가 필요한 상황이다.

9) 이에 대해 강명관은 '〈한양가〉는 19세기의 우울한 이미지를 걷어내고 발랄하고 유쾌했던 사회의 분위기를 짐작하는데 상당한 도움이 될 것이다'라고 했다. 그런데 여기서 발랄하고 유쾌했던 사회분위기가 한양에 반영된 것인지, 〈한양가〉를 통해 '한양'이 발랄하고 유쾌하게 형상화되고 의미화 되었는지는 구분해서 살필 필요가 있다고 본다. 본고는 후자의 입장에서 있으며 장소애착성을 그 원인으로 본다.

10) '장소'와 '장소성'에 대한 이론은 인문지리학에서 시작되었는데, 최근 들어 문학작품의 분석에 활발하게 적용되어 유의미한 결론을 이끄는 데 기여하고 있다.
대표적인 성과로는 부산대 한국민족문화연구소편, 『장소성의 형성과 재현』, 혜안, 2010.5; 신성환, 「인문지리학의 시선에서 본 새로운 도시 인식과 상상력─장소성 훼손에 대한 최근의 소설적 형상화를 중심으로」, 『한국언어문화』 45, 한국언어문화학회, 2011

'장소'란 특수하고 예외적인 속성을 가지며 주관적이고 개성적인 개념으로 보편적이고 일반적인 개념의 '공간'과 구분되는 개념이다. 카터(Carter E)는 공간에 이름을 붙이고 의미를 부여함으로써 비로소 장소가 된다고 하면서 인간은 공간에 이름, 색, 의미, 상징을 부여함으로써 공간을 장소화한다고 하였다.[11] 이렇게 볼 때 조선의 수도로서 '한양'이 지녔던 일반적이고 보편적인 공간적 의미가 〈한양가〉라는 작품을 통해 비로소 '장소'로 전환되었다고 볼 수 있다.

그렇다면 실제 작품에 한양은 어떻게 묘사되었으며 어떤 방식으로 장소성을 부여받고 있는지, 그리고 그 역할은 무엇인지를 살필 필요가 있다. 이러한 작업은 당대인에게 '한양'이 어떤 의미를 지니고 있는지를 밝히고, 〈한양가〉를 새로운 시각에서 다시 읽을 수 있는 기회를 줄 수 있을 것으로 기대한다.

2. 〈한양가〉의 작품 구조와 한양 경관

〈한양가〉에서 한양이 어떻게 묘사되고 있는가를 살피기 위해 작품의 구조와 그에 따른 공간 양상에 대해 먼저 살피도록 한다. 〈한양가〉는 '한양'의 지리적 위치 및 역사적 유래−궁궐의 모습−각 관청−시전(市廛)−승전(承傳)놀음−능행(陵行)−과거(科擧)−찬양으로 구성되어 있다. 이를 구조화하면 다음과 같다.

등을 들 수 있다. 고전문학에서는 김성은, 〈소유정가〉의 장소재현과 장소성−화자의 주체성 문제를 바탕으로」, 『어문론총』 55, 한국문학언어학회, 2011.12를 참고할 수 있다.
11) 신성환, 위의 논문, 2011, 204쪽.

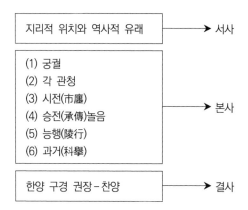

서사와 결사 부분은 한양의 지리적 위치와 역사적 유래를 서술하여 한양의 전체적 조망을, 본사 부분은 한양의 각 구성 요소를 공간의 이동에 따라 나열하여 차례대로 묘사함으로써 한양의 세부적 조망을 가능하게 한다.[12)]

북악이 입수되고 죵남산 안산일다/쳥룡은 타락뫼요 빅호는 길마지라/강원도 금강산은 외쳥룡 도여 잇고/항히도 구월산은 외빅호 도여 잇고/졔쥬의 한나산은 외안이 도여 잇고/젹셩의 감악산은 후장이 되여 잇고/두미 월계 나린 물이 룡산 숨기 한강 되고/그 물줄기 나리 흘너 오두지 합금하여/강화의 마리산이 도수구 도여셰라/하늘이 닌신 왕도 히동의 웃듬이라/국호는 죠션이오 도읍은 한양일다/단군의 구쇽

---

12) 이와 관련하여 김은희는 〈한양가〉의 짜임을 분석하면서 서사와 결사는 수미일관의 양상을 띠며 기존의 이념을 지향하고 있고, 변화해가는 현실을 본사에서 형상화하는 방식을 취하였음을 밝혔다. 또한 본사 부분에서 궁궐과 관서에 대한 묘사는 이념적 이상적 지향을, 시정풍경에 대한 묘사는 현실적 세속적 지향을 띠고 있음을 밝혔다. 이로써 〈한양가〉를 다층적이며 복합적이며 세련되고 안정감 있는 작품이라 평가하였다. 본고에서도 이러한 작품 분석에 공감하여 분석하되 〈한양가〉의 이러한 작품구조를 좀 더 세밀히 살피고 그러한 이중적 구조가 어디에 기반하여 실현되었는가에 대해 초점을 두어 분석해 보기로 한다.

이오 긔지의 유풍이라/의관도 화려ᄒ고 문물도 거륵ᄒ다/여념은 억만
가요 성쳡은 ᄉ십니라/동편은 동묘 되고 셔편은 ᄉ직일다/경복궁 창
덕궁과 창경궁 큰 뎐각이/반공의 쇼ᄉ스니 만호쳔문 깁플셔라

한양의 지리적 위치 및 역사적 유래, 건물의 전반적 양상을 서술하
고 있는 서사부분이다. 산과 물[13], 자연과 인공의 이원적 배치와 이들
의 조화된 풍경을 조망함으로써 한양의 전체적 양상을 그리고 있다.

이후 본사는 세부적 조망에 따라 다시 몇 부분으로 나눌 수 있다.
기존의 연구에서는 (1)(2)를 궁궐과 관서로 (3)~(6)을 시정풍경으로
이분하여 설명하고 있으나 공간의 이동과 기능을 고려하면 좀 더 세밀
히 살펴야 한다. (3)과 (4)가 경제 및 생활의 공간임을 고려할 때 (5)와
(6)을 함께 엮어 설명하기에는 상이한 점이 있기 때문이다.

특히 (5)와 (6)은 궁궐과 시정, 시정과 궁궐을 넘나들고 있기에 이들
을 모두 시정풍경으로 묶기에는 어려움이 있다. 따라서 본사의 분류는
'(1)궁궐 (2)관청'과 '(3)시전(市廛)과 (4)승전(承傳)놀음', 그리고 '(5)능
행(陵行) (6)과거(科擧)'의 세 부분으로 구분된다고 할 수 있다.

그렇다면 (5)와 (6)의 공간은 어떤 기능을 하고 있을까? '능행'이란
임금이 궁궐 밖의 왕릉에 행차하는 것을 말한다. 따라서 능행 이전까
지 서술된 공간이 정태적 공간이라면 능행 장면부터는 공간의 이동
및 확장이 이루어진 동태적 공간이다. 궁궐-숭례문-성밖으로의 공
간 이동인데 능행의 역할을 고려할 때 이 부분은 공간의 확장을 통한
소통의 시도라 할 수 있다.

---

13) 한양과 관련된 지리서나 시가 작품 등에서 한양의 지리적 위치 묘사는 이와 같은 산과
물의 언급으로 시작되는 것이 관습처럼 되어 있다.

숭례문 밧 ᄂ으시니 계라츠지 션젼관이
자쥬 거러 긔여 와셔 춰타를 쳥흔 후의
겸ᄂᆡ춰 거동보쇼 쵸립 우희 젹우 꼿고
누린 쳔릭 남젼디의 명금슴셩 ᄒᆞᆫ 년후의
고동이 셰 번 울며 군악이 이러하니
엄위훈 라발이며 이원훈 호젹이라

이상과 같이 능행의 과정은 궁궐 안에서의 준비-능행과정-환궁으로 되어 있다. 그 과정에서 왕실의 권위와 임금의 위엄은 성밖으로 확장된다. 그렇다고 해서 이 과정이 체제수호적이며 지배이념에 충실한 보수적인 이데올로기의 세례로만 보는 것[14]은 지나치게 경직된 시각이다. 능행의 과정은 경쾌하고 신나는 어조로 묘사되어 있고, 왕의 위엄보다는 군사들의 질서정연함과 군악대의 당당한 행진이 강조되어 있다.

화자는 능행의 장면에 신기함과 자부심을 느끼는 성 밖의 한 구경꾼이 되어 있을 뿐이다. 실제로 능행이 왕권의 강화라는 일방적 기능만 가졌던 것은 아니다. 능행은 임금이 백성과 소통하는 하나의 방식이기도 하였다. 물론 〈한양가〉에 이러한 소통의 양상이 직접 나타나는 것은 아니다. 그러나 〈한양가〉에서 능행장면은 한양의 건재함을 성밖으로까지 확장하여 그 구성원의 지지를 얻는 하나의 과정으로 그려진다.

한편 과거와 유가경의 풍경은 능행 이후 임금이 내린 '과거령(科擧令)'에 의한 것으로 능행장면과 자연스럽게 연결된다.

장원랑 기를 쥬고 그나은 신은들은/ㅅ복마 죠흔 말계 무동 쥬어 니

---

14) 서종문, 「〈한양가〉와 〈한양오백년가〉」, 『한국고전시가작품론』 2, 집문당, 1995, 741쪽.

보니니/궐문 밧 ᄂᆞ올 져게 긔두도 장ᄒᆞ도다/아춤의 션비러니 져역의
션달이라/화류츈풍 디도샹의 셰마치 길군악의/무동은 츔을 츄고 벽계
쇼리 웅장ᄒᆞ다/츈풍득의마계질ᄒᆞ니 탐화랑 되어셔라/남녀노쇼 관광
ᄒᆞ고 누가 아니 층찬ᄒᆞ리/셰샹 션비 드러보쇼 음슈독셔 어려 말쇼/졍
셩쇼도금셕투는 옛말이 그를숀가/슈문슈덕 면강ᄒᆞ여 셩경현젼 슈심ᄒᆞ
여/츙군효친 근본 숨고 졔셰안민 지죠 닥가/발룡부봉 현달ᄒᆞ며 입신
양명 ᄒᆞ게 ᄒᆞ쇼

과거는 인재 발굴의 중요한 기회이면서 궁궐 밖 혹은 성 밖에 있던
인물이 궁궐 안과 성 안으로 진입할 수 있는 기회이다. 따라서 과거
및 유가경 역시 공간의 이동이 나타나는 장면이다.

능행의 장면이 궁궐과 도성을 중심으로 한 공간의 확장이라면 과거
및 유가경은 궁궐과 도성을 향한 공간의 수렴이다. 그러면서 이들 장
면에는 국가의 정치적 행사와 민간의 놀이적 양상이 함께 공유되어
있다. 능행과 과거(유가경)는 국권과 왕권의 확장과 수렴이라는 정치적
기능을 주로 하지만 이들 행사는 민간에서 만날 수 있는 거창한 구경
거리로서 민간의 놀이적 기능을 만족시켜 줄 수도 있기 때문이다. 이
렇게 볼 때 〈한양가〉 본사의 구조는 궁궐과 관아, 시전과 승전놀음까
지 이원적 양상으로 진행되다가 이 능행과 과거에 와서 서로 소통하는
양상을 보인다고 할 수 있다. 이러한 분류는 공간의 이동과 그 기능적
양상에 따라 다음과 같이 도식화할 수 있다.

a. 궁궐과 각 관청 – 행정도시적 기능
b. 시전과 승전놀음 – 경제적 문화적 기능
c. 능행과 과거 풍경 – 성안과 밖의 소통적 기능,
　　　　　　　　　　행정과 문화의 소통적 기능

이러한 세부 묘사 이후 국도(國都)로서 한양을 찬양하고 복록을 기원하는 것으로 다시 전체적인 마무리를 시도하여 결사를 맺고 있다. 그런데 〈한양가〉에 나타난 이러한 묘사 방식은 태종으로부터 세종조까지 만들어진 한양의 기본적인 모습을 그대로 재현하고 있으면서 한양의 이원적 구조를 정확히 간파하여 이루어진 방식이다. 한양의 원형 경관을 연구한 기존의 연구[15]에 따르면 한양의 도시구조는 풍수와 주례고공기(周禮考工記)의 원리가 깊이 관련되어 있지만, 음양(陰陽)이라는 동양의 이원적 원리에 입각하였다고 한다. 자연과 인공, 성 안과 성 밖, 북촌과 남촌이라는 도시 입지 및 토지 이용이 그러하고 남북과 동서의 정(丁)자 형 도로의 의미적 양상이 그러하다.

특히 도시 한양의 주간선도로체계는 궁성을 정점으로 하는 남북 도로와 서대문과 동대문을 잇는 동서방향의 종로가 되는데, 여기서 남북도로는 경복궁의 광화문을 중심으로 하는 행정가로서의 엄격성을, 동서도로는 시전행랑을 중심으로 하는 상업가로서의 특성을 지닌다. 이는 한양 경관의 이원적 특성을 잘 보여주는 양상이다.

이를 토대로 할 때 〈한양가〉의 작품구조 또한 음양이치에 입각한 한양의 기본 구조에 대한 선험적 이해를 바탕으로 하고 있다. 그리고 음양이원론이 음양의 분리가 아니라 이들의 상호보완성을 고려하는 개념임을 생각할 때, 〈한양가〉의 서술 양상 또한 능행과 과거 및 유가경을 배치함으로써 이러한 이원성을 극복하고 있는 것으로 해석할 수 있다.

이러한 연구 내용을 바탕으로 한다면, 〈한양가〉의 서술 의도 또한

---

15) 홍윤순·이규목, 「한양 원형경관의 이원적 중층성 고찰」, 『서울학연구』 19, 서울시립대 서울학연구소, 2002.9, 78쪽.

새롭게 볼 수 있는 가능성이 열린다. 지배 체제의 강화를 의도하고 있다거나 발랄한 시정풍경을 강조하였다고 하는 상반된 해석은 이상에서 서술한 한양 경관의 이원성 중 한쪽만을 강조한 것이었다고 볼 수 있다. 〈한양가〉는 한양의 도시 경관이 지닌 음양적 이원성을 고려하고 상호 소통의 양상을 표현하고 있는 작품이다. 즉 〈한양가〉는 한양의 다원적 도시 기능을 토대로 작품을 구조화 한 것이다. 이러한 도시 기능에 대한 인식과 구조화는 한양을 단순한 경관으로서의 의미가 아니라 '장소'로서 인식하도록 한다. 이에 대해서는 장을 달리하여 서술하도록 한다.

3. 〈한양가〉의 장소애착성과 의미

〈한양가〉에서 화자의 어조는 낙관적이고, 긍정과 자부심에 차 있으며, 즐겁고 화평하다. 이러한 어조는 도시 한양에 대한 화자의 긍정적 정서적 유대감에 기반하고 있다. 이와 같은 사회 물리적 환경에 대한 동태적 지속적 유대감을 장소애착이라고 한다. 그렇다면 〈한양가〉에 나타난 장소애착의 구체적 양상과 의미를 살피도록 하자.

1) 상징적 애착과 소속감 증대

하늘이 너신 왕도 희동의 웃듬이라
국호는 죠션이오 도읍은 한양일다
단군의 구쇽이오 긔ᄌ의 유풍이라
의관도 화려ᄒ고 문물도 거룩ᄒ다

'한양'을 하늘이 내신 왕도로, 단군과 기자의 풍속이 살아있는 곳으로 표현하여 국가의 정통성을 강조하고 있다. 또한 화려한 모습과 거룩한 문물을 지녔다고 함으로써 그 위엄성을 드러내었다. 여기서 '한양'은 하나의 도시로서가 아니라 '조선'이라는 국가를 환유하게 되어 상징적 중요성을 획득하게 된다.

> 한양은 어듸면고 우리나라 국도로셰 〈중략〉 싱어동방 ᄒ여스니 동국
> 이나 알리로다/강우틱빅단목ᄒ여 여요병입 단군이며/봉긔ᄌ우죠션
> ᄒᄉ 각일쳔연 평양이라/슴한 젹은 그만두고 아국도셩 여긔로다/디명
> 홍무 임신연의 ᄉ긔국호 죠션ᄒᄉ/정졍한양 ᄒ셔스니 즁희누홉 ᄒ여
> 셔라/금쳑의 길몽이오 옥쳡의 샹셔로다/오만ᄉ년 누릴 도읍 한양셩즁
> 거룩ᄒ다/산쳔누더 셩곽지당 웃글의 ᄒ여스니/다시 홀 말 아니로디
> 례의동방 장홀시고/원셩고려 훈단 말은 즁원스롬 말리로셰/츄ᄌ언이
> 관지ᄒ면 졔일강산 가지로다/산악슈긔 ᄇ다 ᄂᆞ니 츙효인물 총총ᄒ다/
> 범졀이 이러ᄒ니 쳔하졔국 졔일이셰/쳔시지리 어더스며 인화죠ᄎ 되
> 어셔라/현슝지음 부졀ᄒ니 슈ᄌ지풍 분명ᄒ고/인의지도 찬연ᄒ니 셩
> 현지국 되여셔라

〈한양가〉의 결사에 해당하는 부분인데, 한양이 국도로 정해진 것을 '금쳑의 길몽'과 '옥쳡의 샹셔'와 관련시켜 그 역사적 당위성을 강조하였다. 이러한 국도로서의 당위성은 '인의지도가 가득한 성현의 나라'가 되게 하는 제일 중요한 요건으로 기능하고 있다. 여기서도 한양은 조선을 환유함으로써 한양에 대한 찬양이 곧 국가에 대한 정통성과 역사적 당위성을 강조하는 역할을 하게 한다.

이상과 같이 〈한양가〉의 서사와 결사는 한양이 도읍으로 정해진 과정과 그 정당성을 말함으로써 조선을 찬양하고 있다. 이러한 과정을 통해 '한양'은 '조선'을 상징하는 장소로서 인식되고 한양이라는 장소

에 대한 주목은 곧 조선이라는 공동체에 대한 소속감과 자긍심을 높이
는 역할을 하고 있다. '조선'이라는 보이지 않는 추상적 대상을 '한양'
이라는 구체적 장소로 상징화하여 구성원에게 자긍심과 소속감을 지
니게 한 것이다.

이러한 과정을 통해 〈한양가〉는 그 향유자에게 한양에 대한 장소정
체성을 지니게 하는 역할을 한다. 장소정체성(place identity)이란 장소
에 대한 사람의 감정적 측면의 상징적 중요성을 강조하고 그 구성원에
게 삶의 목적이나 의미를 부여하는 장소애착의 한 양상이다.

장소정체성은 구성원의 상징적 애착을 유도하여 소속감을 높이는
기능을 한다.[16] 〈한양가〉의 서사와 결사 부분이 그 역사성과 정통성을
강조하는 역할을 하고 있다면 본사 부분의 다음과 같은 묘사는 향유자
로 하여금 도시 구성원으로서의 자긍심과 위엄을 높이도록 한다.

> 경복궁 창덕궁과 창경궁 큰 면각이/반공의 쇼스스니 만호천문 집플
> 셔라/인뎡면 근뎡면은 치민ᄒᄂᆫ 뎡면이오/희뎡당 더됴뎐은 지밀쳐쇼
> 도여셔라/영화당 셕거각은 츈당더 임하엿고/옥류쳔 깁픈 고즌 별유쳔
> 지 되어셰라/<u>쥬ᄂ라 령더 령쇼 못 보아도 녀긔로다</u>/금원의 긔화이쵸
> 구즁의 봄 느졋다/빅죠는 학학ᄒ고 우록은 유복이라/어슈당 말근 연
> 못 오인어약 ᄒᄂᆫ구나/란뎐봉누 쳡쳡ᄒ고 학관인각 층층ᄒ다/아로식
> 인 들보들과 푸른 부연 불근기둥/츈쳡시를 부쳐스니 그 글의 ᄒ여석되
> /<u>틱평틱평 우틱평의 여시여시 부여시라</u>
> 〈중략〉
> 오봉산 일월병풍 희도는 몃만린고/오봉이 쇼스스니 희가 돗고 달
> 돗는다/한편의 보불병풍 엄위ᄒ 그린 독긔/계간거흥 ᄒᄂᆫ 긔상 뎨왕

---

16) 최열·임하경, 「장소애착인지 및 결정 요인 분석」, 『국토계획』 40-2, 대한국토 도시계획
  학회, 2005.4, 55쪽.

의 위엄이요/한편 병풍 그려스되 칠월편 경직도를/조셰이 그려스니
시민여상 호는 덕퇵/구즁궁궐 깁흔 곳에 어이 아라 그리셧노

궁궐은 국가의 정통성을 상징하는 물리적 핵심공간이다. 따라서 이
에 대한 주목 역시 조선—한양—궁궐로 이어지는 장소정체성 부여의
한 과정이라 할 수 있다. 그런데 서사나 결사에서 이루어졌던 추상적
일반론적 서술이 여기서는 아주 세밀한 부분적 묘사로 이어진다. 즉
경복궁을 비롯한 각 궁궐을 다시 부분으로 나누어 묘사하고 있는데,
각 부분에 대한 객관적 묘사+주관적 묘사가 연결되어 다시 전체를
이루는 양상을 띠고 있다.

여기서 주관적 묘사 부분은 묘사된 객관적 대상에 대한 애착을 강화
하는 역할을 하고 있다. 즉 '쥬느라 령뒤 령쇼 못보아도 녀긔로다'는
주나라의 영대영소가 바로 여기에 실현되었다는 자부심을, '퇵평퇵평
우퇵평의 여시여시 부여시라'는 태평성대가 이처럼 실현될 것이라는
기대감을, '조셰이 그려스니 시민여상 호는 덕퇵/구즁궁궐 깁흔 곳에
어이 아라 그리셧노'는 국왕의 은택에 대한 소속감을 나타내어 궁궐—
한양—국가로 그 애착을 확장시키는 역할을 하고 있는 것이다. 이렇게
볼 때 경복궁을 비롯한 궁궐에 대한 묘사는 국가에 대한 자부심과 소
속감을 느끼게 하는 장소정체성을 부여하는 역할을 하고 있다.

궁궐에 대한 묘사가 국가에 대한 자부심과 소속감을 느끼게 하는
상징적 역할을 하고 있다면, 다음의 정부 기관과 관아에 대한 묘사는
그것을 강조하는 현실적 역할을 하고 있다.

의졍부 숨상네는 이민하스 호는모양/평교주 느즌 줄의 나즌 키 별구
즁이/고이 며여 가오실졔 호피꼬리 싸를쑨다/터로 겨른 파쵸션을 희
빗슬 반즘가려/벽졔도 크지안코 힝보도 완완호다/거륵다 셔블장긔 샹

위의 도리로다/이호례병형공은 늒경이 되어셰라

　〈중략〉

　ᄉ학이 분비하여 유학을 교훈ᄒ니/명눈당 더셩뎐은 우리느라 반궁
이라/일빅 명 틱학ᄉ는 부즈 위퓌 뫼셔잇고/홍단의 느진 츔은 연비예
천 ᄒ는구나/국가의 근본이오 쵸현ᄒ는 도리로다/돈경각 노푼 집의
만권셔 싸아노코/쥬슝야강ᄒ니 셩현의 풍도로다/츄로지방 분명ᄒ고
경쥬지학 장ᄒ도다

　〈한양가〉에서 의정부를 비롯한 한양의 각 관서(官署)에 대한 묘사는
지루할 정도로 상세하게 이어진다.[17] 주로 각 관직마다 복색 및 행동
등 외양+직무+논평적 영탄의 방식으로 길게 나열하거나, 각 관직을
그 명칭만 나열한 후 종합적 논평으로 마무리하거나 하는 방식을 취하
고 있다.[18]

　이와 같은 각 관서 및 관직에 대한 꼼꼼한 서술은 향유자에게 사회
적 측면에서의 안정감을 느끼도록 한다. 즉 각 관서와 관직에 소속된
관리들이 각 직분에 대한 역할을 충실히 수행함을 나타내어 국가 안위
에 대한 불안감을 해소하고 국가에 소속된 구성원으로서 안정감을 획
득하도록 하는 현실적 기능을 하고 있는 것이다. 이러한 의도는 특히
병조판서 및 무관의 모습을 확장적으로 묘사하는 다음에서도 알 수
있다.

　호긔잇는 더ᄉ마는 빅보밧게 인비셰고/건장ᄒ 뇌즈 긔슈 원앙진 즉
더ᄒ여/빵빵이 벽졔쇼리 날니고도 영열ᄒ다/외박휘 놉흔 쵸헌 킈 큰
구죵드리/숀을 드러 미러갈졔 좌우의 식구 견비/호한ᄒ 별비드리 날

---

17) 강명관, 앞의 책, 2008, 19쪽.
18) 김은희, 앞의 논문, 2009, 296쪽.

긔로 버러셔서/셰층 벽졔 소릐 긔구도 엄위홀스/무쟝네 모양드른 은
안쥰마 죠흔 말게/쎄그어 놉히 안져 흥허복실 마샹모양/옹호의 긔샹
이오 진변홀 쟝슈로다/도감은 오쳠병마 수영문 되여잇셔/대명젹 복식
으로 모단 견건 졋게쓰고/션긔디 날닌군사 일검증단 빅만스라/젼쥬작
되어잇셔 몸긔는 불근긔요/금위영 숨쳔병마 별무스가 건장ᄒ다/좌쳥
룡 되여잇셔 몸긔는 푸른긔요 〈중략〉 좌포쟝 우포쟝은 금난지쳑 일을
숨고/오부의 부관원은 스슝이 직분이요/경죠부 평시셔는 치민평시 ᄒ
눈구나/의금부 숨당상과 도스는 열이로다/츈츄필법 가지구셔 금고찬
비 일숨으니/팔십 명 나쟝이는 알도의 눈을박아/샹토 뭊히 졋게쓰고
쳔익우희 아쳥 작의/흰 실노 줄을노아 임군 왕자 써서입고 〈후략〉

여느 관직보다 병조판서 출입 시 장면과 훈련도감 등 무관의 역할과
모습을 부분적 확장을 통해 드러낸 것은 국가 안위와 관련된 관청의
역할을 강조하고 그럼으로써 구성원의 소속감을 현실적으로 지지하
기 위함이라 할 수 있다.

이상을 통해 〈한양가〉에서 한양은 조선이라는 국가를 환유하는 장
소로 의미화되고 있으며, 한양의 국도로서의 당위성, 궁궐 및 관아의
상징적 현실적 기능을 강조함으로써 그 향유자로 하여금 공동체로서
의 소속감, 자긍심, 그리고 안정감을 가지도록 함을 알 수 있다. 이러
한 과정을 통해 〈한양가〉의 향유자는 '한양'을 통해 자신의 정체성을
확인하고 공동체에 소속된 자신에 대한 안정감과 자긍심을 가지게
되는 것이다. 이로써 한양은 장소정체성을 획득하게 되었다고 볼 수
있다.

2) 기능적 애착과 의존성 표출

조선시대 한양을 소재로 한 여느 시가와 변별된 〈한양가〉의 특색은

한양의 시정풍경이 상세하고 생동감 있게 묘사되어 있다는 점이다. 〈한양가〉에서 시정풍경은 전체 서술 분량 중 60% 이상을 차지하면서[19] 여느 시가에서 볼 수 없는 변화된 한양의 모습을 그대로 보여주고 있어 주목을 끈다.

여기서 시정풍경에 대한 묘사는 앞에서 살핀 바와 같이 한양이라는 도시의 경제적 기능을 보여주며 그 향유자에게 한양에 대한 또 다른 장소애착을 가지도록 하는 역할을 하고 있다.

> 칠픽의 싱션전의 각식 싱션 다 잇구나/민어셕어 셕수어며 도미 쥰치 고등어며/낙지쇼라 오젹어마 죠기시우 젼어로다/남문 안 큰 모젼의 각식 실과 다 잇구나/쳥실닉 황실뇌 건시 홍시 죠홍시며/밤 디쵸 잣호도며 포도경도 외얏시며/셕류 유즈 복셩와며 룡안 여지 당디츌다/샹미젼 좌우 가가 십년지량 쏘아셔라/하미즁미 극상미며 찹쌀좁쌀 기장쌀과/록두 쳥틱 젹두팟과 마틱즁틱 기름팁다/되를 드러 즈량ᄒ니 만무긔식 죠흘시고/슈각다리 너머셔니 각식 상젼 버러셔라/면빗참빗 어레빗과 쏩지줌치 허리씌여/춍젼보료 모탄즈며 간지쥬지 당쥬질다/큰 광통교 너머셔니 눅쥬비젼 여긔로다 〈중략〉 빅목젼 각식 방의 무명의 쏘여셔라/강진목 희남목과 고양느이 강느이며/상고목 군포목과 공물목 무녀포와/쳔은이며 졍은이며 셔양목과 셔양쥬라/지젼을 술펴보니 각식죠회 다 잇구나/ 〈후략〉

위에서 묘사된 칠패의 백각전과 큰 광통교의 육주비전을 비롯하여 마루저자의 도자전, 소광통교의 그림 가게, 각색 약을 파는 구리개 점방에 이르기까지 한양 시정의 각종 상점을 각 물품을 중심으로 상세

---

19) 김은희, 앞의 논문, 2009, 293쪽. 이러한 서술비중에 주목하여 〈한양가〉의 궁극적 관심은 상공업의 발달과 시정문화의 성장이라는 사회적 변화에 있다고 평가하기도 한다.

히 나열 묘사하고 있다. 그런데 묘사의 방식은 실제 공간의 이동을 차례차례 이동하면서 실제로 각 상점과 물품을 경험하는 듯하다.

이러한 묘사는 작품의 향유자로 하여금 한양이라는 도시를 경제적으로 풍요로운 장소로 인식하게 하고 거기에 더욱 의존하게 하는 역할을 한다. 각 부분의 묘사 마무리에 동일하게 반복되는 '각식~ 다 잇구나'라는 감탄은 그러한 풍요로움을 재확인하는 데 기여하고 있다. 이와 같은 표현을 지닌 〈한양가〉를 통해 그 향유자는 경제적인 풍요로움을 향유하기 위해서는 한양이라는 장소에 속해 있어야 한다는 의존성을 가지게 된다.

이러한 기능적 의존성을 장소의존성이라고 하는데, 장소의존성 (place dependence)이란 경제적 의존성과 특별한 목표 및 바라는 행동을 지지하는 여건이나 형태를 제공하여 그 장소의 중요성을 강조하고 기능적 애착을 형성하는 장소애착의 한 양상이다.[20] 이러한 애착의 형성은 경제적 풍요로움을 바탕으로 한 놀이공간으로서의 한양에 대한 묘사를 통해서도 시도되고 있다.

> 남북촌 한량드리 각식 노름 장홀시고/션비의 시츅노름 한량의 성청 노름/공물방 션유노름 포교의 셰츈노름/각ᄉ셔리 슈유노름 각집 겸종 화류노름/장안의 편ᄉ노름 장안의 호걸노름 지상의 분부노름 빅셩의 중포노름/각식노름 버러지니 방방곡곡 노리철다/노리쳐 어디멘고 누디강산 죠홀시고/죠양누 셕양누며 명셜누 츈수루와/홍엽졍노인경과 슝셕원 싱화경과/영파졍 츈쵸경과 장유헌 몽답졍과/팔운디 샹션디와 옥유동 도화동과/창의문 밧 니다라셔 탕츈디 셰검졍과/옥쳔암 셕경루

20) 최열·임하경, 앞의 논문, 2005, 55쪽; 이정연·여홍구, 「장소개념에서의 장소가치에 대한 논의」, 『국토계획』 45-6, 대한국토도시계획학회, 2010.11, 30쪽.

와 한북문 진관이며/경강졍 닉다라셔 창랑졍 압구졍과/죡한졍 틱영졍
과 별령 안 읍쳥눌다

각 계층별 놀이명과 놀이처의 구체적 지명을 나열함으로써 한양은
유흥과 여가를 즐길 수 있는 구체적 장소로서 기능을 획득한다. 자신
이 속한 계층적 특성과 자신이 사는 지역적 범위 안에서 한양은 향유
자의 놀이의 욕구를 실현할 수 있는 장소로 인식되는 것이다. 이러한
인식은 다음의 '승젼놀음'에 대한 묘사로 더욱 극대화된다.

구경가즈 구경가즈 승젼노름 구경가즈/북일령 군즈졍의 죠흔 노름
버려구나/눈빗갓튼 흰 휘장과 구름갓튼 노픈 차일/차일 아리 유둔치
고 마로 싯히 보계판과/아로식인 셕가리의 각 영문 스쵹롱을/뷘틈업
시 다라노코 좁살 구슬 화쵸등과/보기 죠흔 양각등을 츠례 잇게 거러노
코/난간밧게 츈화가화 불근비단 허리미여 〈후략〉

'승젼놀음'은 위의 인용과 같이 승젼놀음을 준비하는 과정부터 별감
의 거동부분, 금객과 가객의 규모와 수준 및 악기들, 각색 기생들의
등장, 이어지는 춤과 노래와 음악이 어우러지는 놀이의 현장을 묘사하
고 있다. 사설의 향유 자체가 이미 유흥의 향유라 할 만큼 놀이의 성대
함과 흥겨움을 현장감 있게 표현한다. 이러한 유흥의 공간은 향유자들
이 기대하는 경험을 어느 정도 촉진할 수 있느냐에 따라 그 의존성이
증대된다.

이와 관련하여 '승젼놀음'에서는 실제 인물을 호명하고 그 모습
을 구체적으로 묘사하는 방식을 통해 향유자들의 장소의존성을 강
화한다.

별감의 거동보쇼 난번별감 빅여 명이/닙시도 잇거니와 치장도 놀눅 올소/편월상토 밀화동곳 디즈동곳 셕거꼿고/곱세 쁜 평양망건 외졉 바기 디모관즈/상의원 즈지팔즈 쵸립밋히 팔패 노코/남융소 중두리 의 오동입식 쪄서달고/손편갓튼 슈스갓끈 귀를 가려 슉여쓰고/다홍 싱쵸 고혼 홍의 슉쵸창의 바쳐입고/보라누비 져구리의 외올쓰기 누비 바지/양식단 누비빗즈 젼비즈 바쳐입고/금향슈슈 누비토슈 젼토슈 밧쳐 끼고

〈중략〉

각식기성 드러온다 예스로은 노름의도/치장이 놀납거든 허물며 승 젼노름/별감의 노름인디 범연이 치장ᄒ랴/어름갓튼 느른 젼모 자지갑 스 끈을달고/구름갓튼 허튼머리 반달갓튼 빵어레로/솰솰빗겨 고이빗 겨 편월 죠케 짜아언고/모단 슘슝 가리마를 압흘 덥퍼 슉여쓰고/산호 줌 말화비녀 은비녀 금봉츠를/이리꼿고 저리꼿고 당가화 상가화를/눈 늘가려 즈쥬꼿고 도리불슈 모쵸단을/웃져구리 지여입고 양식단 슉져 구리/가진퓌물 쮜여츠고 남갑스 은죠스며/화갑스 긴 치마를 허리졸나 동여입고/빅방 슈쥬 슉슉것과 슈갑스 단슉것과/장원쥬 너른바지 몽고 슘슝 것버션과/안동상젼 슈운혜를 닙시잇게 신어두고/빅만 교티 다 푸이고 모양 죠케 드러온다

놀이 현장의 별감과 기생의 치레 묘사는 놀이의 현장성과 실재감을 높이는 역할을 하고 있다. 실제 놀이 현장에 참여하여 별감과 기생의 모습을 목격하는 데 그치지 않고 이를 〈한양가〉의 향유자에게 보고 전달하고 있는 듯한 느낌을 주어 향유자 또한 현장을 체험하는 듯한 효과를 주고 있다.

한편 놀이공간의 현장성은 다음과 같이 실존 인물을 호명함으로써 더욱 현실성을 강화하고, 〈한양가〉를 향유하는 이로 하여금 놀이장소 에 대한 기대와 만족을 더욱 높이는 역할을 한다.

금긱가긱 모야구나 거문고 임종철이/노러의 양슈길이 계면의 공득이며/오동복판 거문고는 줄골나 셰워노코/치장 린 시 양금은 쩌는 나뷔 안쳐구나

〈중략〉

늘근기싱 졀문 기싱 명기동기 드러온다/오동량월 반근 달의 발고발근 츄월이며/츈리편시도화슈라 벽도 홍도 드러온다/셜만장안학졍홍ᄒ니 외로올스 일졈홍이/졍부만리슈타향ᄒ니 바라볼스 관산월이/잉젼고지연입루ᄒ니 쇼리죠흔 연잉이며/쳥쳔삭츌금부용ᄒ니 의졋ᄒ 부용이며/쳔이잉계녹영혼ᄒ니 탈식홀스 영산홍이/구봉침 잠간보니 화려홀스 치봉이며/옥츈곤강 금싱려슈 보비로흔 금옥이며/션셩지슈홀스양ᄒ니 신긔롭다 쵸션이며/낙양장안 봄느덧다 번화로운 만졈홍이

〈중략〉

츠례로 느러안져 노름을 직쵹ᄒ다

당대 이름난 가객과 금객이었던 '임종철', '양사길', '공득이'와 같은 실명을 호명함으로써 놀이현장의 구체성은 강화되고 등장하는 기생들의 이름을 나열함으로써 놀이의 흥을 더욱 높인다. 이로써 한양은 향유자들이 기대하는 놀이에 대한 기대치를 높이고 그것을 최대한 실현해 줄 수 있는 놀이처로서의 장소성을 획득하게 된다.

〈한양가〉에서는 각 계층 각 지역의 놀이처와 '승전놀음'의 구체적이고 현장적인 묘사를 통해 놀이적 기능이 확대된 한양의 도시적 면모를 보여주고 있다. 이를 통해 〈한양가〉의 향유는 곧 한양이 지닌 문화적 놀이적 기능의 향유로 이어지며, 향유자들의 한양에 대한 장소의존성을 기대하고 강화하도록 한다고 볼 수 있다.

이상의 논의를 정리하면, 〈한양가〉는 그 향유자들로 하여금 도시의 경제적 놀이적 기능을 인지하도록 하여 한양이 그러한 기능을 충족시킬 수 있는 도시로 의미화하는 데 기여하고 있다고 볼 수 있다. 즉

한양에 대한 기능적 애착을 높여 그 장소의존성을 강화하는 역할을 하고 있다고 할 수 있다.

4. 결론

〈한양가〉는 조선 후기 변화된 한양의 모습을 보여주는 구체적인 사례로 주목을 받아왔다. 본고는 이를 바탕으로 〈한양가〉가 도시 한양의 공간을 어떻게 분할하여 인식하고 표현하고 있는지를 살폈으며, 한양 공간이 어떤 장소성을 어떤 방식으로 획득하는가를 장소애착이론을 적용하여 고찰해 보았다.

〈한양가〉의 본사는 그 공간을 크게 세 부분으로 나누고 있다. 궁궐과 관서, 시전과 놀이, 능행과 과거 및 유가경이다. 궁궐과 관서는 한양의 행정적 기능, 시전과 놀이는 경제적 문화적 기능, 능행 과거 및 유가경은 소통적 기능을 바탕에 둔 묘사이다. 이러한 묘사는 한양의 원형 경관이 음양이원론에 입각하여 조성되었음을 인지한 것이라 볼 수 있다. 한양은 음양이원론에 입각하여 조성된 계획된 도시로서 한양의 남북도로는 경복궁의 광화문을 중심으로 하는 행정가로서의 엄격성을, 동서도로는 시전행랑을 중심으로 하는 상업가로서의 특성을 가지면 이원론적 상보적 차원에서 건설되었다. 이렇게 볼 때 〈한양가〉의 한양경관의 묘사는 이러한 이원론적 상보적 기능을 고려하여 분할하여 묘사하고 그들 간의 소통을 시도하는 방향으로 서술되고 있다고 볼 수 있다.

이러한 도시 기능에 대한 인식은 한양의 장소성 획득과 이어지는데, 〈한양가〉에서 서사 및 결사, 그리고 궁궐과 관서의 묘사 부분은 한양이 조선으로 환유되며 국가의 정통성을 강조하여 그 향유자로 하여금 공동체성, 소속감과 안정감을 지니게 하는 장소정체성을 가지도록 유도하고 있다. 그리고 시전과 놀이처에 대한 구체적 묘사는 한양에 대한 기능적 애착을 유도하여 장소의존성을 높이도록 하고 있다. 즉 〈한양가〉를 통해 한양은 풍요로움을 만족시킬 수 있는 장소, 그것을 바탕으로 한 놀이와 여가를 향유할 수 있는 장소로 기대되는 것이다. 이로써 그 향유자는 한양에 대한 기능적 애착을 가지고 한양이라는 장소에 대한 의존성을 높이게 되는 것이다.

한양이 조선의 국도로 정해진 조선초기에도 '한양'에 대한 관심과 문예작품으로서의 수용은 간간이 이루어져 왔다. 그러나 그것이 본격화된 것은 18세기 정조대 이후인 것으로 보인다. 정조는 1792년 화가들에게 한양의 전모를 그리게 하고 그 그림을 문사들에게 보여주어 시를 짓게 하였다. 이를 〈城市全圖〉, 〈城市全圖詩〉라고 하는데, 특히 관련 한시작품은 1792년에 일곱 작품, 1810년과 1830년대 각각 한 작품씩 창작되었다.[21] 실제 창작된 작품은 한양을 중국의 옛 제도와 연관하여 묘사하고 과장된 찬미의 태도를 드러내는 경향과 사실적이고 구체적으로 풍속과 인간을 주목한 경향으로 대분할 수 있다.

〈한양가〉의 창작배경 또한 이상과 같은 18세기 이후 대두된 한양에 대한 새로운 관심과 문예작품으로의 수용과 관련이 있어 보인다.[22] 그런데 〈한양가〉는 한시에서 나타났던 한시 창작자의 서로 다른 욕구를 한 곳에 수렴하고 있다. 이는 한양의 도시 구조와 그 기능에 대한 포괄적 이해를 바탕으로 하고 있기 때문이라 생각된다. 또한 한글로

---

21) 안대회, 「城市全圖詩와 18세기 서울의 풍경」, 『고전문학연구』 35, 한국고전문학회, 2009, 223쪽.

22) 김은희, 앞의 논문, 2009, 284~291쪽 참조.

창작함으로써 그 향유의 폭을 넓히고 있으며 이를 통해 향유자로 하여
금 한양에 대한 인식과 애착을 유도하는 역할을 할 수 있다고 본다.
한양에 대한 장소정체성을 강조하여 그 구성원의 소속감과 안정감을
유도하고, 장소의존성을 보여줌으로써 기능적 의존성을 강화하고 있
다고 볼 수 있다.

　　이 작품이 지어진 19세기 중반은 실학의 쇠퇴와 세도정치의 성립으
로 사회적 모순이 심화된 시기이다. 이러한 상황에서 〈한양가〉의 창작
과 향유[23]는 18세기 〈城市全圖詩〉의 그것과는 상이한 맥락에 있다.
〈한양가〉는 한양의 국도로서의 정체성과 경제적 놀이적 기능성을 다
시 강조함으로써 한양의 각 공간에 장소성을 부여하고 있다. 이를 통
해 〈한양가〉는 한양의 이원적 도시기능을 다시 확인하고, 시대적 사회
적 배경 속에 약화되는 향유자의 장소애착성을 다시 유도하려는 노력
을 표출한 작품이라 보아야 할 것이다.

---

23) 이에 대해 강명관은 사회 모순이라는 정치적 상황 속에서도 시정의 유쾌한 삶은 지속되
　　었음을 보여주는 작품이라 평하고 있으며, 김은희는 18세기에 창작된 작품과 연관성을
　　맺고 있다고 보고 있다.

참고문헌

1부 꿈과 소통

강전섭, 「소악루 이유의 〈子規三疊〉과 〈四郡別曲〉에 대하여」, 『고시가연구』 12, 한국고시가문학회, 2003.

구양근, 「동학가사문학을 통해 본 최제우의 역사적 한국사상의 계승문제」, 『동학연구』 3, 한국동학학회, 1998.9.

김기현, 「동학가사에 나타난 동학의 변모—용담유사와 상주 동학가사를 중심으로」, 『문학과언어』 16, 문학과언어학회, 1995.5.

김동준, 「조선조 몽환시조의 연구—몽환소재의 가차의식을 중심으로」, 『시조문학연구』, 국어국문학회편, 정음사, 1980.

김상일, 「전후기 동학가사의 연구」, 『동학연구』 14·15, 2003.9.

김신중, 「문답체 문학의 성격과 〈성산별곡〉」, 『고시가연구』, 한국고시가문학회, 2001.

김용철, 「훈민시조 연구」, 고려대 석사논문, 1990

김정현, 「무의식과 꿈의 문제—니체와 프로이트, 융의 해석을 중심으로」, 『니체연구』 13, 한국니체학회, 2008.

김종윤, 「夢遊歌 考」, 『국어국문학』 82, 국어국문학회, 1980.

김팔남, 「福川 李太守作 〈望美人歌〉의 主題形象化 考察」, 『어문연구』 43, 어문연구학회, 2003.12.

김팔남, 「〈옥경몽유가〉의 이상세계 표출방식」, 『어문연구』 49, 어문연구학회, 2005.

김팔남, 「새로 발견된 소악루 이유의 가사 문학 몇 편에 대하여」, 『고시가연구』 18, 한국고시가문학회, 2006.

나동광, 「「안심가」에 나타난 시적세계」, 『동학연구』 26, 한국동학학회, 2009.3.

나동광, 「「용담가」에 나타난 시적 세계」, 『동학연구』 27, 한국동학학회, 2009.9.

나동광, 「「몽중노소문답가」에 나타난 시적 세계」, 『동학연구』 28, 한국동학학
　　회, 2010.4.

남동걸, 「시조에 나타난 꿈의 기능 고찰」, 『인천어문학』 13, 인천대학교, 1997.

박규홍, 「石霞 所藏 古時憲書綴에 筆寫된 詩歌作品」, 『서지학보』 8, 한국서지학
　　회, 1992.

박미영, 「재미작가 홍언의 몽유가사·시조에 나타난 작가의식」, 『시조학논총』
　　21, 한국시조학회, 2004.

박연호, 「식영정 원림의 공간 특성과 〈성산별곡〉」, 『한국문학논총』 40, 한국문
　　학회, 2005.

서준원, 「『열자(列子)』에 나타난 꿈과 환상에 대한 존재론적 해석」, 『동양철학연
　　구』 12, 동양철학연구회, 2004.

손앵화, 「시조에 나타난 꿈 모티프의 의미 지향」, 『한국언어문학』 66, 한국언어
　　문학회, 2008.

신성환, 「근대 이후 사육신에 대한 단속(斷續)적 기억과 시가(詩歌)에서의 수
　　용 양상」, 『민족문학사연구』 51, 민족문학사학회·민족문학사연구소,
　　2013.

안혜진, 「〈길몽가〉를 통해 본 18세기 향촌 사족 가사의 한 단면」, 『한국고전연
　　구』 8, 한국고전연구학회, 2002.

유경환, 「동학가사(東學歌辭)에 나타난 궁을(弓乙)에 대한 소고(小考)－궁을(弓
　　乙)의 연원(淵源)과 상징적 의미체계(意味體系)의 재구(再構)」, 『국어
　　국문학』 101, 국어국문학회, 1989.

유경환, 「동학가사에 나타난 낙원사상의 수용양상」, 『어문연구』 69, 한국어문교
　　육연구회, 1991.4.

유경환, 「동학가사에 나타난 순환사관에 따른 계통과 범주」, 『어문연구』 93,
　　한국어문교육연구회, 1997.3.

이규호, 「몽유가사의 형성과정 시고」, 『국어국문학』 89, 국어국문학회, 1983.

이규호, 「몽유시조의 형성과정」, 『인문과학연구』 3, 대구대인문과학연구소, 1985.

이상원, 「東學歌辭에 나타난 侍天主 사상 연구」, 『우리문학연구』 24, 우리어문학
　　회, 2008.6.

이월영, 『꿈과 고전문학』, 태학사, 2011.

임헌규, 「유교의 이념」, 『동양고전연구』 40, 동양고전학회, 2010.9.

정우락, 「일제강점기 동천자류의 저술방향과 그 의미」. 『한국사상과 문화』 44, 한국사상문화학회, 2008.

정익섭, 「芸庵의 吉夢歌 考察」, 『어문학』 9, 한국어문학회, 1963.

정훈, 「이수광의 유선시와 꿈의 관련 양상 연구」, 『한국언어문학』 51, 한국언어 문학학회, 2003.

조세형, 「가사장르의 담론 특성 연구」, 서울대 박사논문, 1999.

조현우, 「몽유록의 출현과 '고통'의 문학적 형상화」, 『한국고전연구』 14, 한국고 전연구학회, 2006.

진은영, 「소통, 그 불가능성의 가능성」, 『탈경계인문학』 3-2, 2010.06.

최규수, 「〈관동별곡〉과 〈성산별곡〉의 어법적 특질과 의미」, 『온지논총』 3, 온지 학회, 1997.

최상은, 「최초의 몽유가사, 〈옥경몽유가〉」, 『오늘의 가사문학』 27, 고요아침, 2020.

한국정신문화연구원, 『동학가사』 Ⅰ·Ⅱ, 1979.

황수영, 「소통의 이론과 그 철학적 기반–리쾨르의 해석학을 중심으로」, 『개념 과 소통』 3, 한림대학교 한림과학원, 2009.

황위주, 「일제강점기 문집 편찬과 대구·경북지역의 상황」, 『대동한문학』 49, 대동한문학회, 2016.

2부 여행과 놀이

강정화, 「지리산 유람록으로 본 최치원」, 『지리산과 유람문학』, 2013.3.

고정희, 「〈된동어미화전가〉의 미적 특징과 아이러니」, 『국어교육』 111, 한국어 교육학회, 2003.

고정희, 『고전시가교육의 탐구』, 소명, 2013.

구모룡, 「장소와 공간의 지역문학–지역문학의 문화론」, 『어문론총』 51, 한국문 학언어학회, 2009.12.

권수지, 「교육활동을 활용한 규방가사 교육 방안 연구」, 충남대학교 교육대학원

석사논문, 2015.

권순회, 「조롱 형태의 놀이로서의 규방가사」, 『民族文化研究』 42, 고려대민족문화연구원, 2005.

권순회, 「화전가류 가사의 창작 및 소통 맥락에 대한 재검토」, 『어문논집』 53, 민족어문학회, 2006.

권영철, 『규방가사Ⅰ』, 한국정신문화원, 1979.

권영철, 『규방가사각론』, 형설출판사, 1986.

권영철, 「규방가사에 있어서 風流嘯詠類 연구」, 『여성문제연구』 11, 대구가톨릭대사회과학연구소, 1982.

김기영, 「청량산의 시가문학적 형상화와 그 의미」, 『충청문화연구』 1, 충남대학교 충청문화연구소, 2008.6.

김나랑, 「〈덴동어미화전가〉에 나타난 문화적 기억 탐구」, 한국교원대학교 교육대학원석사논문, 2016.

김대행, 「〈덴동어미화전가〉와 팔자의 원형」, 『고전시가 엮어 읽기』, 태학사, 2000.

김동규, 「화전가에 나타난 자연관 연구」, 『경동전문대학교 논문집』 3, 경동전문대학, 1994.10.

김문기, 『서민가사연구』, 형설출판사, 1983.

김상일, 「화전가계 가사의 유형분석」, 『우리말글』 13, 우리말글학회, 1995.

김상진, 「李鍾應의 〈셔유견문록〉에 나타난 서구 체험과 문화적 충격」, 『우리문학연구』 23, 우리문학회, 2008.

김석회, 「지역문학연구의 성과와 방향성」, 『한국시가연구』 32, 한국시가학회, 2012.

김수경, 「여행에 대한 여성적 글쓰기 방식의 탐색－여성 기행가사의 형상화 방식과 그 의미」, 『한국고전여성문학연구』 17, 한국고전여성문학회, 2008.

김수경·유정선, 「〈이부인기행가사〉에 나타난 19세기 여성의 여행체험과 그 의미」, 『한국고전여성문학연구』, 한국고전여성문학회, 2002.

김승호, 「한풀이로 본 조선후기 여성 자전의 계층별 술회 양상」, 『열상고전연구』 34, 열상고전연구회, 2011.12.

김용철, 「운명의 얼굴과 신명」, 『한국고전시가작품론』 2, 집문당, 1992.

김인구, 「춘유가계 기행가사−춘유곡과 유산일록의 경우」, 『어문논집』 22, 민족
　　어문학회, 1981.

김종구, 「유산기에 나타난 유산과 독서의 상관성과 그 의미」, 『어문론총』 51,
　　한국문학언어학회, 2009.12.

김주경, 「여성 기행가사의 유형과 작품세계」, 숙명여자대학교 교육대학원 석사
　　논문, 2015.6.

김준오, 『詩論』, 삼지원, 1982.

김창원, 「중앙−지방의 권력과 17세기 어부가의 갈등구조」, 『국제어문』 40, 국제
　　어문학회, 2007.

김창원, 「지역문학 연구의 방법과 방향−조선후기 근기지역 국문시가를 예로
　　하여」, 『우리어문연구』 29, 우리어문학회, 2007.

김창원, 「조선후기 근기 지역 강호시가의 지역성−김광욱의 〈栗里遺曲〉을 중심
　　으로」, 『시조학논총』 28, 한국시조학회, 2008.

김창원, 「조선시대 서울인의 심상지도와 〈戀君〉시가의 지역성」, 『서울학연구』
　　31, 서울시립대 서울학연구소, 2008.

남진숙, 「에코페미니즘적 관점에서 본 여성 주체의 태도와 인식」, 『한국사상과
　　문화』 49, 한국사상문화학회, 2009.

류탁일, 「덴동어미의 비극적 일생」, 제 14회 한국어문학회 전국발표대회, 1979.

류해춘, 「〈화전가(경북대본)의 구조와 의미」, 『어문학』 51, 한국어문학회, 1990.

류해춘, 「규방가사에 나타난 놀이문화와 경제활동」, 『국학연구론총』 15, 택민국
　　학연구원, 2015.

류해춘, 「19세기 『기수가』에 나타난 담론의 양상과 그 기능」, 『한민족언어학』
　　44, 2004.6.

마리아 미스·반다나 시바 지음, 손덕수 외 옮김, 『에코페미니즘』, 창작과비평
　　사, 2000.

문재원, 「문학담론에서 로컬리티 구성과 전략」, 『한국민족문화』 32, 부산대 한
　　국민족문화연구소, 2008.

박경주, 「화전가의 의사소통 방식에 나타난 문학치료적 의미」, 『고전문학과 교
　　육』 10, 한국고전문학교육학회, 2005.

박경주, 「〈반조화전가〉, 〈기수가〉 연작에 나타난 해학과 풍자의 변주」, 『한국문

학이론과 비평』 26, 한국문학이론과비평학회, 2005.

박경주, 「규방가사의 양성성」, 월인, 2007.

박경주, 「규방가사 창작에 담긴 문학치료적 기능」, 『한국고전여성문학연구』 16, 한국고전여성문학연구회, 2008.

박경주, 「규방가사가 지닌 일상성의 양상과 의미 탐구」, 『한국고전여성문학연구』 25, 한국고전여성문학연구회, 2012.

박경주, 「규방가사가 지닌 소통과 화합의 문학으로서의 특성 고찰」 『어문학』 119, 한국어문학회, 2013.3.

박성지, 「〈덴동어미화전가〉에 나타난 욕망의 시간성」, 『한국고전여성문학연구』 19, 한국고전여성문학회, 2009.

박수진, 「장흥지역 기행가사의 공간인식과 문화양상」, 『온지논총』 23, 온지학회, 2009.

박수천, 「가야산 해인사의 한시－崔致遠 隱遁의 遺響」, 『韓國漢詩硏究』 5, 한국한시학회, 1997.

박영민, 「寒岡 鄭逑의 〈遊伽倻山錄〉과 그 심미경계」, 『우리어문연구』 29, 우리어문학회, 2007.

박영주, 「기행가사의 진술방식과 문학적 형상화 양상」, 『한국시가연구』 18, 한국시가학회, 2005.

박정혜, 「〈덴동어미화전가〉에 나타난 혼인 및 개가의식 연구」, 『새국어교육』 55, 한국국어교육학회, 1998.

박태일, 「지역문학 연구와 경북 대구지역」, 『현대문학이론연구』 24, 현대문학이론학회, 2005.

박혜숙, 「〈덴동어미화전가〉와 여성연대」, 『여성문학연구』 14, 한국여성문학회, 2005.

박혜숙, 「주해 〈덴동어미화전가〉」, 『국문학연구』 24, 국문학회, 2011.

백순철, 「문답형 규방가사의 창작환경과 지향」, 고려대대학원 석사논문, 1995.

백순철, 「규방가사의 문화적 의미와 교육적 가치－화전가를 중심으로」, 『국어교육학연구』 14, 국어교육학회, 2002.6.

백순철, 「〈금행일기〉와 여성의 여행체험」, 『한성어문학』 23, 한성대한성어문학회, 2003.

백순철, 「조선후기 여성기행가사의 여행형태와 현실인식」, 『고전과 해석』 5,
    고전문학한문학연구학회, 2008.10.

서영숙, 『한국여성가사연구』, 국학자료원, 1996.

서주연, 「〈덴동어미화전가〉에 나타난 말하기 방식의 특징과 의미」, 『도시인문학
    연구』 5-1, 서울시립대학교 도시인문학연구소, 2013.

성기옥, 「〈조주후풍가〉 창작의 역사적 상황과 작품 이해의 방향」, 『진단학보』
    112, 진단학회, 2011.

성범중, 「고전문학과 지역성의 문제」, 『국어국문학』 144, 국어국문학회, 2006.12.

성정희, 「영화 〈혐오스런 마츠코의 일생〉과 고전시가 〈덴동어미화전가〉 속 여주
    인공의 삶의 여정과 극복과정 탐색〉」, 『겨레어문학』 42, 겨레어문학회,
    2009.

손은하·공윤경, 「상징조형물과 상징공간에 이미지화된 지역성」, 『인문콘텐츠』
    17, 인문콘텐츠학회, 2010.3.

송재소, 「연암시 〈해인사〉에 대하여」, 『한국한문학연구』 11, 한국한문학회, 1988.

신덕룡, 「우리 문학에 나타난 생태의식－시에 나타난 몇 가지 문제들」, 『인문학
    연구』 7, 경희대 인문학연구원, 2003.

신태수, 「조선후기 개가긍정문학의 대두와 〈화전가〉」, 『한민족어문학』 16, 한국
    민족어문학회, 1989.

심승희 옮김·팀 크레스웰 지음, 『장소: 짧은 지리학 개론』, 시그마프레스, 2012.

염은열, 「기행가사의 '공간' 체험이 지닌 교육적 의미」, 『고전문학과 교육』 12,
    고전문학과교육학회, 2006.

오용원, 「영남지방 누정문학연구」, 『대동한문학』 22, 대동한문학회, 2005.

우응순, 「淸凉山 遊山文學에 나타난 공간인식과 그 변모 양상 : 周世鵬과 李滉의
    作品을 중심으로」, 『어문연구』 34, 한국어문교육연구회, 2006.

유정선, 「화전가에 나타난 여성의 놀이공간과 놀이적 성격－'음식'과 '술'의 의미
    를 중심으로」, 『한국고전연구』 19, 한국고전연구학회, 2009.

윤민지, 「덴동어미화전가 연구」, 순천대학교대학원 석사논문, 2015.

윤천근, 「퇴계 이황의 '감성철학'－'청량산'의 장소성을 중심으로」, 『퇴계학보』
    141, 퇴계학연구원, 2017.6.

이동연, 「화전가류」, 『한국고전여성작가연구』, 태학사, 1999.

이동찬, 「≪小白山大觀錄≫所載 〈화전가〉 硏究－덴동어미의 일생담을 중심으로」, 『韓國民族文化』 15, 부산대 한국민족문화연구소, 2000.6.

이수진, 「새로운 가사작품 〈송비산가〉에 대하여」, 『동양고전연구』 44, 동양고전학회, 2011.

이정옥, 「내방가사에 나타난 여성의 여행경험과 사회화」, 『경주문화논총』 3, 경주문화원부설 향토문화연구소, 2000.11.

이정옥, 「내방가사 향유자들의 문명의식과 그 표출양상」, 『현상과 인식』 26권 4, 한국인문사회과학회, 2002 겨울.

이정옥, 『영남내방가사』, 국학자료원, 2003.

이정옥, 『내방가사 현장연구』, 역락, 2017.

이현주, 「동아대학교 박물관 소장 眞宰 金允謙의 『嶺南紀行畵帖』」, 『文物연구』 7, 동아시아문물연구학술재단, 2003.

이혜원, 「한국 현대 여성시에 나타난 자연표상의 양상과 의미」, 『어문학』 107, 한국어문학회, 2010.3.

임기중, 『한국가사문학주해연구』 20, 아세아문화사, 2005.(http://www.krpia.co.kr).

장병관 외, 「청량산 유산기(遊山記)에 나타난 조선선비의 산 경관인식에 대한 연구」, 한국조경학회 학술발표논문집, 2011.

장정수, 「20세기 기행가사의 창작배경과 작품세계」, 『어문논집』 47, 민족어문학회, 2003.

장정수, 「화전놀이의 축제적 성격과 여성들의 유대의식」, 『우리어문연구』 39, 고전문학·한문학연구회, 2011.

장정수, 「1960~1970년대 기행 규방가사에 나타난 여행문화와 작품세계－유흥적 성격의 작품을 중심으로」, 『어문논집』 70, 민족어문학회, 2014.

전병철, 「淸凉志를 통해 본 퇴계 이황과 청량산」, 『남명학연구』 26, 경상대학교 남명학연구소, 2008.

전재진, 「19~20세기 초기 시조 문화의 교섭양상 연구: 『興比賦』와 『樂府』(羅孫本)을 중심으로」, 성균관대 박사논문, 2011.

정목주, 「淸凉山의 高山景行 이미지 形成動因과 그 원리－『옛 선비들의 청량산 유람록』을 중심으로」, 『한민족어문학』 75, 한민족어문학회, 2017.

정무룡, 「합천 화양동 윤씨가 世傳 〈기수가〉의 논쟁 양상 연구」, 『한국시가연구』 21, 한국시가학회, 2006.

정무룡, 〈덴동어미 화전가〉의 형상화 방식과 함의, 『韓民族語文學』 52, 2008.

정우락, 「조선중기 강안지역의 문학활동과 그 성격-낙동강 중류 지역을 중심으로 한 하나의 시론」, 『한국학논집』 40, 계명대학교 한국학연구원, 2010.

정인숙, 「〈덴동어미화전가〉에 나타난 조선후기 화폐경제의 발달 양상 및 도시생활문화의 탐색」, 『국어교육』 127, 한국어교육학회, 2008.

정치영, 「유산기로 본 조선시대 사대부의 청량산 여행」, 『한국지역지리학회지』 11, 한국지역지리학회, 2005.

정치영, 『사대부, 산수여행을 떠나다』, 한국학중앙연구원출판부, 2014.

정호기, 「기억의 정치와 공간의 재현」, 전남대 박사논문, 2002.

조경만, 「땅·자연·인간을 둘러싼 생태문화 담론-'어머니 대지', '어머니 자연'에 대한 원주민의 시각」, 『환경과 생명』 38, 환경과생명, 2004.3.

조규익·정연정, 『한국 생태문학 연구총서』, 숭실대학교 한국문예연구소 학술총서, 학고방, 2011.5.

조은하, 「한국문학에 나타난 여성의식 연구」, 『어문논집』 37, 중앙어문학회, 2007.

조자현, 「조선 후기 규방가사에 나타난 여성의 경제현실 및 세계인식」, 한양대학교대학원박사논문, 2012.

조태성, 「정식의 〈竺山別曲〉과 그 문학사적 의미」, 『고시가연구』 26, 한국고시가문학회, 2010.

조하연, 「〈김현감호〉에 나타난 호녀와 김현의 상호인정 관계에 대한 고찰」, 『고전문학과 교육』 23, 한국고전문학교육학회, 2012.

조해숙, 「한국 고전문학과 예술의 사회사 ; 조선후기 시가 속의 여성 인물 형상」, 『국문학연구』 27, 국문학회, 2013.

청량산박물관, 『청량산 역사와 문화를 담다』, 민속원, 2017.

최규수, 『규방가사의 '글하기' 전략과 소통의 수사학』, 명지대학교출판부, 2014.

최상은, 「규방가사의 유형과 여성적 삶의 형상」, 『새국어교육』 91, 한국국어교육학회, 2012.

최열·임하경, 「장소애착인지 및 결정 요인 분석」, 『국토계획』 40-2, 대한국토도시계획학회, 2005.4.

최은숙, 「退溪의 淸凉山詩에 나타난 遊山체험의 詩化 樣相과 意義」, 『동양고전연구』 56, 동양고전학회, 2014.9.

최은주, 「조선후기 영남선비들의 여행과 공간감성-18세기 영남선비 淸臺 權相一의 사례를 중심으로」, 『동양한문연구』 31, 동양한문학회, 2010.8.

최홍원, 「덴동어미화전가 작품 세계의 중층성과 통과의례를 통한 개인의 성장」. 『선청어문』 40, 서울대학교 국어교육과, 2012.

한국가사문학관(http://www.gasa.go.kr/)

한면희, 「동아시아 문명과 한국의 생태주의」, 철학과 현실사, 2009.

한양명, 「화전놀이의 축제성과 문화적 의미-경북 지역을 중심으로」, 『한국민속학』 33, 한국민속학회, 2001.

한양명, 「안동지역 양반 뱃놀이(船遊)의 사례와 그 성격」, 『실천민속학연구』 12, 실천민속학회, 2008.

함복희, 「〈덴동어미화전가〉의 서술특성과 주제적 의미」, 『어문연구』 31, 한국어문교육연구회, 2003.

황위주, 「낙동간 연안의 유람과 창작공간」, 『한문학보』 18, 우리한문학회, 2008.

Babara Bennett, 「Through Ecofeminist Eyes : Le Guin's "The Ones who walk away from Omelas"」, 『The English Journal』, vol 94, no.6(july, 2005).

Donald A. McAndrew, 「Ecofeminism and the teaching of Literacy」, 『college composition and Communication』, vol 47, No3(Oct, 1996).

Josephine Donovan, 「Ecofeminism Literary Criticism: Reading The Orange」, 『Hypatia』 11.2(Spring 1996).

3부 지역과 공간

강명관, 『한양가』, 신구문화사, 2008.8.

고동환, 「조선시대 한양의 수도성-도시의 위계와 공간 표현을 중심으로」, 『역사학보』 209, 역사학회, 2011.3.

김광순 편, 『김광순 소장 필사본 한국고소설전집』 41, 박이정, 1998.

김성은, 「〈소유정가〉의 장소재현과 장소성 – 화자의 주체성 문제를 바탕으로」, 『어문론총』 55, 한국문학언어학회, 2011.12.

김언순, 「18세기 종법사회 형성과 사대부의 가정교화: 가훈서를 중심으로」, 『사회와 역사』 83, 한국사회사학회, 2009.9.

김은희, 「〈한양가〉의 존재양상과 그 의미」, 『반교어문연구』 26, 반교어문학회, 2009.

김재웅, 「고소설 필사의 전통과 영남 선비집안 여성의 문학생활 – 성주군 정갑이의 사례를 중심으로」, 『한국문학과예술』 28, 숭실대학교 한국문학과예술연구소, 2018.

김종진, 「歌辭와 지도의 공간현상학 – 〈관서별곡〉과 關西圖」 견주어 읽기」, 『한국문학연구』 39, 동국대 한국문학연구소, 2010.12.

김춘식, 「식민지 도시 '경성'과 '모던 서울'의 표상 – 유리, 강철, 대리석, 지폐, 잉크가 끓는 도시」, 『한국문학연구』 38, 동국대 한국문학연구소, 2010.6.

김현미, 「『直菴集』소재 子女敎育文 연구 – 18세기 가문교육 실상 보기의 일환으로」, 『열린정신인문학연구』 14, 원광대학교인문학연구소, 2013.

류수열, 「조선후기 문학의 한량 캐릭터와 한양」, 『한국언어문화』 43, 한국언어문화학회, 2010.

박연호, 『교훈가사연구』, 다운샘, 2003.

박을수, 「문학작품에 투영된 한양 – 시조문학을 중심으로」, 『시조학논총』 10, 한국시조학회, 1994.12.

부산대 한국민족문화연구소편, 『장소성의 형성과 재현』, 혜안, 2010.5

서종문, 「〈한양가〉와 〈한양오백년가〉」, 『한국고전시가작품론』 2, 집문당, 1995.

성민경, 「20세기 여훈서의 일 양상」, 『한국고전여성문학연구』 35, 한국고전여성문학회, 2017.

신성환, 「인문지리학의 시선에서 본 새로운 도시 인식과 상상력 – 장소성 훼손에 대한 최근의 소설적 형상화를 중심으로」, 『한국언어문화』 45, 한국언어문화학회, 2011.

안대회, 「城市全圖詩와 18세기 서울의 풍경」, 『고전문학연구』 35, 한국고전문학
　　　회, 2009.
어정현·여홍구, 「장소개념에서의 장소가치에 대한 논의」, 『국토계획』 45-6,
　　　대한국토도시계획학회, 2010.11.
울진문화원, 『울진민요와 규방가사』, 2001.
육민수, 「가사 〈오륜가〉의 담론 양상」, 『한국시가연구』 9, 한국시가학회, 2001.
육민수, 「초한고사를 소재로 한 국문시가 장르의 실현 양상」, 『동양고전연구』
　　　54, 동양고전학회, 2014.
이상보, 「金大妃의 訓民歌 硏究」, 『한국 고시가의 연구』, 형설출판사, 1975.
이상해, 「한양도성 경관의 원형」, 『건축』 36-1, 대한건축학회, 1992.
이석환, 「장소와 장소성의 다의적 개념에 관한 연구」, 『국토계획』 32-5, 대한국
　　　토도시계획학회, 1997.10.
임기중, 『한국역대가사문학주해연구』, 아세아문화사, 2005.
임치균, 「김딕비훈민젼·김딕비민간전교」, 『문헌과 해석』 14, 문헌과 해석사,
　　　2001.
전재강 외, 『경북의 내방가사』 1, 북코리아, 2017.
정인숙, 「20세기 초 시가에 나타난 한양과 경성의 공간인식과 그 의미」, 『서울학
　　　연구』 41, 서울시립대 서울학연구소, 2010.11.
정인숙, 「朝鮮後期 敎訓歌辭에 나타난 부모-자식 관계의 문제적 양상과 '孝不孝'
　　　談論의 의미」, 『어문연구』 43, 한국어문교육연구회, 2015.
정인숙, 「규방문화권 전승가사 〈오륜가〉의 특징과 그 의미」, 『대동문화연구』
　　　97, 성균관대 대동문화연구소, 2017.
조동일, 『한국문학통사』 3, 지식산업사, 1986.
최규수, 「〈김대비훈민가〉의 말하기 방식과 가사문학적 효과」, 『한국문학논총』
　　　27, 한국문학회, 2000.
최열·임하경, 「장소애착인지 및 결정 요인 분석」, 『국토계획』 40-2, 대한국토도
　　　시계획학회, 2005.4.
편자미상(경북대소장), 『國文 歌辭集』, 松竹社發行, 丁亥年.
하윤섭, 『조선조 오륜시가의 역사적 전개 양상』, 고려대학교민족문화연구원,
　　　2014.

홍윤순·이규목, 「한양 원형경관의 이원적 중층성 고찰」, 『서울학연구』 19, 서울
　　시립대 서울학연구소, 2002.9.
황수연, 「19~20세기 규훈서 연구」, 『한국고전여성문학연구』 24, 한국고전여성
　　문학회, 2012.

초출일람

1부 - 꿈과 소통

- 몽유가사의 '꿈' 모티프 변주 양상과 〈길몽가〉의 의미
  - 한국시가연구 31, 한국시가학회, 2011.11.
- 소악루 이유(李瀷) 시가의 소통지향성과 담화 특성
  - 동양고전연구 42, 동양고전학회, 2011.3.
- 〈몽유가〉의 작가 및 기록 방식과 몽유의 역할
  - 한국시가연구 53, 한국시가학회, 2021.5.
- 동학가사의 '꿈' 모티프 차용 양상과 의미
  - 동방학 22, 한서대 동양고전연구소, 2012.2.

2부 - 여행과 놀이

- 영남지역 기행가사의 텍스트 존재 양상과 의미
  - 어문학 122, 한국어문학회, 2013.12.
- 청량산 기행가사에 나타난 유산(遊山)체험의 양상과 의미
  - 영남학 64, 경북대 영남문화연구원, 2018.3.
- 가야산 기행가사의 작품 양상과 표현방식
  - 온지논총 41, 온지학회, 2014.10.
- 친정방문 관련 여성가사에 나타난 유람의 양상과 의미
  - 동방학 36, 한서대 동양고전연구소, 2017.2.

- 〈갑오열친가〉와 〈답가〉의 작품 특성 및 전승 양상
  - 동양고전연구 64, 동양고전학회, 2016.9

- 〈화전가〉에 나타난 자연 인식 양상과 시적 활용 방식
  - 한국고전여성문학연구 26, 한국고전여성문학회, 2013.6.

- 〈덴동어미화전가〉의 연구성과 및 현대적 의미
  - 국학연구론총 18, 택민국학연구원, 2016.12.

3부 – 지역과 공간

- 〈김디비훈민가〉 관련 텍스트의 존재 양상과 변이
  - 한국고전여성문학연구 39, 한국고전여성문학회, 2019.12.

- 〈한양가〉에 나타난 한양 경관과 장소애착성
  - 한국문학과예술 10, 숭실대 한국문예연구소, 2012.9.

찾아보기

최은숙

대구 출생
경북대학교 국어국문학과 졸업
경북대학교대학원 석사 박사
경북대학교 인문대학 국어국문학과 부교수
부산외국어대학교 한국어문화학부 조교수 역임
한국어문학회, 한국민요학회 편집위원

주요저서
『작가로 읽는 고전시가』(공저, 보고사, 2021)
『아리랑의 역사적 행로와 노래』(공저, 안트워프어소시에이트, 2014)
『민요담론과 노래문화』(보고사, 2009) 그 외 저서 및 논문 다수.

한국 가사문학의 전승과 향유

2021년 11월 25일 초판 1쇄 펴냄

지은이 최은숙
발행인 김흥국
발행처 도서출판 보고사

등록 1990년 12월 13일 제6-0429호
주소 경기도 파주시 회동길 337-15 보고사
전화 031-955-9797(대표), 02-922-5120~1(편집), 02-922-2246(영업)
팩스 02-922-6990
메일 kanapub3@naver.com / bogosabooks@naver.com
http://www.bogosabooks.co.kr

ISBN 979-11-6587-241-0 93810
ⓒ 최은숙, 2021

정가 27,000원